Best Time

白马时光

暮色深处的你

MUSE SHENCHU DE NI

巫山——著

百花洲文艺出版社
BAIHUAZHOU LITERATURE AND ART PRESS

图书在版编目（CIP）数据

暮色深处的你 / 巫山著 . — 南昌 : 百花洲文艺出版社 , 2017.6
ISBN 978-7-5500-2240-9

Ⅰ . ①暮… Ⅱ . ①巫… Ⅲ . ①长篇小说 — 中国 — 当代 Ⅳ . ① I247.5

中国版本图书馆 CIP 数据核字（2017）第 110844 号

出 版 者　百花洲文艺出版社
社　　址　江西省南昌市红谷滩世贸路 898 号博能中心 A 座 20 楼　　邮编：330038
电　　话　0791-86895108（发行热线）0791-86894790（编辑热线）
网　　址　http://www.bhzwy.com
E-mail　bhzwy0791@163.com

书　　名　暮色深处的你
作　　者　巫　山
出 版 人　姚雪雪
出 品 人　李国靖
特约监制　燕　兮
责任编辑　晏仁琼
特约策划　朱明迪
特约编辑　朱明迪
封面设计　46 设计
封面绘图　舒泳之
版式设计　王雨晨
经　　销　全国新华书店
印　　刷　北京市兆成印刷有限责任公司
开　　本　1/16　680mm × 970mm
印　　张　20
字　　数　351 千字
版　　次　2017 年 7 月第 1 版
印　　次　2017 年 7 月第 1 次印刷
书　　号　ISBN 978-7-5500-2240-9
定　　价　36.00 元

赣版权登字：05-2017-176

目 录 Contents

楔子 001

第一章 别跟我走 005

第二章 别试探我 018

第三章 别招惹我 029

第四章 别再见了 037

第五章 他是好人 048

第六章 他来过又走 056

第七章 别太逞强 067

第八章 特殊服务 084

第九章 真够上瘾的 104

第十章 从未分开 112

第十一章 不要低头 120

目 录 Contents

第十二章 她不会错 133

第十三章 他会累吗 143

第十四章 从生至死 157

第十五章 一生安康 168

第十六章 沉默的傻男人 182

第十七章 没照顾好 192

第十八章 背阳而生 208

第十九章 想过放弃 217

第二十章 有得你还 227

第二十一章 孤独者的身家 244

第二十二章 只爱过她 255

番外 永不结束 273

楔子

The fog comes, on little cat feet. It sits looking, over harbor and city on silent haunches, and then moves on.

雾来了，踮着猫的细步。他弓起腰蹲着，静静地俯视海港和城市，又再往前走。

许多年后，雾停下脚步。他白发苍苍，拄着拐杖，深邃的瞳孔迸射出微光。这微光来自海港城市裂开的缝隙，这微光从针眼大小的缝隙里探出头来，红着脸对他微笑：停下来，留在这时刻。

他抚摸鬓角发须，将拐杖贴住裤脚，掸走灰尘和褶皱。

微光俯视他——他嶙峋的双手、他羞涩的唇角、他松柏一样挺直的身躯、他内心如冷似热的赤诚信念。她低头温柔轻触，却见他重拾冠帽，又再度往前走去。

泪花浮出了眼睫……

这一生，不管是否苍老、病痛、难堪、无能为力，他都会站住脚，抚摸鬓发，露出微笑的地方，究竟在哪里?

雾何时温柔?

他何时停留?

The fog comes...

禹王九子轩是座庙宇，常年笼罩在一片薄雾中，江流之下，松涛竹石围城之内，伫立在一座断壁残垣的半山上，四面用白色石头围墙抬出了高度，显得整座山瘦小嶙峋。顺着进山小径绕过一棵一百多岁的银杏树后沿墙走，就能看见半山上茅草搭起的亭子。

站在亭中俯瞰全景，半山外全是树龄高达四十岁以上的樟树，大多都倾斜着。听老一辈人说，风水不好的地方就长不开花草，连树都不能直着冲天，而是斜斜密密地交叉在一起，树影重叠看不清模样，黑魆魆要吃人一样。

因为无人打扫，林子里还积了厚厚一层落叶。脚踩在上面松软舒适，还能听见清脆的折断声，颇有几分可怕。另外，这座庙宇久经岁月沉淀，透着一股无名的烟火气。

埋在地下的烟火气，让人每回想起，都不禁毛骨悚然。

不过这地方也有个好处，适合做一些见不得光的事情。

凌晨两点二十分，周褚阳拎了件灰麻色的衬衫朝外面走去。床是木板的，因为他的动作咯吱响动了几下，身后有人叫他："阿阳，这么晚不睡去哪儿？"

带着浓重的鼻音，那人骂了两句蚊子真多，就又迷迷糊糊睡下了。

周褚阳回头看了那人一眼，低声说："天太热，睡不着，我去后山走两圈。"

显然，没有任何回应。

后山就是禹王九子轩。

他从屋后头的小门拐出去，没走大路，直接翻过墙，跳到通往后山的那条泥路上，沿着河道往前走，到桥梁截断处就能看见禹王轩的正门。正门旁那棵一百多岁的银杏树伸展着手臂，凝视黑夜中的他。

周褚阳停住脚步，从口袋里摸出根烟，五块钱的红旗渠，还有半截。他背着风用手挡住烟头，打火机咔嗒响了声，他的嘴巴含住烟，又朝银杏树望过去。

借着点猩红的微光，总算没那么张牙舞爪了。

周褚阳眯起眼睛吸了口烟，脸颊凹陷进去，视线扫过四周，吐出一口白烟。他钻进围绕禹王轩的小树林里，没有上半山。黑黢黢的一条泥土小路蜿蜒在深不见底的树林里，四处都是斜斜密密的樟树，从风声里窸窣，在夜色中静谧。

他走到一半突然停住了。

二十米外的半山上是禹王墓穴，石阶前摆放了两只石狮。雕刻师傅应是大家手笔，那两只石狮栩栩如生，此刻正目光如炬地盯着他。石狮旁有一盏大灯，是明亮的橘色灯光，照亮他所处的这片小树林。

有个人背对着他站在灯下。

他看了眼手表上的时间，凌晨两点三十七分。

周褚阳微微眯着眼睛看着那个人，只有一个感觉——特别瘦、特别艳。红色的裙摆被风吹着作响，肩膀耷拉着，和身体被勾勒出的弧度衔接在一起，像一条水蛇。

他犹豫着往前走了几步，那个女人忽然转过头来，视线投递在树林里某些地方，最后扫视了一圈停在他身上。

大灯对着他，她视力良好，这个距离能看清他大概的轮廓。而她站在灯下，脸背光，所以他只能看见她模糊的轮廓。

“你也睡不着？”她的口吻淡淡的，带着六月里的燥热沙哑，有些像上了发条的声音，卡住再松开，总之不是很好听。

周褚阳没再往前走，默默掐了烟，把剩下的一小截重新塞回裤兜里。

“嗯。”他点头。

“那你敢上去吗？”她指着墓穴，“听说那个洞的尽头是大海，陪葬的女人有几百个。”

他抿了抿唇，把打火机点着，光晕投递在脸庞上，模糊了他的面孔。他看见那个女人半蹲着，没一会儿顺着围墙跳了下来。

“啊……好疼！”她摔了一跤，小腿蹭出条血痕，疼得她皱了皱眉，但很显然并不够令她清醒。她歪歪扭扭地朝他走过来，“你说禹王轩这样风流，他是不是很英俊？古时的男人都这样吗？”

她交叠着步子，走得不慢又踉跄，终于在临近他面前时，被树叶下的石头绊倒了。

周褚阳收起打火机：“喝多了？”

“没有！我才没有喝多！”她摆摆手，固执地说，“天下乌鸦一般黑，这世上或许有好男人，但一定没有不色的男人！”

她挣扎着要爬起来，试了两回都失败了，朝他伸手：“帮我一下好不好？”

周褚阳后退了一步，与她保持着两米的距离。

她拧眉，不认输地又爬了一次，还是摔了。她不吭声，揉着腿又爬，还是摔，几次以后总算意识到自己受伤了，爬不起来了。

周褚阳也察觉到这一点，问她：“你还能回去吗？”

“色鬼。”她嘟哝。

“……”

“我说色鬼。”她重复。

周褚阳："我听见了。"

"你不……不是色鬼。"她的裙摆上全是落叶，细长的腿露在空气中，这个姿势她坐着是舒服了，却不怎么雅观。

他目不斜视，她却紧追着他的目光，又重复："你不是色鬼，你是鬼。"她轻轻笑了声，这笑带着一丝欢愉安心，从沙哑里剥离出了清透。周褚阳骇然，看她左摇右摆晃动了几下，然后就这样坐着睡着了。

他在原地站了会儿，确定她熟睡后走过来，从她随身的包里翻出来手机，调出通话记录里最近的常用联系人，打过去。

几声响后，一个女人的声音传过来："温敬，跑哪儿去了呀？到处找你都不见人！喂……你说话呀，靠，什么情况，不会真醉了吧？喂？温敬！别闹了，快告诉我在哪里！"

周褚阳挂断电话，传送定位到手机那边，很快电话又来："你还真去那儿了？酒局上的玩笑你还当真了？你是不是疯了？那里有鬼啊！喂？你别不说话啊……不会真有鬼吧？我靠，你等我啊，我来接你！"

半个小时后，一男一女走进小树林里，把躺在地上呼呼大睡的温敬拖走了。那女人还在四周找了圈手机，没找到，也没多待，飞快地跑了。

一阵窸窣之后，小树林又恢复先前的黑沉和静谧。周褚阳从石狮后走出来，对着空荡荡的树林看了很久，把之前没抽完的烟抽完，确定烟头烧尽了才把它丢在落叶里，一脚踩过去，朝山上走，一直往前走。

凌晨三点十九分，起雾了。

第一章

别跟我走

A 市是海滨城市，东北部重要的水利交通枢纽，旅游业发展旺盛，周边几个小镇农村因为被保护得好，开发痕迹浅显，水域干净，每年能吸引不少观光客。整个东北地区经贸合作的项目出台时，吸引了多家国内外知名企业。

结合当地环境以及地理位置的优势，在政府的极力倡议推动下，经过五年严谨的考察和规划，东澄实业有限公司联合多家企业决定在此开展 928 工程，打造新型畜牧产业基地。

据说这个基地引进了不少海外尖端技术，邀请到许多畜牧业的专家，对此基地进行了全方位的设计。928 工程是东北部迄今为止最大的合作项目，备受政府关注。

阿庆说得唾沫星子直飞，在猩红的烟头下刺溜划过，又落下了。他抹了把脸，咽着口水说："阳哥，我……没，没喷你脸上吧？"

一群人没忍住笑出声来，就在这巴掌大的石头屋里，面面相觑拍着大腿直笑。

周褚阳来这里三个月了，整天都和这帮来自天南地北的散工们窝在这屋子里，白天在规划好的地区栽电线杆、架设电路、运货，晚上在集体宿舍吃大锅饭，胡天胡地随便侃。

周褚阳抿着唇轻笑了声，示意阿庆："没事。"说完弹了弹烟头，不抽了。

他走到院子里洗澡，没一会儿阿庆和陈初跟了出来，一左一右挨着他说话。

"阳哥，再有个十几天这边的活就都干完了，你有什么打算？"陈初打开水龙头，先是兜了口冷水灌进嘴巴里。

阿庆也跟着问："我和陈初都是跟着徐工走的，往哪儿干活都是他给我们找的，你要是没有打算的话，要不要跟我们一起？"

"你们跟着徐工做多久了？"周褚阳将上衣脱下来，站在树下一处阴暗的角落里，把毛巾放进装着热水的桶里搅和了两下拎出来，擦了擦手臂。这里条件不算太差，但是包工提供的环境恶劣，想要洗澡只能用冷水冲。

“我十四岁就出来干了，都干七年多了。”阿庆咧嘴笑，看周褚阳的身体，精武结实没有一丁点赘肉，像练过的。他又摸了摸自己的小肚子，干笑两声。

“我也差不多，比他大两岁，但也干七年了。”

周褚阳抿了抿唇：“童工？”很快又套上上衣。

陈初一听乐了，兜头一盆冷水浇下来，凉得嗓子都润了：“什么童工、成人工？阳哥你别逗我们了，穷人家哪里有得选？我们那年纪有活干就不错了，没钱念书，也念不会，省得心烦。”

几个人说了会儿话，最后话题还是转到最初——关于周褚阳要不要和他们一起走。

他干脆地抬起头，头发湿漉漉地滴着水，从额前滑落到浓眉，声音也干脆：“不，我有其他打算。”

说起来陈初和阿庆这么亲近周褚阳也是有原因的，刚来 A 市头两天阿庆闹了肚子，大半夜疼得满地打滚，那天陈初恰好在工地守夜，没在石头屋里，因此阿庆喊了半天也没人理会。

大集团不放心外头人包揽总活，自然要推荐信得过的工程队，各家都推荐了，这工程队自然人多了，事也跟着多了。再加上一个工程里有好几个包工头，凑在一起难免会因活多活少而生出嫌隙。而他们又是散工，和正式工有很大区别，待遇也相差挺大。这工钱又着实不好赚，他们都是穷人家的，拿到薪水都先往家里汇，谁能顾得上给阿庆送医院去。

还好周褚阳回来得及时，将阿庆半拖半拉地弄到最近的诊所去了，诊断结果是急性肠胃炎。阿庆在床上躺了几天，这期间就是陈初和周褚阳两个人轮流给他送饭，偶尔还守夜。

阿庆感动地说：“一个大男人能有这待遇，真的死而无憾了。”这之后就把周褚阳当哥，觉得这个半道插进工程队，和他们都不熟的男人真是仗义。

后面又发生了一些事，逃不去工地口角和穿小鞋的事，比如给他们增加工作量，又或者故意撞翻他们的饭盒，诸如此类，屡见不鲜。周褚阳跟着他俩揍过对方一个领头，直接将那人撂在地上爬不起来，又大方地请他们吃过消夜，没问阿庆提过一句治疗费，随后这革命情谊就深了。

总之阿庆这人单纯，陈初虽然老练不失滑头，但也是铁打实的硬气汉子，他俩都真心服周褚阳，也想跟着他一块干活，不过被他拒绝了。

“你俩年纪还小，别跟着我。”就这么一句话，没有只言片语的解释，但也算表态了。陈初和阿庆不敢啰唆，还是跟平日里一样和他相处。

基础设施建设是工地后援的重要项目，但非常艰苦，而且吃力不讨好，正式工没人愿意干，只得把这苦力活派给了散工们。好在周褚阳曾经接触过电力工程方面的活，上手也快，和当地电力部门协作分工，效率也高。直到对方派来一个美国工程师，只会说两句中文，一句是“你好”，还有一句是“再见”。

这位工程师主要负责电路检测，必须要同他们交流。起初和他接洽时，阿庆急得不停抓耳挠腮，手舞足蹈地比画，可表达和理解两方总是不尽如人意。队里有个男人上过初中，会几句英文，但说到工程方面的专业术语就头疼，因为错解工程师的意思，还差点让整个电网崩溃，最后阿庆没办法，打电话让周褚阳来帮忙。

他也不知道为什么会求助周褚阳，他更不知道周褚阳真的能解决问题，那一开口就流利非常的美式发音，把工程师都震住了。

阿庆听不懂，却觉得他非常酷，简直酷毙了。他穿着一身水蓝色工作服，破球鞋上都是灰，头发乱七八糟，对面是夹着公文包、西装笔挺的工程师，戴着斯文的眼镜，头发定型过，可他的气势一点也不输，仔细看个头还比那老外高一些，腰杆也更直。阿庆心底升起了一股无名的自豪感，盯着周褚阳直发笑，一群男人也跟着笑，总算松了口气。事后他追着问周褚阳怎么会说英文的，还说得这么好。

周褚阳的回答是跟着其他工程队出国干过，在那儿待了几年，就会一些英语了。可是华人在国外不好混，大家都知道，不过也没再刨根问底。说起跟船出国做散工的一些趣事，各有各的奇葩之处。

阿庆第一次去索马里时，买了五十包方便面和榨菜，上船的时候还被调侃土包子，到那儿了才发现五十包简直太少了。一伙人哄抢了两回就没剩几包了，简直后悔当初没多背一麻袋过来。

陈初晕船，上去头一天就把肚子里那点货都吐光了，唯一还能咽进肚子的就是烟了。他算是个烟鬼，烟瘾挺大的，从国内过去的时候什么也没带，就收拾了几件衣服和几条烟，没几天就抽得七七八八了。

其他的人听说船上的员工偷东西很厉害，要么把钱都化成散的缝在衣服里，要么夜里头顶着铺盖坐着睡，天亮了后在一堆人围着打牌的时候抱着钱睡会儿觉。谁也不是有钱的人，谁也没把那些纸钞票不当回事。

大家来自五湖四海，胡天侃地笑作一团。里面大部分工人都出国接过活，去非洲、东南亚这些地方，劳动力便宜，活却不少。最后阿庆总结说："还是内地好，有人情味，还通语言。"

电力设施快要弄好的最后几天，他们被负责人领到仓库外。仓库里堆放的都是远航货物，电路是临时搭建的，不太稳定，需要重新搭建电网，首要之事是栽电线杆。

这边农村环境很漂亮，有些原始的张力和野劲，让人来了就浑身都是力气，而且不想走。

不想走的最直接原因还是女人。

到晌午时间，大伙都歇了下来，周褚阳塞了把钱给陈初，朝他抬了抬下巴，陈初心领神会，高兴地跑了，过了一会儿抱着几瓶水回来。

"阳哥，我刚刚去那小卖部，看到一个姑娘可白可好看了。"陈初抹了把脸上的汗，喘着气说。

阿庆咧嘴笑："哪……哪家？"

"喏，就那家，门口搭着绿色帐篷的。哎，我跟阳哥说的，你跑去凑什么热闹？"

眼见着阿庆就朝那小卖部跑了过去，四面都是散开的大柏树，遮阴避凉的好地方。陈初忍不住腹诽，这小子又偷懒。

没有一会儿，阿庆跑回来揽着陈初的肩说："阳哥，我也看到了。"咕咚一口水，"真好看，像……像混血，白白的，眼睛大大的，特有神。"

"哟嗬，你还知道混血？"

"这我咋不知道，阳哥你也去瞅瞅，真不赖。"

"你们做什么？"周褚阳抬起头，眼皮子下面一块乌青，唇角勾着往上翘，"怕我找不到女朋友？"

"不，不是……哎哎，她出来了！"

烈日下的男人们一溜水看过去，只见不远处敞开的玻璃门内走出来个女孩，瘦瘦高高的，穿深红色的吊带长裙，往绿帐篷下的竹椅上一躺，腿从裙子下伸出来，跷在石凳上。

动作慢得慵懒，腿白得晃眼。

这边几个都咽着口水。

"阳……阳哥，就……就是她，好看不？"

周褚阳眼皮微耷拉着，看不见的瞳孔骤然缩紧，他抿了抿唇，把嘴边的烟按掉，剩下的半截抄进口袋里，重新弯下腰。

还有六根电线杆没栽。

他戴上手套，拉了把对面干活的阿庆。阿庆努了努嘴，把他的手挥开，又看向右前方。这些男人们，真的是……

周褚阳没忍住低笑了声，抬头就看见远处的女人离开了藤椅，朝他们走过来，还有几步远。

这次看清了，从头到尾。

温敬站在几步远的地方不动了，目不斜视地盯着面前几个男人，扫视了一圈后看向周褚阳，她刚抬起脚，肩膀就被人拍了下，回头见是萧紫。

“都说等我会儿了，怎么？”萧紫打量了一圈面前的情形，见不远处那几个傻大个都呆呆地看着她俩，一句话也不说，就是目光赤裸裸的。

她扑哧一声笑了出来，算是明白了，搭着温敬的肩对她耳朵吹气：“怎么看着都是憨货，你有兴趣？”

温敬推了她一把，低骂：“别不正经。”

两个人笑作一团，闹了会儿后，萧紫对还瞄着她们的那群憨货说：“你们是徐工队的吧？我们是东澄实业的项目负责人，给你们送温暖来了。徐工这边也跟我说了下你们的情况，大家在这里都不容易，尤其你们队的，什么杂活都干，还得干得精细，真是不容易。那这样，晚上我请你们吃饭，算犒劳你们成吗？”

“东……东澄？是不是我们顶头的顶头？”阿庆问。

陈初推了他一下，指着他那𡚸样笑：“你就说是不是大老板得了。”

“哎，我就是这意思。”

东澄是国内首屈一指的实业财团，这次的928工程主要就是由他们领头，只是怎么也没有想到项目负责人会是两个女人，还来慰问他们！

说话间徐工的电话就打来了，是陈初接的，没两句就把电话递给了周褚阳。他拨开手套，耷拉着眼皮慵懒地瞥了眼萧紫，随后又从温敬面前飘过。

他的声音带着丝冒烟的低沉，“嗯”了两声，点头说道：“下午把电线杆都栽了，电路没问题就成。”

这话算是答应了。

一群憨货傻笑着瞅她们俩，萧紫也跟着瞅了他们一阵，忍不住腹诽，随即招呼了阿庆和另一个大男孩去小卖部搬水和买一些吃的，两个人搬了四箱矿泉水搁在路牙子旁。

“随便喝，都算我的，不够再去小卖部搬。”萧紫说。

“好嘞……”阿庆摸了摸后脑勺，憨笑着答应下来，后面这几个也都有动力了，跟着周褚阳去栽电线杆。

温敬在树荫下站了会儿，觉得没意思了又走回去，躺到竹椅上和萧紫说话。

“对接和投资签约仪式都过去小半年了，那么多人力物力都投进去了，个别零散工程已经开工，可现在正式的总动工文书迟迟不下是什么意思？”她认真地看着手指甲，咬着唇撕指甲盖旁边的死皮，一会儿的工夫，少掉一小块皮，指甲上都是血了。

萧紫思量了会儿，从兜里甩出包面纸扔她怀里。

“我也看出这事里面的不对劲了，不单纯是动工文书的问题。工程队这么多人都供在这里，每天的开销数目就很惊人了，上面还一直不给个准信，说什么设计方案太复杂，工程师和监工都要经过专业培训，涉及工程项目的所有人员都要仔细核对……都是托词，摆明是在拖时间。”她脱下高跟鞋揉了揉脚，“再这么下去不是个事，东澄是最大投资方，会有什么问题连我们都不能告知？其他几个投资方估计也正着急呢，裴西天天打电话给我……”

“安和集团的项目经理，那个混血小白脸？”

“你也是小白脸呀，瞧瞧，还说别人呢，不就是给你献了两回殷勤，你根本不理会那个嘛。人家没办法，电话只好打到我这里了。安和是外企，上头有好些老外盯着，每分钟都是流水一样哗啦啦的钱，耽搁这么些天，效率低下，可把他给拖苦了，小白脸都憔悴了。”

“从现在开始，别再接他的电话。”

说是来送温暖，其实是就地勘察。

东澄来两个上头的人，也好给当地政府施加一些压力，谁料相关人员却一再推托，到现在连和领导正式见一面的机会都没给她们。

温敬不在意地擦干净手指上的血：“我哥的意思是静观其变，再等一等。”

“好。”萧紫又说起收购的细节，想了会儿顿觉索然无味，八字没一撇想那么多有什么用？再看一眼旁边这位，已经闭起眼睛睡午觉了。

她哭笑不得：“温总，你也真是心宽。”

温敬跟着打趣她：“萧总，兵来将挡水来土掩。”

“没你这气概，喝水不？我进去给你拿。”说话间，她又看向那些散工。天气热，已经有好几个男人都脱了上衣，就这么赤膊露背，在大太阳底下干活。那么长的水泥电线杆，两个人一抬就顶到腰间。

“你说徐工底下这支队也是挺怪的，全都是大小伙，十八岁到二十五岁之间，看着没一个年纪有咱俩大的，而且一个比一个憨。”她乱看了一阵，咂咂嘴，“真羡慕他们，年轻有力。”

温敬被她扰得心烦意乱，睁开眼睛瞪着她：“你刚刚不是说都是憨货？”

“我太久没吃荤了。”萧紫委屈地嘟起红唇。

温敬整个人都崩溃了，拿起地上的空瓶朝她扔过去：“等把这儿的问题解决了，带你去我哥那儿邀功。”

“好啊。”萧紫得逞地笑，又把遮阳伞调整了下，遮住底下白花花的人。

她大二拿到公费奖学金去纽约留学，机缘巧合认识了温敬，最开始没想过会和那样含着金汤匙出生的大小姐成为朋友，谁知最后两人竟然形影不离，相交这样深。

毕业后，温敬回国搞了个东澄的子公司，从她哥手上接一些活，萧紫作为副手，帮着一起接过几个大项目，两个人踏踏实实地努力打拼，到如今也算小有成就。

照理说像温敬这样的家世，根本没必要出来打拼，女人做生意本就不容易，更何况还是在东北这边。要说她这么拼纯粹是为了图钱，那温敬呢？

很明显温敬不缺钱，那她到底图什么？

“有一个。”

“嗯？”

萧紫走进小卖部拿水，听见闷闷的一声又伸出头来。

“那个。”温敬的眼睛瞟过去，又轻又慢，“年纪在二十八到三十三之间，比我俩都大。”

“怎么看出来的？”

没听到回应，萧紫抬头看去，只见温敬双手托在脑后，眼睛微微张开，含笑看着某处。

跟着那眼神看明白了——女人活在世上这么拼，除了图钱，还能图什么？

男人呗。

萧紫在镇上的一家饭店里开了两个包厢，隔着条走廊相对着。温敬踩着楼梯上去，走到拐角处看到几个身影，清一色都是赤膊，只除了边上那个。军绿色的汗衫湿漉漉地贴着后背，隐隐约约勾勒出精瘦的腰线，却还是没有脱下上衣。一整个下午都没有，就套着那滴水的汗衫不为所动地站在烈日下，晒得脸上全是水珠，棱角分明，倒是更帅了。

温敬不在意地勾了勾唇，又返回楼下的柜台，把饮料换成了冰镇的啤酒。重新走上楼时刚好撞见公司里的一个前台小妹，贴着墙瞄着对门的包厢，看见她了也不躲，捂着嘴轻笑，把她拉到一边说："温总，你们从哪儿找的工人啊？"

"怎么？"

那小妹瞄着某个地方，笑得激情荡漾的："真是够帅的。"

她隐约察觉到什么，从死角的位置走出来，整个人亮堂堂地往门口一站，里面或倒或站的男人们，一边赶紧把肩上的衣服都扯下来往头上套，一边憨笑着和她打招呼。

她客气地朝他们微笑，随后又看向那里面唯一没有什么动作的男人，抿着唇问："看上人家了？"

"不，也不是。"小妹认真地想了想说，"就是觉得他帅得不像工人。"

"这是什么比喻。"她往对面的包厢走去，里面的人自然就多了，看见她招呼了声"温总"，然后又各忙各的去。

窗户边还开了桌牌，萧紫手气不错，坐下半个多小时就赢了不少钱。温敬看了眼时间，和服务生交流了两句，又照例问了问其他合资方这几天的情况。

这一次从公司带了八个人过来，一直都住在镇上，以为最多一个星期就能开工，没想到一直拖到今天，她想了想，还是决定先拨一部分人回总部等消息。

萧紫心情好，晚饭时和部门经理喝了不少酒，又碰上村里之前和他们打太极的一拨人，就作为代表去喝了一圈，却迟迟没有回来。温敬等了会儿又打发部门经理出去找她，结果一开门就看见她大咧咧地坐在那一堆男人中间，正在和阿庆拼酒。

这一看谁能罢休？部门经理赶紧吆喝了几个小伙子一起蹿到对面包厢去，信誓旦旦地说不能丢了萧总的脸。这边的姑娘们也是好奇，跟着一块玩，于是都跑去凑热闹了。

温敬一个人在位置上坐了会儿，然后也跟着走了进去。

不算很大的包厢，容纳二十几个人显得有些拥挤。人群分成了两拨，一拨围着阿庆和萧紫在套酒瓶，底下送上来的三箱冰镇啤酒都开了，没见几瓶整的。另一拨就是队里几个男人，在角落里喝着闷酒，没有参与进去，却也时不时地观望下闹局。

陈初见温敬站在门口，红艳艳的裙子飘荡在视线里，让人口干舌燥的，他从椅子上跳过去，把她引进角落的位置上，中间隔着周褚阳和她说"谢谢"。

温敬轻笑："不用，这一片的电路也是临时出了问题，给你们加重任务了。"她瞄了眼一直沉默着的男人，想要探究什么，于是问道，"六月份左右你们是在江苏那边吗？"

陈初摇摇头："没，我们年初就跟着徐工来这边了，这大半年一直在这一带活动。"

"哦。"她漫不经心地抿着唇，眼底忽然玩味起来。

周褚阳直起身，拎着酒瓶往杯子里倒了杯酒，闷不吭声地灌下去。陈初看看他，又看看另一头艳丽的女人，敏感地察觉到什么，于是很识趣地掉过头钻进了拼酒圈子里。他这一走，后面几个男人都莫名其妙地换了阵地，一会儿的工夫，桌子边就剩他们俩了。

温敬把手摊在灯光下看指甲，看了会儿又不甘心地转向他："我们以前见过？大概三个多月前在江苏中部小城禹王九子轩的小树林里，你还记得吗？"

周褚阳面无表情地说："我没去过江苏。"

"这么说的话，那我一定是见鬼了。"她轻声笑了笑，"我那天被几个男人灌了许多酒，也不知道是怎么跑到那林子去的。不过现在想起来，还真是觉得后怕，我好像记得当时在那里遇见了一个男人，萧紫来接我的时候却说一个人都没有。你说，我是不是真的见了鬼？"

"也许。"他应付了句。

怪力乱神，信则有，不信则无。

温敬转移话题："你来这边多久了？"

"两个月左右，怎么？"周褚阳开始掏烟。

"没怎么，随口问问。"

周褚阳微微眯眼，吐出一口烟："928 工程出问题了吗？"

"为什么这么说？"

"工程队驻扎在这里，每天却只做一些零散的活，白白浪费人力资源，不知道你们在搞什么。"

"这个工程要做温室培育，会用到一些特别的技术，许多技术员还在做最后的数据核对。再加上建筑图纸比较复杂，工程师需要那些包工头能熟悉每个细节，这样开工才能稳妥。"她一本正经地解释，说完愣住，她为什么要同他解释？

"那到底还要多久，你不着急吗？"

温敬继续打太极："你是散工，工程项目顶多就分点零头给你们，赚不了多少钱，关心这个问题做什么？”

“赚不了多少也是钱，电力设施快弄完了，耗在这里总不是个事，看起来你是真的不着急。”他深吸一口烟，白雾晕染眉眼，模糊了轮廓和眼神。

温敬被他那一眼搅和得晕乎乎的，把面前的酒都喝光了。那边拼酒的圈子也都散了，有人在门口叫她，部门经理传唤了声，因为酒气上涌这一声喊得铿锵有力，于是闹得很欢的包厢一下子安静下来，纷纷循着声音看向温敬，她却还是懒洋洋地瞄着身边的男人，那眼神说不出有多郁闷。

萧紫喝得醉醺醺的，都忍不住笑出声来，身边的人不明就里跟着笑，温敬朝他们挥了挥手，然后拎着裙摆走了出去。

门口叫她的是一位村干部，这人是她哥以前一个客户的朋友，也是经过多手关系才联系上的，是这边政府的人。他刚刚来这儿吃饭的时候和温敬照过面，也是看自己那帮人都散去了才找了个时机来见她。

“928 是国家重点项目，起先所有人都很重视，最初招商引资的时候经过了重重筛选，走到这一步也不是上头愿意看到的，但就目前的情况来说，进行下去的可能性不大，我看你们还是尽快解约吧。”

他们找了个僻静无人的地方说话，开场白很客套，温敬没买账。

那人表现得非常局促和不耐烦，左右观察后迅速地说：“再详细的我也不是很清楚，只是隐约听说是合作方出现了问题，目的不纯。我个人认为，928 项目将会被暂时冷冻，所有投资方都会被上面调查。所以别蹚这浑水了，尽快解约，跳出这个复杂的情形，将来还有机会再做的。”

“除去东澄还有七个资方，你的意思是其中之一想从 928 项目里面牟取什么？”

“我不清楚，别再问我。”

温敬点点头，没有再为难这个人，放他走了。她在树荫下站了会儿，没再回饭店，打了个电话给萧紫，很快就有车来接她。

她上车之后发邮件给部门经理，让他带着底下的人都回去，留两个人给她和萧紫善后。部门经理动作很快，赶紧订了机票，第二天一帮人都走了。

温敬还是慢悠悠地坐在小卖部门口的帐篷下晒太阳，这是萧紫的小叔家中。小叔常年独居，无子无女。年底时她们两人找不到休假的地方，就来这里小住过一段时间，顺带陪小叔消遣时光。这里的环境很好，大家的作息习惯也很稳定，她尝试了一段慢节奏的生活之后，觉得还不错，于是在多个经贸合作项目中挑中了 928 工程，谁知会遇见这样的情况。

到下午的时候开始变天，闷雷响了几声后，天色彻底暗沉下来。温敬却拿了把伞，也没和在屋里打盹的萧紫说，就一个人走了出去。她沿着山间的小道走了会儿，然后来到不远处的一个工地。

几个男人蹲在墙根下抽烟，土墙下滋滋地冒着热气，阿庆撸着袖子钻在水龙头下洗脸，一抬头就看见不远处的温敬，张着嘴喊了声："温……温总。"

其他人听到声音也跟着看过去，温敬勾唇笑着朝他们走过来，毫无意外地看到跨坐在门槛上的周褚阳，身边蹲着陈初。他好似没有看见温敬，正往周褚阳怀里塞烟。

"这多少钱？"周褚阳没有起伏的声音问。

"二十二。"陈初摸摸后脑勺，又把烟往他怀里按了下，"阳哥，你就收着吧。"

周褚阳没说话，微微抬起眼皮子看了眼走到面前的女人，很快又垂下眼。陈初总算注意到她，猛地一站对温敬说："温总，你怎么来了？是不是又有活给我们干？"

项目不落实，工程不开始，一大堆工人都滞留在这里，供电设备也都完善了，没谁不闲得慌。而且他们这支小分队，显然在这次建筑工程里处于作用不大的位置，顶多将来留下来几个懂电路的，随时搭把手。

温敬看了眼满怀期待的陈初，眼神瞄了瞄，旁边几个男人也都一副撞见好事的模样，于是她脑袋里冒出个想法："那个小卖部后院的墙要倒了，你们给帮着修一下吧，算私活，我给你们双倍工资。"

陈初高兴地应了声，又问："有材料吗？"

她哑然："什么材料？"

几个男人面面相觑，一时间不知道该如何开口，于是都把目光转向周褚阳。后者很快看了眼天色，然后说："我和你去买材料，钱算你的。活明天再干，这天要下雨了。"说完也不等温敬答应，他拆开烟从里面抽出了一根放进口袋里，剩下的都朝陈初扔过去，从他身边走过时按着他的肩膀笑了起来，"以后别买这么贵的烟了，省点钱寄给家里。"

这是属于大男人爽快的笑，毫无杂念，笑起来时眉眼弯弯的，长长的睫毛扫下来，遮住黑亮有力的瞳孔。这一张棱角分明的脸孔，在此刻露出最简单纯粹的笑。

温敬没看过他这模样，心里堵住了一般，不知是什么滋味，总之不是很畅快。

她跟上周褚阳的步子，两个人沿着墙根往镇上走去，一路上彼此都很沉默。

快到镇中心时，她不知在想什么走了神，忽然胳膊被人拧住猛地一扯，巨大的力道将她甩在马路牙子上，晃神的片刻间，她看到一辆电动三轮飞快地朝她刚刚站着的位置飞驰过去。

周褚阳双手抄在口袋里居高临下地看着她，凝眉问道："受伤了吗？"

温敬没吭声，仔细检查了下全身，发现脚腕被不知名的东西割破了，流了血也没有多疼，倒是胳膊有一块疼得她晕乎乎的，回想起他刚刚那动作，又快又猛，几乎是把她整个人都拎了起来，又有所保留地将她扔在相对安全的地带。

她咬着唇看他，目不转睛地盯着他，缓慢地说："谢谢你。"

周褚阳无所谓地点头，刚想说没什么事就继续去买材料，温敬却打断了他。她看起来并没有什么大恙，却不知道是从哪里来的一股劲，朝他结结实实地使出来。

"周褚阳，你活得真实点吧。"

闷雷轰轰炸响了天际，就这么瞬间的工夫，豆大的雨点砸下来，一会儿就把两人都浇得湿漉漉的。

"什么意思？"

"直觉，你不真实。"

周褚阳似笑非笑："我哪里不真实？我有血有肉，会笑会说话，每天跟他们一块吃饭，同出同进，哪里不真实，你说说看。"

"你对我说谎。"她深吸一口气，抹干净脸上的雨水。

周褚阳没吭声。

"三个月前在江苏，我遇见的那个男人就是你！萧紫说，有人打电话给她，却一直不说话，事后找手机也没找到，我不信鬼神，所以那天晚上一定是有人在。"她轻笑，声音同那晚一样清透，"小树林里没有监控，但是石狮那儿有。之前禹王墓穴被盗，警察在石狮后安装了监控，我在监控里看到了你的脸。你离开的时间，是凌晨三点十九分。"

他记不太清楚时间了，嗫嚅："那又怎样？"

"你为什么不承认见过我？"她问。

"我忘记了。"

"你说你三个月前不在江苏，是说谎，不是忘记。"她将事实剥离，打赢胜仗一般，将他堵得哑口无言。

周褚阳一直没动，就这么深藏不露地看着她，眼睛黑黢黢的，看不出喜怒。最后他将手从口袋里面拿出来，又将她从地上拽起来，低声说了句：“我拿了你的手机，要还吗？不要还的话，以后就别管我。”

“那你承认了吗，小偷？”

周褚阳仿佛被噎住一般，仔细琢磨她刚刚的话，有些不悦。但到底是自己理亏，他没辩解，算是默认了温敬强加在他头上的“小偷”头衔。

温敬始终注意着他脸上的微表情：“你继续装。”

她没再追着问下去，抿着唇轻笑，在下着大雨的小镇上旁若无人地笑着，红色的裙摆被风吹出了褶皱，勾勒出她骨感消瘦的身体。

她微微眯着眼，往周褚阳身边走近了两步，抬着下巴轻飘飘地说：“好，我不管你。”

谁爱管他，她只管自己乐意。

西格夫里·萨松写过一句诗，原话是：“In me the tiger sniffs the rose.”

余光中将其翻译为：心有猛虎，细嗅蔷薇。每个人的内心都穴居着一只猛虎，只是在虎穴之外仍有蔷薇丛生。老虎也会有细嗅蔷薇的时刻，忙碌而远大的雄心也会被温柔和美丽折服，停下脚步，安然欣赏自然赐予她的美好、生活给予她的泰然。

人性都有阳刚和阴柔两面，只是强弱略有不同。

有的人心原是虎穴，穴口的蔷薇免不了猛虎践踏；有的人心原是花园，园中的猛虎不免被那一片香潮醉倒。

然而踏碎了的蔷薇犹能盛开，醉倒了的猛虎有时醒来。

男女博弈，便如猛虎进园，娇花入穴。是擒是俘，就要看谁能更胜一筹了。

温敬跟着前面那个男人的脚步，在雨中肆意地笑。她把湿漉漉的头发捧到头顶上，任由唰唰的水冲到眼睫上。周褚阳一回头看见的就是这样一个场景，红裙湿身，那个被鲜艳色彩包裹的女人消瘦而性感。

她在雨中大笑，姿态宛若驯虎之人。

他轻轻抿了抿唇，眼睛斜睨着她，那里面深了又浅，藏着笑和刀锋。

第二章

别试探我

周褚阳先是带着温敬去小超市买了干毛巾和雨伞，然后来到一家材料店，她不懂那些东西，一个人坐在门口的小板凳上擦头发，伞竖在门边，积水一滴一滴往下，汇入雨水中。她在心里数数，数到一千五百六十六时，萧紫的电话打了过来。

“你去哪儿了？”

“天太闷，我出来走走。”

萧紫“嗯”了声，有些犹豫地问：“刚接到电话，有几个投资方都以项目中断为由，要求解约，这事你怎么看？”

“少安毋躁，这个时候不能跟风走。”

“局面已经这么明白了，你还不死心哪？温敬，我和你说认真的，别蹚这浑水，这事明眼人一看就知道，里面不简单，否则上面也不会在工程队都进来之后，突然临阵发难。”萧紫有些挣扎地说，“十几个亿的项目不是闹着玩的，我明白这个工程的未来价值不可估量，也理解你的不甘心，但是……”

“但是什么？”她不是很在意地问。

“别把自己牵扯进去，我们在这里留得越久，越容易引人怀疑。等到脏水往我们身上泼时，我们就是想撇清都撇不了了。你不是初出茅庐，你应该懂名誉在我们这行的影响力。好好想一想，你不是一个人，你姓温。”

温敬沉默下来，她一只手撑着下巴，从逆光的方向看屋子里正在和老板交涉的男人。虽然看不清他的神情，但她能感觉到周褚阳正在看她，那目光一定怀着考量和试探，从一开始就没变过。

她不会看错的。

“你还记得之前在江苏那块地吗？”

“怎么不记得，我到现在还生气呢。”

那块地按照原定规划，本来是要建大型游乐园的，他们也按照招商方的要求做了详细的计划书，送上去审核经过了层层筛选，最后只差盖个章就板上钉钉了，结果临近签约前一晚却被强行撤下，连个合理的解释都没有。

那项工程是萧紫负责跟进的，到最后计划书也是直接退回她的邮箱里，负责人提出请她们吃饭赔罪，却从头到尾都在打太极，解释了一堆，都没给出个极具说服力的理由。萧紫气得一整夜没睡着，第二天找关系上访，却被告知计划书是上头直接撤掉的，已经无力回天。

她们着实没有办法，又加上要推进 928 工程，于是就将那件事搁下了，现在也不知道那块地的最新进展。

温敬就是在知道计划书被撤下的那晚，心里不痛快，陪客户喝大了。

她换个姿势握着电话，抬起腿往屋里面走去，声音压得很低，却足够让电话那头的人听见。

"那次在江苏我见到一个男人，项目泡汤了。这次我又遇见他，928 工程没着落了。"她漫不经心地晃着步子，"萧紫，钱不钱的事都无所谓，我不甘心的是……怎么总是这个男人坏我的事。"

萧紫忍不住大笑："巧合吧？这么夸张？"

"你相信吗？这是命运的安排。"她抿着红唇，透过雨雾看清那面的人，稳妥坚定地给出自己的解释，"我要看看这个男人还能耍出什么花招。"

"可是……"

"放心，我有分寸，我比你更记得清我的姓氏。"温敬沉声说，这话题算是打住了。萧紫沉默了一阵，也妥协了。这几年不是没遇见过风浪，最后都在她的稳如泰山中安然度过了。

温敬的父亲是经贸委官员，哥哥是 B 市经济大鳄，一家人都精明得很，她从小受那环境的影响，特别擅长察言观色，对市场的敏锐度很高，也擅长综合分析最恶劣的经济形势，然后在最不可能的猜测里摸索出最合理的解释，进行确认。

江苏和东北两个项目毫不相关，却能让处于天南海北毫不相关的人聚在一起。总之这回，不管和这个男人有没有关系，她都不能再让这事不了了之。

通话掐断，温敬站在周褚阳身边问："买好材料了吗？"

他没说话，老板哭丧着脸抱怨："这不都定好了，可这哥们非得为了百十来块钱跟我讲价，我这也是做小本生意的，两位也得给我赚点呀。"

"需要给定金吗？"她看看周褚阳，意思是这样就可以了。后者没再说什么，点点头算成事了，他从口袋里掏出两张一百元压在柜台上，“明天早上把货送到我写给你的地址那儿。”

老板自然满口答应，开了发票给周褚阳。他随手签了字，把发票折起来塞到她手中，公事公办地说：“等活干好了你再给钱，连着定金一起。”

“行呀。”她笑眯眯地瞅着他，轻声打趣，“那要是你们干的活我不满意，这钱我还能不给，是吗？”

周褚阳似笑非笑地牵了牵唇角：“你赖不掉。”

温敬起先不明白这话里的意思，等到第二天陈初几人拿着材料来干活，这么一问才知道他那话纯粹就是威胁。陈初说之前他们也接过私活，结果对方在完事后挑他们的刺，也不是赖钱，就是想少给点。周褚阳二话没说，就把给对方搭的架子都敲散了，让对方赔了一大笔材料费。

温敬想笑：“那人是傻吗？怎么不报警？”

“哎，这报警也没用呀，那材料单上白纸黑字写的可是对方的名字呀……”

她赶紧从口袋里扒拉出那张发票，签收人那边果然写的是她的名字。温敬哭笑不得，和人谈几百万的生意都没犯过这浑，这回却在一个小工头身上栽了大跟头。

陈初又说：“那回我们被徐工狠狠骂了一顿，钱没赚着，还招来了警察。不过其他工程队的人都没敢再找我们的麻烦，后面来找活的人也没再欺负过我们，工资都按标准给，有时候还给得更多，我们先前亏的也都赚回来了。”他摸摸后脑勺，有些不好意思，“阳哥挺厉害的，他对事不对人，帮过我们很多次，又教了我们很多东西，可我们要请他吃饭，他都不答应。我们给他买烟，他也不肯要。”

温敬没说话，在人群里寻找着那个男人。要找到他不是很困难，唯一没脱衣服的就是了。

“他抽什么烟？”

“挺便宜的，五块钱就能买到的红旗渠，老实说，现在我们这队里就他抽得最赖了。”

温敬视线里出现的男人，纯白 T 恤裹住的身体正蹲在水泥地上翻东西，磨得发灰的工具袋里滑出几件扳手铁锤，他随手拎出根锤子抵在脚尖，然后从口袋里摸出小半截烟含在嘴里，不远处的阿庆把打火机扔他怀里，他爽笑了声很快又把打火机还回去，抿着唇深吸一口，转过头，眼睛微睨着她。

陈初的声音晃在耳朵里，她听得不是那么清楚，但依稀还是拼凑出来完整的意思。

他一根烟要抽好几天，却经常请队里人吃饭，宁可砸了东西也不肯协商拿钱，手腕够狠，也够有情有义。

最重要的是，他是半道进工程队的，三个月前根本不在这儿。

“阳哥很精明，谁能唬得住他？”

温敬笑了：“陈初，跟你讲个道理，说真的，跟生意人讲精明，他是在道上，但是光讲精明还不够，得要聪明，我就唬过他。”

陈初哑然，却没再问下去，温敬觉得他这举动就是聪明人的作为。有些事知道了未必好，不知道会更好，比如，哪里来的监控，禹王墓穴被盗什么的，都是她瞎说的，一唬正着，那正主还就真的被她蒙住了。

她回味起刚刚对视的那一眼，从那黑不见底的眼神里看明白一些东西，的确，他帅得不像工人。

“他骨子里有股劲。”温敬轻声说。

中午在小叔家吃饭，一群人围着圆桌坐在院子里。温敬挑食，不吃芹菜，只吃豆干，她挑得太明显，桌上的男人都没敢朝那盘菜伸筷子。第一次跟她同桌大家也规矩得很，没敢抢来抢去，都闷着头安静地吃饭。

萧紫一看就剩芹菜了，斜了温敬一眼，问大伙：“你们谁吃？”

她看看阿庆，阿庆看看陈初，陈初看看周褚阳，周褚阳低着头没理会，他半碗饭都没了，菜还没动过几口。阿庆果断把盘子端过来，把芹菜都倒周褚阳的碗里，乐呵呵地说：“我阳哥喜欢吃。”

萧紫点点头：“可以慢点吃，离下午开工还有很多时间。”

周褚阳扒完碗里最后的米饭，咽下去，从口袋里摸出打火机，慢悠悠说：“习惯了。”

这速度真够快的，萧紫用眼神向温敬比了个厉害，温敬咬着筷子睨了他一眼。打火机都拿在手上了，他却迟迟没点烟，应该是顾及这一桌子的人，可他吃完了没有直接离开，倒还挺有礼貌的。

她若有似无地勾勾唇，撞进他黑沉沉的视线里，一擦即过。

就在这时，前台小妹来了。这里地处偏僻，发展落后，有车的很少，有跑车的就更少了。几声轰隆响之后，前台小妹从副驾驶上跑了下来，随后，主驾驶座上的人也走过来。

萧紫当即笑看温敬，低声说：“你不理麻烦，麻烦总有办法找上门。”

温敬无语，不理萧紫的打趣，直接问前台小妹："你怎么来了？"

"哦，是总公司来了一份传真，经理让我赶紧送给你。"小妹含笑低头，模样有些娇羞。

温敬以为让她变成这样的是主驾驶那位撩妹狂魔，追问了句："怎么是裴经理送你过来的？"

裴西抢先道："顺路，顺路……"

"哦？"

小妹点头，解释："我正准备叫车，碰巧看见裴经理，他说他正好要过来，所以就一起了。"

温敬点头，这个答案令她头疼，她想客套两句，让萧紫打发裴西走，谁知小叔太好客，竟然邀请他们一起吃饭。裴西和小妹都半推半就地答应了，她看见小妹找了张凳子，坐在周褚阳边上。

至于裴西，自然是死皮赖脸地靠着她。

"温敬，小敬敬……"裴西低眉顺眼地哀求，"上头给我下死令了，928 工程必须如期进行，如果再拿不下来，我这经理也该走人了，你帮帮我好不好？"

萧紫忍不住想笑，她敏锐地察觉到，这桌子上所有男人都刻意放慢放轻了动作，埋着头竖着耳朵。

裴西长了张书生脸，白俊秀气，抱着温敬的胳膊委屈得像个小媳妇。

"小敬敬，看在我们合作过两回的分上，你可不能见死不救啊！"

温敬尴尬，压低声音说："先放开我的手，其次不要自来熟，我不适应。再者，见死不救这个成语用得不太恰当，你在国外长大，学不好中文我理解，但是试图用中国式关系来处理生意场上的事，是我不能理解的。最后，我有心无力，实在帮不了你。"

裴西快速反应，过滤不重要的，提取重点信息。

"怎么会帮不了我？东澄是最大的投资方，政府肯定要给出妥善的解决办法。我知道你还没解约，你就给我个准话，这事到底还要拖多久？928 到底还做不做？"

"我不知道。"温敬实话实说。

"我不相信！"裴西苦着脸，"小敬敬，别对我这样无情，我始终爱着你，我给你打了多少电话，你总是不接，你不肯接受我，可我的心里还是……"

"打住。"温敬欲哭无泪，总共见过没几回，每回他都好像被她甩了一万次。她非常认真地表示，"同安和集团合作大概是我做过的最错误的决定。"

一直沉默的人群发出了爆笑。

周褚阳瞥了眼裴西，收回目光，身边的女孩还是满怀期待地看着他。他咳了两声又转过头去，搭着阿庆的肩膀说：“别笑了，跟我去搭把手。”

“嗯嗯，好嘞。”他刚刚笑得太大声，一听有人解围，拔腿就跑。没两分钟，桌上的人都跑光了。

裴西不死心，紧跟在温敬身后：“项目工程本来进行得好好的，总设计方案经过那么多次协调，最后也敲板了，所有人都等着它的最后成果，怎么会突然说停就停了呢？到底是哪方面出了问题？来这里之前就签好了合同，难道不受法律保护吗？政府总该给出合理的解释吧？”

温敬不胜其扰，叹气道：“你是非这个项目不可吗？”

“不是我，两个小时前纽约州的紧急会议直接给我下达了命令，老板一定要做这个项目。”

温敬沉默，几个投资方都已经提出解约，显然是得到了风声，照理说安和集团的上层不可能不知道。那么还一定要冒险蹚这浑水的目的究竟是什么，同她一样想险中求胜？

她目不转睛地看着裴西，心中做着盘算。后者却被她的眼神撩拨得心痒难耐，又冒出了刺激的想法。他红着脸表示：“小敬敬，允许我再表白一次，你让我神魂颠倒，我对你真的是真心的。”

“嗯，我知道，你对很多女孩都很真心。”她微笑着拍拍他的肩，让他靠近些，“你难道不知道八个投资方都在被秘密审查吗？”

“什么？”他暴跳，“怎么可以这样，为什么 Boss 没告诉我？难道他们想让我独自承担？小敬敬，我预感我要失业了，到时候你收留我好不好？”

温敬挑眉，萧紫实在看不下去了，在她发火前把裴西拖走，耐着性子问：“你的思维一直这么跳跃吗？难道重点不是审查吗？”

“重点可以调整，我更关心小敬敬对我的态度，她刚刚对我微笑，这次见面实在太美妙了！”

扔掉烫手山芋，温敬总算喘了口气，看过传真才想起来前台那个小姑娘。在人群里找了圈，见小姑娘还站在周褚阳身边，正给他拧开矿泉水瓶，他倒也不别扭，接过来咕噜几口喝去大半，剩下的都扔给了阿庆，然后转头看向她。

小姑娘跟着他的视线也注意到温敬，迟疑了会儿才朝她走过来。

“温总，还有什么事吗？没有的话，我就先回镇上了。”姑娘恹恹地说。

温敬点头：“去找萧总，让她安排人送你回去。”

“不用，没关系的，我可以自己叫车。”

“那行，回公司后把机票、车费都给财务，让她报销。”温敬把传真夹在手指间扇风，往阴凉的地方走了几步。

“机票？”小姑娘急了，追过来，“不是回镇上，是……回公司吗？”

“嗯，这边的项目暂时搁浅了，没有事情需要做，你下午就回公司吧。”

小姑娘咬着唇，默默地朝某个方向看了眼。

温敬又问：“还有事吗？”

“没……没了。那温总，我先走了。”

小姑娘一步三回头，还是走了，那个蹲墙根下抽烟的男人，靠着树桩眯着眼，好像睡着了。

温敬从旁边经过时，听见阿庆八卦的声音，追问他有没有给刚刚那姑娘手机号码。

周褚阳嘟哝，阿庆又有点失望地说：“你没给啊？那她给你号码了吗？”

空气里有蝉鸣的声音，热浪一波又一波朝她袭来。脖子里都是汗，温敬把头发举高，随便一扎，靠在柜台上拿了瓶水喝，又等了一会儿还没听见回应，她就走了。

萧紫的小叔怎么也不肯要温敬出这笔修后院的钱，托了萧紫来当说客，她倒好，把钱往自己兜里一揣纯当了事。温敬懒懒地斜她一眼，爬上床睡午觉：“回头买点东西给你小叔。”

“好呀。”萧紫点头，“我本来也是这么打算的。”

“嗯，我看小叔屋子里那电视太小了，你给添台新的。”她想了想，又补充了几样东西，萧紫认认真真地记在手机上，打算下午就和助理跑一趟市区。

“只是这回去市里，怎么也得明天晚上才到家，你一个人留在这儿行吗？”

温敬把脸埋在枕头里，闷声说：“担心我什么？”

“怕你被男人拐跑呗。”萧紫站窗口看了眼后院还在干活的男人，扫视一两圈后还是忍不住瞥向周褚阳，咂咂嘴，“不过说真的，别玩太过火了。”

“嗯？”她一动不动。

萧紫怕她被枕头闷死，上前推了她一把，顺势抽出枕头抱在怀里：“别装蒜，中午我都看见了，你把人家小姑娘支回公司，我还能不知道你心里想什么？”

“想什么？”温敬抬头。

“你不是真吃醋了吧？哎哟，还真有点酸味。”萧紫捂着鼻子笑眯眯地瞅她，瞅得温敬一阵不耐烦，把枕头夺回来重新闷进去。

萧紫追问：“真喜欢他？”

“有点。”

“喜欢他什么？”

温敬认真想了想：“也许只会喜欢一阵。”温敬用眼神让萧紫明白她的无奈，停了一瞬又说，“我哥早上打电话给我了。”

“说什么了？”

“问你什么时候回去呢。”

萧紫冷哼了声，随手抓起一个抱枕朝她扔过去，脸上的神情说不出的黯淡：“别拿这事逗我啊……我都喜欢他那么多年了，也没见他吱个声。”

知道这是她的死穴，温敬适可而止地闭嘴了。

屋里拉上了窗帘，光线有些暗。就在两个人沉默的空当里，后院里传来敲敲打打的声音，阿庆粗声粗气的抱怨夹杂在里面：“这个月第几个了？”

“啥？”有人问。

“我说，这个月问阳哥要电话号码的，加上中午那姑娘，已经是第几个了？”

一群人哄然大笑。

还真有人在数：“隔壁村给咱撑伞的高中生算一个，挺清秀的小姑娘，就是有点偏心，那天雨下那么大，她就只顾着阳哥了，眼睛里完全看不到我。工程队里的生活助理也算一个，虽然年纪有点大，好歹也风韵犹存，好吃好用的也都先想着咱……”

“那句话怎么说的，醉翁之意不在酒，哪是想着咱啊，是想着阳哥呢。”

“对对，还有上回在半路上遇见的那个少妇，肚子都那么大了，还好意思问咱阳哥要号码，说什么老公不在家，怕临产找不到人帮忙，心里害怕！那我说把自己号码给她，她怎么就不乐意了呢？”

陈初含着烟笑他：“因为你憨啊，明知人家不想要你。”

“真稀奇，自从阳哥来了，我们整个队的颜值和回头率都上去了。难怪过去妓院总要有个头牌，不然生意都不好，现在我算明白了。”

“你这是什么比喻？哈哈……”

“我的意思是阳哥老少通吃，还能拐带良家妇女。这不咱的活都快干完了，阳哥使使力，让温总给徐工再整点生计，嘿嘿。”

屋里头的人也忍不住笑，萧紫满含深意地看她：“头牌，花魁哦，抢手着呢，算盘都打到你头上来了……温敬，你要小心了。”

温敬有点高兴：“我等着。”

两个人又说了会儿，萧紫问起传真，温敬才想起来正事，是她让总公司那边找的有关其他七家资方的详细资料。

“我筛选了下，撇出已经打算解约的，和东澄合作过、信誉不错的，就只剩这三家。如果上面真的在查，问题应该也出现在他们三家企业之中。”

萧紫从头到尾看了一遍，有些疑虑：“怎么安和也在里面？”

“不单纯对安和集团，这次项目联合的海外投资方都值得怀疑。”

“为什么？”

温敬分析：“当初政府在招商引资时，这个项目还没成形，也不招眼。我起初挑中 928 项目仅仅是因为对这个地方的喜欢，后来在与更多投资方接洽的过程中，928 工程的轮廓才慢慢显现，也吸引来更多投资。但中国人做生意讲究一个以商易商，找到一个可靠的合伙人，再由这个合伙人拉进靠谱的投资，是相对来说合作大项目最稳妥的方式。这几家都和东澄有过接触，在原则上，我信任他们，彼此会有好的项目推荐。但安和不一样，他是在一些关系的介绍下，直接被纳入政府的招商范围，他们和东澄的合作仅仅是共同赞助过一个慈善机构，但我们并不了解他们，也是他们将飞希德公司拉拢进 928 工程中的。”

“安和是做科技发家的，飞希德主营医药产业，仔细一想，他们都对这个项目感兴趣是挺八竿子打不着的。”萧紫摸摸下巴，“难道他们都只是因为 928 工程的估量价值？可是时间和环境都有些巧合。”

“巧不巧再查查就知道了，你联系裴西看看还能不能找到有用的消息。”

“还有一家呢，做玩具包装的？”萧紫头更大了，“飞希德和安和的总部都在 B 市，能和东澄一起参与到项目共建中也不是很奇怪，但这家企业是哪里的？总部在江苏？”

温敬轻笑：“对，就是江苏的才可疑，让我很难不联想到当初那个夭折的游乐园项目。”她拍拍萧紫的肩，“行了，这事也急不来，就从安和电子科技开始查吧。”

萧紫点头，正好电话进来，她一看时间，赶紧忙不迭往外跑：“助理来接我了，我去市区了，你一个人在这边小心点。”过了会儿她又跑进来，拿起衣架上的包，见温敬又懒洋洋地埋进枕头里，她无奈嗔骂，“这么睡不怕把自己闷死吗？你听见我刚才说的话了吗？小心点，小心某人使美人计呀……”

“滚。”一个抱枕飞过去，两人都笑了。

楼梯上脚步声远了，楼下的汽车喇叭声也远了，只有后院里那些男人的打趣声，此起彼伏，和蝉鸣一样聒噪。

温敬是被一阵手机铃声吵醒的，没好气地接通，却在听见里面人的声音时，顿时清醒了。对方是上次来和她接头的村干部，告诉她今晚在宏远大饭店里，几个市政府的工程负责人有个饭局，她如果还想要问一问 928 工程的事，倒不妨再试一试。

她自然说好，看了眼时间还早，于是不紧不慢地洗了个澡，化了个妆，从随行的箱子里挑了瓶好酒揣在包里。下楼时正好见周褚阳他们完事了，几个人正坐在帐篷下休息，小叔给他们一人递了一瓶红茶，随便唠着嗑。

也不知谈到什么话题，阿庆有些沮丧，说是这两天就要走了，到时候就要和周褚阳分开了。说这话时，里面知道情况的几个大小伙都没吭声，把瓶盖拧起来，静静地看着周褚阳。他却好像有什么其他的想法，视线就这么转啊转的，最后停在温敬身上。

她咧嘴一笑，也不说话。

小叔倒是好奇，追问了句“为什么”。周褚阳见大伙都等着他的回答，一阵沉默后摸了根烟含在嘴里，无所谓地说道：“回老家结婚去。”

原来是为这个，大伙都眼对眼地笑起来，小叔感慨：“男大当婚，落叶归根，这想法好。”

阿庆还不信，跟着他往小卖部里面走，七七八八问了些具体的。周褚阳始终没说话，就在与温敬错身而过的时候点了点头，视线扫到她包里的酒，眼皮子一抬对上她的眼睛，含糊应道：“嗯，我爹给找的媳妇，就我们村上的。”

“哪个村？对了，阳哥，你老家哪里的？从没听你说过。”

周褚阳抿着唇：“怎么？还想过来喝喜酒？”

“没。我是想着以后若是有机会去你老家那边打工，还能再见见你。”

“见我做什么？”

阿庆摸摸后脑勺，有点羞涩：“阳哥你人这么好，我和兄弟们都不想断了这层联系。”

“回头给你个号码，有事可以打那个。”

“好！”阿庆心满意足了，跑到人群里嘚瑟这一手消息去了，留下他们两个人在柜台前站着。

温敬心里有些不爽快，瞥下视线问：“真是回家结婚？”

“嗯。”他嗓子有些干，声音沉沉地带着些沙哑，“真回家结婚。”

“她好看吗？”她换个肩膀背包，整个人正面对着他。周褚阳注意到她换了件黑色的裙子，看起来是精心装扮过。皮肤很白，唇红艳艳的，笑起来很漂亮，晃得人眼花。

他舔了舔唇，拧开盖子把红茶喝光了，然后说：“不知道，没见过。”

“那你也可以给我个号码吗？”

“有必要？”他琢磨了会儿才说。

不知道阿庆说了什么，院子里的男人都凑到一块去了。温敬在余光里看见他露在空气中的腰身，汗衫掀了一角，黑色的皮带环住精瘦的腰线，里面的边边角角冒出了头，是藏蓝色的。

温敬上前一步，周褚阳始料不及，被她推到了柜台里面，完完全全避开了所有人的视线。她整个人贴着他，顶着某个敏感的部位，好似不经意地扭动了下，肩膀往下压，整个人变成水蛇，柔软光滑，黑色裙摆里一截雪白脚踝微微垫高，异常勾人。

“温敬！”他低吼，有些惊慌，“你做什么？”

他力气大，一瞬就将她推开，温敬却揩足了油，离身前还掐了把硬邦邦的腰，笑眯眯说：“给不给？”

周褚阳扭头就走。

温敬捧着脸大笑，笑着笑着直不起腰了，她扶着柜台坐下来，按住一直轻轻发颤的腿，深吸几口气，抚平心跳，拍拍脸，掌心一片滚烫。

第三章

别招惹我

萧紫把车开走了，温敬要去宏远大饭店得走上一个小时，小叔原本打算骑摩托车带她去，可因为前一阵子在家干活摔伤了腿，到现在走路都还有点不利索，更不用说骑车送她了。于是转了圈后指着人群里的陈初，让他帮忙送一送，回来正好留这儿吃饭。

陈初拍着屁股从地上爬起来，刚要接过小叔手里的钥匙，兜头就被一个工袋砸中，手忙脚乱地抱在怀里，仔细一看才发现是他们落在后院干活的家伙。他朝周褚阳干笑了两声，连连保证再也不这么粗心大意了。

那工袋要是丢了，里面的家伙重新买整了少说也得要个一千块。先前他和阿庆已经丢了套工具，这套还是新的，才买没多久，是周褚阳出钱赞助的。

这么被打岔的工夫，小叔的钥匙就莫名其妙到了周褚阳手里。他看了眼帐篷下横七竖八的男人们，径自朝摩托车那儿走去："我来送她，你们留这儿休息，晚上吃的喝的都算我头上。"

"阳哥，这算践行吗？"阿庆扒着车头问，"那你可得回来，我上回没喝过你。"

人群里有人笑："你喝得过谁了？那次和萧总拼酒不也没赢。一大伙兄弟帮衬着，连个女人都没喝趴下。"

阿庆立即红了脸，和那人较起劲来。周褚阳看了会儿，招呼温敬坐上车，把她的包挂在龙头上，看了眼里面的红酒没说话，把包的拉链往一边拉去，恰好兜住瓶颈。

温敬站在一边看自己的裙子，这长度有点危险啊……她抿了抿嘴唇就这么笑起来，自发地搂住周褚阳的腰，这回动作熟练了些，小指一划，抚过她之前掐他的部位，明显感觉他的身体更僵硬了。

温敬不动声色，手从他前腰伸过，紧紧抱住，另一只手将裙摆压在了腿下面。

这边几个人看着她的动作，又看看前面的男人，都掩不住笑，于是一大群愣头青就这么呆呆地注视着她被周褚阳带走，那眼神既羡慕，又带着说不出的愉悦。

她实在想笑，也没忍住就笑出了声。

“早知道是这结果，刚刚就不使劲调戏你了。”她若有似无地往他身上靠。

周褚阳不舒服，被她的动作弄得口干舌燥，一只手得了空拧住她的胳膊：“别乱动。”

“你大声点，我听不见。”

他无奈，把她的胳膊放下来，离原先的位置远了些，温敬笑得更开怀。九月里的天还闷热着，山后的晚霞红了半边天，他骑着摩托车风驰电掣，风吹得他发尾扬起来，白色汗衫里透出股热气，带着丝汗味扑到她鼻尖，不是很清爽，但也不难闻。

她有一种很舒服的感觉，不着头脑地想象出一幅画面，一幅跟着男人去流浪的画面。

“你整天请他们吃饭，还有钱娶媳妇吗？”她突然好奇地问。

周褚阳觉得好笑，迎着风眉眼动了下：“大概有。”

温敬动了动嘴巴，有什么想说的最后还是没说，轻轻一笑，什么都算了。摩托车速度快，大概有十几分钟就到了。他把车停在路边，指着某个方向给她看，那里就是宏远大饭店。

温敬跟着他的视线往那头看去：“怎么不把我送到门口？”这么问了句，她已经踩着脚踏跳下来，却没注意车旁边的砖头，冷不丁被绊了下，整个人往路边的树丛里栽进去。

周褚阳踢着单梯稳住了摩托车，另一只手急急忙忙去拽她，往后退了几步才站住脚，最后的姿势就是把她整个人抱在怀里，自个抵住路边的树。

温敬以为自己要摔趴了，这一吓心跳得急速，落到他怀中还是没反应过来，好半天意识到什么，抬头看他。

刚刚还在想什么都算了吧，现在忽然不想就这么算了，也算不了。

“周褚阳。”她叫他的名字，手搭在他腰上，“过两年再结婚，好吗？”

他盯着她，像是要把她盯出窟窿般，目光凶狠，毫不留情，好半天面无表情地说了句：“别招惹我。”

宏远大饭店是当地最大的饭店，服务生把温敬带到四楼一个包厢。整个四层都是商务包间，里面有牌桌和歌厅。温敬在门口大致问了下服务生，知道里面的人才刚刚招呼走菜，这个时间卡得还算微妙。

她把手机关机揣兜里，深吸了一口气，微笑着敲门。没一会儿听见里面的脚步声，门从里面被拉开。温敬以前跟人应酬养成的习惯，进门之前总要虚晃着打量下里面的环境。这么一瞥也就了然了，门边站着四个男人，西装革履，不苟言笑。桌子边上坐着五六个男人，穿着都很休闲，正在谈笑。最中间的男人皮肤黝黑，不是中国人，但也看不出具体国籍。

她简单地分析了下，判断自己应该是进错了包厢，刚想往后退，来开门的人做了个请的姿势："温总，等你很久了。"

温敬将信将疑："你们是？"

"你好，我是飞希德的总负责人，杰克。"主座中间那人起身朝她走过来，友好地露出一口大白牙，只是中文说得断断续续，很是不熟练。温敬断定了，应该是美籍黑人。

她定定神，知道自己不是来错了地方，而是早有人设好了陷阱等她跳进来。她镇定地朝对方笑笑："你好，我是温敬。"

"久仰温总大名，东澄实业这几年发展得实在迅速，我们好几次都想和贵公司合作，却一直没找到机会，好在这个项目把我们聚到了一起，见到您很荣幸。"杰克身边的中国公关经理客气地同她寒暄，温敬却不太喜欢这种场面。

她躲开经理递过来的酒，微笑道："实在不好意思，今晚还有其他应酬。"她看了眼手表，"你看，已经七点了，迟到太久不好，我这就先行告辞了。"

她转身往外走，那公关经理疾步追上来，朝她眨眨眼睛："温总，不会耽误您太久时间，负责人只是想和您谈谈合作的事情。"

温敬对这个看起来有些玩世不恭的公关经理的一些表现简直摸不着头脑。

"看来贵公司对这个项目志在必得，我是否该考虑解约，将这大好机会留给你们？这是总负责人今晚设下鸿门宴的初衷吗？"

"不是，温总，您误会了。"他露出一口大白牙微笑。

"那是什么？如果贵公司是想和我谈其他合作，大可以再约恰当时间，不急在这一时，对吗？"

公关经理有些语塞，询问地看向杰克，后者在翻译的快速解释下明白了眼下的情形，笑着解释："温总很有个性，我很欣赏，今晚是我们失礼了，我向你赔罪，好不好？"

他一口喝进小半杯白酒，温敬神色稍缓，但还是表示不愿多留。杰克理解，两杯酒后与她约定了其他时间，放她离开。谁知温敬刚要出门，一个人就直冲进来，神色慌张道：“老大，外面来了些人。”

那人用眼神示意温敬，似乎不方便直说，公关经理立即大骇，杰克神色也变了又变，一下子整个包厢都安静下来，只听得饭店大堂一阵欢声笑语，有人提到市局的名字。

温敬小心翼翼地往外挪步子，杰克回过神来，大喊：“抓住她！”

门口的两个黑衣人当即制住她的双手。

“温小姐，实在不好意思了。”

“你们究竟是谁？”

“我们没有恶意，只想借您的手，您的关系，赶紧把这个项目落实。东澄是整个华东、华北地区最大的实业集团，您的父亲和兄长都不是简单的人物，要上面下一个开工文书不是轻而易举的事吗？”

温敬怒吼：“你想得美！”她重心往下压，反手一拧，对着一个保镖的下半身就是一脚。那人吃痛松手，温敬随即将包里的红酒抽出来，狠狠地对着另外一人的头抽过去，然后飞快地拉开门往外跑。

整个四层都很安静，她沿着走廊大喊救命，大堂的人听到声音后骚动起来，她就奋力往前跑。当她看到前面的走廊是死角时，后面追她的人显然也发现了这一点，喘着气放慢了脚步。

温敬转过头来看着对方，缓慢地往后退去。

那个公关经理无奈地摊手：“温小姐，你至今没有解约，想必对这个项目也是很感兴趣的，我们目的相同，没必要把事情搞得这么复杂，是不是？”

“现在的局势还不够复杂吗？”她讽刺地笑，“如果我没有猜错，你们刚刚是想绑架我，以此达成不可告人的目的，对吗？你们根本就不是飞希德公司的人！”

“温小姐，我劝你还是跟我们走，我们老大脾气不好，他不是那种会妥协的人。”

“好巧，我也不是。”温敬抵着墙退到死角处，迅速调整着呼吸，“我死也不会跟你们走！”

公关经理有几分烦躁，还要再同温敬交涉，谁料左右两侧的男人却不耐烦地冲上前，架住温敬的胳膊，将她强行往回拖。温敬想挣扎大喊，却被他们堵住了嘴。走到一个拐角处时，旁边房间的门忽然被撞开，一个人影冲了上来，和那三个男人迅速扭打在一起。这动静不算小，很快那个包厢里又走出两个男人。

这时，饭店大堂的人也冲了上来。

温敬趁乱跑进房间，进去之后才发现这是楼梯的暗门，她停顿了一下，很快就从暗门离开，沿着扶手往下跑。后面的脚步声追得紧，她根本不敢回头看，只是本能地逃离。也不知走到哪一层，后面追上来一个身影，她下意识地往边上躲，那身影却直接拽住她的手，用拖的方式将她拉离楼梯间，转向二层走廊，挑了个没人的包间挤进去。

门合上的刹那，温敬整个人瘫坐在地上。她剧烈地喘息着，嗓子冒烟般，却不敢发出太大的声音，耳朵贴着门缝，只听外面的脚步声一阵有一阵无，非常杂乱无章。她的心就跟着声音七上八下，一度提到嗓子眼处，一度又强迫式地冷静镇定。

大概过了五分钟，外面安静了。这个男人把裹在脸上的布巾拿下来，露出完整的轮廓。屋子里几乎是黑暗的，可她又分明看得清楚，那眼睛又深又黑，散发出危险的光芒，嘴唇抿成一条线，此刻正打量着她。

“他们是什么人？”

“我不知道。”

“你来这里见他们，会不知道他们是谁？”

温敬脸色一沉：“我不是来找他们的！我想见上面的人，可我被服务员带到了那个包厢！他们自称是飞希德公司的负责人，但很明显是骗子！我不知道他们究竟是什么意图。”

她几乎是把声音卡在嗓子里用最大力量的吼叫，对他表达了强烈的不满。身体里最后一丝害怕随着这股力量的迸发也消失了，她彻底冷静下来，用同样的目光打量他。

“你怎么会来？”

他不吭声，温敬邪笑：“你和这件事有关系吗？”

“你进饭店之后，我看到有个人在门口张望了一下，等到服务生回来，他们又走到外面，说了会儿话。直到几辆车过来，那个人慌慌张张跑上去。我觉得不对劲，就跟过来了。”周褚阳解释。

“那为什么蒙脸？”

“我怕他们会找工程队的麻烦。”

一切都很合理，一切都滴水不漏，可温敬还是觉得哪里不对劲。她沉默，扶着门站起来，后劲太大，她没缓过来，一个虚软差点又瘫下去，周褚阳搭了把手将她抱住。

她没有动，就这么任由身体做出最直接的反应，贪恋着坚实和温暖，恨不能沉溺在这份温柔的静谧中。她的手漫无目的地摸索，摸索到他的腿，往上游走是他的腰，肌肉紧实，碰触的地方无一不真实、不滚烫。

周褚阳面无表情地任由她乱摸，任由那双纤细的手从怕痒的腰抚摸到了胸膛，再往上是脖子、喉结、下巴。

几天没有刮胡子，那里扎手，她的动作停顿住了，然后松手，不再往上。他若有似无地松了口气，心口却闷闷的，好像被空气填充了，越充越满。

这个水蛇一样娇艳妖娆的女人，好像在他怀里睡着了。

他不由得蹙眉，一阵烦躁袭上心头，手松了松，就见她的身体往下沉，吓得喉咙一紧，赶紧又捞住她。身子勾回来，细软的手臂重新缠住他的头，那只会说话的手覆上他的眼睛。

最后一丝微光也消失了，他的世界彻底坠入黑暗。

风在浅声吟唱，爬进门缝里，木刺滑动地面，不满地跳走，又被风推进来，撞击着他的裤管，坚硬的布料发出闷哼，又不为所动，于是木刺滚到了丝质光滑的裙摆上，在波浪一样的褶皱里愉悦滑动……每一寸靠近都被敏锐的五官放大。

终于到某一刻，他的头脑炸裂一般，变成空白的影像，所有声音都消失了。

她含住了他的嘴唇，轻轻碾压。

周褚阳只有一瞬的逃离反应，是将她的手扯下来，清楚地看见面前这个女人，然后疯了一般眼眶湿热，什么都没有想清楚，就捧住她的脸深吻下去。

她的手抚摸在他的后颈，碰触到他短而坚硬的头发，手指插进发丝里，好像能与他血肉相接。她整个人都在发热，身体是热的，手指和脸颊也是热的，因为碰触，热得敏感而激烈。

“周褚阳。”她剧烈地喘着气，“你喜欢我吗？”

周褚阳单手拦住她的腰，顶胯将她往上一兜，将她整个人紧紧抱在怀里。他心里很复杂，动作情绪都没理明白就又吻住了她，浑身如火烧。

她和人应酬穿的衣服总是最合理的，既恰到好处地展现出自己的魅力，又不会让人有可乘之机，吃上一丁点的豆腐。周褚阳的手在她后背摸索了一阵都没能找到一个攻入口，无奈作罢，两个人身子贴着身子靠在角落里喘气。

“我那瓶红酒值好大价钱呢，可惜了。”

周褚阳斜斜睨着她，擦了擦唇上的口红：“这是什么味道？”

温敬不答反问：“喜欢吗？”

“还行。”他点头，嘴角带点笑意。

这事动静不小，宏远饭店的人报了警，温敬出去的时候警察局的人已经过来了。她大概了解了下情况，就被带去警局做笔录，周褚阳陪她一起。

出来的时候已经接近九点，周褚阳靠在警车上等她。没有抽烟，姿态安静，月光衬托得他棱角温和，让人安心。

“抓到那些人了吗？”他上前两步问。

“没，警察到的时候人都跑光了。不过监控拍下他们了，应该很快就会被抓住吧。”温敬有些累，找了个马路牙子坐着。

“你有什么打算吗？”

“东澄不会撤资，这个工程得做下去。”

“你走吧。”他也蹲下来，蹲在她身边，被月色包裹着。

温敬轻笑：“走哪儿去？”她摸了摸他的下巴，胡楂刺手，她却不厌其烦地一直摸，最后说，“我是生意人，能赚钱的事不会轻易放手，你看到这边的发展了吗？他们需要这个工程。”

周褚阳说不出话了，低着头。

“那你呢？你有什么打算？”

“回家。”他闷声应，还是这个答案，温敬一下子松开了手。

“娶媳妇吗？”

他含糊地点点头，站起来朝外走开两步。

“一定要回家吗？”

“嗯。”

“那给我手机号码或者地址，可以吗？”

他肯定地说：“不行。”

“你不能这样。”温敬换了个姿势，双手抱着膝盖，声音似乎要堵进心坎里，又闷又沉，“你不能这样。”

周褚阳说不出话来，就这么干站着，手抄在口袋里，能够摸到里面好几截断掉的烟头，想了想还是摸出一根含在嘴里。

打火机的光亮了一秒后又熄灭，最后只剩下一个红点在无人的小路上，在黑暗的环境中持续摇曳着。

他抽了很久，抽到嘴巴苦涩无味时，那截烟也烧到了尽头。他重新蹲下来，犹豫几回后摸索着温敬的脸。她脸颊很小，瘦瘦的，和她的身体一样瘦弱，可他分明能感受到那身板里的坚硬和强大。

他知道她是个聪明的女人。

他的手指很粗糙，抚摸在她光滑的皮肤上，那是一种不好受的滋味，可温敬还是任由他摸了好一会儿。最后他把身子俯下去，沙哑地问："可以吗？"

不等温敬回答，他已经再次贴住她的唇，找到她的舌头吮吸着。

"你有多久没碰过女人了？"

"很久。"

"这是什么意思？"

喘息声交叠着，街口映出交缠在一起的身影，亲密，饱含虔诚。一遍又一遍，两个人的身体都烧起来。他的声音回荡在幽暗无波的黑夜中，仿佛在穿透每一个时刻尖锐的风声，就这么飘到了她的耳朵里。

"温敬，我这辈子都忘不了你了。"

第四章
别再见了

周褚阳骑着摩托车把温敬送回了小卖部，暑热天里到处都是蝉鸣声，叫得人心烦。他们把车停在院子里，小叔听见声音出来一看，见这两人隔着点距离站着，彼此都没有什么表情，隐约察觉到什么，倒是什么都没问，就招呼他俩进来吃火锅。

他们走了之后，一群男人就开始张罗晚饭，等到八点多没见周褚阳回来，估摸着他应该是在等温敬，于是就先开吃了。

院子里搭着圆桌，大伙都抱着酒瓶跨坐在椅子上，姿势横七竖八的，看见他们进来了自动让座，无形中就变得规矩了。

火锅底汤是大骨头熬制的，小叔炖了几个小时，又香又浓。温敬折腾了一晚上也饿了，什么话都没说，先盛了碗汤。小叔看情况也给周褚阳盛了碗，招呼他先喝汤再喝酒，不然伤胃。

大概是离别前夕，大伙心思重，也没看出什么不对劲，只顾着拼酒，阿庆声音最大，已经喝得有些迷糊。陈初挨着周褚阳坐着，两个人不知在谈什么，彼此都有些闷闷不乐。

手机铃声响起来时，温敬好像没有听到，一直低着头喝汤。铃声响了很久，一圈男人都听见了，眼神不自觉地瞄到她放在桌上的手机，来电显示是一个男人的名字。

温敬从余光里撞见周褚阳的目光，张了张嘴，把手机接通了放在耳边。

顾泾川嗓音温和，说话带着一些卷舌音，问她："吃过饭了吗？"

"还没，正在吃。"她把吃到的肉骨头吐出来，声音总算清晰了，"有事？"

"早上和你哥通电话才知道你去出差了，什么时候回来？一起吃饭，可以吗？"

说话间阿庆又闷了一瓶酒，旁边的男人们都吆喝起来。陈初跑过去拦着已经快喝醉的阿庆，拉不动他，不得不求助周褚阳。只是这么一看，嗓子里好像堵着什么，一个字都吐不出来，直接蹲下去把阿庆扛在肩上。

温敬全程看着，听见陈初对周褚阳说要把阿庆先送回去，后者点点头，把酒倒了满杯，和小叔喝起来。

电话那头的顾泾川听到这一系列声音，安静地没有出声打断。好一会儿温敬才意识到自己还在打电话，赶紧应了声："好的，泾川。"

阿庆走了，人群里一下子安静了许多，没一会儿都散开了，有人拿着小板凳坐在院外乘凉。桌子上还摆着几瓶已经打开的啤酒，温敬看了眼桌边剩下的几人，把酒拿到面前。

"温……温总，我们喝一个。"对面的男人腼腆地说。

"行呀。"温敬笑了，和他碰了碰杯子，两个人连着喝了好几杯，气氛很快又热闹起来。散在角落里的人都围过来，瞅着温敬闷酒瓶。

她喝酒的架势一看就是练过的，酒量肯定不小，没人敢小瞧她，都正儿八经地和她比着。输掉的人要罚三杯酒，这么一来大伙都喝高兴了，一群人天南地北地说着有趣的事。

问到温敬酒量为什么这么好，她认真回忆了下说："我和萧紫刚出来打拼时，经常被人灌得烂醉，还什么工作都谈不好。后来我们觉得不能就这样被欺负了去，于是有事没事都要喝上两口，慢慢地就习惯了。有一次我们要招待一个大客户，那时拼酒输的人得脱衣服，我和萧紫都觉得这回不能输，所以就往死里喝，到最后我们把对方喝得只剩下大裤衩，满饭馆地追着我们要签合同。"她声音软软的，带着女人独有的娇媚，"这事闹得挺大，后来就再也没这么玩过，圈内人都怕跟我和萧紫喝酒了。"

"萧总那酒量我见识过，上回几个男人都没喝过她。"

温敬虚托着下巴轻笑："嗯，她很厉害，比我还能喝。"她手里还拎着瓶子，眼见着桌子上的啤酒一瓶一瓶都被喝光了，她又瞅着小叔问，"小卖部里还有酒吗？再来一箱。"

男人们一听，眼睛里都放出期待的亮光，乐呵呵地鼓动着内心的小情绪。小叔拒绝不了，招呼了一个人到前面去搬酒，很快又干上了。只是这回，周褚阳换了位置坐温敬旁边，桌那头正跃跃欲试的几个大小伙顿时蔫了般地低下头，识趣地抱着酒蹲到院外去了。

温敬看他，眼睛里全是亮晶晶的莹润水光："你要跟我喝吗？"

周褚阳没说话，把酒瓶从她手里抽出来放在地上，视线在院子里扫了一圈，然后也不知道从哪里搞来一瓶矿泉水。

晚风有些热，温敬浑身都汗湿了，她死死捏着那瓶矿泉水，目不转睛地盯着周褚阳。两个人像是草原上的狼，为了争夺一块肥肉就这么对峙着，谁都没有说话，可旁边的人都感受出了那股子劲。

温敬几乎红了眼，执着地问他："周褚阳，还是那句话，对吗？"

他还是没说话，她又问："我们以后还能再见面吗？"

周褚阳动作很慢，像是镜头慢播一样把刚刚放在地上的酒瓶拿到桌子上，视线就这样停留在绿色的瓶身上，然后在她的眼神中给彼此都倒了杯酒。

他拿起来玻璃杯碰碰她的，眉眼展开地笑："别见了。"

温敬强撑着睡意卸了妆，洗了把脸就把自己埋进被窝里，浑身都软绵绵的，没有力气，这会儿酒劲也上来了，闹哄哄地折腾着脑子。迷迷糊糊中，她听见小叔在给萧紫打电话，很快走进来给她调了空调温度，然后又放慢脚步走出去。

她豁然一坐，直挺挺地靠在床头。小叔终究有些担心她，走出去又折回，于是两个人一照面，轻声聊起来。小叔把水放在她的床头："萧紫说她明天中午就能回来了。"

"嗯。"温敬把杯子拿在手上，慢吞吞地喝了口水，意识有些溃散，"明天中午？那给她订晚上回去的机票。"

"这么着急走？"小叔心思一转，了然道，"那你呢？"

"我？我不走。"她越发昏沉，"我还不能走，得先抓到那些家伙！"

小叔疑惑，知道这会儿问不出什么，只得安慰："那行，你喝多了，早些休息，其他的事就让萧紫来安排吧。"

温敬点点头，抱着被子往下滑。脸被挡住，只留下乌黑的长发露在外面。她在被子里辗转反侧，把零星的睡意都转没了。

她叫住已经准备离开的小叔，耷拉着肩膀，有些委屈。

"得不到惊喜会失望，期待的事物总是离我很遥远，我好像遇见了一个大难题。"

小叔轻笑："你是说小周？"

她脸一红，点点头："他给我一种捉摸不透的感觉，这感觉不是很好，让我不知道该怎么办。"

她隐隐意识到不妙，在征服猛虎的这条路上，她似乎跌了个大跟头。

小叔安静地看着她，好一会儿舔了舔唇，尝试着解释："我看得出来，他是个有情有义的男人，如果……"想了半天，也还是找不到更合适的安慰的话语，于是作罢。他干笑了声，温敬也跟着笑，眼睛里坦荡荡的。

她说："他有义没情。"

小叔苦恼地摆摆手："温敬，小叔这一辈子都没娶媳妇，你知道为什么吗？"

温敬看着他。

小叔站在门和楼梯口间，大半个人都隐没在暗影中，让人看不清他的神情，也正因为如此，他的声音饱满而充沛地渲染出了悲伤。

"我年轻时喜欢一个女孩，后来她生病去世了，死的时候问我为什么不娶她。那时我终究太骄傲了，没钱的话怎么都说不出口，就这么看着她抱着遗憾走了。之后我也失去了打拼的力气，经营了一家小卖部，勉强过着生活。这么多年，太多人都问过我为什么不娶媳妇，我都不知道该怎么说，就是没那感觉了。想到她走的时候那眼神，就像没了气的轮胎，干瘪瘪的，再也膨胀不起来。只要一想到那眼神，我就没办法找别人。不管大家给我讲多少道理，我都没办法再娶别人了。"

小叔停顿了会儿，说："我总是在回忆当初喜欢她的感觉，那是一种怎样的感觉？想不起来了，这么多年，就只剩一种无能为力的感觉。"

有些话这个时间不说出来，以后表现得多遗憾和懊悔都没用，那个在意的人也不可能再出现。有情有义的人，也不会过得好。

小叔叹了口气："有些人给你的感觉只适合停留在生命里一辈子，却不能跟你走一辈子。"

这世上不乏一见钟情的男女，也不乏为彼此身上那股劲而深深吸引的男女，可这到底是生活。生活才是驯兽师，男女都是兽，最终的结果都是被驯得服服帖帖。要想少受一些罪，身上少些伤口，从一开始就得听话，就得认命。

温敬懂了小叔的意思，她把身子彻底地藏进被子里，手指攥得紧紧的。

"可我不甘心。"她闷声说。

小叔轻笑，半老男人沧桑却不失英俊，用眼神给予她最直接的答案："再过一些日子，你就甘心了。"

陈初送完阿庆后，见工队的人陆续都回来了，却迟迟没见到周褚阳的踪影。他换了身干净的衣服，又往小卖部走去，最后在离那不远处的小水沟旁找到周褚阳。

一地烟头还有几个空酒瓶倒在他身边，原本没烟瘾的人，发起狠来抽得比他还厉害，陈初吸了吸鼻子，呼出一口气。

男人之间的表达就纯粹得多了，就像先前在桌子上吃火锅的时候，他说徐工打来电话，明天一早就出发离开 A 市了，周褚阳淡淡地说了句“一路顺风”，把兜里的钱都掏出来塞他口袋里。

他好一阵都说不出话来，然后在拉扯醉酒的阿庆时，想要找人帮忙，就那么一看，心里就有谱了。当时温敬看着别处，周褚阳就看着她。平时多沉默坚硬的男人，也会有看一个人目不斜视的时候。

陈初找了块地坐下来，假装漫不经心地问：“阳哥，你是不是舍不得温总？”

周褚阳笑出声来，转头看他：“瞎说什么？”

他却一丁点笑容都挤不出，心里干巴巴的，好像饱满湿润的海绵突然被人挤干了水分，所仰赖的东西少了许多，这滋味挺不好受的。乡下的月光明亮，水沟里的溪水还在流动着，他在一切可视的环境中打量周褚阳的面容。

他是这世上的少一部分人，硬汉面容，几乎不笑，但笑起来很好看，眉眼弯弯的，眼角处有一块像是磨得发白的纸皮，黝黑中带着白净，勾勒出宽窄的额头和细长的眼纹，有一股说不出的沧桑和成熟，但他的心还鼓动着，都是干劲。

他想到那回温敬和他说的话，忽然间明白了一些道理。

男人和女人之间的感情也很纯粹，有一层可以吸引彼此的劲头就够了，后面的就看各自愿不愿意，所以这事能就这么简单地完了吗？很显然不能，谁驯服谁都还不一定。

周褚阳在这超乎寻常的安静中呼吸着热风，最后轻轻吐了口气，缓慢说道：“以前在中部城市干活的时候，被工头招呼去洗桑拿，一群人簇拥着上顶楼的包厢，从楼道里就能闻见那阵香气。那里有很多女人，形形色色，但是……”

他在外头这些年，做过太多事，可从没踏过男女那道防线。进了包厢门又找了借口出来，多少被工友嘲弄过那方面不行，他抿着唇点点头一笑而过。

“但是什么？”陈初见他没再说下去，追问了句。

周褚阳停顿了一瞬后，轻声说：“没什么。”

陈初看着他，弯腰埋头盯着地上，好像把什么都埋进那土里去了，最后说的那句话他也没听清。

有句话说得真对，百炼钢成绕指柔。这男人吧，多硬的骨头温柔起来也还是不像样。

最难的是，不管心里有多想，都不能去做。

陈初蹬了蹬腿，嗫嚅着："阳哥，徐工说我们要去海边城市，那里活多，赚得也多。是温总帮我们联系的，她还托人给我们安排了好的住宿，这回有空调了。"

"嗯。"他低低地应了声，眯起眼睛，困倦袭上心头，可眼睛还是闭不上。

"阳哥，不管你是不是回家结婚，都不要把我们兄弟给忘了。"陈初在兜里掏了掏，拿出一个纸袋放在他身边，"这里面是你之前给我的钱，还有一部分是我和阿庆攒的，不多，是我们哥俩的一点心意。我们都知道你和我们不是一路的，你是干大事的人，所以……别怠慢自己，想抽烟的时候多买几包放身上。"

他很快站起来，视线下垂着，瞥见周褚阳略带无奈的眼神，忽然咧嘴笑起来："阳哥，等你成为大老板，就可以去追温总了，到时候得还我们这笔投资钱。"

周褚阳一直没吭声，手指缓慢地摸着纸袋，因为一些复杂的情绪，最后轻声笑起来。他朝陈初点点头，和他擦身而过的一瞬间拍拍他的肩膀："我给阿庆留了电话，有事打给我。"纸袋又被塞回陈初手里，周褚阳已经大步流星往远方走了。

月光把他的身影拉得长长的，山风和树影最终将他融入了黑暗。

陈初傻愣愣地搓了搓脸，用臂弯夹紧钱袋，刚要走，余光中瞥见几个黑影。他立即醒过神来，仔细看过去，只见几个人正朝小卖部的二楼爬，他赶紧冲过去："你们干啥呢？"

凌晨三点二十八分，温敬裹着单衣坐在院子里。五分钟后，几个男人跑了进来。都是徐工队的散工，半夜里听说小卖部进小偷了，急急忙忙跑过来，上下看了圈，见温敬还算平静地坐在那里，一颗心放回肚子里。

又过了会儿，小叔回来，跟她说找到陈初了，已经先回住所了。

温敬点点头，之前因为他那一声大喊，把"小偷"都吓跑了。等她醒过来，跑到窗口看时，陈初已经去追他们了。她担心是晚上遇见的那伙人，急忙喊了小叔一块去找他。结果找了圈没找到，小叔就先让她回去等消息，指不定陈初也会回那儿。

好在都没事，温敬总算松了口气。

那几个散工也没走，在院子里支了桌牌，小叔给他们准备了些小食，坐在旁边抽烟。温敬没了睡意，靠在一边的藤椅上听他们有一搭没一搭地说话。

小叔问："明天一大早就走了吧？今天晚上辛苦你们了。"

"没事，明天在车上也能睡。再说了，工作都是温总介绍的，守个夜算什么。"

“我们这片以前挺安定的，邻里都是熟人，多少年没遇见过小偷了。”小叔抖了抖烟灰，眼睛微眯。

“估计是看工程队进来了，所以偷鸡摸狗的事也跟着来了。这事常见，我们以前的工体宿舍还经常丢东西呢。只不过大伙都是民工，也没丢啥值钱的东西。”

“话是这么说，可我这小卖部在下面，那小偷却直接往楼上爬，难不成是知道上头住着个有钱人？”小叔看了眼温敬，若有所思，“会是熟人吗？”

“小叔，别寻思了，我大概知道是什么人。”温敬有些紧张，在视线范围里寻找可以掌握的东西，最后捏着不知道谁喝剩下的半瓶水，反复揉搓。

她这么说，小叔心里就有谱了，也不再问。那桌上有人电话响起来，没说两句，就递给了温敬。

她一开口嗓子就发疼：“是晚上在饭店堵我的人。”

“嗯，已经报案了，警察正在连夜找那伙人。”

温敬舔了舔嘴巴：“陈初睡了吗？”

电话那头风声呼呼的，他似乎在外面奔跑，又似乎只是安静喘气。很久没有回应，她几乎以为他已经不在，可又能那么强烈地感觉到他的气息。她不确信地喊了声他的名字，又是好半天，才听见他迟缓的回应。

“嗯。”

杂声在这一瞬间都消失了，温敬只能听见他的声音，一个字一个字地说：“离开这里吧，算我求你了。”

她似乎能想象出他说出这句话时的模样，五官严肃，没有一丝笑容，口吻带着恳求，可眉目不会温柔。他一直坚硬，像块打不弯的铁。

他笔直地站立在土地上，一手拿电话，一手掐灭了烟头，动作协调，不管是哪一方面，都不会拖泥带水。

温敬揉揉眼睛，笑了，也妥协了，答应他：“我明天就走。”

十秒钟后，电话被切断了。

她把手机还回去，对方看了眼这个陌生电话，嘟哝着：“没见阳哥用过这个号码，温总，你要存一下吗？”

温敬一愣，低下头：“有点累，我先去睡了。那什么，我不存了，谢谢你们，都回去吧，没事了。”

“不行，都答应阳哥了，要等天亮了才能走。”

温敬语塞，想笑却笑不出来，好一会儿才重新往前走。上了楼，关上门，瘫倒在床上，把头埋进枕头里。

有些人从生命里走过，会留下肉眼看不到的痕迹，这些痕迹就像病毒，无处不在，阴魂不散。最重要的是，病毒会变异，而人心总是不堪一击的。

小叔强撑了一个上午没合眼，其间接过几个电话，但都压着声音，时不时地瞄一眼二楼窗口的位置，见温敬还没睡醒，又放心一些。到中午萧紫就回来了，完全顾不上那些新买的家具，风风火火地收拾东西，强行拖着温敬离开。

车子从省道开出 A 市时，温敬看着那些越来越远的村庄和山庄，彻底没了睡意，眼睛干看着某一个方向出神。萧紫从副驾驶丢了瓶牛奶给她，自己也拿了一瓶，从前面爬到后座来。

“怎么没精打采的？还为着小偷的事后怕呢？”她推推温敬，硬是让她挤出了地方给她坐，“中午从市区回来的时候在路上碰见徐工了，他跟我说你给他们介绍了活。”

温敬懒懒地抬起眼皮子瞄着萧紫，那意思是有话直说。

“醉翁之意不在酒啊……”萧紫一脸暧昧地笑，顶着她的胳膊问，“我不在那一晚，是不是还发生了什么我不知道的……好事？”

“好事？”温敬皮笑肉不笑地盯着她，“我差点被人绑架了算不算？”

“绑架？”萧紫惊叫，“你没逗我？”看温敬不像是开玩笑的样子，她赶紧收起了玩世不恭的神色，正经地问了始末。温敬也不想瞒她，就把之前被人拽进包厢的事都说了，最后补充道：“昨晚爬窗户的也是他们。”

“和 928 工程有关？”

“应该是。”

萧紫快疯了：“那其他资方又不傻，这样只会把你逼走，不会让这个项目有什么进展。”

“所以我推测他们和投资方有关系，但是做出这些事情有可能是脱离了某些掌控。也就是说，他们迫切想要在这个工程开工后筹谋或者得到什么。”

萧紫听完后一阵沉默，摸着手机打了通电话。

到邻市的机场已经是下午六点，飞机是七点半的，助理去托运行李，温敬和萧紫则在免税店里闲逛。

大概七点左右，萧紫接了通电话，神色变得怪异起来，她在落地窗外往里面看，见温敬正在柜台试口红，导购拿出了时尚杂志上最新出的流行款，让她一款一款地试，她偶尔和导购交流几句，姿态轻松。

萧紫喉头一哽，安慰式地拍了拍胸口，挂断电话，又拨通另外一个号码，声音传过来的那一刻，她有些紧张。

“遇见了一些事，嗯，已经找人调查了，目前情况不是很好。她状态还行，暂时没有告诉她。我？我也还好……那就这样，回见。”

等到温敬试完了口红，又七七八八买了些其他的东西，就到登机时间了。找到位置坐下后，温敬问有没有回音，萧紫想说什么，最后也只是摇了摇头，然后将手机关机，塞进了包里最底层。

温敬若有似无地应了声，没再说什么，调整座位休息。

飞机在 B 市降落时是晚上十一点多，有人早早在出口等着她们，那人是温时琛的秘书周善，很漂亮得体的女人，从穿着打扮到做事，样样都有条不紊，非常专业。所以有她这样优秀的人在温时琛身边，也就没萧紫什么事了。

温敬斜睨着后面一直沉默不语的萧紫，忍不住轻笑。

和周善谈了下合资项目目前的形势，她也赞同先退出来，静观其变。另外因为时间问题，原本打算去总部一趟的计划也暂时放下，温敬直接让周善先行向温时琛报告，她则和萧紫回家休息。

周善离开后，温敬又安静地坐了会儿，然后看着一直站在外面吹风的萧紫打趣：“怎么，要做望夫石啊？你就是站到明天早上，我哥也不会出现啊。”

萧紫没心情和她开玩笑，她开机后看到有十几通未接电话，刚刚借故上洗手间拨了回去，才意识到这件事的严重性，她一副快要哭出来的表情看着温敬：“我有事和你说。”

温敬愣了愣，把司机打发下车，两个人窝在相对宽敞的商务车后座中说话。她看萧紫一脸严肃，大概知道是什么事情，示意她直说。

“那个村干部没骗你，当晚真的有市局的人在那边吃饭，只不过你到的时候他们还没到，而那伙人恰好在。他们应该是认识你，看见你过来，就收买了服务生，故意把你领到四层。那些人的具体身份目前还未知，但是他们底下有两个小头目是非法入境，下午五点左右被抓到警察局了。”萧紫双手紧紧按在座椅上，深吸一口气，“但是他们被抓不是因为非法入境，而是杀人。”

温敬心里不自觉地揪紧了下，嘴唇发干：“杀……杀人？”

“嗯。”萧紫捧着脸，有些异样的情绪在发酵着，她想到一张面孔，声音和身子都颤抖起来，“死的人是陈初。”

沉默，死寂一般的沉默。

温敬连气都没敢喘，就这么冷静地接受了这句话。司机上前来询问，她若无其事地交代去西苑公寓。工作原因，她和萧紫在公司对面的大楼买了公寓，一人住十七层，另一人住二十层，距离刚刚好，可以完整留有私人空间，又可以随时应付堆积如山的工作。

电梯上到十七层时，萧紫没出去，脸色苍白地盯着温敬，缓慢地喊了她一声。温敬幽幽转过视线，嗓子干得几乎说不出话来。

“阿庆呢？”她一个字一个字地问，声音卡顿着，情绪浓烈却无处可发，也不知该怎么发，为什么发。

萧紫舔了舔唇：“阿庆醉得太猛，昨天夜里动静那么大都没醒过来，今天早上见陈初还没回来，就一个人留了下来，说是找到陈初之后再去找工程队会合。”

“那他现在呢？”

“在安阳村不肯走，说是要等到陈初的家人。”

“周褚阳呢？”

萧紫说：“不知道。”

电梯映出两个人的身影，温敬把脸埋下来，没再看她。萧紫抓抓头，眼睛里通红：“温敬，你醒醒神，他不会有事的。虽然警方确定陈初死的时候当场还有其他人在，可是……既然没有他的消息，应该就是没问题。”

“嗯。”温敬没力气了，撑着电梯门走出去，在包里找钥匙，找了一阵都没找到，整个人心烦意乱的，干脆放弃了一切动作，疲惫地说，“你派人去把阿庆接过来。”

像是早就预料到她这些反应，萧紫笑了笑，她的决定是正确的。如果在上机前告诉她这些，她一定要回安阳村去。

这女人太不识趣了。

“温敬，你不是圣人，现在不是简单的生意那回事，是杀人了啊！你想想，如果我们还在那里，如果那伙人不单单只是想绑架你，你有可能也……”

“是，我的确不是圣人！我也没有那么多同情心，没那些胆子，可是我没见过一个好好的大活人就这么死了！那天晚上我们还在一块喝酒！要不是他，死的就是我，他是因为我才去追那些人的！他们都还瞒着我，骗我，告诉我他没事！”温敬快发疯了，头脑好像要炸开了一般，不停地回转着陈初那张精瘦的脸，那个男人五官平实，可目光总是坚毅的。

那天晚上围着圆桌吃火锅，他给她让了位置，把啤酒一瓶瓶摞桌上去，推到那些男人面前。他两手一抱，将阿庆扛在肩上，走的时候朝她浅浅笑了下。

整个院子都像是闷在灶上的锅炉，喧闹着蝉鸣声，热风从领口吹进了胸口，让人汗流浃背。

她当时究竟在想什么？

哦，想着那个把烟丢到他怀里，按着他的肩膀爽笑的男人。

温敬眼睛发愣地盯着萧紫，结结实实地朝她打了一记闷拳："这事不能就这么算了。"

萧紫面无表情地从她包里找出钥匙，扭开了锁把她推进去。温敬不肯，用身子挡着门。

"把阿庆接过来吧，派人找一找周褚阳。"她垂头丧气地说，"萧紫，我求求你了。"

萧紫看得眼睛发酸，好半天从牙缝里挤出几个字："随便你。"

第五章

他是好人

温敬两天没去公司，电话也打不通，这期间萧紫来找过她一回，给她送了些水果和零食，看她拼命做着刚接的计划书，内心五味杂陈。

用工作麻痹自己一向不是她的习惯。

萧紫想劝她，却知道劝不了，只得继续调查陈初的死，时不时来告诉她进展。但是能调查到的实质内容太少了，那两个偷渡客只是杰克那伙人临时雇用的，拿钱办事，不怕死，因为陈初追得紧，杰克让他们想办法摆脱，于是他们留了下来，在扭打的过程中错手杀了陈初。目前那两人已经被刑事拘留，即将被送上国际法庭。

只可惜杰克还在逃，周褚阳也没找到。

温敬听完这些平静地点了点头，继续工作。萧紫无奈，提着包慢悠悠地晃走了。门关上后，她打电话给顾泾川，两人约了地方吃饭。

到晚饭时间，顾泾川上门来找温敬。开门看到他的刹那，温敬愣了会儿，但也没问什么，他便从玄关的鞋柜里找出一双男士拖鞋换上，跟着她进了门。

“吃饭了吗？”

温敬摇头，他把衬衫袖口捋到臂弯处，走到厨房把打包的东西放进碟子里。有虾饺、萝卜糕和肠粉，都是一些她过去爱吃的甜品。

温敬窝在沙发上做了一整天的企划书，眼睛直发酸，忽然闻到香味，干脆放下东西跑到厨房。她左看看右看看，在一堆碟子里夹了个虾饺放嘴巴里，缓慢地嚼碎了咽进肚子里，然后其他的都吃不下去了。

“不喜欢？”顾泾川温和地问，手绕到她身后，把快要掉下来的发圈拿在手中，“要不要我再去买些其他的？”

“不用。”温敬看了眼套在他手上的发圈，随意顺了顺头发，朝卧室走去，“你等我会儿，我换身衣服，一起出去吃。”

顾泾川说“好”，坐在沙发上等她。他等人的姿态很专一，双腿微拢端坐着，不会看手机，也不会看她放在桌上的电脑和一大堆文件。搞研究的人整天泡在实验室里，身上总有股干净的气质。而他又是那种长得特别好看的男人，眉眼随便拆卸下来放其他人脸上，哪个部位都是出色的。

他听见声响抬头看过去，见温敬换了一条白裙子，下摆斜开叉，露出白皙纤细的双腿。他移开目光，不疾不徐地微笑：“想吃什么？”

温敬认真地想了想，眯起眼睛：“我们去吃大排档，好不好？”

“好。”他愣了大概有一秒后，还是以温平的笑答应下来。温敬打赌他长这么大肯定没吃过大排档，可是他又太不会拒绝别人。

大排档离西苑公寓不远，两个人没有开车，一路走过去。远远瞧着那片生意就挺好的，温敬又恰好饿了，味蕾被勾得一直颤抖，就差流口水了。他们点了一些烧烤和两个炒菜，一人拎两瓶啤酒就这么在路边上喝开了。

“你那课题做完了吗？”温敬被辣得一边吐着舌头一边问，倒是一点也不顾及在他面前的形象。

顾泾川见怪不怪，把面纸递到她面前：“嗯，已经结束了。”

“就几天前的事吧？”

“嗯。”他慢条斯理地将烤串上的肉拨下来，夹到温敬碗里，“那天提交报告后，你哥正好打电话给我，我才知道你去北部了。”

温敬斜挑着眉：“你倒是什么实话都敢说，我都去那儿多久了你才知道。”

顾泾川没说话，安静地喝了口啤酒。那些烤串他一口都没碰过，但坐在这人满为患的大排档倒还显得淡定。

“你那个研究课题到底是什么？做了有四年多？”她把凉皮都拨到碗里，呼哧地吃了一大口。之前她见阿庆这么吃过，两三口一大碗面就见底了，可她没有这功夫，冷不丁就被噎住了，声音也断断续续的，“应该挺值钱吧？”

“生物医学上的新型技术，有专利价值、生产投用价值。”顾泾川离开座位，顺着她的后背拍了两下，又找老板要了杯凉开水放她面前。

温敬平复了一阵后，目光发怵地看着那碗凉皮，然后用双手一兜，整个丢进了垃圾桶。

“能具体说说吗？”她没话找话。

“细胞培养技术，简单来说就是在人和动物体内提取细胞，在培养基中培养，待它们存活一段时间后，再在体外复制，形成新的细胞组织。”他配合她。

“哦，那是什么？”

“人造薄膜，工程意义上的皮肤，可以治疗严重烧伤的病人。”

她似懂非懂，只觉得很厉害。以前她以为他是那种可以早出晚归，有正常人作息习惯的工程博士，后来她才知道他的档次高多了，研究的都是历史性的创新课题，开发的技术都是造福全世界的，可要常年生活在闭塞的研究室里，有时候甚至不能与外界联系。

一日三餐有专门的营养师搭配，但生病了就只能保守治疗。做起研究不分昼夜，身体比常人想象得要瘦弱。

她用温柔的目光注视他，令顾泾川不自觉中局促和脸红，她却忽然轻笑出声。

“恭喜你，那这回可以休息多久？”

“很长一段时间。”

她换只手托住下巴：“几个月吗？真奢侈。”

他没有回应，继续拨开蔬菜和肉，夹进她碗里。温敬漫无思绪地想到他刚刚说的人造皮肤，忽然问：“那以后会开发出人皮面具这种技术吗？”

顾泾川被她逗笑了：“如果只是为了隐藏面貌的话，这个技术的延展性不大，所以应该不会开发。”

“这样啊……那有没有一种技术，可以让人不能一直说谎。”

“目前测谎仪已经可以做到了。”他放下筷子，视线下垂，看着她的手无意识地敲击桌面。

她缓慢地嚼着嘴巴里那块肉，嚼碎了咽下去，忽然食欲也没了，小声问他：“泾川，你从没对我说过谎吧？可有些人就特别能说谎话。”

最开始，他说他没去过江苏，没见过她。

后来，他说要离开 A 市，回家娶媳妇。

之后他又说只是凑巧发现杰克那伙人不对劲，才会及时出现救了她。

最后，他同小叔一起隐瞒她陈初的失踪。

温敬捧着脸，手指斜插入头发里，完全冷静地问顾泾川：“我怀疑一个人的身份，我觉得他不是普通的民工。”

顾泾川点头示意她继续往下说。

“这个人是工程队的领头，作风端正严谨，对兄弟很好，有情有义。做事有章法，讲究效率，吃饭速度非常快，就像赶时间一样，但他吃完了又不会离开，很有礼貌地等待同伴，不会独自行动，很有纪律性。他好像并不想让人看到他的身体，故意隐蔽一些信号，类似于伤口或者文身之类。很能打，出手快狠，比普通民工精明谨慎许多，很擅长伪装和说谎，让人捉摸不透。”

她将头抬起来，怀着期望和痛苦看向对面的人。顾泾川给她倒了杯水，塞进她手里。

“你心里有答案吗？”他问。

温敬慢吞吞地喝了口水。

他又微笑：“是卧底。”

这些细节单独看并不能反映什么，凑在一起却是直接的，对温敬而言更是深入骨髓的。

“你应该早就猜到了。”

温敬说：“爷爷到现在还保持着以前在部队的习惯，有些行为就像机械动作一样改变不了，比如行走的姿态、吃饭喝水的速度、观察人时的眼神……我每次回家陪他小住，都有种在部队的错觉。”

“这次行程不太顺利？”

“有一点。”她疲倦地揉揉眼睛，从位置上站起来，“对不起，我这两天赶计划太累了，拉着你说了这么多废话，我们回去吧。”

“好。”他没再问什么，跟着她又晃回了公寓。到楼下时温敬和他说不用送了，他便没跟着上楼，一个人在车里坐了会儿，然后又走回先前吃大排档的地方要了份凉皮，安安静静地吃了大半碗。

那老板问他：“小伙子刚刚没吃饱啊？这凉皮好吃吗？”

他点点头，微笑说：“好吃。”

“那你多吃点，我再给你烤两串肉。”

于是顾泾川又吃了两根肉串，走的时候把钱压在桌面上，折回温敬公寓楼下把车开走了。

温敬半夜里开始拉肚子，跑了十几趟厕所后，整个人都脱水了，瘫软无力地倒在地上，强撑着给萧紫打了电话。萧紫风风火火地冲上楼来将她送进了医院，好一阵折腾，给她安排住院挂水，到天亮了才歇下来。

温敬整个人都晕乎乎的，也不知道什么时候昏了过去，到早上八点左右才慢慢转醒，配合着医生进行了一些检查，过后又累得睡着了。到晚些时候她再醒来，整个人都好像新生一样，又活了过来。

“这种天气你都能发烧？”萧紫一边喂她吃药，一边摸了摸她的额头，“还烧着呢，我说你这病发得真够狠的呀，积压很久了吧？大排档好吃吗？”

温敬没力气瞪她，虚弱地抿了抿唇：“我桌上那份计划书就差收尾了，具体价格都在上面，你跟进一下。”

“行。”萧紫点头，“你还真是拼命三郎，生病了还想着赚钱。”

“不赚钱怎么养你？”她瞪着眼，“我还没问你呢，为什么去找泾川？”

“我这不是……”一句话还没说完，病房的门被推开，萧紫看见后面进来的人，原本和煦温柔的笑脸一下子就变了，规规矩矩地站在一边。

温敬见状笑得肩膀直颤，寻了个空隙调侃她：“让你整天惦记着给人牵红线，现在好了吧，把自己也栽进去了。”

萧紫哭笑不得：“我怎么知道顾泾川那呆木头会叫你哥一块来。”

“我生病，我哥来看我，这不很正常吗？再说我们兄妹感情一向很好，萧总，你以后可别再乱做月老了，小心把自己搭进去。”

“哼，我想搭，那谁还不同意呢。”萧紫推了她一把，强行将她塞被子里去，两个人正在打闹，温时琛接完电话走进来。

“还没好利索就又闹腾了？”温时琛沉着脸，满含深意地瞥了她俩一眼。萧紫赶紧乖乖地收手，温敬也憋出一副委屈可怜的样子，和他诉苦。她这大哥比自己长六岁，可从小就不苟言笑，特别威严有魄力。大概是受父亲的影响，又经常和官场的人打交道，练就了一身强势冷漠的本领。

萧紫天不怕地不怕，唯独怕温时琛。

“行了，别再装了，我刚刚和医生谈过了。你这些天就在医院躺着，我会让家里的保姆过来照顾你。”温时琛看了眼手表，“公司还有事，我先走了。”

他在西装外套里摸了摸，掏出一张银行卡放床头，素来冷若冰霜的脸上缓和了一些：“照例给的零花钱。”

“谢谢哥。”温敬把银行卡放到枕头下，余光瞥着萧紫，后者羡慕嫉妒地用唇语说：“我也想要。”

温敬看她这一脸卖乖样，没忍住笑出声来。温时琛走的时候，把萧紫带走了。他们两人一走，一直在走廊上坐着的顾泾川拎着保温瓶走过来，把汤盛出来放在桌上。

他总是很有规矩和礼节，却总是让人感觉到距离。温敬摇摇头，苦笑着说：“嘴巴里没有味道，不想喝。”

“好。”他又把汤放进保温瓶中，“那你想吃什么，我去买。”

温敬想笑，可觉得这作为挺无力的，她指了指凳子，顾泾川安静地坐下来。他眼睑微微下垂着，脸色不是很好看。

“你没休息好？”

“或许是一下子轻松了，神经没缓过来。”他一板一眼地说着，清澈的目光注视着她。那目光也是安静的，不带一丝浓烈的情绪。

温敬吧唧了下嘴：“泾川，以后萧紫再打电话给你，你可以不用理会。”

“我们不是朋友吗？”顾泾川停顿了会儿把手放在膝盖上，细长白净的手指交缠在一起，“温敬，刚刚看你和萧紫玩闹，有点羡慕她。”

“为什么？”她哑然。

“如果我能像她那样对你，你能像她那样对我，我们就不会分开了。”

温敬被这话唬住了，好半天认真地想了一想，主动认错：“不关你的事，是我的问题。”

顾泾川和她哥以前是同学，两人私交也很好，她回国后和他在一起吃过几次饭，往来几回就熟了。再加上萧紫有心做月老，经常帮着牵线，他俩就有了单独相处的机会。慢慢地，也说不上是不是在一起了，就会偶尔一起吃饭，一起工作。

她起初很享受这样聚少离多的感情关系，有一些懵懂，也有一些刺激，偶尔想起来，还会萌生出点点想念。因为生活环境的影响，她结识过各式各样的男人，但对于感情，一直没有非常强烈的感觉。

顾泾川是第一个让她觉得温情平和的男人，让她骄傲的心从未想过驯服，只想留住岁月里一场安静从容的风景。

两个人相处了一年，没有任何实质性的进展。最近这一年她又经常出差，他的项目也接近尾声，越来越忙，两个人的联系少了很多，到最后这段不知道是不是已经开始过的感情，也不知道在什么时候结束了。

起时无波无澜。

落时余温渐凉。

如今回想起来，温敬觉得自己好像用很长一段时间，细细品味了一杯白开水。

用十秒钟的时间把水含进嘴里，再用十秒钟的时间将它咽下去，让它缓慢地从喉咙口滑入肠道，最后稳妥舒适地沉淀在腹中，仿若五谷藏香。

这种感觉就是他，不浓不烈，却经久不衰。

温敬一阵没说话，顾泾川也沉默了。好在护士适时地进来换药水，才缓解了两人的尴尬。

“你生病还没好，不能吃太油腻的东西，我去买点白粥给你喝，好不好？”顾泾川把手垂在身体两侧轻晃了下，站直身子。

温敬想说什么，嘴巴动了两下终究还是点点头。

顾泾川平静白皙的脸上浮现出一丝笑容：“那你等我。”

他走出去之后，温敬把头埋进被子里睡了一会儿，却没有丝毫的睡意，眼睛闭着脑子里却嗡嗡的，然后很久都沉浸在这嗡嗡的好像蝉鸣一般的声音里。声音里回荡着无数杂音，有男人们聒噪的笑，有车轮胎擦过地面的刺鸣，有电线杆埋进坑里的撞击……

病房的门又被推开，她的声音从被子里传出来：“这么快就买回来了？”

那边安静了一瞬，然后轻声说：“温总，是我。”

温敬的手臂弯曲着抵在额头，小腿有点痉挛，没了知觉。这么僵硬了一会儿，她把被子整个从头顶上掀开来，然后看见阿庆站在病房门口。

走廊里的光是白色的，门边的光是橘色的，阿庆站在交叠的亮色光里，套着发白的短袖，裤子膝盖上磨破了，边角还有血迹。他整张脸都黑黢黢的，看不出明显的疲惫神色，可因为情绪太浓烈了，在这一刻还是让温敬震住了。

在他身后是萧紫安排去 A 市处理事情的助理，他朝温敬点点头。温敬嘱咐了两句，让他在走廊外面等着，阿庆一个人留了下来。

他再见到她显得有些局促，往里面走了几步，却不知道该做什么，该说什么。

温敬理了理凌乱的头发，调整着呼吸轻声问：“陈初的后事打理好了吗？”

“嗯，他爹来把他接走了。”阿庆闷闷地说，“他家是四川的，他爹哭着和我说他才二十三岁，还有两个月就是他的生日了。”

温敬没吭声，阿庆接着说：“他爹头发都白了，抱着他哭了一夜，都哭晕过去了。我没见一个大男人能哭成这样，但我好像能懂他爹的心情。我也想哭，但是哭不出来。我拼命地捶自己，可还是哭不出来。”

“陈初被人一刀捅中了要害部位，送到医院的时候已经没气了。我第二天找到他时他身上都是血，我给他把血擦干净了。”阿庆嗫嚅着，语调变得缓慢，“我们在一块干活三年，总是一起吃饭、上工、洗澡、睡觉。工程队里条件不好，我们一直都住在石头屋里。夏天又闷又热，老是有蚊子咬我，陈初他就满屋子跑着追蚊子，把它们都拍死，累得筋疲力尽，挨着我旁边睡。他打呼声特大，石头屋里的人没一个呼声有他大的。”

病房里很安静，渗透进回忆里，带着沉重酸腐的气味。

“他死的时候紧紧攥着那个纸袋，里面一大部分都是他存的钱，除了烟瘾大，他平时没什么爱好，特别节俭。我看见那个纸袋上全是血，好像能想出来他护着钱时的样子，这个傻蛋，钱没了可以再挣，怎么那么拼呢！”

他说了很多，温敬一直安静地听着，最后她看见阿庆抹了把脸，傻憨地朝她笑了笑，说对不起，他憋太久了。

“没关系。”她指着身边的椅子让他坐下来，“阿庆，你知道那些人为什么会杀陈初吗？”

“我不知道。”他埋下头，宽阔的肩膀像一根扭曲变形的扁担，厚实地顶着他疲惫不堪的头脑。他的声音很粗犷，缓慢地说，“但是阳哥他会知道的，他说会给我一个交代。”

温敬舌头是苦涩的，嘴巴里有些奇怪的酸涩感，让她整个人都酸胀着无力起来。

“什么时候？”

“我守着陈初的第一个晚上，太困了打了个盹，有人给我送了干净的衣服和吃的喝的，还跟我说了句话，我记不大清楚了，但我知道这人一定是阳哥，除了他不会有别人。”阿庆换了手捧着脸，声音有些倾塌的颤抖，“可是，他为什么不光明正大地出现呢？他不肯跟徐工走，不让我们跟着他，他也不来送送陈初，他究竟在干什么？”

“阿庆，他……”

“温总，阳哥是好人。”他抬起脸，粗糙的脸上满是风霜，眼神却异常坚定，像是在夜幕中发光的钻石，“不管他在干什么，他都是个好人。”

见她没有什么反应，他又着急忙慌地站起来，左右看看，指着身上那件发白的短袖对她说：“这是阳哥的衣服，他送到医院给我穿的。他还买了面包和茶叶蛋给我吃。温总，阳哥他真的是个好人。”像是为了得到什么验证，又像是想得到她的肯定，他重复着这句话，“阳哥真的是个好人，他一定在追捕凶手。”

追捕凶手，对她而言太过遥远的名词，却依稀能联想出几幅画面，拼凑以后浮现出一个男人的脸，在黑夜中，与月色捉迷藏。

温敬的手撑在床榻上，一瞬间又恢复了力气。她想着这句话里面的味道，缓慢地笑出了声：“对，他有情有义，他会来的，给你交代。”

第六章

他来过又走

温敬第二天就出院了，和阿庆一起去陈初的老家。飞机不方便，他们就坐了十多个小时的高铁，下来以后又转坐大巴，中途换了两次车，最后到了目的地，已经是晚上十一点多，陈初家的门上了锁。她和阿庆就近找了旅馆入住，第二天早上八点又去陈初家中。

院子是旧式的水泥墙，有一块用泥巴修葺过，四边堆着木柴，正好支撑住了那面破旧的围墙。房子只有一层，大门两边各有两个窗户，墙上都粉刷了白漆，只是时间太久，颜色开始发黄了。陈初的父亲坐在门槛上，双手兜着放在腿上，腰佝偻弯曲，整个人以一种环抱的姿势瑟缩着。

在心理学上，这呈现的是一个人的自我防护状态。

阿庆紧紧抿着嘴巴，转过头看着别处，温敬又站了会儿才离开。他们找到村上的人，问到陈初的墓地。温敬又绕去镇上买了束花，走路过去。

这里没有公墓，陈初被葬在祖坟。一个小小的山头竖着很多块墓碑，一路走过去，温敬看见上面的人大多姓陈，有些是合葬墓，底下附加一串子孙姓名。她最后停下来，站在一块还很崭新的墓碑面前，那上面刻的字非常简单——陈初，父亲陈云山。旁边用同样的颜色加上了亡母的名字。

简简单单十来个字和一张免冠照片，占据了一整块石碑。二十三年到此为止，思念变成一桩永恒的事。

埋于大地，回到最初。

温敬将花摆在坟前，双膝跪地，头点地磕了三下。阿庆跟着她做了相同的动作，这么多天以来，他一直闷着忍着哭不出声来，却在看见那两个硬生生的字眼时，忽然红了眼眶，没一会儿号啕失声。

他买了条烟，找来一个火盆烧了。

温敬就一直站在他身后，有些疲倦地睁着眼睛。她的视线似乎停留在陈初的遗照上，似乎又停留在他的名字上，总之飘忽着，没有焦点。也不知过去多久，阿庆从地上爬了起来，转头对她说：“温总，我好了。”

温敬朝他点点头：“等我一会儿，我再跟他说几句话。”

这回视线聚焦了，完整地停留在那张年轻的脸庞上，她扬起淡淡的笑容：“如果你真的能听见我说话，陈初，在底下学着精明点，不要再让坏人占了便宜。”

她的手轻轻抚摸着石碑，抚摸那打磨光滑的碑面，态度虔诚，笑容动人。她让人感觉像是在碰触一件雕琢精致的艺术品，满怀敬意，无所畏惧。

“别再留念尘世，走得干净点，让这边的人过得轻松点。”她这话说得有些凉薄，有些无情，听得阿庆皱了眉。

最后她俯下身，缓慢靠近那张照片，温柔相碰。

“放心吧，走好吧，陈初，再见了……”

她的口吻轻轻的，好似春风里的绒毛，吹得人鼻尖犯痒，眼睛泛泪。阿庆没出息地扭头就走，吸着鼻头，破开风，往前走。

他们没有多留，下午就返程了。温敬留了笔钱在陈云山的账户，是以工程队的名义支付给陈初的。她又托了个邻居照看陈云山的生活，留了电话和一些物品，让他们有情况随时通知她。

她没有让陈云山知道他们来过。

回到 B 市后，她又投入到忙碌的生活中。温时琛在临海小城有一个度假村的工程，电力设备不稳定，她就顺水推舟介绍了徐工队。温时琛为了给她长脸就答应了，还准备将工地建设的活也交给他们，于是这一群男人天天抱着靠这个肥差发大财的幻想，干得热火朝天。

为了表示对温敬的感谢，徐工特地拜托阿庆送了些家乡的特产过来。

温敬随便挑拣了几样，又让萧紫拿了两件，剩下的都给阿庆了。

他现在留在公司里专门给温敬和萧紫开车，偶尔还送个文件之类的，活轻松了许多，赚得却比以前多。阿庆心里感恩，不肯要这些特产，却又拗不过她俩，就只好把这些东西和以前他们那个队的散工分了。

一大群年轻小伙子蹲在工地上狼吞虎咽地抢食。

萧紫把视线从文件上转移，顺着温敬的目光看了眼不远处，不禁感慨：“不知道的还以为你是喜欢阿庆呢，把车开到这地方来，就是为了看几个憨货吃饭？”

温敬把目光收回："偶尔做一两回好事，不见得能少几个铜板。"她说完斜瞄了眼萧紫，后者心领神会地扬了扬眉，没再跟着这事说下去。

"那边还是没有什么进展，周褚阳会不会其实早就离开了？"

"不会。"温敬肯定回答。

萧紫撇撇嘴："那顾泾川呢？你是不是跟他说了什么，这阵子没见他来找你了。"

温敬抿了抿唇，低声说："他去邻市参加技术研讨会了。"

那天在医院，她和阿庆说话的时候他买了粥回来，她不知道他究竟听去了多少，了解到多少，但依旧每天都来给她送吃的，陪她坐一会儿，很少说话，大多时候都是在旁边看书，他们各自做各自的事。

"对了，最近裴西跟你联系了吗？"

温敬疑惑："没有，怎么了？"

"你不是让我查查安和集团吗？我回来之后就一直在联系裴西，可他的电话始终打不通。"萧紫抓着头发，"他会不会……也出什么事了？"

温敬看她一副要崩溃的模样，寻思了会儿说："这样吧，过两天我去安和一趟，正好见见他们的负责人。"

"行，我跟你一块去。"两个人又谈了会儿工作的事，敲定了计划书的细节。没一会儿阿庆抱着一堆照片跑回来，从车窗里面塞给温敬。

"徐工说是公司让他们拍的，要挑几张全方位的轮廓图给设计师看。"

这边的地都量好了，前期的度假村设计方案也敲定了，这照片大概是传给不方便亲自过来的设计师看的，也好心里有个谱，风格和样式之类的参考下附近的环境。

温敬点点头，把照片一股脑塞到萧紫怀里："给你个献殷勤的机会，亲自给我哥送去。"

萧紫张了张嘴，要跟她拌嘴的话转了个弯，又统统咽下去了："成，也就在你哥身上，什么亏我都肯吃。"

她认栽，没好气地把那堆散落在车里的照片一张张拾起来。

温敬就一直看着她，嘴唇微微扬着。后来实在看不过去了，帮着她一块拾，有几张滑到车座下面去了，她使了好大力气才弄出来。

"真的太久没做这高难度动作了，我的腰都……"她还没抱怨完，话就顿住了。

"腰怎么了？"萧紫正看着其他地方，没听到回应转过头来，看见她盯着照片看。她好奇地凑过去瞄了眼，忽然间明白了为什么。

这张照片是站在高楼上面拍的全景，可以看到度假村附近的环境，不远处就是海岸线，拍到了一角。可也就这一角，好巧不巧地拍到了一个男人。照片中的男人穿着军绿色的短袖，黑色长裤，看不清眉眼，却能看到依稀的轮廓，五官立体。他坐在沙滩上，潮水没过了小腿肚。

拍摄照片的时间应该是黄昏，太阳快落山了，整个海面上都浮现出了橙红的柔光。

萧紫努努嘴，轻描淡写地说："不……不会是他吧？"

温敬回过神来，点点头，把照片塞自己包里去了："我让阿庆先送你回公司去。"

"哎，别……还是我叫徐工那边的车送我吧。"萧紫叹了口气，虚握了下她的手说，"你在这儿待一会儿，别回来太晚，指不定我在你哥那儿又要受什么窝囊气，回来找你抱怨呢。"

"好。"

萧紫走了之后，温敬下车在度假村的工地上乱逛了两圈，然后朝不远处的沙滩走了过去。这片地是重新开发的，有些以前的设施还保留着。有个废弃的游泳池，上面漂满了塑料袋，旁边的垃圾桶都倒着，被风沙掩盖了一部分轮廓。

她本来在里面弯弯绕绕走着小路，后来又转到大路上去，沿着树边一直走，很快就走到了沙滩。

中午这个时间沙滩人很少，只有三辆车停在公路上，七八个人搭着帐篷在海边吹风、烧烤和玩游戏。温敬从他们面前走过，还被招呼着过去吃东西，她笑着拒绝了。

她从沙滩一头走到另一头，都没再看见其他人，于是她在原地等待了会儿，然后又走到某个位置坐下来。过了大概四五十分钟，离她不远处正 BBQ 的一个男人朝她走过去。他手上还拿着串烤好的鸡翅，坐在她旁边和她聊天。

温敬说："我上个星期吃烧烤拉肚子都住院了，现在不敢吃这些东西了。"

那人说："这怎么成呢？烧烤多好吃呀。"瞅瞅她这瘦骨嶙峋的身板，拍着大腿嚷道，"我知道了，一定是你太瘦了，身体素质不好，和那烧烤没关系。"

温敬微笑着点点头。

"你要多运动，我们那队里有健身俱乐部的，你等等啊。"那人正说着，把烤鸡翅强塞她手中，跑回队里拿了张名片过来，"就在市区里，你有空可以去练练，保管你练个两月身体倍儿棒。"

"好。"温敬把名片塞进包里，见那人还直直地看着她，笑着问，"还有其他事吗？"

"你……"这男人一看就是耿直的，摸了摸后脑勺，"你可别想不开啊，有什么大不了的事要寻死呢。"

温敬哑然地看着他，刚想要解释，那男人又抢白道："我看着你岁数不大，是不是大学生刚毕业找不到工作？还是在公司受欺负了……哎，职场就那么回事，别太当真，练个两年脸皮厚了就没事了。"

"嗯，好。"温敬心想解释无用，认真诚恳地点点头，好笑地说，"我都知道了。"

"这还差不多。"男人高兴起来，又盛情邀请她一块去吃烧烤。她看了眼手里的鸡翅，正在想怎么拒绝，阿庆就找了过来。

"温总，你手机落车里了，刚才萧总打电话来说公司来了几个大客户，让你赶紧回去。"

阿庆隔着老远就喊了出来，他这声音挺大，引来了一群人的注目。

"这名片我收着了，谢谢你来安慰我。"温敬把烤鸡翅又塞回去，轻声说，"我不寻死，我只是在等人。"

她走出很远，还能听见身后的笑声。先前慷慨送关怀的男人一个劲地猛拍大腿说："我还以为她是失足女青年呢，谁……谁知道都是老总啦，这下脸丢大了，丢大了！"

"我说你这眼力见儿怎么这么差呢，她那一身名牌你看不出啊？"

"我咋知道呢？哎，你看得出你咋不跟我说？"男人一副吃瘪的样子。

大伙笑得更高兴了："我们都以为你去泡妞呢，谁知道你是去拯救失足青年了啊……"

车子开到市区时正赶上下班高峰期，车流紧张，堵车情况屡见不鲜。

温敬想到什么，和阿庆说起题外话："杀陈初的那两人非法入境，被雇用为保镖，是为了要挟我推进928工程的展开，这么说来，他们就是单纯想要在928工程中牟取什么。"她认真地想了想，"928工程一旦展开，未来会有大型生态农场、畜牧养殖园、动物疾病管理中心等，是全方位畜牧类综合科技园。他们把目光集中到此处，难道是对畜牧产业有兴趣？"

正好赶上红灯，阿庆把车停下来，黑黢黢的脸紧皱在一起："我以前在陕西干活的时候，也碰见过几个外国人。他们就住在我们宿舍旁边，但徐工不让我们和他们接触，说他们身上都有枪。"

他眼睛周围有黑眼圈，这样认真的时候像是一团浓郁的黑墨水。

"有一次我和陈初夜里起来上厕所，在走廊里摸着黑走，听到一些怪声。我俩都睡得迷迷糊糊的，也没在意，回头时见那声音没了，才有点紧张起来，生怕后头有根枪杆子抵着后脑勺。”阿庆舔了舔舌头，“没过几天，他们就走了，我们隔壁那个工程队有三个小伙子也跟着走了，说是染上了毒瘾。难怪之前见着他们总躲在墙根下不理人，也不知道在搞什么，现在想想就都明白了。”

温敬好像也明白了什么似的，手指敲击在膝盖上：“如果他们的目的是利用畜牧工厂来走私贩毒，那的确需要加工工厂和货仓，A 市的地理位置非常适合，是交通枢纽中心，方便货物输送和传播。但是畜牧科技园除了工人就是研究员，人流量不够大，不是很好的毒品集销中心。”

“那如果不是走私贩毒呢？会不会是其他比较隐秘的目的？”

“既然不是想利用畜牧科技园的环境，那就一定和 928 基地有直接关系，不然不会这么大动干戈。那么，和畜牧相关的隐秘活动又有哪些呢？”温敬蹙起眉头。

阿庆也摸不着头脑，车身滑过车流，他又认真投入地挤进乌龟的队伍中，好半天猛地一捶方向盘。

温敬听见喇叭嘶鸣了一声，他的声音沉沉的，夹在那尖锐中：“难道是研究动物？”

“动物研究，疾病控制？”她咬住唇，又松开，不敢再想下去，头靠在车后座，闭着眼睛深呼吸。

很久之后，车子依旧缓慢地行驶在拥堵的车流中，阿庆急得都流汗了，可心思还是烦琐地套在陈初那件事上。后座没有了声音，他的心就一直悬吊在半空中，直到忍不住了快哭出声来：“温……温总，你看那个人是不是我阳哥？”

不远处的报刊亭旁边站着一个男人，大热天的还戴个鸭舌帽，帽檐压得很低，看不清脸。从车里的角度只能看到他的大半个侧身和身形，手上拿着烟和打火机。

温敬的眼睛死瞪着那个人，阿庆掉头瞄了她的神色，方向盘一转，开到临时停车的路边，熄火，推车门，狂奔了出去，温敬跟在后面。

他们跑到报刊亭前，那个男人还在。从帽檐下可以看到他干裂开的唇，上面脱了白色的皮，含着半截烟，下巴有厚密的胡楂。温敬感觉那是结实的、戳人的武器。

她没吭声，阿庆激动地跑上前喊了声：“阳哥。”

对方慢悠悠地抬起头，眼皮子像是许久以来的机械动作，一直耷拉着，瞥过来的时间漫长而深刻，让人久久难以忘记。他眼角的细纹扭曲着，在阳光下折射出刀削的痕迹。

那张干裂的唇里面吐出来冷冰冰的字眼：“你是谁？”

阿庆整个被浇了一盆冷水的感觉，抓着他的手说：“我，我是阿庆啊，阳哥你不认识我了吗？”他着急地比画着，忽然想起身后的温敬，狠狠一拽把她拉前面来，“她，那她你还认识不？温总啊，之前在安阳村请我们吃饭、喝酒的温总啊。”

男人波澜不兴地瞥了眼温敬，那眼神轻飘飘的，跟着风吹到了别处。他把阿庆的手拂开，口吻淡淡的：“不认识。”随后他指着冰柜里一瓶矿泉水说，“老板，我要这个。”

他把钱给老板，扭开瓶盖喝了口水，走的时候回头看了他们一眼，依旧没有什么表情，十足的看路人的眼神。

阿庆抓狂地挠着头，不甘心地追上去。温敬拦住他，拧着他的胳膊往回走：“别追了，他不是你阳哥。”

“他不是我阳哥还会是谁！”阿庆闷声吼出来。

路上人来人往的，在报刊亭前面经过的路人都忍不住看过来，连老板都好奇地从亭子里走了出来。温敬直挺挺地站在热气未消的水泥地上，死盯着阿庆，盯得他全没了野脾气，乖乖地回了车上。

她身上全是汗，头发黏黏地贴着脖颈。她把头埋在手掌里，声音低沉沙哑：“不回公司了，送我回家。”

温敬在回家的路上打了电话给温时琛，说了下公司客户的事，末了委屈地求她哥去救场，连带着给萧紫顺毛。温时琛半晌没回应，最后严肃命令她过两天去他那里一趟。她隐约有些不好的预感，可也不敢拒绝温时琛，只好乖乖答应了。

阿庆把她送到西苑公寓后又开车去了公司，温敬看着他走远了，这才缓慢地走进公寓楼里。她走得很慢，像是刻意一般，等了两部电梯才走进去，按着 22 的楼层，然后进门，换了鞋坐在对着门口的沙发上。

她不安地搓了搓手，站起来走了会儿，不敢发出任何声音，然后又坐下来。

没一会儿，有人敲门，她猛地跑过去拉开门，一个高大的身影挤进来，单手揽住她的腰将她抱起来，大步流星地朝沙发走过去。过程中他黑色的帽子掉在地板上，温敬从余光中看到那发白的帽檐，心好像飘在了半空中。

她抬起头，能够清楚地看见他完整的面孔，好像又黑了一些，那些立体的五官轮廓更加深邃，深得像是挤在狭窄的黑暗空间里，呼吸困难，却又难以逃离。

他身上的气味不怎么好闻，下巴很戳人，温敬勉强承受着，却被他蹭得发痒，没忍住笑出声来。她推开他，喘着气说：“我身上全是汗。”

他微微蹙眉，不由分说又压下来，贴着她的唇说：“就一会儿。”

这男人不是说到做到的主，一会儿的工夫进行了大概有半个小时，精瘦魁梧的身子才从温敬面前移开，瘫软在沙发上。

温敬缓慢地靠过去，声音带着股香味问：“饿吗？”

他点头，从喉咙里闷出个声：“饿。”正说着，又伸手来拉她，温敬赶紧躲闪了去，平复心情往厨房走，“我看看有没有吃的，没有叫外卖，可以吗？”

冰箱里只有面条了，其他什么都没有，她抿了抿嘴，一回头就看见他赤脚走了过来。

“没有东西吃了，只剩面，连鸡蛋都没。”

他扒着面条闻了闻，视线又在厨房晃了一圈，干脆地说：“就面条吧，填饱就成。”

温敬“啊”了声，左右看看，研究了下灶台，半晌才说：“可是我不会弄。”

“我来吧。”他卷起袖子，和她交换位置的时候忽然揽住她的腰，又一把将她抱住，整个人埋在她的肩上。

“很累吗？”她小声问。

“嗯，不累。”

“还要不要吃饭？”

“要。”他的声音柔缓下来，从坚硬的外壳里剥离出本能的眷恋，用手掌抚了抚她的后背，“都没事了。”

她慢吞吞地动着嘴皮，若无其事地“嗯”了声，又补充：“我去过陈初家里了，那里都安排好了，也没什么事。”她说完有些紧张地等待他的回应，然而等了半天也没见他有任何动作。

可温敬就是觉得，他的身体沉甸甸的，好像把重量都压在了她身上。

葱油拌面，卖相很好，味道也很好，两个人都饿了，倒也没什么顾忌，闷着头吃。

周褚阳吃面很快，但和阿庆不一样。阿庆是呼哧一大口扒拉着碗口，声音大，筷子撞击声也大，典型的大老粗吃饭模式，他却仔细一些，吃进多少咽进多少，不鼓腮帮子，不掉汤渣子，纯粹是咀嚼速度的问题。

一大碗面，他吃得都快见碗底了，她才只吃了一半。

“你够了吗？”她看着自己剩下的，“这边都没碰过，你要吃吗？”

他靠在椅背上：“不用，我吃饱了。”

这么一来温敬也不吃了，把碗筷收拾起来。周褚阳一只手揣在裤兜里，另一只手扶着桌子边缘。见她走进了厨房，他忽然松手，揉了揉胃。

温敬忽然想起来之前萧紫去出差，给她带回来一件手工围裙，好像就放在桌柜上了。于是她又急忙走出来，恰好看见他的动作。他一瞬也停住了，保持着痉挛的姿势微缩在椅子中，与她四目相对。

她朝他走过去："是不是胃不舒服？"

"没，有点累。"他若无其事地直起身子，温敬没吭声，将他安置在沙发上，又倒了杯水过来，这才说，"你先歇会儿，我看看家里有没有胃药。"

"真没事。"他轻声说，"以前吃饭不规律，有一顿没一顿的，胃就坏了，有时候会疼，缓一缓就好了。"

"那你休息会儿，我先去洗碗。"

她急忙收拾好东西，动作小心地将碗都重新摞回橱柜中，回来时见他已经躺在沙发中睡着了，柔软的头发贴着额际，露出半张脸的轮廓。可就这么看着，已经能感觉到他的防备，拳头微攒，身体靠里，膝盖弯曲。

不过还是温柔了许多。

温敬关上房间里所有的灯，只留下玄关处一台壁灯，光线柔和，刚好照射到沙发一角。她抱着手臂靠在墙面上，就这样安静地看着他。

电话响起来的时候，她迅速地掐断了，走到卧室关上门回拨过去，萧紫激动地说："要绑架你的家伙抓到了，很快就能查到他们的身份了。"

"我知道了。"她平静地接受了这个消息。

"就这样？接下来有什么打算？"

"他不会说什么的，这事就交给警察吧。"她在床边坐下，打开旁边的笔记本，缓慢说，"应付完客户了吗？我哥送你回来的？"

萧紫应声，她打开浏览器，在检索一栏输入"胃病"两个字，跳出来许多条目。胃癌、胃溃疡、十二指肠、胃下垂……程度轻重不一，但都需要好好调理。

像他那样的吃饭方式肯定不行。

她看到有人亲身经历的一段记录，家里老人得了胃癌，初期会尿血，却只当上火，后来严重到走不了路，疼得满地打滚时才送去医院检查，结果已经是晚期。但又值得庆幸的是，胃癌不比肺癌、肝癌那些绝症，切去大半个胃也能勉强救回一条命，可以多活十年。

十年，一串不是很长的数字。

而就在这十年里，极度需要家人的陪伴和照顾，只能吃一些流食，失去大部分劳动能力，味觉下降，人渐消瘦。

年轻人的承受能力或许会比老人好，恢复得更快，但必然逃不过那些残酷的现实。一旦身体垮了，生命的流逝也等同于无能的消耗。

电话没有挂断，萧紫也陷入了异样的沉默。

温敬耐心地浏览完那些条目，将网页关掉，听到客厅传来脚步声，她最后说："裴西还没联系上吗？"

"啊？嗯。"

温敬无奈："那明天先去安和集团看看情况，有什么事到时候再说。"

电话挂断后，卧室的门也被敲响了。她让周褚阳进来，自己埋在衣柜里面找衣服，半天才从柜子底下扒出一件白衬衫，皱巴巴的，她展开看了看又塞回去，最后找出来一件黑色短袖，嗅了嗅味道后递给他。

"我哥留在这儿的，你要不要洗个澡？"

"好。"

周褚阳进了浴室，温敬又把那件白衬衫翻出来，随手丢进洗衣机里。她又收拾了几件脏衣服一起扔进洗衣机，打开开关。几分钟后，浴室的水声停了，她迟疑地走进去，看见周褚阳站在水池边搓身上那件军绿色的汗衫，也没换干净的。

池子里的水都黑了，他手上那件衣服也不知道穿了多久，底下那条黑色的裤子，不知道换下来得洗几次，水才是干净的。

她往里面走了几步："光太暗了，这样你能搓干净吗？我把大灯给你打开。"

"别。"周褚阳喊了声，可是晚了，温敬已经碰到开关，轻轻一按，整个浴室都敞亮了。光线在落地镜子的反射下更显明亮，也照得更清楚明白。

温敬看着他裸露的上身，抓着门框攥紧了手指。她的笑容很淡："难怪之前在北边，你后背都湿成那样了也不脱衣服。"

她走近看他的身体，那上面全是伤口，各种各样的，有些她能看得出来，细长的应该是刀疤，圆圆的洞应该是枪伤，还有一些地方皮肤像是新长出来的，一整块都和植皮过的差不多。胃部有一条长约十厘米的疤痕，应该是手术刀留下的。他肩上还有两大块瘀青，底下是血口子，还没结痂，看得出来是最近受的伤。

周褚阳放下手上的衣服，转过身来面对她，平淡无奇地说："嗯，露出来会麻烦。"他沿着裤缝擦了下，手指干了，这才去拉住她，"你想知道什么？"

温敬贴着他的胸口说："我就问一句，你是好人还是坏人？"

“算是挺普通的人。”他眼底含笑。

“普通人身上怎么会有这么多伤口？”

在这之前，她把所有可能性都想过了，所以在看见这具伤痕累累的身体时，她只是吃惊了一下，然后就接受了。

只是有些想法会更加笃定，他说的谎，都是那些伤口愈合的代价。

“周褚阳，你还是什么都不能说，对吗？”

他眼睑下垂着，目不斜视地看着她，手重新绕到腰间，规规矩矩地抱着她，过了一会儿，摇了摇头。他继续搓衣服，漂洗干净，脱水甩干，拎着衣服问她：“有吹风机吗？”

温敬没吭声，去房间拿了吹风机递给他。他就站在阳台上吹衣服，衣角翻卷起来，湿漉漉的头发滴着水，水珠沿着脖颈一路往下滑，到腰脊处突然坠落，落在地上。

她移开目光，继续看桌子上设计方案的相关资料，但其实什么都没看进去。她忽然问他：“你还会出现吗？”

周褚阳把衣服重新套在身上，凝视着她，一边犹豫一边想着说辞，最后还是点点头，闷声说：“我走了。”他走得慢，拧开门，转过头，见她坐在客厅的沙发上一动不动地盯着他看，忽然弯着唇角往上勾。

在沙滩上，他坐的那个位置恰好是度假村屋顶上能扫视到的范围，他故意被人拍到。

在报刊亭，他故意暴露踪迹，却因为一些突发状况，或许被跟踪，或许其他的，他又选择装作不认识他们。

可他还是跟着她到了这里。

他这样沉默地看着她，疲惫沉淀到了骨子里，弯着唇角的样子像是用了许多力气，让人无端心动，无端心痛。温敬努嘴笑，朝他挥手：“你走吧，注意安全。”

温敬这一夜睡得很沉，梦境中她仿佛坠入深海，海面上雾气浓浓，她拼命地想要游出海面，在迷茫的灰暗里寻找陆地……惊醒的那一刻，她终于踏实，然而全身都已经汗湿。

她去浴室洗澡，空气里还有残留的清香。她坐在大理石台面上，一寸寸抚摸落地镜中自己的身体，手指不经意停留在胃部，又轻飘飘地移走。

这一刻她像被风随意吹出褶皱的棉絮，像是白雾里将要坠落的水珠。

玻璃镜上留下了指甲的痕迹，她的身体在这过分的冷静中彻底凉了。

第七章

别太逞强

安和电子科技有限公司在城东，从西苑公寓过去车程有一个小时，温敬出门的时间晚了，在路上买了点早饭和萧紫在车上吃，说起昨晚突然来的那位大客户，萧紫觉得有些莫名。

“一家建筑设计公司，这两年经营不善亏损了很多，决策人找到我们做商务咨询。因为他怀疑公司内部的核心设计团队，有人被挖墙脚，也就是说他认为自己公司的设计师，有可能已经被其他公司收买，在盗取公司的核心设计理念，所以才会在多个项目中，总被对手截和，一连失利。”萧紫分析，“公司亏损有很多方面的问题，但那位总监却坚持认为是有人在捣鬼。”

温敬问：“他有怀疑对象吗？”

“有。”萧紫摊手，“他怀疑是安和在后面捣鬼。”

“电子科技是市场大势，安和这些年做得风生水起也赚了不少，想要涉猎其他领域很正常。928 工程涉及许多新型场景的设计，看来他们真的在网罗这方面的人才，这家建筑公司应该就是他们要收购的目标了。”温敬面无表情地说完，看萧紫完全一副震惊的模样，又补充道，“你相不相信，安和利用建筑设计公司的一些设计核心，试图在 928 工程中做一些特殊环境的动物研究？”

“那怎么办？”萧紫咬住唇，“我都接这个案子了。”

“我哥没阻止你吗？”

“你还敢提这茬？为什么找他过来啊？他听完那人的诉求后就问我有什么看法，我觉得应该没那么玄乎就接下了，然后……”萧紫有些无语，翻了翻白眼，“然后他就跟我说，我会后悔做这个决定。”

温敬没忍住笑了，萧紫扑过来打她：“你还笑，我现在就后悔了。”

“怕什么？他从来不拿工作上的事情开玩笑的，既然没阻止你，就代表这事还在他的掌控范围内。”温敬撞撞萧紫的肩膀，眉眼传色，“我哥这情况有些危险啊，我怎么感觉他是在给你机会。”

“什么机会？”萧紫苦着脸，“说好一起吃饭，结果刚出公司接了个电话就走了，我气得立马回公司加了几个小时班，还机会呢，让我死心的机会吧？”

温敬看她这样更加打趣，直将她说得面红耳赤才作罢。感情的事，永远是当局者迷，旁观者清。

来安和之前已经打过电话预约，所以温敬和萧紫一进公司，就有部门经理亲自来迎，端茶倒水服务周到，只是在会议室等了半个小时，都没见到“马上就来”的总经理。

温敬失去几分耐心，一边漫不经心地听着萧紫和经理客套，一边打开手机微信。

大概也是受家庭环境的影响，她和温时琛都不爱摆弄手机，平时在老宅也多是喝个茶看个书消遣时光，她最初连用手机连接音响都不会，后来微信也是萧紫给她安装的，说公司的年轻人都用这些 APP，以后通知公司的相关事件在微信群里也方便一些。

于是她只得跟上潮流，时不时地关注下大伙的动态。浏览了几个新闻后，她又去看公司的论坛，突然提示有消息进来。温敬点开一看，是 B 市新闻人物的公众号推送的最新消息，她原本打算关掉，却在看见消息页面中的人物时，手指停顿住，点进去看是技术研讨会现场的视频采访，主人公正是顾泾川。

主页君给他的称呼是——B 市最年轻的生物医学工程博士，有生物医学工程和医学双博士学位。获取发明专利 16 项，SCI/EI 收录论文达 48 篇，曾获得多个国家科技类发明类奖项。加州大学洛杉矶分校访问学者，多个顶尖高校邀请的讲师，是军方生物细胞工程科研项目组的核心成员。

这样多的光环都没让视频中的人流露出一丝骄傲，他始终都是平和的模样，有问有答，谦虚恭谨。主持人起先还一本正经地问着学术方面的问题，后面也不知道是谁大喊了声：“博士，你成家了吗？”

主持人也立即顺水推舟转向敏感地带，感情问题好像是全民时代最热门的话题。

顾泾川回答说还没有成家，主持人追问有没有正相恋的对象，他忽然变得局促起来，对着摄像镜头抿紧嘴唇，含着一丝期待，又仿佛是对自己的鼓励，让他素来白皙的面庞竟浮起了一层红粉。

他最终的回答是："我总是用很长一段时间，在重复做同样一件事情，我让生活变得无趣，所以我应当多加勤奋努力，这样才能跟上她的步伐。"

"所以这段话的意思是，您有深爱的人，因为科研让你们失去了很多相处的机会，所以你们的感情出现了破裂，但您仍旧没有放弃，对吗？"

他终于露出一丝微笑，全场爆发出尖叫，有许多年轻的女孩都露出了遗憾的表情。

主持人又问："您会重新追求她吗？"

因为这个呼之欲出的答案，温敬也变得紧张起来，她在移开目光的瞬间退出了视频页面，将手机扔进包里，重重呼了一口气。一抬头，见萧紫和经理都有些奇怪地看着她，她尴尬地笑笑，装模作样说起工作的事。

双方就最新的 VR 技术进行了一番讨论，安和投入了许多资金和人力推广 VR 技术，打造全新的 VR 科技体验馆，他们对此相当了解，也很希望能够和东澄这样的大企业合作。部门经理说得唾沫星子直飞，会谈进行了四十几分钟后，总经理依旧没有露面，萧紫及时地对这场没有任何书面意义的谈话喊停。她没有具体表态，只是对温敬说："十点半还有场重要会议。"

双方都心领神会，部门经理一连赔罪，温敬都表示理解，被客气地送出会议室。经过办公区域时，萧紫随口一问："哎，你们之前派去进行 928 工程的裴经理呢？今天没来上班吗？"

部门经理也是随口一回："裴西？他已经被开除了。"

"啊？怎么会这样突然？"萧紫惊讶道。

部门经理神色尴尬，往左右看看压低声音说："是美国那边直接传达的。"

再问其他的，这经理就什么都不回答了，但温敬和萧紫已经得到想要的。车子驶出停车场时，温敬说："查下裴西的地址吧。"

萧紫揉揉额头："我已经看不清这局势了，安和的总经理究竟是什么来路？ B 市经济大会，新闻媒体商务场合，他好像都从未公开亮相过。"

"那一定很快就能露出庐山真面目了。"温敬不动声色地微笑，"你让那个建筑设计公司的老板把他们近一年承包的设计项目都发到我邮箱，我要看一看。"

"好。"萧紫点头，"现在去哪儿？"

车窗外风景一瞬即逝，温敬不知在想什么，久未有回应，直到萧紫推了她一下，她才后知后觉地回应："先送你回公司，然后我回老宅。"

温公馆建在半山，温老爷子去年生了场大病，几次差点走过鬼门关，身体康复后就被温时琛强行送到了半山休养，不准他再过问老部队的那些事了。也是奇怪，温老爷子谁的话都不听，唯独温时琛板着脸时的模样，能唬得住他一二分，再加上温敬在一旁软磨硬泡，老爷子就不得不服软了。

这么一来，温家兄妹俩有事没事都要往半山去小住，全当陪老爷子了。

车开进院里，警卫员还认真检查了下车子，确定安全后才放温敬进来。她倒也认真配合，进门前跟徐姨聊了会儿老爷子的近况，又打听到老爷子正在小睡，于是没有打扰，先行去了书房。

温时琛果然在等她。

温敬换了身衣服，蜷缩在沙发上打哈欠，等温时琛忙完手上的工作过来，她整个人都已经昏昏欲睡，不过一对上那双不苟言笑的眼，她的精神就立马来了。

“没有话要跟我说？”温时琛摆出茶具，温敬见状赶紧走过去帮忙，她假装没听见，好半天迟疑地问了句：“说什么？”

温时琛严肃地看她：“那我换个说法，你没有什么事情要同我交代吗？”

“好吧。”温敬自知逃不掉，乖乖认错，“我不甘心 928 工程就这样中止了，我还在调查其中的投资方。”

“不甘心？”温时琛挑眉，按动开关烧水，好整以暇地等着水开，“我知道你在调查什么，你也该知道我问的究竟是什么。”

温敬抿唇，她仿佛觉得此刻正在被烧的不是水，而是她，温时琛等待沸腾的是她的怒气。

“那个人是因为我才死的。”她低下头，双手捧着头插进头发里。

“温敬，你一向冷静，这回究竟是什么，令你做出这样危险的举动？”

她察觉到温时琛所了解的并不全面，缓慢松了口气，但口吻依旧疲惫：“我只是有些内疚，那伙人为我而来，陈初却因我而死，我没办法置身事外，也没办法说服自己这件事并不是我的错。”

水开了，温时琛并没有理会。

温敬的视线中出现翻腾的水汽，很快水汽晕染了玻璃台面，形成雾一样的色彩。她迷迷糊糊地幻想着什么，透过那层层迷雾碰触着什么。

直到开水溅落在茶座上，发出尖锐的鸣叫声，温时琛才拔掉插头，她也跟着清醒过来。

“没必要把自己逼得太死，如果 928 工程启动，过程中有人因公殉职，那你是否会认为也跟你有关？如果不是东澄领头这个项目，那些人就不会死，对吗？”

温敬沉默，她很慢地点了下头，弧度小得看不清楚。

“陈初也是如此，他被人杀害，是凶手的过错，不是你。”温时琛继续说，温敬继续点了下头，可看起来并没有因此而动容。

“喝杯茶吧。”温时琛摇摇头，将热茶推到她面前，声音缓和了几许，“爷爷说很久没见到你了，你在家里住几天，公司那边的事情先缓一缓。”

“可是……”温敬还想说什么，可一见温时琛还摆着张脸，她顿时闭了嘴。

中午陪老爷子吃了顿饭，温时琛临时有事，又赶忙离开。温敬送他去院里，免不了又被提醒了几句，她面含微笑一一答应，等到车子绝尘而去，嘴边的笑却慢慢冷了。

不远处的警卫员目不斜视，依旧笔挺地站着。

温敬盯着他看了好一会儿，警卫员察觉到，朝她走过来，恭敬地询问她是否有事吩咐，她摇头，警卫员将信将疑，却迟迟等不到她的回应，只得重回站岗的地方。

这一刻寂寞如川流，将她彻底掩埋。

她一回头，就碰上门口老爷子打量的目光，情绪一瞬全收，不得不继续挤进人来人往的世间事中。

陪老爷子浇花、下棋、品茶，浮生半日闲，温敬很是自在。

临近傍晚，温敬收到萧紫转发过来的邮件，正是建筑公司传来的，她刚要点开来看，一声闷雷响彻天际，没有几分钟大雨倾盆而下。

老爷子当兵时落下了腿疾，一到下雨天就疼痛难忍。温敬赶紧和徐姨准备了热水给老爷子泡脚，可毕竟年纪摆在那儿，光是泡脚根本缓和不了。单看老爷子强咬牙关的样子，就够让她又气又急的了。

“爷爷，您觉得痛就叫出声来，忍着做什么？在我面前您还害臊？”

老爷子虎虎生威地瞪了她一眼：“你看过哪个军人喊痛的？”

“可您都退役那么多年了，现在不算军人，算老人。老人家身子骨单薄，不比年轻人，扛不住痛是自然规则。”她还想劝劝，老爷子却怒了，怎么也不肯再泡脚，非得向她证明他就算老了，也还是个铁打的军人。

温敬委实无奈，只好联系家庭医生，却被对方告知城中暴雨，交通险急，一连多个重伤病人送进手术室，实在应接不暇，帮不上这边的忙。她表示理解，没敢多聊赶紧挂了电话。见老爷子躺在床上，腿一直动来动去，想到他去年得的那场大病，温敬一个激灵，随即又打了通电话。

“泾川。”她开口有些难，“你回到 B 市了吗？能不能来公馆一趟？嗯，爷爷痛风病又犯了，这一夜怕是没得睡了。”她看一眼手表，还好时间不是很晚，“那你慢点开车，我在公馆等你。”

电话挂断，老爷子的吼声从后面传来：“又麻烦泾川了？哎，好好的一个工程博士，怎么老被你当小医生使唤？”

温敬哭笑不得：“难不成见您老疼得晕过去吗？瞎逞什么强。”

老爷子急痛未忍，低呼了一声，察觉到自己失了风范，硬装作什么事都没发生，继续教训温敬。她只一味听着，配合着，很快一小时便过去了。老爷子被转移了注意力，也没觉得有多疼。后来顾泾川给他针灸了四十分钟，疼痛缓和许多，这才安然入睡。

一切都妥当后，已经晚上十点多了。

温敬留顾泾川住在公馆，他却拒绝了，温声说：“明天要去所里开会，是早会，住在这儿就赶不及了。”

“现在雨下那么大，你一个人走山路太危险了，还是在这儿睡吧，明天早点起，我让警卫员送你过去。”她刚刚听过实时天气预报，这一夜降水量很大，任由他独自上路实在不妥，于是坚持，“我让徐姨拿一套我哥的衣服给你换洗，可以吗？”

顾泾川只好答应。

洗完澡时间还早，温敬下楼去煮姜汤，等待的过程中打开了电视，她随便按了几个台，正好有个新闻频道在转播对顾泾川的采访，令人尴尬的那段已经过去，主持人又回到了研究这方面。

问到他接下来打算做什么课题的研究时，他回答的是病毒和细胞的相融相斥关系。

他主修细胞工程，有这方面的意向也很正常，只是所有人在听到“病毒”一词时，都冷不丁地惊讶了一声。众所周知，这是全世界最难研究的东西之一。最近这四十年来新发的传染病大多是由病毒引起，人类大规模的死亡也是病毒造成的。

如果这个课题能够研究成功，对全世界而言都是一项历史性的工程。

接下来说的那些都是相当专业的分析，温敬听不懂，却也没有调台，采访中断进入广告时，她手上的遥控器被人拿走，顾泾川不知道什么时候坐在她对面的沙发里。

“想什么这么出神？”他含笑问，湿漉漉的头发柔软地搭在额头。

温时琛常年健身，体格比顾泾川壮实些，他的居家服套在顾泾川身上显得特别宽松。温敬朝他比画了下，微笑道：“挺适合你的。”

“还是大了些。”他卷起袖口，露出里面纤细的手臂，这样对比着一看，温敬才发觉他瘦得惊人。

“你应该趁这次休息的机会，好好调养下自己的身体。”她走进厨房将姜汤端出来，已经有了其他想法，“明天开始我让徐姨煲汤给你喝，再进研究所里不知道什么时候才能认真养养了。”

她微微皱眉的样子让顾泾川品尝到一丝喜悦，难得地没有拒绝。

“好。”他神色温柔，广告结束后又回到了采访的画面，他看到这一段，小心翼翼地打量了她一眼，“怎么看这个？”

温敬似乎知道他想问什么，掩饰道：“随便调的，刚打开就看见你说这么专业的东西，我完全听不明白。”

“需要我给你解释吗？”他说不出是松了一口气还是有些失望，缓慢喝了口姜汤，在疾风骤雨的夜里深情地注视着她。

温敬被这眼神扰得不知所措，她搓了搓手，干笑：“好啊，你给我说说病毒和细胞是什么关系吧。”

“简单来说，病毒是由蛋白质外壳和内部的遗传物质组成的，它没有细胞结构，不能生殖，所以只能寄生在活细胞中。当它能够在宿主细胞内存活时，就会借助宿主的复制系统，复制新的病毒，引发大面积感染。”

温敬似懂非懂：“那这个宿主就是人吗？”

顾泾川解释：“也可以是牲畜，有很多传染病都是人畜共传染，类似禽流感、SARS和埃博拉病毒。”

“那在研究抗病毒的药物时，一般都是用牲畜做研究吗？”

“这个要视情况而定，大部分情况下是这样。”顾泾川说，“当然也不排除一些特例，有些纳粹分子会在牲畜身上做实验，用一些生物工程上面的办法让病原体变异，再经过其他途径传播到人群中，让人类感染。”

温敬点点头：“好深奥。”她微微一笑，看他喝完了姜汤，随即说道，“时间也不早了，那你早点休息。”

不等他回答，她率先朝楼上走去，脑子里还旋转着刚刚那一堆专业术语。突然想到什么，她停下脚步，整个人都僵住了。

顾泾川担忧地问：“温敬，怎么了？”

她嗓子不自觉地紧绷，声音也变得沉冷：“你说会不会有人打着建动物疾病控制中心的旗号，其实是做一些见不得人的研究？”

“不排除有这种情况，西欧很多国家都在做秘密科研。”

温敬紧紧按着扶手，面不改色地问：“那最大程度上可以研究到什么地步？”

“历史未解决的或者新型的口蹄疫类人兽共传染性疾病，比如至今难以控制的埃博拉病毒，到达这个程度的话，不管是不是用在敌方，都已经是最极限的程度，到达了国家最高密级。”他用陈述性的口吻说完这一串，静静等待着她的反应，而她却只是平静地“嗯”了一声。

见他有些迟疑，温敬打趣道：“我的脑洞是不是挺大的？刚刚我已经联想到了一出毁灭性的战局。”

顾泾川松了一口气：“不要调皮，早些睡吧。”

他口吻亲昵，大概是今夜风声太涌，又许是她太温柔，令他无端生出了错觉，说完这句话即刻察觉不妥，谁知温敬却没有什么太大反应，而是小跑着回了房间。

是娇羞，还是尴尬？

他无从得知。

顾泾川离开的时候谁也没惊动，他将衣服叠放在床头，客房里干净整洁，没有任何有人住过的痕迹。要不是他给温敬发了短信报平安，她真要以为昨夜那场大雨只是自己梦境中的一隅。

最近做的梦太多了。

她又睡了一个回笼觉，醒来时已经十点多，中午陪老爷子吃完饭，又随他上山走了走。雨后山间湿气重，路又泥泞，老爷子走了会儿便觉吃力，温敬就让警卫员先送他回去，她独自一人继续朝山上走。

中途遇见几个背包客，模样相当狼狈，对方称昨夜那场大雨险些要了他们的命，他们顶着寒冷在山顶上强撑了一夜，雨一停就迫不及待地下山，谁料中途又迷路。温敬朝他们示意了一个方向，告诉他们一直往那边走能很快进城。

对方连连感谢，温敬微笑着同他们告别，继续往山上走。

接到阿庆电话的那一刻，她愣了会儿，随即抿起嘴露出一丝微笑。

阿庆的大嗓门回荡在山间：“温总，阳哥打电话给我了，他约了我这周五见面。”

“在哪里见？”

“还没定，他让我找个隐蔽点的地方。”阿庆特别苦恼地问，“我跟人合租的地方行不？”

温敬没忍住轻笑出声：“这事不要跟徐工他们说，也不要告诉萧紫。地方我来定，周五我跟你一起去。”

“好，好嘞！”阿庆拍着胸脯承诺，“温总你放心，我都知道情况的，不会朝外说。”

陈初的死，让命运本不相干的人牵扯到了一起，齿轮交合的瞬间，即命运同轴。

或许这是冥冥中的注定，她应该深陷于此。

山风聚涌，吹得温敬的发丝绞在了一起，她一点点将头发从脸上分拨开来，面朝着风来的方向，缓缓张开手臂。她在风中轻问：“周褚阳，为什么还要来找我？”

温敬陪了老爷子几天，在这期间将建筑设计公司发来的项目都看了一遍，最后给萧紫去电，要求见一见对方的负责人。萧紫安排了会面时间，恰好是周四中午，于是温敬有了恰当的理由离开。

老爷子有些不快，抱怨了几句。温敬耐心哄了一阵，又答应忙完这段时间带他出去游玩，这才算让老人家开心。临走前，温敬又嘱咐徐姨不要忘记送汤给顾泾川，徐姨不知细情，好心地问了句：“什么时候能喝到你们的喜酒？”

温敬愣住，随即说道：“我们是好朋友。”

车子离开后，徐姨看了眼老爷子，后者悠闲地闭目休息，朝她摆了摆手：“让时琛回来陪我吃饭。”

温时琛回来后就被喊到了书房，两人谈了有五十分钟，最后出来时，温时琛整张脸都有些难看，连饭都没吃就走了。老人家担心子孙的婚姻大事，温敬和顾泾川没能在一起怪到了温时琛头上，温时琛身为长孙，至今还单身更是罪不可赦。老爷子铁令一下，他不得不去相亲。

而这边温敬和萧紫约见的建筑设计公司负责人听说他们有了头绪，非要请他们吃饭，于是会面改在了饭店。负责人只带了一名秘书，于是订了一间小包厢。

温敬进门时，萧紫已经提前到了，正和对方负责人说起设计项目的事。

“这一年来，贵公司承包过二十八个项目，其中八个是景观园的设计，十三个房产项目的设计，三个度假村设计，还有四个零散的，分别是温室培育的特种环境、海底世界乐园、科技馆以及马场的设计。其中涉及温室培育和海底世界乐园两个大项目，都被安和捷足先登了，对吗？”

负责人连连点头，见温敬过来，赶紧起身。众人一番寒暄后，温敬接过话题继续说："温室培育和海底世界乐园两个项目看起来好像八竿子打不着，但都需要温控方面的专家来做技术分析，对于器材和选料必须有深入的了解，才能在特定环境中维持需要的温度。温室培育自然不用说，海底世界乐园的话，应该有许多冰室吧？水池的水量和温度以及环境的维持都需要咨询相关专家吧？"

那人一听蒙住了，随即醍醐灌顶。

萧紫顺着他的理解给他具体的解决办法："你先清查下接手这个项目的所有人员，看是谁全程跟进专家，或者是谁推荐专家的。"

温敬补充："如果清除了企业内鬼，贵公司的经营情况还未改善的话，我们会正式接案，为你们做最专业的商务评估。"

一顿饭相谈甚欢，温敬小酌了两杯，兴致不高，倒是萧紫陪着客户喝了许多，出门时已经两腿打战。温敬笑她大白天就不省人事，日子过得忒滋润，看来今儿这一下午又要陪床度过了。

萧紫靠在她肩上轻笑吐气："姐妹儿为情所困，还不带消沉半日的？温敬，你们温家的人一个比一个精明，奸诈，狡猾……"

她醉语呢喃，惹得温敬连连发笑，对方秘书面对一个彻底醉倒的老板叫苦不迭，温敬安排了阿庆送他们回去，自己则一个人扶着萧紫出门。

"你说，温时琛的心是不是石头做的？"萧紫醉得不清醒，骂起人来却一溜的顺口，"铁石心肠，狡猾奸诈……坏人，大坏人。"

温敬哭笑不得，半拖半扶，刚想叫侍应生过来帮忙，视线一转就看见坐在窗边吃饭的男人，身边坐着一个女人，对面还有一个女人。话到嘴边又咽下去了，她轻咳了声，一桌三人皆注意到这边。

周善起先反应过来，看了眼身边的温时琛，同他一起过来。

萧紫还在出言不逊，大骂温时琛是个坏蛋！温敬忙堵她的嘴，可惜已经晚了。后面的结果不言而喻，温时琛带走了醉鬼，温敬陪着周善继续演戏，应付老爷子找来的相亲对象。只是对方在看见温时琛半搂半抱带着萧紫离开后，顿时没了热情，聊了不到十分钟就要告辞离开，温敬和周善自然都很乐意。

她们两人又坐了会儿，说起假装温时琛女朋友这件事，周善有些无奈。

"老板给钱，我权当工作，只是会令萧总误会。"

温敬浅笑："看样子也误会不了多久，周善，恭喜你即将脱离苦海。"

"希望如此。"

周善是个聪明谨慎的女人，和她聊天并不需要太多防备，因为不该她问的，她连想都觉得多余。阿庆送完建筑公司的老板，回头来接温敬，末了还将周善送回总部。

这几天天气一直不好，到下班时间又淅淅沥沥下起小雨。

温敬打电话回公馆，问到老爷子的情况，许是知道是她来电，老爷子中气十足地大喊："臭丫头，还不如泾川孝顺！"

老爷子又嘟哝了几句，温敬只得乖乖受着。电话不知怎么的，转到了顾泾川手上，他还是一派温和，淡淡说道："今天做了两个疗程，近期都不会有问题，放心吧。"

"谢谢。"她踮着脚尖说，"怎么今天有时间过去？"

"想念徐姨的汤了。"

"那你一定会上瘾的，徐姨的厨艺很好。"因为他轻松的口吻，她也不自觉柔和下来。

顾泾川慢了一拍应道："只要徐姨不嫌麻烦，以后我可能会经常打扰。"

"不麻烦，以后天天来！"老爷子在那头接道，惹得徐姨笑声连连，温敬似乎能想象出那边温馨的场景，笑容渐暖。

两人又随便说了几句，临挂电话，老爷子又说顾泾川正要回城，恰好顺路给她送点徐姨煲的汤。老人家的心意表露得太直白，温敬不好拒绝，顾泾川微笑说"好"。

好在萧紫睡了一下午，酒醒后精力充沛，追着温敬问她之后的情形。顾泾川来时，她正在沙发上捶胸顿足地后悔，看她这样，顾泾川也没多留，放下汤就走了。

温敬送他到电梯口，他迟疑几番，终究还是问道："你还好吗？"

"怎么会这么问？"她拢了拢发丝，轻笑着看他。

顾泾川仔细回忆了下这些天她的种种反应，出于做科研的本能，又或许是凭借着医生的那丝敏感，他察觉到她有点不对劲。但这种不对劲隐藏得很深，也有可能程度极轻，总之他没有太明白。

"感觉你有些疲惫。"他保守地说。

"一年里总有些日子特别累，可能最近出差有些猛。我跟你一样，应该多喝点汤调理调理。"她耸耸肩，像那晚一样变得有些调皮，让他着迷。

他喜欢这样开朗乐观的她，但他知道过满则溢的道理。

"不要太辛苦，如果想要度假，我可以陪你。"

温敬点点头："你也是，太瘦了。"

"我会努力喝汤。"

“好。”

没有营养的话题，说到最后两人皆是沉默。温敬跟他挥手，侧过身来按电梯的开关，看着那扇门在他们之间缓缓合上。顾泾川抿着唇微笑，清瘦的脸上看不出任何情绪。

电梯门在合上十秒钟后又打开了。

温敬果然还是先前的那个姿态，站在电梯口不知道想着什么。他上前一步将她抱在怀里，紧紧地拥住，闷沉着声音喊她的名字。因为这样的姿态，温敬后知后觉地回过神来，继而真切地感受到他的苍白和消瘦，比她肉眼看到的更夸张。

她的声音有些颤抖：“你究竟在做什么？怎么会瘦成这样？”

顾泾川慌忙松开手，往后退了一步。他摸着自己的脸，假装委屈：“是不是变丑了？”

“没有。”她仔细打量他，“我只是觉得你瘦得太快了，几个月前你还很健康。”

有些瘦不只是从身体表现，更是能从骨子里显出来。顾泾川一直都是偏瘦的体型，弱不禁风的模样，但又是典型的穿衣显瘦、脱衣有肉的身材，她曾看过他游泳时的样子，不算太强健但也很正常，如今却好像成了衣架子一般，外面只剩一张薄薄的皮了。

这皮囊依旧好看，依旧容易令人心软。

他惨惨失笑：“还以为自己变丑了呢。”

“怎么会？你一直都很好看，采访视频里很多女孩都为你尖叫。”

“原来你看见了。”他缓慢放下手，高层的风吹着两人的衣服，温敬的裙子飘到了他的掌心，他张开手指，握住了柔软，“那你还愿意尝试跟我在一起吗？”

温敬低下头，避开他的视线。她盯着脚尖看，看得眼睛发酸，却始终不敢抬头看他，终于等到她鼓起勇气开口时，他却突然挤进电梯里，匆忙说道：“想起来还有个实验没有做，我先走了。”

他按着电梯的开关，迫不及待地用指尖点了好几下。

温敬看他这局促的模样，想说的话又咽进了肚子里。确定数字的确在往下走后，她才慢慢进了门。萧紫一边喝汤一边说：“大博士告白又失败了。”

她走过去，看见汤已经见底了，踹了萧紫一脚：“某些人酒后失言，追爱之路又远一步。”

萧紫愤然，追上前来打她，她两下快步闪进房间，落锁，装死。直到外边没了动静，萧紫关门离去，她才打开灯，靠着门缓缓坐在地上。

夜幕中繁星点点，整个城市如火中烧。

她在淬炼这世上的每一丝温情。

温敬不知道阿庆和周褚阳之间是怎样的联系方式，她也没有问，只是到了时间就随阿庆前往约定的地点——桃花酒坊。

这地方在闹市区横七竖八的深巷里，算是闹中取静，没有详细的地址，一般人很难摸索过来。这里窄门小户，在外头看着一直是没有营业的状态，只有靠近了，才能在门缝间看到一丝微光。门后两侧的侍应生会拉开门，做出邀请的姿态。一旦进去，门立刻合上。

屋内的光线很暗，绣花屏风隔开的包间里声音窸窸窣窣，两边都挂着深红色的纱帘，影影绰绰勾勒出里间人的身影。走客区是一张摆满鲜花的长台，台子两侧有一些古书，上方悬挂着红灯笼，灯笼里的光线依旧很暗，几乎看不清任何人的面容。

这种环境，适合隐蔽在黑暗中的人。

温敬有私心，私心里想保护谁，她很清楚。

她让阿庆先去了包间，独自一人在楼梯口等着周褚阳。十七八分钟后，一个高大的身影闪了进来，帽檐低垂。她踩着楼梯飞快地跑下去，在服务生开口之前告诉他们是约好的人。

光线温柔摇动，她的声音低飞在空谷间："看见我不意外？"

"嗯。"他用鼻音回答她。

"为什么？"

"这地方不像是阿庆选的。"见这环境里的光实在暗淡，他拿下帽子，温敬接了过去。

她浅吟吟道："难道不是故意给阿庆打那通电话的吗？你应该知道，阿庆会告诉我。"

"我知道。"他垂下手来，眼皮子微微上挑，示意她领路。温敬转过身来，楼梯上面下来个孩子，动作太快险些撞到她。她往后退了一步，直退进他的胸膛和双臂间。

她索性拽住他的手腕，扶着木质的楼梯，一步步往上走。一个脚步声重，一个脚步声轻，温敬意识到无声无息或是他的习惯，便刻意把脚步放缓，于是整个环境更显静谧和暧昧，她回头看了他一眼，周褚阳的视线不偏不倚停在两个人的手腕上。

好整以暇，有点兴致。

温敬瞥见他唇角的弧度微微往上翘。

她心里高兴，没注意轻重，一脚踩上去，旧楼梯咯吱咯吱响，引得楼上的服务生紧张询问，她尴尬地摆手，正要解释什么，后面的身影大步一跨走到她前面。温敬还怔愣地看着突然松开的手腕，未反应过来，另一只手已经被他握住。

他手掌很大，包裹住她柔软纤细的手指，虚握之后松了松，调整到最合适的姿势，再度握紧，然而只是一瞬。

在进入包厢前，他还是松开了手。在进入包厢后，他们安然无恙，彼此陌生而熟悉。

阿庆见到周褚阳很高兴，抓着他问了许多，他只挑拣着回答，比如问他这些天去了哪里。

他缓慢地说："在北部转了几个城市，没找到合适的活。听说你们都来这儿了，我也来碰碰运气。"

"不回家娶媳妇啦？"阿庆好奇。

温敬也好奇，抬起头来看他，目光炽热。

"嗯，媳妇嫌弃我条件差，早跑了。"

"你这条件她还能嫌弃？"阿庆端起一小杯白酒，一口闷了，"那……那让我这样的到哪儿去找？"

"好人总能找到。"温敬说。

周褚阳眉眼含笑，夹一筷子菜，瞟一眼她，继续闷头吃。

"什么才叫好人？我这种老实本分的算不算？"阿庆自嘲，"太好的人也不会被善待，我总觉得这个社会是残酷的。"

不知是遇见了什么事，阿庆这一番话说得实在辛酸悲苦。

温敬打趣："给我做司机不开心？"

"不是，哪能啊。"他挠挠头，酒杯一搁，苦笑上涌，"阳哥，我就问你一句话：陈初的事，算过了吗？"

周褚阳动作一滞，转过脸正对着阿庆。温敬坐在他们对面，却忽然低下头，她将小酒杯紧紧攥在手心里，手背上暴了青筋。

整个环境都因为这一刻的沉默而变得悲鸣起来。

她不知等待了多久，才听见周褚阳的回应。那声音低回、沉冷，夹杂着当初那声爽笑，无限糅杂抨击着她的耳郭。

“生前身后，他的事都算过了。”

没过的，只是在世之人的想念以及不甘。她鼻头一酸，眼眶湿了。

话题就此打住，温敬唤来服务员上了两瓶桃花酒，这酒度数低，喝了并没有太大感觉。她一连喝了三小杯，紧绷的面孔才稍有平复。倒完第四杯时，一只手伸过来将酒端走，眼睛在昏沉的光线中斜斜睨她：“很好喝？”

她点头，他一口饮尽，两人的目光始终胶着着。

“好喝吗？”她问。

他也点头：“还不错。”

于是剩下的那些酒都被他和阿庆喝完了，他喝得慢，喝得少。而阿庆却喝了很多，后来他整晚都有些沉闷，话不多，一直闷着头喝酒，只是在分别时拍着周褚阳的肩呢喃了几句。

他声音低，温敬隐约只听到一些关键词，大意是这晚之后，就让陈初好好地走，让他们都好好地往前看。

周褚阳含着烟笑了。

是眯着眼睛，细纹也变得温柔的那种笑，发自肺腑，感动于心。

温敬叫了车先将阿庆送走，她和周褚阳胡乱在巷子里溜达。这些石巷都很深，一眼望不到头，也许是灯光不够明亮，也许是身边的人过于明艳，总之这两人走了没多久就停了下来。

他将她圈住，抵着墙。

“地方选得不错。”

“这是夸我吗？”她轻声笑，红唇染过了酒水的光泽，鲜艳欲滴。

周褚阳的目光盯着那张一张一合的嘴，漫不经心地说：“你太聪明。”

“为什么还要来找我？”

“有些事没有解决。”他单手揽住她，前腿迈进，身子往下压，几乎严丝合缝地贴着她，呼吸有些热，“杰克打过电话给你？”

疑问的口吻，却带着毋庸置疑。温敬整个人都震住了，下意识地贴着墙壁想要逃离，却忘记自己早已深陷于他的胸膛，所有微小的动作都逃不过面前这双黑暗的眼睛。

“没有。”她强装镇定地说。

周褚阳挑起她的下巴，压迫式地令她与他对视。这么久以来，他从未这样强势地对待过她，尖锐，充满审视。

温敬被盯得发虚，她高扬起头，怒不可遏地盯着他："周褚阳，是你来找我的！"

"嗯。"他的笑低低浅浅，埋下头的顷刻间找准突破口，吮吸着她的唇，长驱直入。他从不温柔，充满了男人的强势。

温敬被他紧紧缠住，似在海中漂游的浮木，跌宕起伏都由他说了算。她气得挣扎，挣扎着捶他的后背，却发现这人根本不为所动，她只得放弃，又恨自己放弃得太轻易，于是扭着身体逃离，却被他更深地索取。

他的手掌扶在她腰后，是一处温暖的港湾，令她化成了一摊水。他换成双手抱住她，用手肘顶着墙，有一下没一下地点着脚尖。

温敬完全没了力气，她将头埋在他的胸口。

陈初死后，确实有一通电话打到她手机上，那天她在住院，白天刚见过阿庆。听到电话里传来声音的一瞬间，她就已经反应过来是杰克。他的中文说得很拗口，带着一股浓烈的美式腔。她难以想象当时他处在一种怎样的环境里，才会给她打来那样一通电话。

他说："哦，那个民工因你而死，温小姐，如果你能早点就范，他怎么会被杀掉呢？容我想想，那天晚上他救了你，你却没追上他。你根本顾不上他的生死，害怕得第二天一大早就逃跑了，对吗？温小姐，懦弱的人是不值得被原谅的哦。"

他不可否认地笑着，那笑意带着一股酣畅淋漓的快感，对她实施了强烈的报复，将她推进了逼仄的空间里。

第二天一大早，她出发去了陈初家中。

这世上的人总是会用许多花言巧语来点缀一场平淡无奇的小事，却总在真正值得背负和眷恋的事情上寻找借口，忙于解脱。而事实上，给它赋予一千万个不成立的理由，都敌不过事发当时一个低头。

温敬低头了。

她脱下了鲜艳的红裙，用脸颊捂着冰冷的遗照，她在风声中轻笑，她还如昨日一般生活，可只有她自己知道，她还没过得去。

"我总想起那些天，我总想要回到那些天。我晒着太阳看你们开工，你们嘈杂的声音和蛙鸣一样，和蝉鸣一样，不停地在我耳边回旋。阿庆嗓门大，陈初好抽烟，你总是不爱笑。"

周褚阳保持着这个姿势一直没动，直到他感觉有一股湿热顺着肌肤流淌进了心底。他才尝试着拍拍她的后背，摩挲着光滑的衣料，感触里面性感的身体。

“有那么一天的话，就陪你回去晒太阳。”

“还会有吗？”

“会的。”

她咿咿呀呀地应声，像小猫一样喘息，从他的胸膛里退出来。

不知何时，巷子尽头亮了一盏大灯，那灯光从侧面笼罩下来，将他们俩都网进这无边的明亮中。他们继续往前走，声音像断了片的电影，播一段卡一段。

她问他：“你接下来有什么打算？”

他说：“我会留在这里。”

“还会跟我联系吗？”

他依稀是笑了，笑得人心痒难耐。

她又追问了一遍，这时他的声音远远地随风飘进了黑暗的屋墙……

最后的最后，又传来两句话。

他说：“别太逞强了。”

她沉默很久后，低低地说了声：“好。”

第八章

特殊服务

周褚阳回到旧厂房区的出租屋已经接近凌晨，手指间那根烟已经抽了三天，他瞄了眼快烧到手指的那截距离，眯着眼睛深吸了一口，又缓缓吐出白雾，将烟头丢在地上，踩灭最后一丝星火。

整个环境阴暗潮湿，他埋着头往前走。

这条走廊很破旧，地上到处都是报纸碎石和一些装修遗留下来的工具。当初这个地方原本也是要扩建大型厂房，谁知工程进行到一半，老板投资失败跑路了，丢下一堆烂摊子。有些员工家属来这边闹事，和修建厂房的负责人大打出手，闹出了命案，最后没人愿意接手这块地，那件事也就不了了之。

就在去年，有人重新买下这块地，把厂房改成了出租屋，租给外来打工的民工，价格便宜，但离市区实在太远，所以愿意住这儿的人也不多。

周褚阳走过十五个房间，只看到五个房间的门是关着的，其他都大敞着，被厂房顶上的大灯照射出模糊的轮廓，灯光在走廊交界处留下一个小小的圆圈。他在自己的屋前停住脚，手伸进裤兜里摸钥匙，头依旧低垂着，目不斜视。忽然有一声干脆的嘎嘣声从楼道里传来，他所有动作一瞬间变得无声无息。

确定了声音所在位置后，周褚阳立即紧贴着对面的门，融入黑暗的墙壁和走廊间。

因为他的房间和对面的门都是关闭的，所以灯光未透进来。而声音的来源与此处隔着至少八个房间，其中有多于五个房间门都是开着的，对方要过来，必会先在开着门的房间口经过，在灯光圆圈里投出阴影。

显然那人看不到他，一下子慌乱了，疾步追过来。就在对方逐渐接近他的房间门，放缓脚步时，周褚阳一个健步从对方后面冲过去，扼住他的脖子，低声质问：“从 A 市跟到 B 市，终于耐不住性子了？”

对方迅速反应，抓住他的手，腰身下弯，狠狠将他往前甩。两人立马扭打在一起，彼此势均力敌，谁也没能将谁打趴下。他们在纠缠中离开了原先的位置，当周褚阳倒在地上，被对方按住手臂时，他看清了那人的脸，沉声道："是你。"

他双腿斜上一勾，对方又被他扑倒在地。他趁势而上，对方见情况不妙，拔腿就跑。周褚阳受了伤，没有追上他，但他确定了那人的身份。

陈初被杀那天，他追着凶手的踪迹一路追查下去，找到杰克，当时这个人就是被杰克聘用的公关经理。杰克被逮捕入狱后，因为他们都是被逼迫服从命令的，并且没造成实际的伤害，所以他当场就被释放了。

周褚阳洗好澡，坐在床边擦头发。他将裤兜里的东西都掏出来，一一摆在床边上。

一把瑞士军刀，两根没抽完的烟，一只打火机，一张皱巴巴的纸条。

他缓慢地将纸条摊开，压平边角的褶皱，目光平静地盯着上面那串数字看。这张纸条是在寻找陈初下落的那一晚小叔给他的，上面是温敬的号码。

小叔跟他说："她喝醉了，但是她又很清醒。如果你也不甘心的话，就留着这张纸，权当给自己留点希望。"

这张纸揣在兜里都快被长时间的闷热和汗液弄烂了，但不知道为什么，那上面的数字却非常清晰，清晰得刺目，令他不自觉地闭了闭眼睛。

他拿出手机，按出那串数字，盯着明亮的显示屏看，最后又一个个清除。

关上灯，手机也没电了。

他在黑暗中捏住断烟和打火机，手指不停地动，最后放下打火机，将落了一地的烟丝细细碾碎。

温敬又坠入梦境中，她在前面奔跑，后面有个模糊的身影在追她。那身影高大可怖，没有脸的轮廓，只有那拗口的中文发音像魔咒一般不停地传入她耳中，她捂着耳朵失声尖叫……

窗外一声惊响。

她猛地挺起身来，目不转睛地盯着窗边。窗帘是不透光的，外面连接着阳台，有风声窸窸窣窣从窗缝里透进来。温敬赶紧找到床边的手机，打开解锁键，主屏幕上有条未读信息。她迟疑了两秒钟，还是跳过，点了通话记录。

窗外又是一声惊响，她赶紧走下床，蹑手蹑脚地朝落地窗靠近。

她一边走一边调出通话记录，给萧紫打过去。

画面闪动了几秒钟就被接起，温敬对着话筒大喊：“萧紫！我吹风机是不是在你房间？快给我送回来！你以后再乱拿我的东西，就不收留你住我家了！”

温敬说完立即将手机贴住耳朵，听见话筒里快速的脚步声，萧紫喘着气说：“我马上到了。”

三层楼梯，她完全是用跑的。

可在萧紫进门之前，温敬已经站在了落地窗边上。她屏住呼吸，猛地拉开窗帘。窗门果然已经被移开了一小段距离，可阳台上却一个人影都没有。

她仔仔细细察看了下，发现有几只铁质的衣架缠到一起了，被风吹着时不时地就会撞到不锈钢管，声音和那种惊响类似。

或许她只是忘记了关窗门。

萧紫里外张望了一圈，确定家里没人后，陪着温敬坐在床边。她吓得出了一身冷汗，缓慢撕下脸上的面膜，拍着下巴说：“要不我们一块住吧？我搬下来或者你搬上去。”

温敬脸色有些苍白，胡乱摆弄着手机，接连进入和退出几个软件，不知道自己想要看什么，最终冷静下来，点开信息。

是一个陌生号码发来的，只有简单的几个字母：Move on.

朝前走。

她一动不动地看着短信，手指没意识地摩挲着那两个单词。

萧紫又问了一遍她的意思：“去年过了本命年，照理说今年应该顺风顺水呀，我怎么觉着今年才是你本命似的。安全起见还是我俩住一起吧，万一我也遇上什么倒霉事呢？今天回来还听小区的人说，西边别墅区被盗了好几家。”

“你想说什么？”温敬漫不经心地回，视线还停留在手机上。

萧紫凑过来看，被她挡了回去，于是讪讪地说：“万一真是小偷，临时见色起意怎么办？毕竟咱俩都长这么美。”

“那我们住在一起不是增加犯罪率吗？”她将信息栏里那串数字记住，删除短信，收起手机，看向萧紫。

“那可不一样，你有脑子我有武力，双剑合璧还不得把这片的小偷都抓住咯！为人民除公害，说不定还能上个新闻，正好也给咱们东澄做免费宣传了。”萧紫拍完下巴又去按摩脸，绷着个脸不让自己笑。

温敬是真的被她逗开心了，说："那我去你那边吧，简单收拾下就好。"

萧紫自然高兴，逼着她当场捡了两件衣服就跟她一块上楼去睡了。第二天一大早，萧紫就打电话给阿庆，让他再带一个人过来帮温敬搬家，还联系了室内设计师做重装，务必要帮温敬那屋子排除所有安全隐患，一只蚊子都飞不进来。

有她折腾，温敬就乐得清闲了，早早去了公司。刚坐定就接到安和集团部门经理的电话，告诉她总经理出国公干，日前回国了，这两天在玺韵高尔夫球场有几场商务会谈，明确有意和东澄合作，只不过总经理实在太忙，所以得麻烦她亲自过去一趟。

温敬犹豫了几分钟后还是答应了。

下午萧紫过来，说起玺韵高尔夫球场会面的事，她忽然记起什么，拍着腿说："我忘记告诉你了，之前查到的裴西的住址是他租的房子，现在已经转租给别人了。"

温敬沉吟："所以现在是完全找不到他了？"

"他会不会出什么事了？需要报案吗？已经失去联系将近一个月了。"萧紫忽然紧张起来。

"别慌。"温敬凝眉想了想，"我记得当初他要和东澄合作的时候，好像用过一个私人邮箱和我联系。"

她赶紧打开电脑翻出记录，注册了一个新的邮箱账户，保守性地给他发送了一份邮件。正文内容写道："Percy，你不是说对我一见钟情吗？不是说为我神魂颠倒吗？我现在允许你追求我了，你却失去了联系！给你机会大概是我做过最错误的决定，我愿你永远都不再出现在我面前！"

她不确定裴西到底和多少人说过"一见钟情""神魂颠倒"这样的字眼，也不确定这个邮箱目前是否还在使用，又或者面临一些其他状况，只能尽可能提到一些隐晦的字眼，增加让他猜到是她的可能性。而对于旁人来说，她不过是一个被无情抛弃的前女友，因爱生恨发来了一封毫无意义的分手邮件。

萧紫皮笑肉不笑地和她开玩笑："裴西怎么会用私人邮箱跟你联系？他给你发什么了？"

温敬让开位置，随便她看。萧紫点进去，结果发现是一封长达几千字的示爱，很明显有从网络上摘录的痕迹。

她看得忍俊不禁，心情轻松了些。温敬拍着她的肩说："不会有事的，放心。"

第二天两人就准备和安和总经理见面的相关资料和文书，温敬做了一整天的功课，把安和这几年的发展方向和定位都了解清楚了。按照约定的时间，温敬一行提前了两个小时到达玺韵高尔夫球场。

除她和萧紫以外，还有个部门经理随行，阿庆将他们送来后也没有离开，跟着他们一起在会所里面转悠。到达球场时，温敬看到了之前见到的那位经理，正点头哈腰地追在一个人身后讲话，而那人目不斜视，精明的一双眼只盯着他杆下的球。

意识到他们这些人的存在时，那位经理朝他们挥手，示意他们稍等。温敬便没有离开，隔着五米距离坐了下来，和约定的会面时间还相差六十八分钟。这六十八分钟里，那位总经理从头到尾没有离开过球场，也没有正面和她碰过视线，只是一味地追着场上的球。

不得不说，他的技术是极好的，命中率高，挥杆动作干脆，又狠又准。

温敬含笑看着萧紫："如果我哥在这里，他就不敢这么嚣张了。"

萧紫推了她一把："说什么呢，如果温时琛在这边，哪还有他出风头的机会。要出，也给他按洞里面去。"

部门经理听得云里来雾里去，问道："温总球技很厉害？"

萧紫眼底燃烧着灼热的光，解释道："高尔夫球界有四大大满贯赛事，分别为英国公开赛、美国公开赛、美国大师赛和美国职业高尔夫球协会锦标赛。温时琛曾经是四大大满贯的全场 MVP。"

当时欧洲协会给他起了一个外号——东方贵族。

那四场比赛，让整个欧洲区的比赛选手都记住了"温时琛"这个名字。数不清多少个狂欢的夜晚，多少人疯狂大喊着这个名字，为这个"东方贵族"彻夜不眠，高声喝彩，为他骄傲，为他沉沦。

在还可以热血沸腾的年纪里，萧紫就已经背着包，追随着他的脚步满世界地跑了。当时除去正规比赛，还有许多业余的，温时琛参加的比赛大大小小有接近一千场，而萧紫最少也跑了八百多场。

后来温时琛回国，萧紫就全情投入学习，毕业后义无反顾地跟着温敬创业，一路走到现在。

"有何感想？"温敬打趣道。

萧紫抿抿唇，笑得眉眼弯弯："那种苦日子都熬过来了，现在这些算什么？"

温敬点点头，表示同意。她看了看手表，秒针转过十二，六十八分钟已过，到了约定会谈的时间。她朝远处的经理抬手示意，对方冷汗直流，鼓起勇气再次上前和自己的老板交涉，果不其然又被忽略。

萧紫顿时怒了："什么意思？这总经理哪里来的，这样傲慢无礼？"

温敬也立即起身，转头就走，身后几人疾步跟上。经过商量，他们决定先在这里住一晚。

"这个会所还有很多其他的娱乐项目，今晚就别管那些事了，你们自行方便，好好玩一玩。"温敬对部门经理和阿庆说，前者见怪不怪，倒是阿庆没来过这么豪华的会所，有些不知所措。

温敬就特殊关照了下，让部门经理带着他里里外外转一转。途中看见好几个穿着比基尼从游泳池过来的美女，阿庆看得眼睛都直了，一愣神才发现身边还有个人，于是又不好意思地挠挠头，不敢再东张西望了。

部门经理笑着说："都是男人，害什么臊。会游泳吗？"

阿庆点头，部门经理又和他商量："那待会儿先去房间里换衣服，我们去游泳池转一圈？"

"好嘞。"阿庆跟上去问，"朱哥，你来公司几年了？"

"好几年了，跟着公司一块干到现在。"

"那温总和萧总是不是很器重你？"阿庆不太会说话，却胜在实在，说得朱哥心里一甜，拍着胸脯应道："说器重不敢当，不过我也算是公司的元老了吧。温总和萧总都是好人，你给她们开车，不砢碜。"

"那……那你……"阿庆犹豫不决。

朱哥瞪他："有话就说，大男人婆妈个什么劲儿？"

"我……我想问的是……那你跟总部的人熟吗？"

"那要看谁了。"朱哥仔细一寻思，好像回过味来，"你小子，不会问的是温总身边的周善吧？"

阿庆立马脸红了，支支吾吾不说话。朱哥那人精一看就都明白了，拍拍他的肩问："你从农村来的吧？"

阿庆傻乐和地点了点头，朱哥似有无奈，看他一眼又摇摇头，想说什么却几番犹豫，最后直接朝他竖了个大拇指："敢追周善的人可不多，你小子有点气概。"

"不……不是，其实我……"

"行了，甭说了，我还看不出来嘛。之前跟总部一起合作过项目，我留了她的号码，回头给你。"

"谢谢朱哥！"阿庆高声应了，一来二往，关系熟稔，两个人就都放开了，谈笑声越来越大。

这边温敬和萧紫开了个商务包间，萧紫累得躺在床上不肯动，预订了精油推背上门服务。温敬不想做，捂着被子睡了会儿，醒来时发现有好几个未接来电，都是安和的经理打过来的。她没有接，简单收拾了下就悄悄地出了门，没有惊动仍旧在睡的萧紫。

玺韵高尔夫球场的总负责人是温时琛的好朋友，年前还在一起吃过饭，温敬和他也比较相熟，之前来过几次。她避开人多热闹的地方，轻车熟路来到温泉区。这边是 VIP 客户开放区，有定制金卡的会员才能进入。

领头的小倌认识她，直接将她带到老地方。

"温总，需要特殊服务吗？"

"不用了。"她挥挥手，那小倌略显失望，温敬又道，"那你先出去吧，有需要我再叫你。"

"好的。"小倌离开后，温敬踩着暖石坐进温泉中。

这四面都种植着芭蕉树，檐廊和物品几乎都是实木制造，整体仿照东南亚风格设计， 幽静而文雅，池子边还熏着香。这香气透进身体里，仿佛每一根发丝都为之战栗，原始的张力游走在血液中。

她好像又深刻明白了特殊服务在这里的重要性。

温敬闭上眼睛，没一会儿睡意再度来袭。泉口细流涓涓，一波又一波地撞上她的小腿，撞得她四肢疲软，晕乎乎地往水中深陷。忽然间听到一阵很轻的脚步声，她懒散地扶着墙壁往上挪，手指却只不停抚摸暖玉，挪了一下没动又沉下去了。

她想到什么，唇角往上微弯："既然进来了，就帮我按下肩膀吧。"

脚步声停顿了下，朝她身后走过去。

"上回来好像还没有这种香，这是在哪里买的？"她好像累得睁不开眼，清明与困意之间只隔一线，下一秒钟就能睡过去。她的身体也因为这股懒散劲左右摇摆了下，又往池水中陷进去几分。

"回头给我包一盒这种香。"她语调缓慢地又补充了一句，柳叶眉带着股慵懒，被水雾浸染出几分动人心魄的美。

无人回应，她也没有知觉。

直到一双手按住她的双肩，指腹的粗糙碰触在光裸的肌肤上，引起一阵激烈的战栗时，她才猛然惊醒过来。温敬瞪着一双水雾蒙蒙的眼睛回头看，这一看，妩媚中又带着几分惊喜，她低呼："怎么是你？你怎么会在这里？"

周褚阳神色不动："过来办事。"

温敬不相信这种巧合性，但也知道从他嘴里问不出什么，于是作罢，转而问道："你跟着我过来的？"

"嗯。"他的手从她肩上离开，掌心沾了水珠，肩上一瞬冷寒。

温敬又往池子里钻，从旁边的架子上扯过一条浴巾，挡住胸前的一片春光。她停顿了片刻又问："小倌放你进来的？"

"不是。"他从高处俯视她，坦然直言，"我不知道这是什么地方，见你进来半天没出去，所以来看看。"

"小倌不知道？"她被热气熏得双颊酡红，笑得明艳，"你翻墙进来的？"

她左右张望了眼，从他来的方向看到屏风后的石林，惊喜回头，却见刚刚还在几步远之外的男人此刻却蹲下来，双手撑住石壁，一张俊脸近在眼前。

他的手绕过她的肩，托住她半湿的头，问："小倌是男的？"

"嗯啊……"她平静点头，"怎么？"

"我帮你按摩？"他的眼睛被长而浓密的睫毛遮蔽着，笑意很快敛进去了。

"你还会按摩？"

"随便按按。"他轻轻说，"总比折断骨头容易。"

温敬反应了会儿，笑出声来："那还是算了，我怕你控制不住力道，再把我的肩给扭断了。"她握住他的手，靠着他的耳朵吐气如丝，"小倌的手艺应该不错，他会让我很享受，你不行。"

因为这个靠近的动作，温敬半个身子从水中探出来。一条长浴巾，勉强裹住胸口以及大腿，稍有不慎便春光乍泄。而这温泉池的热气又很大，到处氤氲着白雾，她这一出，就跟出水芙蓉一模一样。

俏生生一枝芙蓉靠着他，水雾朦胧，活色生香。周褚阳全身都汗湿了，眼神低迷地扫视着她。说男人不行，不管哪方面，都是不能忍受的。他双手一揽，扶着她的腰将她重新按进水池里，动作太猛溅起了水花，触发到鸣叫器。

小倌急急在门外问道："温小姐，您怎么了？"

温敬一只手揪着周褚阳的领口，喘着气说："没事。"

"需要我进来帮您处理下吗？"

"不用了，你别进来。"她手忙脚乱地把鸣叫器关掉，扔进旁边的芭蕉树丛里。一抬头，撞进他黑沉沉的眸子里。

"我还……行不行？"他附在她的耳畔，声音闷沉沙哑仿佛溺水的石钟，撞击在石壁，声波顺水而流，流向了海底，在那一望无际的黑暗的深海中，越流越远，越流越深……

温敬一身虚软地回到了包间，萧紫已经醒来，在和经理谈事。见她有气无力地进来，萧紫找来一只吹风机，追着她问：“这是去哪儿了？怎么弄成这样？”

“去泡温泉了，撩了一下给我按摩的小倌，技术不行就说了他两句。”温敬抿抿嘴。

萧紫大惊：“老实说，你敢撩拨一个男人，我已经很佩服你了，你竟然还敢挑衅，他没把你吃光抹净就已经很不错了。”

温敬笑而不语，萧紫关上房间门，倚着橱柜打量她：“是周褚阳吗？”

“就知道瞒不过你。”

“你也可以选择不回答我的问题。”萧紫噘噘嘴，“是不想瞒我，才告诉我的吧。不过他是怎么知道我们在这里的？”

温敬摇摇头：“可能碰巧。”

“碰巧在这里？你信我都不信。不管怎么说，我都还是要提醒你，他究竟是一个什么样的人，你清楚了解吗？”萧紫紧张地追问，“还有他是怎么计划你们俩的未来的，他有没有跟你提过结婚之类的？”

温敬觉得好笑：“都没有，这些从来都没有说过。”

“那你在做什么？”萧紫骨子里是守旧的，“你们发展到哪一步了？”

“我不知道。”

“你不知道？你在逗我吗？以前我还纳闷你到底喜欢什么样的，可怎么也不能是这样的啊，什么都不知道，你究竟在做什么？还有，你之前不是说只会喜欢一阵子的吗？”

萧紫一连番轰击，让温敬有点发蒙，她迟疑了会儿，说：“嗯，可能还有一阵子。”

她双手交叉坐在床边，夕阳的光辉照射在她年轻的面庞上，为她充满未知和迷茫的轮廓扫上一层金粉，她将自己想象成远航之路上的一只小船，似乎才刚刚启程，找到一个前进的方向。

一无所知远比谎言更温柔。

他如今不对她说谎了，哪怕沉默，也是一种信任，至少她不用再费心去想哪句真哪句假，她只相信 move on。

朝前走，沿着他的轨迹。

晚上一行人在高尔夫球场自带的餐厅吃饭，温敬这回总算见到了传闻中的总经理——方志山，安和电子科技的创始人。

他在多人的簇拥下进来，脸上微显疲态，不耐烦地和人应酬了几句便要离去。好在对方眼尖，及时打住了话题，好言好语陪着劝着，这才没令他直接甩手走人。许是他们这边的关注太密集，眼神又太浓烈，方志山后来看到了他们。

他同经理交头说了两句话，那位经理忽然神色大变，显得真真为难，他却置若罔闻，那经理只得硬着头皮朝他们这边走过来。

“温总，萧总，白天的事实在抱歉，是我们怠慢了。方总说相请不如偶遇，一起吃个饭就当作向你们赔罪了，您看可以吗？”

“赔罪是这样的态度吗？你们的方总还真是眼高于顶。”

经理脸色更加苍白，紧紧攥着手说：“还请两位大人大量，我们方总年轻气盛，实在是……”

“实在是目中无人。他让你来请客，却从头到尾没有任何表示，而所谓的客，也只是我和萧紫对吗？”温敬看看桌上的朱哥和阿庆，“你让我的员工怎么办？”

“如果……如果这两位不介意的话，我请你们去吃海鲜。”经理冷汗直流，看起来是真的无能为力。温敬不愿为难，点点头算答应了。

她和萧紫走过去，也没同方志山客气，向桌上其他几位点头示意后便径直坐下了。

温敬说：“方总，我的员工都是第一次来，不熟悉这边，你看可以向你借一个人吗？”

方志山瞥了眼身后的经理，嫌恶地挥挥手：“去吧，一整天在我面前晃，晃得我眼睛都花了。”

那经理简直如蒙大赦，感激地看了眼温敬，飞快逃离餐厅。

萧紫和温敬四目相对，都不禁一笑。一整晚陪着方志山应酬，这位对公司的业务完全不了解，被问到 VR 技术的推广和运营，他不是转移话题就是装傻充愣，再不济就是甩脸子，还得让别人捧着、呵护着。

桌上其他的人就差跪地上求他了，他一脸冷漠，根本不为所动，反倒对萧紫有些过分的热情。温敬似明白了这场饭局的意思，没等到方大公子尽兴，就直接拉着萧紫走了。

萧紫抱怨了一路："什么玩意，真把自己当皇帝呢？伺候得不好就大骂滚蛋，要是杀人不用判死刑，他是不是早就上天了？简直有公子病。"

温敬忍俊不禁："你这一生气都说的什么话？"

"你不懂，这都是微博上的。哎，你说他什么意思？中午还爱搭不理，现在怎么一副纡尊降贵来结交我们的委屈样啊？"

"可能是被你的美色俘获了。"温敬认真地说，"好了，这件案子你来跟进吧，我觉得那位方大少爷应该会更有兴趣跟你谈谈合作。"

萧紫大喊救命，追着温敬跑，两人打打闹闹也没注意，一不小心就撞上了人。

温敬赶紧道歉，对方反应不大，她伸手去扶他，忽然愣住。萧紫跟上来察看情况，见两人都看着对方，好奇道："你们认识啊？"

温敬拉着她赶紧往后退了一步，谨慎地看了下周围的环境。后花园里是铺满鹅卵石的小路，前面是住宅区，后面是高尔夫球场，时不时有人在身边走过。

她冷静下来："你又想干什么？"

"温小姐，别紧张。我只是一个很普通的人，能凑合说点英文，才被杰克逼着去绑架你的。我真的没想过伤害你，也没必要，对吗？"那个中国公关从地上爬起来，朝她点点头，"放轻松，我真的不是为你而来的。"他左右扫视了眼，迅速说："我还有事，先走了，祝你好运，温小姐。"

在他走后，甬道上又出现一个人，黑衣黑裤，戴着鸭舌帽，行色匆匆追了上去。在与温敬擦身而过的时候，他很快地看了她一眼。

温敬提到嗓子眼的心一下子落到了实处。

周褚阳反跟踪那个中国公关来到了玺韵高尔夫球场，遇见温敬纯粹是巧合。一场狭路相逢，让他快速终结了这次跟踪。

顶层一整层的豪华商务套房都被方志山包下了，他还没回来，走廊上空无一人。中国公关潜入了他的房间，周褚阳尾随在后。合上门落锁，吧嗒应声，两人正面交锋。

"你究竟是谁？你到底在查什么？"

"你又在查什么？"那人耸耸肩轻松地笑，"如果我没有猜错，我们查的应该是同一件事。"

"方志山有问题？"周褚阳不答反问。

对方摆摆手，退后一步坐下来，以谈判的姿势邀请他："我们没必要绕弯子互相试探，直接说明白了不是更好？我是故意接近杰克的，他手上有份名单，里面的人物都涉及高密实验事件。绑架温敬和陈初被害都不在原定计划中，杰克是个疯子，他为了能尽快达到自己的目的可以不择手段。”

周褚阳在他对面坐下来。

“如果我没有猜错，你也在调查这个高密实验事件，对吗？”那人把手伸进裤兜里，摸索着什么东西。

周褚阳目不转睛地盯着他。

“嘿，放轻松，我只是在找可以证明我身份的东西。”他摸来摸去，最后掏出一枚徽章扔过去，周褚阳接住，打开掌心看。

西点军校的校徽，象征着美方武装力量的盾牌，雄鹰紧握 13 支利箭和橄榄枝，战争与和平同在，非仿制品。

“这并不能说明什么。”周褚阳将校徽推回去。

“师兄，别这样。对刚刚毕业的师弟可以温柔点吗？我正式介绍一下我自己，美国西点军事学院生物科学专业冯拾音。”他猛地站起来，双腿并拢，笔直挺立，以军姿向他行礼，“2010 年和亚特兰大空军部联合行动时，对方指挥官曾在战后跟你留了一张合影。那位指挥官是我的朋友，我曾经在照片里看过师兄你。”

周褚阳没有反应。

冯拾音继续说：“指挥官的名字是岑今日，退役后现在是北京长虹航空的机长。至于那场联合行动的细节，师兄还想让我继续说下去吗？”

周褚阳陷入了深思，他的目光还停留在那枚军徽上，但他双手合拢抵着下巴，已经调整了防备的战姿。大概过了有两分钟，他缓慢站起来，也朝冯拾音回了敬礼。

没有过多寒暄，他们直接进入正题。

“杰克是黑市雇佣兵，大概从去年开始，他频繁活动在纽约州，制造了不大不小几场恐怖袭击，虽然没有造成人员伤亡，却给民众留下了阴影，游行活动不断。军方曾多次将他抓捕，可每次都会有替罪羊出现，帮他坐牢。军方怀疑他的身后有一个隐蔽的团伙，一路追查下去，发现这个团伙关系复杂，有军火力量，也有财团支持。”冯拾音停顿了下，看到周褚阳向他比手势，两人小心翼翼地靠近门边。

走廊上脚步声由远及近，说了几句话后，又由近及远消失了。

冯拾音松了口气，继续说：“今年年初，杰克突然要出国，军方考虑到多重因素，派我来跟踪调查。可是他一来内地就失去了踪迹，我找了很久，才在 A

市找到他。我作为公关帮他应酬，发现他每天见的都是 928 工程的投资人，每次约见对方，他总会声称自己是飞希德的总负责人，会要求和对方共同致力于 928 工程的落实，让那些投资人去给政府施压。后来我调查过飞希德医药制业公司，他们在全国各处设有至少五千个仓库和工厂，总公司在 B 市郊外的核心工业区，公司总裁是一个长袖善舞的中年男人，很精明。”

“那为什么调查方志山？”

冯拾音笑了：“怪就怪在这个地方，是安和把飞希德拉进 928 工程中的，可在这之前，他们却从来没有合作过。如果说飞希德是一团谜的话，安和就一定是那个谜底。方志山是个花花公子，他父亲离世后，就由他直接担任安和总经理，为人看似非常无能，并且极度傲慢无礼，可我总觉得这个人不简单。”

他一口气说完，看周褚阳脸上的表情依旧淡淡的，没有一丝起伏，好像全都在他掌控中一般，冯拾音不由得叹气：“师兄，你没什么要和我分享的吗？”

“今年三月在江苏，有家化工厂发生爆炸，事后在追查爆炸源时，我们发现了一种有毒棉絮。”

当时他正好在江苏执行任务，发生爆炸的地点离他只有十几公里。他随即赶赴现场，在中途接到了军部电话，考虑到爆炸事件的特殊性，他又有实战经验，指挥官当场命令他参与调查此次事件。

谁知越查越深，这件事就像个无底洞。

“再往下面查，就发现这些棉絮可能都来自一家玩具公司。这家玩具公司声称对这些有毒棉絮并不知情，也不知道是什么时候从哪里引进了这些棉絮。”周褚阳转头看向窗外，不远处的球场还一片明亮，他的眼睛在这片光芒中失去了焦点，“实验室提取毒素后，认定这种棉絮可能是某种动物的分泌物，表状和棉絮非常相近。之后在附近有大量鱼类死亡的小河流里又提取到了相同的元素，为防止毒素扩散，上头做了一些措施，当时河流附近的大型游乐园实施计划被强行中止，玩具公司的员工都进行了全面的体检，好在确认有毒素污染的只有棉絮和那条小河流。”

“然后呢？”冯拾音急忙问道。

“本来那件事应该就此中断了，玩具公司的老板接受了调查，洗脱了嫌疑，谁知在继续追踪棉絮来源的过程中，发现这家玩具公司也投资了 928 工程。可在最初的审讯中，老板曾经说过，公司因为经营不善，为赶制生产，从很多地方都引进了棉絮，以至于调查无从着手。但是 928 工程却是一个大项目，投资金额不可能少。”

“这个老板说谎了。”冯拾音手指敲击在膝盖上，一下两下，心绪有些不宁。

果然，接下来的事件又发生了重大变故。

“可能风声走漏了，这个老板在被传讯前自杀了。我怀疑他是被胁迫杀害，所以去了 A 市调查 928 工程。头两个月工程还没有什么动静时，邻近的几个城市接连发生牲畜离奇死亡的事。资方工程队陆续到达时，这种现象却突然消失不见了。”

“他们果然打算借 928 工程做高密研究，畜牧实验是新型科技项目，全国顶尖的科学专家都会加入研究，数据珍贵。再加上特定的环境，造成牲畜死亡有理有据，还能趁机窃取生物基因，只不过……”

冯拾音没再往下说，他揣摩着周褚阳的神色，很显然后者也想到了这一点，他立即往好的方面想：“看情况他们还在初步实验阶段，不过就算 928 工程中止了，他们的高密实验也不会停止的。”

周褚阳的神色略显凝重。

这个世上总是不缺少丧心病狂的人，他们享受不了和平世界带给他们的安宁，不是做出恐怖袭击活动，就是制造生物武器。他们也许并没有家人，也许并不惧生死，但必然以挑战世界的权威为乐趣。

他现在无法确定，这场研究是同时在几个国家进行，还是选择了这里作为初步实验点。

分析完这一切之后，周褚阳和冯拾音在方志山回来之前将他的房间里里外外都翻了一遍，然而一无所获。

离开住宅区，周褚阳和冯拾音走到公共吸烟区，找了个无人的地方坐下来。背风口，唯一的一盏灯光好像还接触不良，一闪一闪的，在闪烁了大概五分钟后，彻底陷入了黑暗。

周褚阳从口袋里摸出打火机和半截烟，迟疑了片刻，又摸出另外半截递给冯拾音。后者一看这烟已经抽过了，只剩拇指那么长的一小段，惊讶地盯着他看。

“师兄，你回国后混得这么赖？烟都抽不起了？”冯拾音还是接过来，连带着打火机一起。先给他点上，再双手包着给自己点上。

周褚阳甩甩火机头，重新丢回裤兜里。

“任何有依赖性的东西对一个卧底而言都是致命的。”他深深吸一口烟，轻轻慢慢的声音从唇边吐出来。

调查员、卧底、特工，对他们这些人而言都是通用的，因为有时候在做一些事情时，没有办法选择区域和规则，他们的命运向来都是被选择的。

冯拾音没吭声，算是默认。

风一瞬好像大了些，吹得两人头发都乱了。冯拾音在这异样的沉默里看身边这个人，其实有很多故事还没有提起，但可能在这个人的生命里都已经成为过去。那场联合行动之后，他曾经对着照片里的人行军礼，告诉自己以后也要成为一个像他一样的军人，读他读过的军校，念他念过的课程。

他想到这些不禁笑了，摸着自己的小平头说："把你出租屋的钥匙给我，我比你还赖呢，到现在连个有门的屋子都没住上。"

周褚阳意味不明地看着他，他却朝后头笑笑："看样子我是一定比你早回去了，不过也说不定……要看这个，是不是也能让你时刻节制，不形成依赖。"他指着一个方向，周褚阳顺势看过去，昏沉沉的树荫下，站着一个纤细的人。

她的头发被吹成一缕一缕，往各个方向延伸着，她一动不动地沉默站立着，像身边苍老的松树。又或者说，她并不苍老，但她比那棵树还长久地伫立着。

冯拾音低笑几声，吸完最后一口烟走了。

周褚阳的视线始终停留在她身上，开口时的语调，温柔得连自己都有些发怵："找了我很久？"

"嗯。"她缓慢地走过来，走到有微弱光芒的地方，"这里是吸烟区，我想你可能会在这里。"

"万一我已经离开了呢？"他伸手拉住她。

"我等不到也会离开的。"温敬倚在他肩头，找到最舒适的感觉，将手指和他交缠在一起。她瞥了眼冯拾音离开的方向，有些迟疑地问，"他……"

周褚阳扔掉烟头，另一只手来抱她："他叫冯拾音。"

一句妥帖的介绍，算是抹去了先前所有的误会，但除了名字之外，更多的他亦没有办法告知。

温敬见怪不怪了。

"你什么时候走？"

周褚阳长久地看着她，将她脸上的头发都拨到一边，停顿了很久，最后说："马上。"温敬来不及反应，他已经松开她的手，在转身离去后又回头朝她笑了笑，"回去吧，别等了。"

这话有太多个意思。

周褚阳走出几米远后，和在暗处等他的冯拾音接上头，两个人一起走了。温敬还站在原地，依稀听见冯拾音的揶揄，"看来她还不能让你上瘾。"

黑暗中那个高大的身影只是停顿了片刻，就再度朝前走。似是一瞬间的事，温敬也离开了这个风口。

回到城里后，方志山开始对萧紫发起强烈的追求攻击，先是以洽谈合作的理由约她吃饭，一连几次邀约都被萧紫拒绝了。她实在不想伺候这个有公子病的方志山，于是要求出差，温敬准了，谁知到了邻市还能非常巧合地碰见方志山，被迫无奈地和他单独出去了两回，但每次一说到合作的正事，方志山便开始顾左右而言他。她问他究竟什么意思，他直说暂时不想谈合作。

萧紫考虑到他的身份，耐心地配合了两次。之后回到 B 市，谁知他又约她，她不接电话，他便公然到公司堵她。萧紫不胜其扰，打算一次性和他说清楚，于是又一次答应了他的邀约。

这天正好是周末，温敬在家里休息，下午煲了个汤，萧紫临出门前也喝了一碗，还跟她开玩笑，说看见方志山那张脸就吃不下饭。

“你知道吗？那天有个服务生不小心把酒洒在了我裙子上，吓得一直道歉，还说要赔我一条新裙子，我看她还是大学生的样子，就想算了吧，可方志山不肯。他发了狠地骂人家小姑娘，把姑娘骂得一边哭一边抖，我根本拦不住。后来有经理出来调停，你知道结果怎么样？”

温敬了然：“肯定又被他骂得狗血淋头。”

“岂止是骂呀，他都快动手了！要不是我一直拽着他，他肯定上去踹人了。最后他还硬逼着经理和小姑娘给我下跪认错，我当时觉得他简直就是个疯子，赶紧拿着包走人了。”萧紫放下碗，走到玄关口换高跟鞋。

温敬不知道他们之前几次交往的详细细节，听到这里有些担心：“方志山是不是有些精神问题？你这次是去跟他摊牌的，记得小心点。”

“放心，他这个人有严重的洁癖，如果不是弄脏衣服这些情况的话，他应该还好对付。”萧紫换好了鞋，拿出手机看了眼时间就出门了。

温敬走到厨房把碗洗好，来回走了几圈，总有点心绪不宁。忽然想起什么，她发短信给萧紫，问她吃饭的地点。

萧紫没回，她静静等待了片刻，拿出电脑来工作。

前两天建筑设计公司的负责人给她发来了邮件，告诉她已经揪出了公司的内鬼，称那人早就被安和电子科技的高层收买。除了温室培育和海底世界乐园两个案子，他还将公司今年最大的一个设计案也偷出去了。但安和对那个项目并不感兴趣，所以他又转卖给了其他竞争对手。

那负责人气得不轻，要在业内封杀内鬼。温敬让他按照内鬼这条线找一找当初给设计方案做指导的专家。如果专家是同一批人的话，那么很有可能他们就是直接受安和聘请的，也参与过 928 工程。

她把邮件内容拷贝下来，删除原件，登录不久前刚注册的新号，一上去就看见有条未读邮件，正是裴西的私人号发来的，里面只有一串号码。

温敬赶紧按照号码打了过去，很快就被接起。对方“喂”了一声，见她没有回应，也立即噤声。两人都停顿了有将近一分钟，温敬轻声地咳嗽了下，对方立即惊呼：“是温敬吗？”

温敬松了一口气：“裴西，终于联系上你了，你还好吗？”

“我不好，一点也不好。”电话那头的裴西满含委屈，有一大堆苦水要倒，“我丢了工作不说，还到处被人追杀。”

“追杀？”温敬惊声道。

“我不确定，我也不知道怎么回事，会和那个 928 工程有关系吗？我真的不知道。”他的声音有些慌乱，温敬赶紧安抚他。

“你别着急，慢慢说，从那天我们分开之后说起，慢慢地说清楚。”

裴西平静了一些：“那天……那天晚上我接了个电话，被人事告知辞退，说有人会来接手 928 工程。”

那天晚上，温敬差点被绑架，那天夜里，陈初被杀。

“我不明白究竟发生了什么，会让 Boss 在那么晚的时间做了这个决定。我不甘心，我打电话给 Boss，问为什么，Boss 很不耐烦，他大声骂我，骂我蠢货，骂我成事不足败事有余，我很莫名。后来我感觉他并不是在骂我，他可能并没有意识到接了我这通电话，他在骂别人，声音很大、很愤怒。”裴西缓慢地说，他将最直观的细节和感觉都表达了出来。

人在恐惧后能回忆起许多常态下记不起来的细节，这是应急机制触发的反应。温敬调整了一个姿势，将手机紧紧贴在耳边。

“我……我没有挂断，因为我听到了你的名字。好像有个人叫杰克，Boss 大骂他，问他是不是脑子坏了，他只是让他假扮飞希德的人，把脏水泼在飞希德身上，并没有让他做绑架那样的蠢事，还闹出了人命。当时我才知道这件事的严重性，我太紧张了，不敢发出一点声音，直到 Boss 不再骂人，我吓得赶紧挂了电话，连夜回到 B 市。”裴西的声音再度惊恐，“我回到家里，万万没有想到会有人等在我家里，他们摔了我的手机，盘问我都听到了什么，我一直摇头，我说我不知道，他们不相信，一直骂我、打我。后来……后来邻居听到声音过来询问，这邻居可能对我有点意思，所以她一直敲门，那群人不得不放我去敷衍她，我……我就是趁着这机会跑掉的。”

温敬面无表情地听完这些陈述，问道：“你的 Boss 是方志山吗？”

裴西点头：“是的，他太可怕了。这些天我躲在外面，一直有人在找我，我预感是他！”

“那你现在在哪里？”

“我出城了。”裴西的声音带着哭腔，“小敬敬，我从没遇到过这样的事，我至今不敢打电话给我的父母，不知道他们是不是还好好的。我一路逃出城，只有这样我才能安全，对不对？”

温敬一阵心酸，她强迫自己冷静：“你父母在国外吧？”

“是的，他们一直住在亚特兰大。”

“你告诉我详细的地址，我派人去确定他们的安全。然后告诉我你在哪里，好好隐藏，等我去找你，行吗？”

裴西赶紧应了，电话挂断后，温敬一动不动地坐了两分钟，然后打电话给萧紫，这一回依旧没有应答。

她再次打，不停地打，打了有十几通后，电话终于被接起。温敬一瞬笑了，同时也松了口气，刚要骂萧紫，电话中却传来一个她根本不想听到的声音。

“看来你是很不放心萧紫出来跟我约会，一直这样打电话做什么？”方志山冷冷笑道。

“萧紫呢？”温敬的心一下子提到嗓子眼，她厉声问，“萧紫呢？你把她怎么样了？”

方志山慢悠悠地说：“萧紫喝醉了，我送她回酒店。温总，做生意还是要懂规矩。”

“我去接……”温敬还要再说什么，电话里却传来了一阵忙音，方志山将电话掐断了。温敬抓了抓头发，在客厅里来回踱步，几分钟后她迅速地按出一串号码。

她焦急地等待着回应，等了有十秒钟，电话终于被接通。她一开口嗓子都哑了，带着浓重的鼻音：“周褚阳，萧紫她……她很可能出事了。我知道你在跟踪方志山，他……他说萧紫醉了，要把她送回酒店，我不知道他究竟想干什么。他……他很有可能有精神病，他究竟要做什么！他会不会对萧紫……”

“温敬。”周褚阳打断她，“听我说，方志山的车刚刚上了省道，他应该是要出城，冯拾音已经追上去了。”

“我……那我马上过来接你。”

“好。”他的声音被车流隐没，层出不穷的喇叭声充斥在耳畔，“冷静点，我等你。”

温敬拿上钥匙出门，半个小时左右接到周褚阳。

他们开车在黑夜的高速上疾行，一个又一个环形路口过去，温敬始终都保持着高度的警惕状态，务必保证安全，还尽量要求快速平稳。

也不知过了多久，周褚阳缓慢睁开眼睛，视线一直垂着，黑色的夜让长期处于这种环境的他适应得很快，他动了几下，就彻底清醒过来，转头看温敬，见她一张素净的脸，眉毛微蹙，下唇紧抿。他内心某处很快柔软下来，瞥见旁边的路牌，缓慢道：“下个路口出去，先找个地方休息吧。”

“可是萧紫怎么办？”她的声音完全沙哑了，闷沉沉的，“萧紫会不会有事啊？”

周褚阳没见她这样慌乱过，拍拍她的手说：“刚刚冯拾音来消息，萧紫没有事，就在前面的百丽酒店，方志山把她留下后就走了。”

“这是什么意思？”温敬蹙眉看着他，周褚阳默不作声，她想了一瞬旋即领悟，方志山那句“做生意还是要懂规矩”完全明了了。

他在警告她。

他假意追求萧紫，兜兜转转大半个月，一副耐心十足的样子，如今看来全然不过是在捕猎。这个猎人非常变态，以玩弄人为乐趣。

温敬一阵走神，方向盘打飘，周褚阳眼疾手快地按住她的手。车子很快下了高速，在路边停下来。温敬窝在驾驶座里不动，周褚阳陪着她坐了会儿，将椅子放倒，腾出空间将她抱住，双腿一提，就将温敬整个人都捞到自己怀里了。

“听我的，这件事到此为止，不要再去追查安和了。”

温敬沉默，目不转睛地看着他。

车顶灯被打开来，柔和的光晕笼罩在她乌黑的头发上，衬得她异常安静柔弱。周褚阳不知想到什么，轻笑出声：“不逞强了？”

她嘟哝了声，头靠进他怀里。他顺着她的发丝缓慢抚摸，一下又一下，不厌其烦。

“我没想到会牵连到萧紫，她是我最好的朋友，我真的很害怕，我怕……我怕陈初的事会再次发生，我更怕会发生在萧紫身上。”她彻底软了脾性，“我会收手的。”

“好。”他俯下身，吻住她的唇。

狭小的空间令两个本就紧密相贴的人更加亲密，更加亲近。不知道什么时候车顶灯关了，车内陷入一片黑暗。他的手指游走在纤细的腰肢上，不受控制地想到许多个画面。手掌滚烫，唇齿相依。

他寸寸进入，她却忽然不依不饶。周褚阳气喘吁吁地停住手，疑惑地看她。她摩挲他下巴的胡楂，漫不经心地问：“上次冯拾音说，我不能让你上瘾？”

周褚阳面无表情地又埋下头：“风太大，你听岔了……”

第九章

真够上瘾的

萧紫的酒里被下了药，所以很快就不省人事，冯拾音找医生看过了，确定没事，明天早上就能醒。温敬决定隐瞒内情，权当醉酒事件处理，让冯拾音连夜将萧紫送回去，她则和周褚阳去找裴西。

周褚阳原先不同意，可裴西却坚持一定要温敬过来，他才会露面。温敬只得向周褚阳保证："等找到裴西，我就收手，我不能再让他也……"

谁也不想看到这个结果，冯拾音看那两人僵持着，过来相劝："既然还躲着就应该没事，方志山不是黑社会，没那么可怕。这样吧，你们去找裴西，我送完萧紫就去盯方志山，他有任何异动我马上通知你们。"

温敬看了他一眼，冯拾音抓抓后脑勺，一脸痞气地朝她抬下巴："不用太感动。"

周褚阳从他后面走过来，擦肩而过，掏烟，手肘恰好撞到他的肩，冯拾音一下子被顶到旁边。他也不恼，咧着嘴邪笑："你还真护着啊？"

周褚阳头也没回地朝外走，温敬拿着钥匙跟上。

冯拾音在原地蹦跶："真邪了门了，你也这么听话？刚刚不是还闹别扭吗？"没人理会他，他只得装模作样地摊摊手，率先驱车离去。

温敬上车后打电话给温时琛，已经半夜，但是那边接通得很快，显然他还在工作。她简单说了下萧紫喝醉的事，让他去楼下接萧紫，她这边还在应酬客户。

温时琛心猿意马地嘱咐了两句就挂了，她哭笑不得。

下半夜是周褚阳开的车，她担心他犯困，不肯睡觉，陪着他有一搭没一搭地说话，说到最后竟是自己先睡着了，醒来时天都亮了。旁边的男人依旧精神抖擞的样子，只是下巴的胡楂好像长了些。

温敬伸手摸了摸，捧着他的下巴说："好硬。"

“哪里硬？”他微微眯眼，眼角的细纹中全是赤裸裸的笑，温敬猝不及防，轻轻掐了下他的下巴。

“天下乌鸦真是一般黑，你也是。”

周褚阳被她一掐，先前那些睡意彻底缓过来了。他们按照裴西给的地址来到邻市县城，将车停在一片群居出租屋前。可温敬再打裴西的电话，却怎么也打不通了。

他们赶紧去出租屋里挨个问，好在裴西外貌特征明显，有人曾经见过他，直接给了他们房间号。他们敲了几声门没有人应，只得强行进入，果然，出租屋里已经空无一人。

温敬脑袋一空，身子晃悠了两下，被周褚阳扶住。

“难道是被方志山捷足先登了？”

“别担心，这屋子到处都很整洁，应该没有外人进来过。我们先休息一下，等他的消息。”周褚阳左右看看，“你在这儿坐会儿，我到附近再看看。”

温敬点点头，又摇头：“我跟你一块去。”

于是两个人就在这附近转悠了一圈，没有找到裴西，他们就先去吃早饭。温敬已经饿了一夜，周褚阳却是两天没有吃饭了。起先察觉到方志山的行动有异常时，他和冯拾音就在方志山常住的酒店外守了一宿，第二天傍晚才看到他出门和萧紫见面。

两人各自点了一碗面，餐馆很小，几张桌子都坐满了人。桌椅上都是油渍，油烟机轰隆响，油烟钻过窗口飘往他们这边。周褚阳看她一眼，抽出两张纸巾垫在她袖口下，又换到她对面坐下，背对着油烟口。

“没这么讲究，不用照顾我。”温敬拨一半面到他碗里，“你够吃吗？要不要再来一碗？”

他在桌下用一只手捂着胃：“够了。”他这回吃得慢了些，一口面总要咀嚼好几口才能咽下去，时不时喝口汤。温敬察觉到，叫老板端来一碗面汤摆在他面前。

“你慢点吃。”她吃得不多，不知道是没有食欲还是早就饿过头了，很快就饱了。她坐了一会儿便出了餐馆，几分钟后回来，将白色塑料袋放在桌上，从里面抖出几盒胃药，还有那种中药包的颗粒，几十包零零散散掉下来，声音哗啦一下，吸引了不少目光。

周褚阳喝光了热面汤，面却是一口都吃不下去了。他有些想笑：“把我当药罐子？”

“没，不知道哪种比较适合你的病症，所以就多买了几种。”她扒拉着一样样看，一样样问他，他不吭声，她就挨个问，最后他没办法了，指了其中一样兑水吃了。

大概又休息了二十分钟，他的胃终于缓过来了。

两个人重新回到出租屋门口，坐在天井旁的走廊边上。入了深秋，天气变幻无常。中午还是艳阳天，晚上就可能降温十度，早上湿气更重。温敬问他：“是不是夜里就开始疼了？你怎么不叫醒我？”

周褚阳找院里的大爷借了张长椅，让温敬躺在上面休息。

“没。”怕她不信，他又说了句，“真没疼，我这胃是到点才会有反应的，吃过东西就好了。”他拉她的手，硬将她拽到椅子上，温敬没力气，一下栽进去，手往下滑，恰好抱住他结实的腰。

“到点才会反应，信号这么准时啊？”她有点怏怏的，“什么时候落下的病啊？”

周褚阳顺着她的胳膊坐在椅子边上，单手抄进口袋里拿烟，寻思了一阵说：“有好些年了。”

“在部队时就有了？”她停顿片刻，低着头问。

周褚阳打火的动作一滞，缓慢地转头看她，眼睛微眯：“我真没事，都习惯了。”

两个人等到中午，裴西始终没有来电话，温敬有些担心，盯着四合院来来往往的人看。阳光温暖，晒得她又生出困意，只得强撑着眼皮子。周褚阳看她这样有些好笑，拉住她的手往外走。

“去哪儿？”温敬慢半拍。

“先找个宾馆睡会儿吧，有消息我告诉你。”

他们在吃早饭的小饭馆旁找到一家宾馆，楼梯空间狭小，温敬走在前面，周褚阳尾随。上面时不时下来几个人，温敬都得贴着墙壁先让路，然后才过去。走过拐角时，一个男人跑下来，他长得胖，又跑得快，温敬没来得及躲，硬生生地和他撞上，整个人都被掀到了墙上。

周褚阳听见一声闷哼，赶紧绕过拐角，只见温敬蜷缩在墙壁边，撞她的人抱着手冷眼站在一旁，瞥见他过来，甩着肩膀要下楼。那人撞了他一下，没见任何反应，又撞了他一下，依旧没有被撞开。那人忽然慌乱起来，攥紧拳头又撞了下，周褚阳一手按住他的肩头，闪身一让，将他反过来推到墙上。

那人吃了闷亏，顾不上喊疼，揉着胳膊赶紧跑了。

周褚阳上台阶两步，见温敬已经缓过神来，他将她拦腰一抱。

他以前参加行动的时候抱过小孩，动作手到擒来。现在抱她却有点手足无措，毕竟她再瘦，也比小孩长了许多。看她张着手臂，并不知道怎样的姿势会令她更加舒服，于是他在蒙了几秒钟之后，上前托着她的腿将她塞进怀里。温敬伸手抱住他的脖子，他便顺势抬腿，双手一兜将她抱得更紧，可能也更舒服……她整个人像树袋熊，扒在他身上。

“被撞晕了？”他埋下头，顺了顺她凌乱的头发。

温敬鼆声鼆气说：“有点，也有点低血糖。”

周褚阳没再说什么，随即办理了入住，把她安顿好了之后才过来交钱。小旅馆的前台是个中年男人，刚刚看见他被撞的几下子，由衷赞道：“小伙子看着瘦，还挺结实。”

“刚刚那胖子是这里的人吗？”

“是啊，这一块的恶霸。也就你们上来前几分钟，一群人风风火火冲上来，问了下房价就没反应了，我问住不住房，也没人理我，然后就挨个下去了，那胖子最后一个。”中年男人把身份证还给他，漫不经心地说，“流氓痞子，看见好看的姑娘总要欺负两下。”

周褚阳点点头，收回零钱揣兜里，又问：“有没有烟？”

“有，你要什么？”

“红旗渠，五块钱那种。”

老板柜子里有两格，一边卖差烟，一边卖好烟，手都伸进好烟格了，又慢慢拿出来。

“看不出来啊，还挺节省。”老板觑了他一眼，见他面无表情地看着自己，赶紧拿出包烟递过来，“我这边卖六块。”

周褚阳二话没说，掏出六块钱摆在柜台上，拿着钥匙去房间。他和温敬开了一间房，纯粹是因为不放心她一个人住。进门时，温敬已经睡着了，他放慢动作，将烟摆在床头，走进卫生间打开手机，里面有一条冯拾音发来的短信，告诉他方志山也来了邻市。

他给冯拾音回短信：便衣都已经在找了，你也过来吧，马上出发。

很快冯拾音回过来：这么着急？

周褚阳没再回复，手机调到静音。他脱下衣服洗澡，几分钟后出来，长裤依旧套着，只有上半身赤裸。他用毛巾擦了擦头发，半干时将毛巾丢掉，裹着薄被躺到床上另一边。

没一会儿，他的手又从薄被里伸出来，搂住温敬的腰，稍一使劲，将她捞到怀里来，这回很快就睡着了。

周褚阳一夜没睡，这会儿倒头睡也睡得不安生，醒来后出去买了些东西，回来见温敬还没醒，他就站在走廊上抽烟。没过一会儿冯拾音来了，就换了他守在门口。

“你去哪儿啊？”冯拾音脸色不快，“这么着急把我叫过来，就是为了看着一个女人？”

“方志山来了，我去会会他。”周褚阳似笑非笑，“等她醒了你再进去。”

冯拾音叉着腰不肯：“那她什么时候醒啊？老子还饿着呢，守着一个不是我的女人算怎么回事？”

“我很快回来。”周褚阳不理会，径自绕过他。走廊尽头出现几个人，为首的是之前撞他们的胖子，远远地朝周褚阳比了比手，冯拾音见状追上去。

“什么情况？我跟你一块去。”

周褚阳挡住他：“没什么，就几个小流氓，我去问问情况。”他站住脚，微微侧首，目光停留在那扇紧闭的门上。

冯拾音顺着他的视线看了看，认栽地摊手：“行吧，那我在这里等你，快点回来啊，别挂彩了。”

“行。”周褚阳拍拍他的肩，跟着那几个人走了。

他们下了楼，那几个人分成两拨，前后夹击着周褚阳，将他往偏僻的地方带。走了大概有十几分钟，来到一个废弃的溜冰场。冰场是大理石铺成的，墙壁上的玻璃大部分都碎了，头顶的灯光也是亮一盏灭一盏，角落里堆满了废弃机械。

冰场的大铁门被缓缓关上……

周褚阳问：“收买你们的人是谁？”

领头的胖子冷笑：“别以为有两下子就能在我熊成面前充大，实话说吧，我看上你身边那妞了，晚上我就要跟她睡。”

“怎么打？”周褚阳目光一沉。

熊成看他一副胸有成竹的模样，也有些心虚，朝后面退了两步，捧着肚子大喊：“在我这儿就要按照我的规矩来！你打赢了，我什么都告诉你；你打输了，就得给我下跪认错，还得把你的妞给我。”

“你说了算。”他压下腰，握起拳头放在胸前。

熊成朝身边的打手示意，一群人左右看看，大叫着蜂拥而上。只听全场嗷嗷声不断，很快一个接一个被打趴在地上，不甘心地再爬起来，结果再次被甩在地上。

冯拾音总归不放心，叫醒了温敬和他一起追过来，两人急急忙忙推开大门进来时，就见一群人趴在地上，连动弹的力气都没有了。熊成躲在椅子后面，被周褚阳逼到了角落，这会儿正哭爹爹告奶奶地求放过。

周褚阳只问方志山的下落，熊成一五一十地都抖了出来。

“他……他开始给了我一大笔钱，让我比着照片找一个外国佬，我费了好大力气才在出租屋找到外国佬，结果被我身边这群蠢货一阵声张，那外国佬连夜跑了。就因为这事，我被买家骂得狗血淋头，早上气冲冲地去掀那外国佬的窝，谁知就碰见你们了。我……我想你们肯定和那外国佬认识，就告诉买家了，然后……然后他就让我教训教训你身边那妞。”熊成缩着头蹲在椅子腿下，一身肥肉都在颤抖，“我说真的，他本来已经过来抓那外国佬了，这下被我坏了好事，我……我不得再好好表现一下嘛，他那神经病。”

“你怎么知道他是神经病？你以前见过他吗？”

“没有，我们之间一直还有个中间人，生意上那些事我都不懂，不过之前中间人找我办过几回事，熟了之后我向中间人打听，这才知道他是 B 市的大老板，有严重的躁郁症，是个心理变态，给他办事有好处也有风险，出手是挺阔绰，就是容易牛气，一生气就要动手。这回还是他第一次没有经过中间人，直接联系我。”

话说到这里，基本确定买家就是方志山了，剩下的就交给警方处理了。

周褚阳转身，看见冯拾音和温敬站在不远处，愣了会儿神。冯拾音流里流气地笑笑：“前后统共半小时，去掉在路上的十五分钟、刚刚审讯的五分钟，这么多人……就十分钟？”他瞥一眼东倒西歪的人，咂咂嘴，“什么规矩啊？”

“没规矩，你怎么把她带来了？”周褚阳满含深意地看他一眼，直接绕过他，走向温敬，“走吧，没事了。”

温敬镇定地点点头：“我刚才听见他说的话了，难怪裴西不接我的电话，我们和方志山的人一块来，他现在肯定对我充满了怀疑。”

“回去再说。”他们走了之后，冯拾音意兴阑珊地在溜冰场又转了一圈，看熊成还缩在那里，忍不住过去逗逗他。

“知道刚刚那位是什么人吗？竟然敢找他斗架。”

熊成委屈道：“啥……啥人啊？”

冯拾音不想吹牛，摸着后脑瓜子慢悠悠说：“跟国家一二级的散打运动员打过街头规则，没吃亏。黑人拳击赛场的不败神话，能连打十五场不输。”

熊成有点蒙："街头规则是啥？是我这儿的混合打吗？"

冯拾音一愣："混合打？你当打羽毛球呢。"可仔细一想，这还真有点不好解释，不过……他为什么要跟一个胖子讨论什么是街头规则？

他咧嘴轻笑，温柔地摸摸熊成的脑袋："也不知道你说了什么，被教训成这样子。"

熊成仔细地回想了一番，畏畏缩缩地承认："我……我说要睡他的妞。"

冯拾音问："你说什么？"

"我……我说……我说我今天晚上要睡他的妞。"熊成眼睛一闭，大声说，"那妞长得真好看，身材贼好，我撞她的时候摸了把她的手，可滑了。"

冯拾音震惊地看他，好半天佩服地对他竖了竖大拇指："你知道猥亵良家女子要判刑多少年吗？"见熊成一下子没了气势，他轻笑，"说实话我也不太清楚，但就你这情况，如果我是他，你现在至少是躺着的了。"

他朝外头走，走到铁门处又回头看，唇角往上翘，整张脸充满一股痞气。

"他没打残你，我都看不过去。不过算了，这回情况特殊，放你一马。下次眼睛擦亮点，不是什么女人都能惦记的。"他冷呵一声，斜斜睨他。

就这一眼，让熊成冷不丁打了个寒战。

这个县城并不繁华，大型商场几乎没有，只有一些零散的店铺，连在街道的某一边，白天不显山露水，夜市却很热闹。天桥底下有许多小摊，卖各种美食，还有一些衣服鞋子和算命的野铺子。

一路往前走，还能看到临时搭建的充气游乐场，有许多小孩在上面蹦蹦跳跳。天桥顶头是一个华尔兹舞厅，看起来翻新过，里面被装修成露天的大厅，灯光五颜六色，在里面跳舞的人多半是中年男女，穿着规范统一的服饰。

从天桥下穿过，到了马路另一边，则是露天KTV，点唱的形式，十块钱一首歌。

有个女人正拿着麦在唱闽南语的《露水情缘》。

温敬在国外住了很多年，回国后很少接触这种形式的街头活动，觉得有些新鲜，站着看了会儿。就这工夫，卖唱的女人已经左绕右绕攀住了周褚阳的肩膀。那女人圆脸，肤色很白，细细弯弯的眉下一双大眼睛灵动性感，若有似无地瞟着他的轮廓，说不尽的女人味。

四周有许多男人都已经蠢蠢欲动，强烈地窥探着这个曼妙女人的一举一动。温敬的视线偏转，看着这个正在被撩拨的男人。

周褚阳也在看她，目光专注而赤裸，深黑的瞳孔里包含太多说不清的情愫，涌动在浓密的睫毛下。

整个场面异常火热，那个美丽妖娆的女子几乎是将半个身子缠在他的腰上，男人们欢呼声一片，女人们尖叫、心跳如雷。

他的动作则像是被故意放慢的黑白影片，缓慢从口袋里抽出手，一点点朝她递过来。温敬盈盈浅笑，在卖唱女将手臂缠住他的脖子之前，轻轻拉住他的手，十指相缠。

“不点首歌送给你喜欢的姑娘吗？”旁边有人提议，立即引来一群人附和，大伙纷纷起哄。

周褚阳刚要掏钱，温敬却按住他的手：“不用了。”两个人离开人群好远，都还能听见那妩媚的嗓音，动人心魄地演绎着最美的情话。

路边的灯一盏盏亮起。

“如果刚刚让你点歌，你会点什么歌？”温敬问。

周褚阳依旧拉着她的手没有松开，他目光平视着前方，过了一会儿说：“《情有独钟》。”

这是张宇的歌，他的声音总是沙哑中带着声嘶力竭，难掩情到深处。

“再点　首呢？”温敬抿起嘴角。

他跟着抿起嘴角：“《痴情意外》。”

“李克勤的歌？”

也许痴情全是恼人的意外，刚停住它又来。

温敬不走了，站在路灯下抬头看他，他下巴的胡楂斜斜密密，像一片探索不完的森林。她的手抚上他的后颈，温柔地碰触他的耳郭。

周褚阳下意识地躲闪了下，反被她摸到敏感处，不依不饶地拨动那一片小耳，拨动他发丝间细软的头皮。

“再点一首，最后一首。”她轻声细语地要求。

周褚阳拿下她的手包，放在宽厚的大掌里，带着她继续往前走。他的声音不如张宇沙哑，也不似李克勤温柔，却带着一股坚硬，闷沉着触发了身体里的每一丝细痒。

温敬踮着脚追问：“你再说一遍，我没听清。”

他便不得不又说了一遍，已经是第三遍：“《永不结束》。”

第十章

从未分开

十几分钟的路程硬是被他们走了半个多小时，冯拾音在饭馆点了几个菜，左等右等不见他们过来就先吃了，然后又坐在桌边等他们吃完。

“接下来怎么办啊？”他在桌下晃着腿，“也不知道裴西跑哪儿去了。”

周褚阳看了眼手机，又放下，不急不缓地说：“等找到中间联系人，看能不能有实质性的证据，先把方志山抓起来关几天再说。”

“我觉得难，先不说熊成提供的这中间人是真是假，就算是真的，依照方志山此人的性子，大概也不会透露身份，否则熊成早该知道他是谁了。”冯拾音又继续晃腿，晃得桌子咯吱咯吱响。

周褚阳踢了他一下。

“方志山现在应该也在县城，今晚先住下来，明天再看情况吧。”

冯拾音没有异议，识趣地去开房入住，特地要了温敬对面的房间。临到周褚阳进去，他却不肯了，努着嘴示意对面：“你下午不是在那儿休息的吗？怎么晚上要进我的屋了？”

温敬正在开锁，听到这话愣住。

周褚阳拧开矿泉水喝了口：“嗯？”

“别装蒜啊，你下午是不是睡人旁边的？”冯拾音脱口而出又是一顿，“难道你们还没发展到那一步？”

周褚阳扫他一眼：“想拆伙了？”

冯拾音立马没了脾气，赔着笑脸说：“开玩笑呢，开玩笑。”连带着对温敬拱拱手，笑嘻嘻地将周褚阳迎进了门。

这边温敬一进去还没来得及走到床边，电话就响了，是一个陌生号码，她迟疑了片刻还是接通。

“温总。”话筒里的声音阴森冷静，“接到我的电话意外吗？”

温敬镇定地说：“不太意外。”

“看你的反应，我当真有点后悔了呢，早知道我就该用一人换一人，拿萧紫换裴西，这样就不必绕这么大弯子了，你说对吗？”他停顿后又说，“我警告过你，看起来温总并不把我的话放在心上。”

温敬站在窗口，晚上起了雾，透明的玻璃上覆了一层水珠。她的手在上面轻轻划过，留下了鲜明的指痕。

“我放不放在心上重要吗？”

“你这话是什么意思？”方志山似笑非笑。

玻璃上的水汽又变得朦胧，唯独指痕留下的那两个字特别清晰。

陈初。

她冷静的面孔映入城市的倒影中，渐渐与黑夜相融。

“方志山，别再试图动我身边的人。”

“你在威胁我？”方志山冷笑，“妈的，老子长这么大，还没受过一个人的威胁！你挺有种的……行，行，我拭目以待。”

方志山似乎又被激怒，对着电话大骂了几句，最后在一片碎裂声中，将怒气尽归于零。

窗边的水雾越来越大，仿佛要将她吞噬了。

温敬紧紧捏着手机，双手按在床边，仍旧不可控制地轻微颤抖。她冲进浴室打开热水，将莲蓬头对准自己不停地冲，她闭着眼睛深呼吸，终于在哗啦啦的水声中逐渐平静。

她再次尝试联系裴西，她不停地给他打电话、发短信，向他解释这件事的巧合，她几乎是在求他快点联系她。

这一夜注定孤枕难眠，她便睁着眼睛一直到天亮，这期间她还不断地联系裴西，可惜那些电话和短信都像石沉大海一样，没有激起一丁点的涟漪。于是她不得不先回 B 市，周褚阳和冯拾音留下来继续跟踪方志山。

温敬一回城就接到温时琛的电话，说老爷子身体不太好，让她赶紧回去看看。她马不停蹄地又往半山赶，临近傍晚才回到家。屋子里里外外围了一圈人，很是热闹，连平时公务繁忙、鲜少能见上面的父亲温崇言也在场。

温敬先是规规矩矩地跟他打了声招呼，这才问起怎么回事。

原来是老爷子担心儿孙大事，早早约了战友们相商，寻觅到一大波青年才俊、世家淑女，以给自己过生日为由在家里办相亲大会，再以身体不好诓骗温家三口子回来，逼着温崇言主持大局，温时琛和温敬被赶鸭子上架。

那边老爷子笑得合不拢嘴，这边温家父子三人面面相觑，神色各异。

温敬一夜没睡，困得眼皮子直打架，敷衍了一阵就要离开，老爷子当即沉下脸来。温敬唯恐惹得他生气，高血压再往上升，只得笑着哄着，强撑着应付了整场，最后勉为其难地答应和其中一人处处看。

结果她一不回信息，二不接电话，对方将此事告状到老爷子那儿，气得老爷子大骂她不孝，最后还是温崇言出面来化解。

“这么抗拒家中介绍，是不是已经有喜欢的人了？有的话就带回家给我和你爷爷看看。”温崇言在商界说一不二惯了，在家里倒还算温和。

温敬有苦说不出，低着头不吭声。

老爷子看她这样更是恨铁不成钢：“起先她和泾川在一块，我甭提多高兴了，就等着他们早早结婚，给我抱上外曾孙了，谁知道……我问你，泾川对你哪里不好？”

温敬吧唧了下嘴：“没有不好。”

“那你为什么要和人家分手？”

“我……”温敬停顿了片刻，还是闭嘴了。

“泾川那孩子多好，你不肯好好珍惜，真是……真是气死我了！”老爷子捶着拐杖愤懑不平，“我最喜欢他，也最看重他。反正我不管，你不肯跟别人处也行，你重新跟泾川处。”

温敬：“爷爷，我……”

一句话还没说完，对上温崇言不怒自威的眼神，她又重新闭上嘴。

“既然爷爷这么喜欢泾川，如果不是原则上的问题，就不妨再试试看？”温崇言似是商量着说。

温敬不习惯和他讨价还价，也自知今天这样的场面，不管她怎么倔，都逃不过爷爷那关。思来想去，她只得点头。

“既然你同意了，就要好好地跟泾川相处。喏，这两张是西山风景区的票，你和他一块去玩。不要动歪心思，去了西山有人接应你们，记得传合照给我看。”老爷子当即拍板，连反驳的机会都没给她，就进屋去了。

温崇言又在沙发里坐了会儿，待茶凉去，他拿起身边的衣服：“我也先走了，在家里好好陪陪爷爷。感情的事还是要自己做主，但老人的眼光未必差，你自己好好想一想吧。”

温敬点点头，目送他走远。

她不能单独约顾泾川出去玩，只得叫上萧紫和阿庆一起，谁料阿庆那毛头小子支支吾吾，含混不清地跟她磨蹭了一晚上，最后问她能不能也叫上周善，温敬想当回好人，就答应了。可周善是温时琛的秘书，有什么安排总要知会顶头上司，于是这场既定的二人行，最终演变成了六人行。

最尴尬的还是温敬。

阿庆全程眼睛都胶着在周善身上，周善虽然话很少，但偶尔也会在这尴尬爆棚的空间里应上两句，来缓解气氛。萧紫和温时琛不知道发生了什么，两人从一上车就各自做各自的事情，一个戴着耳机听歌，一个雷打不动地看文件。

而顾泾川，沉默安然是他，永远也不会嫌平淡的一杯白开水也是他。温敬有时候是真的佩服他身上那股气定神闲的气质，好像真的天塌下来，他也不会自乱阵脚，唯一能让他慌乱的，恐怕……

自从那天在电梯口分开，他们有一阵子没见了。

温敬让司机打开音乐，轻声问身边的人：“最近在忙些什么？”

“之前跟你提到过的研究课题，已经在做初步的数据调研，等弄完这些就又要在实验室闭关了。”顾泾川转头看着她，白皙的脸颊上全无一丝血色。

温敬上下打量他全身：“还在喝徐姨送过去的汤吗？”

“嗯，徐姨手艺很好，我快上瘾了，很怕去了实验室还想着她煲的汤。”

“那就打电话让徐姨给你送，做研究本来就不是一蹴而就的事，身体更加重要，你别把自己弄垮了。”她想了想，又说，“要不然让徐姨每天给你送研究所里去吧？”

“不用。”他眼底一闪而过失落的神色，然后将头转向窗外，“放心吧，我的身体没事。”

温敬见他有些疲惫，就没再说话。

前往西山的路程不算近，开车过去要两小时。因为出门时间较早，他们一行到西山山脚下时，刚刚过八点。温敬与等候他们的人接上头，直接从 VIP 通道进入西山。

西山风景秀丽，奇石山峦层出不穷，云海间雾气缭绕，堪称人间仙境，被当地人称作“小黄山”。现在正值深秋，山上红枫盛开，远远望去就像一片红海。

他们商量后还是决定分开走，中午在半山的休闲区集合。温敬自然是和顾泾川一组，一路向着西南方向去寻花海。起初两个人还兴致勃勃，一路谈笑，可没走多远，顾泾川的体力就跟不上了，走得越来越慢，温敬要来扶他，他却不肯，在小商店买了根简易的拐杖，自己拄着往上走。

他今日穿了一身藏蓝色的运动服，衬得脸色越发苍白，细长的腿在空空的裤管下打着晃，每走一步都显得很吃力，却为了不让温敬担心，他一连催促她快点走，往前走，别回头……

温敬不肯，非得跟在他后面。

可这样看着他瘦骨嶙峋的背影，苍老如年过半百，不知为何就让人眼睛发酸。温敬低下头，缓慢地走了两步，然后快步冲上前，强行挽住他的手臂。

“我陪你走吧。”她努嘴笑，“大博士平时在实验室待久了，连爬个山都慢条斯理。等你这样走下去啊，天黑都到不了半山。”

顾泾川愣了愣，看着两个人挽在一起的手臂，终究没有再拒绝。可他时不时地踉跄，还是令温敬感觉到吃力，他仿佛随时能倒下一般，身体的重量几乎都依附在唯一的支撑上。

难怪他先前只肯用拐杖。

在温敬第三次跟着晃了晃后，顾泾川拨开她的手，微笑着说：“我自己来吧。”

温敬不允，拉住他的手臂，他却一再拒绝。

“温敬。”他的眼底浮现出苦涩，和唇边的笑相融，“我是一个男人。”

她悻悻松手，可这样的结果就是看他更加吃力地爬着台阶，走两步便要停一停，然后再往上面走，偶尔回头看她一眼，依旧是温柔得让人想哭的神情。

好不容易到了半山，其他人早就等在那里，见顾泾川脸色煞白，都关心地问几句，他一概推托说没事。

休闲区有烧烤和简餐，萧紫原本提议一起去 BBQ，温敬考虑到还有半山没爬，建议大家节省体力。众人没有异议，于是就去点了几个菜，匆匆吃完。

温时琛和萧紫兴致未满，休息了半个小时又继续往上，周善体力不支，阿庆陪着她留下来休息。几个人坐在木质的长廊上面，顾泾川累了许久，很快便靠着栏杆睡着了。

温敬去小商店里买了条毯子盖在他身上，手指擦过他的脸颊时，发现他皮肤冰凉。她又小心翼翼地握了握他的手，依旧温度不高。

她只得将毯子重新掖了掖，盖住他全身。

重新坐回去时，周善来到她旁边。

“他是发烧了吗？”

“没有。”温敬说，“身体有些凉，我感觉他的情况有点不太好。”

“不要多想，可能是最近太累了，你也知道做研究经常日夜颠倒，往往都睡不了几个小时。”周善安慰地拍拍她的肩膀，递过来一瓶水，“你是因为担心他不能吃烧烤，才提议吃简餐的，对吗？”

温敬一愣，看了眼周善，没有应声。

“抱歉，我不是想打探你们的隐私，纯粹是，感觉你有点无奈，所以才……”

“我明白。”温敬点点头，“我和他分开很久了，没有任何波澜的一段感情，现在想起来可能更适合做朋友，只是有些担心他的身体。”

周善微笑：“可是很显然，在他那里，你们还没有分开。或者，他认为从来没有分开过。”

“他是个执着的人，他以前将感情比喻成科研，总要规规矩矩一心一意地完成。”温敬回想起当初那段采访，有些失神。

他的确很容易就让人心软。

“有点无趣。”周善评价，她的目光若有似无地瞥向在一旁傻看着她的阿庆，“有点憨实。”

温敬反应迟钝地“啊”了一声，好像领会到什么，与周善相视一笑。

“我也不懂什么才是真正的爱，是有趣、有才华，还是能让一个人始终保有新鲜感？但我渐渐明白，当我以为生命里某些原本板上钉钉不可能改变的事物，因为一个人的出现而开始发生变动时，想必这个人带来的就是所谓的爱了。而有关这份爱的深浅，就要看他带来的变动究竟是风过无痕，还是天翻地覆了。”

温敬想笑：“你说得好像是在迎接一场灾难。”

“如果最终的结局是相安无事就好了。”她低下头，终究显露出一丝寂寥。

过了好一会儿，她又问：“你有这种感觉吗？想象着一个人来到了你的生活中，他所带来的，是一场充满喜悦与甜蜜，冲动与惩罚的灾难？”

温敬下意识地点头，又下意识地看向顾泾川，最后还是低下头。

她依旧沉默，直到手机振动了下。她掏出来看了看，已经很少有人会不用电话和微信，而是用短信跟她联系了。

阿庆远远看着，也不知道她们在聊些什么，最后两个女人都低下了头。他焦急地挠挠头，正要过去看，却见温敬忽然抬头，冲他笑了笑。

他简直丈二和尚摸不着头脑。

周善问：“笑什么？”

“明明不是什么好消息，却因为能收到这个人的消息而感到高兴，这大概就是你说的灾难吧。”温敬的笑中带着一丝苦涩。

周褚阳发来的短信是：方志山行动可疑，你在哪里？

温敬很快回他：在西山。

她又握着手机等了会儿，没看到回应，恰好顾泾川醒来，她缓慢地将手机收回口袋中，然后朝他走过去。

周善始终温和地打量着她，注意到她动作轻柔，目光沉静，明艳的脸颊上时常带一抹讳莫如深的浅笑。

只是那笑始终都难抵达眼底深处。

她身边的人就不一样了，毕竟眼神不会骗人。

碰触到顾泾川试探的目光，她拢着头发微笑，礼貌地转过头去，不再捉摸，不再探索。

下午三点，他们四人久等不到温时琛和萧紫，便率先下山离去。这回坐了缆车，不到十分钟便到了山脚。

顾泾川极难得地松了口气，露出笑容，连带着毫无血色的脸也红润了些。回程路上就显得热闹了许多，不知怎么聊到生物繁衍的话题，阿庆表现得很感兴趣，抓着顾泾川不停地问，而后者也相当有耐心，一一为他解疑。

周善和温敬自然就聊了些女人间的话题，从最新的护肤品到包包，竟然都志趣相投。

温敬感慨：“以前只顾着工作，倒真没想到你也挺健谈。”

周善妙语连珠：“大概是应了那句话，遇见对的人，说几天几夜都不嫌多；遇见不对的人，半句都是吝啬。”

“你这样比喻，似乎含沙射影？”温敬瞥了眼前座毫无反应的阿庆。

周善失笑：“真理适用于任何人，包括你，和你短信里的那位。”

温敬被噎得无话可说，她正想着如何回击，手机却突然响起来。

铃声在封闭的空间里响起得非常突兀，一下子引来多双眼睛。

温敬却盯着手机上那串号码愣了愣神，有些难以置信。

周善轻轻推了她一下：“温敬，怎么了？接电话呀。”

她缓慢地“啊”了一声，赶紧接通，将电话放在耳边。因为她反常的表现，所有人的目光都还聚焦此处。

她轻轻喂了声，里面的声音抢先而出："你离开西山了吗？"

"嗯。"她听见他的声音带着急促的呼吸，又问，"怎么……"

话还没说完，一股巨大的冲击力从侧面冲撞过来。所有人都未注意到旁边突然冲出来的重型卡车，等反应过来时，已经在车厢中猛烈旋转，不停地跟随着车身翻转。

温敬紧紧握着手机，她脸上全是血，意识逐渐模糊，但她依稀还能听见里面传出来的声音。

"喂……温敬……"

温敬本能地去摸手机，声音卡在喉咙里，她拼命呐喊："我在这儿，我在这儿……"

她使劲地朝着手机的方向爬，半个身子探出了车窗，使劲地往前爬。

忽然手机暗了。

后来，整个世界都安静了……

第十一章

不要低头

方志山照例每半个月都要去医院复查一次，正要进门的时候接到一个电话，挂完后他就开始笑，眼睛眯成一条缝，嘴巴张得老大，无声无息地笑。

有人从他身边经过，好像见怪不怪，扫了他一眼便走了。

也有人一瘸一拐地朝他张望，远看还不够，走到他面前来看。那人脚掌畸形，走路像鸭子左右摇摆，双手缩在胸口，目光呆滞地盯着他。

方志山笑了一阵发现身边的人都离他远远的，唯独那“鸭子”满怀好奇地一步步靠近他。他学着“鸭子”走路的模样，惟妙惟肖地在大门边转了两圈。

一会儿的工夫，里外便聚了些人。

围观群众神色各异，但都表现得有些凝重和惋惜，不管他们的样子有多滑稽，人群中都没有一个人笑。

直到人群外挤进来一个抱着球的小男孩，瞅了瞅正中央的两人，爆发出一阵狂笑。

方志山的动作瞬间停下来。

他缓慢回头，目光阴鸷地盯着小男孩，忽然冲上前将小男孩甩在地上，一阵拳打脚踢。

众人纷纷相拦……

半个多小时后，方志山被强行拖进治疗室，他整张脸都狰狞了，双目血红，还在盲目地挥舞着手臂。

直到医生给他打了镇静剂，他才安静下来。

中途碰巧被跟着方志山一起来的部门经理看到，他已经彻底傻了，缩在门后偷偷地看方志山，又有些好奇：“医生，我老板到底怎么了？”

医生摇摇头：“你们这些底下人不知道他有严重的躁郁症和精神分裂吗？”

“精神分裂？”经理嘴巴哆嗦，“他不常在公司，所以我们都不知情，都以为他只是有些狂躁，脾气大而已。”

“他受过刺激，有很严重的反社会人格，再不好好控制，这情况谁也救不了了。”

经理似懂非懂，猛点头：“我……我会注意的。”过了会儿又说，“那他什么时候醒？”

“要睡很久，你先走吧。”

经理赶紧往外跑，一边跑一边擦头上的汗，忽然脚步顿住。刚刚那通电话里，方志山问“碰碰车玩得怎么样了”是什么意思？

是他认为的那种碰碰车吗？

经理一阵胆寒，缩了缩脖子，抱着胳膊继续往外跑，直到跑出了精神病疗养中心，他才缓口气。

方志山醒来的时候已经是凌晨三点多，他睡在 VIP 病房里，四周一片明亮。落地窗的窗帘敞开着，床头的灯和沙发顶上的吊灯也都是他用惯的光晕和亮度。

唯独里面多了一个人。

那人坐在角落的凳子上，脸孔被黑暗笼罩。听见声响，她主动说道：“你终于醒了。”

“嗯。”方志山抓抓头，“你来做什么？”

“东澄那边出事了，是你动的手吧？”

方志山停顿片刻，旋即轻笑出声：“不就是跟他们玩了个游戏，都死了吗？”

“为什么要闹出这么大动静？”她不理会他的疯狂，娟秀的眉微微拧在一起。

“谁让他们查我，简直找死。”方志山一拳捶在床头，“那个东澄的女人，早知道这么不识趣，最开始我就应该让杰克直接解决了她。”

“杰克还好吗？”她屈起膝盖抱住自己，“他会招供吗？”

“不会！审讯了这么久，警方都没来找我们，他能说出什么？他敢吗？他要是都说出来，国际刑警组织也不会放过他，那么多罪行……呵，还敢不安生点？”方志山讥诮地掀起嘴角，“我都已经安排好了，他如果敢说，他在纽约州念书的女朋友就会立刻……离奇死亡。”

“……可是万一，警方将他女朋友保护起来，以此去劝说他呢？高压审讯，一向都是他们擅长的。”她将头埋在膝盖上，柔弱的身体不停颤抖。

方志山看不到这一切动作，只是像一个易燃易爆的机器，突然被触发了某个点，又再度爆炸。

“那就让杰克永远不能再说话……” 他阴森森地笑了。

房间门被推开，小护士抱着文件夹说：“方先生，到治疗时间了。”

“哦。”方志山一下子又变得温和，自言自语道，“治疗，我得治疗，好的，我会治疗的。”

门重新合上。

坐在角落里的女人将房间的灯一一关掉，只留下房门口一盏小灯，这才从里面走出来。

她抚摸方志山走后的床铺，上面满是褶痕，余温尚在。她痛苦地捂着脸，无声地哭了。

很深的夜，周褚阳坐在窗边，俯视这个城市空洞而寂静的夜景，身后不远处的仪器嘀嘀嘀不间断地发出声响，突然在某一时刻尖锐地鸣叫起来，世界再度喧嚣。

人影重叠，光景一帧帧反复演练。

她又被送进了急救室。

温时琛根本顾不上这个房间里还有个陌生人在，在最初他将温敬一行送到医院时，在他用温敬的手机通知萧紫这件事时，温时琛就完全忽略了这个男人。

直到此刻，他才在一片混乱中打量了周褚阳一眼。

萧紫跟着护士的脚步跑到手术室门口，被拦住。温时琛过了会儿才出现，揽着她的肩说：“不会有事的。”

萧紫惊讶于他的沉着，抓住他的手说：“怎么会这样？为什么会这样？”

“我会查清楚的。”温时琛拍拍她的后背，一抬头看见老爷子和温崇言出现在走廊尽头，他犹豫了会儿，还是牵住萧紫的手，一块迎上去。

温崇言很快注意到，不动声色地点点头，倒是老爷子因为慌乱，完全顾不上他们俩，急吼吼地让温崇言赶紧找全省最好的专家过来。

手术进行了十三个小时。

周褚阳从那间病房离开后，去看阿庆，他已经脱离了生命危险。

那一撞，车上五人都受了重伤，他和冯拾音就在附近不远处，连忙叫了救护车。好在目前为止，没有一人死亡。

车后座的两个女人伤得很严重，前面的两个男人包括司机都已经脱离危险。

那个坐在温敬旁边，直接对向冲击力的女人，是五个人里面受伤最重的，至今都还没从手术室里出来。

他在病床前长久地站立着，看着脸上都是伤的阿庆，想到那些夜晚，追在他后头喊他阳哥的两个大男孩，凝重得说不出话来。

不知什么时候，冯拾音悄悄走进来。

“肇事司机已经抓到了，打死不肯承认是被人收买，故意守在那条路上撞他们。不过从现场情况看，他应该是在撞车前踩了刹车，否则……”

冯拾音及时地打住话题，骂起方志山，“那个狗杂碎，有几个钱就到处买凶杀人，还偏偏让人抓不到把柄！”

“他应该看过很多刑事案件，又或者有人在指导他做事。他从不直接和行动人联系，尽量不在公共场合露面，有精神病史作为借口，还有安和电子科技做幌子。”周褚阳面无表情地说，“他下一步很可能会清除所有与他相关的痕迹。”

冯拾音迅速反应过来：“杰克？裴西？熊成和中间人？”

“刚刚收到消息，杰克已经死了。除了他们还有一些人，温敬跟我提到过，他们曾聘请一些专家对特殊环境的设计做指导，928 工程里面的温室畜牧和动物疾病控管，都是这些专家参与设计的。”

冯拾音哑然：“没有一个肯出来指证他吗？”

周褚阳走到床头，将被子往上拉，盖住阿庆露在外面的肩膀。

“指证？证据呢？”

这是一直以来都相当困扰他们的问题，方志山没有固定住所，玺韵度假村已经是他的长期居住地，然而依旧干干净净，没有一丝有关 928 工程的东西。方志山每次回 B 市，大部分时间都住在不同的酒店。

周褚阳退开一步，看向生命检测仪，心率各方面数据都很正常。他伸进裤兜里掏烟，又是一截已经抽过的。

冯拾音干瘦的手臂递过去，朝他索要，周褚阳只得又掏出半截扔他怀里。

打火机没拿出来过，两个人含着烟像模像样。

周褚阳捻着烟尾闻到了烟丝的香气，他突然沉声说道：“去查查看方志山经常去治疗的那家精神疾病中心。”

“我靠，那里还真有可能！”冯拾音一拍大腿，转头朝外走去。

行舟万里，总算觑见一丝光明。

他走出门，将烟拿下来，妥帖地收进口袋里。

“等抓到方志山那天再抽，非得把周褚阳裤兜里的都要出来，爽死老子！”冯拾音低声说，大声笑。

晚上阿庆醒了过来，听说周善至今还在重症监护室的消息，发了疯地要去看她。周褚阳拦不住，找了个轮椅推着他过去。

医生不让探望，他们便隔着窗户看里面的人。周善身上到处都插满了管子，那个之前在谈笑中说这一场灾难的最终结果是彼此相安无事就已经很满足的女人，预料到了最合适安然的男女关系，却没预料到灾难的程度。

阿庆始终没和周褚阳再说一句话，直到周善从重症监护室转到普通病房，温时琛做主给他们都转到了独间，隔着道门，彼此相近，他才渐渐平复了连日来的痛苦和怨恨。

他问周褚阳："这事和陈初的事有关系吗？"

周褚阳抿着唇，深深地看了他一眼。

"没有。"他说。

"阳哥，我一直以来都把你当成我亲哥，陈初死后，我更敬重你。"阿庆眼睛酸红，"可从今往后，我不想再认你当哥了。"

周褚阳愣住，好半天才反应过来，这是嫌他给他惹麻烦了。也对，陈初已经走了，这两个小子总不能再走一个。周褚阳笑了笑，将手上提着的保温盒摆在他的床头。

"在食堂买的，不知道好不好吃，你受了伤，还是喝点。"

阿庆直勾勾地盯着保温盒看，盯得眼睛里冒火，忽然攒足力气将它们都拂到地上。

周褚阳一声没吭，缓步朝外走。

阿庆又忽然叫住他，声音轻飘飘的，微不可闻："阳哥，你会怪我吗？"

"说什么傻话。"他还是听清楚了，没回头，"有什么事还可以打电话给我，留给你的那个号码没变。"

说完他就走了。

阿庆看着一地的汤汁，坐了一整夜。

周褚阳没有直接离开，他去看温敬。不比其他人，温敬身边有许多守着她的人，她前两天就脱离了危险，听说今早就醒过来了。

他从长廊那头走过来，脚步声很轻，头顶的灯光却很亮，将黑衣黑裤的他渲染得分外肃静。

萧紫刚推开门，就看见他站在不远处，靠着墙，把玩着烟。

她走过去，拍拍他的肩，周褚阳回过头来，眼底的冷意未来得及掩藏干净，被萧紫撞见了几分。

她被这冷意怵了下，好一会儿才说："总觉得你挺神秘的，不像个普通工人，总是神出鬼没，对温敬也不知是真是假。"她话语里有些无奈，"但温敬从来没失策过，不管是生意还是感情，所以我相信她的判断。"

她抖了抖手里的袋子："温家人都回去了，我下去丢点垃圾，你进去陪陪她，不过她刚刚睡着了。"

周褚阳点头，大步朝病房走去。

病房里只有仪器的声音，和他那天听到的不一样了，够温和、够安心。

他看她缩在床边上，身子和虾米的形状一样，将身体的温度都攒聚在小腹，一只脚露在被子外。

他走过去，掀开被子将她的脚放进去，感觉到有一股力气在和他作对，他抬眸，盯着她。

"不要受凉。"他又说，"不要调皮。"

温敬一下子钻进被子里，动作太快牵扯到了伤口，她痛得低呼了一声。他赶紧过来察看，她却忽然抓住他的手。

"是交通意外吗？"她让他坐在离她很近的位置，"当时你也在西山。"

她想过几种可能性，心里早就已经有了答案。

周褚阳没作声，她的神色一瞬变得平静。

"知道我当时在想什么吗？"她将他的手摊开，仔细抚摸上面的纹路，"我在想，如果我死了，你会不会来送我；如果我没死，你会不会来看我。"

他用另外一只手拂开她脸上的碎发："还想了什么？"

"还想了很多，你会替我报仇，会被指责和怀疑，或许还会因此离开我。"她沿着他指间的缝隙，与他交缠。

周褚阳微笑："不要想太多。"

"是因为我的调查，方志山想教训的人是我。"她轻声说。

"是杰克先绑架的你，是他们先杀害陈初的。温敬，这没有因果关系，但是有先后道理。"他抽出手，反握住她的，"先伸出屠刀的人，不能因为他们残忍，而将刀锋对准自己。你要知道，即便你低头了，他们也不会仁慈。"

周褚阳抬起她的头，目光温柔："听我说，方志山要清理从 928 工程开始卷进这件事的所有人，包括杰克、你、冯拾音、裴西、专家，还有很多涉案人。他会像给你制造交通事故一样为他们制造死亡，这是早已决定好的。”

他的唇落下来，紧紧贴住她的，“不要揽罪，不要低头。”

温敬下意识地回应他，突然意识到她打了很多药水，舌头苦涩咸腥，又下意识地回避。他却不肯，一下又一下吮吸着，将她的舌头紧紧含住，纠缠到底。

她几乎快要窒息的时候，他却转换了攻势，不再强硬，温柔地舔舐着她的唇，像是给小猫挠痒痒，不厌其烦地吻着她，描摹着她性感艳丽的唇线。他宽大滚热的手掌紧贴着她的腰，一寸寸碾揉，深入。

也不知过去多久，他才停下来，俯身看着她，眼底是一片未褪尽的情欲。他从未如此温柔过，气喘吁吁地附在她的耳畔，说着最动听的情话。

“Move on, I will follow the road from birth to death（朝前走，我会从生至死一路相随）.”

温敬闭着眼睛笑出声来，她紧紧地牵住他的手，她将他放在内心最柔软的地方，小心翼翼地熨帖保存。

她的手绕过他的后颈，抚摸他精瘦的脊背，声音沙哑，透露出夜色的撩人气息。

“I have been waiting for you, my soul（我一直在等你，我的灵魂）.”

周善醒来后，阿庆在她旁边搭了个简易床，不分昼夜地陪在她身边。温时琛从公司里派了一个小妹来照顾周善，阿庆不放心，事事都是自己来。那小妹便时不时地逗逗他，一来二去就和他对付上了，偶尔还爬上他的背跟他闹腾。

后来有一次她跟周善抱怨阿庆不解风情，直接说：“周善姐，你不喜欢他，就把他送给我吧。”

周善一愣，实在佩服这些年轻小姑娘的勇气。她思考了很久很久，最后点头答应了。

当晚阿庆喝得酩酊大醉，扑倒在周善的床边又吵又闹。周善左右寻不到那小妹，又不愿意让旁人看笑话，只得亲自照顾他。

或许私心里，她又在期待着什么。

周善不清楚，她将阿庆扶到小床上，他不依，死缠烂打地抱着她，埋在她纤细的脖颈里。

起先吐露出来的都是热乎乎的酒气，后面却有一阵湿凉划过。

他嘟哝着说：“我为了你，为了你把我阳哥都赶走了，你怎么能这么对我？你为什么要把我送给别人？我阳哥对我那么好，这么多年，从来没有人在我每次生病的时候，都伺候在我床边，他那么顶天立地的一个大男人，我都为了你赶走了……你怎么还可以把我送给别人？”

周善眼睛一热。

她知道他从小没爹没娘，只有一个妹妹。妹妹后来被拐走了，这么多年他一直到处打工，就是为了找到妹妹。

他提到的阳哥是一起打工时认识的，他曾经说过，那是世界上最好的男人。他还说过，那是他除了妹妹以外唯一的亲人了。

周善揉揉眼睛，拍着他的脸喊他的名字，却始终叫不醒他，她无奈，无力，不知所措。她陪着他在小床上坐了半宿，身子都僵了，伤口又裂开了，疼得厉害。

她最后只得叫来医生。

这事动静不小，那小妹也不知是怎么传的话，后来大家都知道了。

阿庆却还固执地问她，是不是一定要把他送给别人？

她哽咽，他便走了，再也没有出现过。

温敬后来告诉她，他不肯再当司机，已经辞职了，至于有没有离开 B 市，没有人知道。

这场巨大的交通事故，改变了一些人的命运。

顾泾川紧急治疗后就被他父母带走了，送到了国外最好的医院，传来的消息很少，但每次都是好消息。

温敬知道，他应该是生病了，除了交通意外造成的伤以外，还有其他的病。

她隔几天会给他发短信，问候他一下，顾泾川回得很少，大部分时候回复也很简单，说他很好，在做康复治疗，很快就能回国。

同一时间，温敬也在联系裴西，他好像人间蒸发一样，失去了所有的消息。

直到温敬再一次告诉他，她没有和方志山串通，甚至拍了受伤视频给他看，裴西才回复了一条讯息。

这一回他很谨慎，只告诉她，他在 A 市。

出院这天是圣诞节，东澄实业的员工还特地为温敬和周善开了 party，庆祝她们康复归来，就在萧紫的公寓里，一大群人吃吃喝喝，闹到半夜，事后没尽兴的又转向别处。好在第二天就是周末，一群领导也就睁只眼闭只眼，任由底下人闹腾。

温时琛和萧紫被闹得最凶，一整晚所有的游戏都好像为他们量身打造一样，不是真心话大冒险就是杀人心理游戏，每回萧紫输了接受惩罚，都是温时琛背锅。

其中有一个问题，要求全场所有的人都回答，那就是迄今为止，被强迫做过什么很爽的事。

有人回答是壁咚，也有人回答是初夜，还有人回答是玩游戏输了跟夜店的女孩回家，全程小鹿乱撞，总之这一类的答案各有奇葩之处，又都带着难以启齿的羞涩。

轮到温时琛，他意有所指："被大半夜支使去接一个醉鬼。"

萧紫脸颊通红，舌头打着架："喝醉了被强行送到不是家里的地方。"

全场爆笑，吆喝声不断，大概所有人都很好奇那一晚喝醉的她以及在他家里都发生了什么。

这个游戏不允许说谎，所以周善的答案是："强行接受了一个不太熟悉的人送的枣糕。"

温敬看她一眼，两人都明白其中的意思，这是灾难的开端。

众人对答案很失望，纷纷表示看不出哪里爽，逼着周善重新说，她只得改口："被迫爱上一个不合适的人。"

如此直白，又如此令人唏嘘，大伙纷纷想掩饰尴尬，于是将枪口转向温敬。

她想了想，说："被卷入一些奇怪的事，勾引了一个男人。"

说完这句话最直接的后果是，她被温时琛提过去审讯了。从他问的问题可以看出来，萧紫口风很严，于是她很认真地同温时琛谈了谈，撇去所有危险因素，只向他传达出两点——

她很喜欢这个男人。

但她还没拿下这个男人。

温时琛显然不太信她的鬼话，但又说不出所以然来，只得作罢。

众人都离去后，温敬、萧紫和周善三个人躺在沙发上喝酒聊天，三个女人面面相觑，都不禁失笑。

周褚阳接到温敬的电话时，刚从精神疾病医疗中心出来。他们在这里找到了方志山的个人长期病房，里面经过改装，有个简单的书房，放的多半是安和电子科技的核心资料。方志山去接受治疗前，他们偷了他的指纹才进入书房，最后找到了有关 928 工程中温室畜牧的一些图纸。

依旧不够给方志山定罪，不能将他绳之以法。

他和冯拾音一前一后走出来，手机响了起来，他忽然停下。冯拾音没看路，撞到他后背上，捂着腮帮子说："我靠，你也太硬了。"

周褚阳没理会他，直接走到一边接通。

话筒那边传来好几个女人的声音，像是在玩什么游戏，又像是喝了酒，吵吵闹闹的。温敬的声音断断续续传过来，他勉强拼凑出一个意思，问他愿意吗？

他又伸进裤兜里掏烟。

"喂，他们逼着我呢，你快说呀，说吧……"她又变成小猫的样子，声音软软的，带着一丝乞求，"对你来说，什么是最重要的？"

那边忽然不闹腾了，陷入异常的安静中。

他忽然明白这通电话的意义，换了只手握住话筒："那听清楚了。"他目视着前方，一条长路，灯火半明，望不到尽头，单音节的字母却异常清晰，"对我来说就几个字母，D、H、C，现在会多一样，温敬。"

果不其然，电话里的人捂着嘴闷笑，他又说："好了？"

"嗯，好了。"温敬装醉被识破，大大方方地承认，"你怎么那么快发现？"

周褚阳抿抿嘴："我看过你喝醉的样子。"

"啊……"那边几个女人都笑了，似乎是在追问她什么时候喝醉的，在哪里，发生了什么，她赶紧说，"这个问题留到下次讨论。"

"好。"他点点头。

冯拾音探过脑袋偷听："说什么呢？这种时候还有工夫谈恋爱？"见周褚阳继续无视他，冯拾音急了，在他面前左蹦右跳。

"我要跟你上头联系，告诉他们你三心二意！"冯拾音的话有点酸。

周褚阳大步朝前走。

"我靠，我要告诉你上头，你还是没有反应？"

"联系人都知道，案情特殊，她是核心受害者，没有她的介入，很难找到裴西。"他双手抄进口袋里，依旧面无表情。

"那你呢，把她当成线人啊？"

周褚阳又停下来，缓慢转过头看冯拾音。整条街道静谧无声，冯拾音被那道目光盯得狠了，不禁打了个寒战，装模作样地左右看看，又吊儿郎当地笑起来。

"我瞎说……瞎说呢。"他傻乐。

周褚阳收回视线，继续朝前走。上了车后，他拿出手机随便玩玩，忽然点开百度，想了想还是按出几个字母，手机显示屏上的光线照亮了他的脸，眼孔发白，黑黢黢的眼瞳旁埋着许多红血丝，他一眨不眨地盯着这个词看——soulmate，百度给出的最佳解释是灵魂伴侣。

他的眼底逐渐浮现出浅浅的笑，这种笑带着一丝宠溺，更多的是一种逐渐自迷雾中审视清楚的信念。

他忠于她的精神高度。

冯拾音不经意侧头，看见他一个人没头没脑地傻笑着，叫了他一声："想啥呢？"

周褚阳关掉手机："以后对她客气点，她是你嫂子。"

冯拾音先是一愣，然后拍着方向盘大笑："得嘞，让你点个头可不容易。这回我心里有谱了，哪还敢拿她开玩笑。"过了会儿他又看周褚阳，见这男人唇边的笑还似有似无，他立即在心里骂了声，说出口的话又不自觉酸了，"你个傻帽男人。"

周褚阳斜睨他，好半天也爽笑出声。

温敬在去A市前回了趟老宅，老爷子照例还是念叨她的婚姻大事，温家父子照例忙得见不到人影，她独自一人又去了趟山上。

已经入冬了，再有一个多月就过年了。山上的树木都已经开始凋零，树叶变得枯黄，花儿也不如春日里明艳了。

她站在山顶往下看，整座山依旧充满朝气，茂密幽静，她沿途往上只窥得一隅，如今也不过是看到它大致的外貌，远没有抵达它的中心。闭着眼睛张开手臂，任风声穿梭于耳畔，就能发现它依旧神秘，从里到外透着一股原始的张力，亟待人去开拓和征服。

晚上吃饭的时候温时琛也在，温敬拉着他唠了些家常。老爷子寻机问温时琛："你跟萧紫那丫头是真的？不是又跟周善一样拿来糊弄我的吧？自己身边的人暴露了，就开始对你妹妹身边的人下手？"

温敬忍俊不禁。

老爷子又老生常谈："你也是，泾川都去国外这么久了，你也不关心关心。你们兄妹怎么在这件事上让人这么不省心呢。"

温敬见苗头不对，赶紧接道："爷爷，萧紫是如假包换的，她是我最好的朋友，我们都在一起这么多年了，我哥这事你得把把关。要是他俩分了，我就里外不好做了。"

老爷子点点头，附和："这的确比较难处理，得好好对待人家姑娘才是。时琛啊，过一阵子把她带回来吃顿饭？"

温时琛终于不得不把头抬起来，看了温敬一眼，又看了老爷子一眼，撂下碗直接走人。

老爷子一看不对，大斥："你这是什么反应，我要看看我未来孙媳妇，你有意见？"

温时琛手搭在扶手上，弯着唇回头："我看你们俩一唱一和挺带劲，就不想打扰了。"

老爷子筷子一丢，他随即又说："等领了证就带回来，争取明年让你不止看到孙媳妇，还能抱上曾孙子，怎么样？"

"好，好好！"老爷子一下乐了，温时琛又满含深意地指了指温敬，后者一笑，他无奈地走了。

温敬扒了口饭，又叫徐姨开了瓶酒。

她跟老爷子说："难得看大哥心情这么好，估计这事也快成了。"

"他小子，从来不做没把握的承诺。我也看出来了，他今天心情不错。"老爷子把自己的杯子推过去，"来来，给我也来点。"

温敬便和老爷子一来一往喝掉了一整瓶红酒。她酒量好，只是有点微醺，还没醉，倒是老爷子神志不清了。

她和徐姨扶着老爷子上床，老爷子在睡梦里还琢磨着她的事，想着过两天要自己联系下顾泾川。

温敬哭笑不得，一边给他擦手一边说："我已经有喜欢的人了。"

老爷子迷瞪瞪地睁开条眼睛缝儿："真的？做什么的？"

温敬想了想，把被子往上拉，看老爷子已经完全撑不住，眼皮子直打架，她忽然急切地说道："真的，他是个军人。"

老爷子半天没反应，温敬见状有点失望，正要出门，却听见床上的人呢喃了句："军人？军人好，军人硬气……只是有点苦。"

老爷子嘀咕了半天才彻底睡去，温敬合上门，原地站了会儿，不自觉地擦了擦眼睛。

徐姨看她半天没下楼，过来寻她。

"一大家子都是男人，没个会疼人的，你平时上班那么辛苦，来，徐姨已经给你放好洗澡水了。"

温敬高兴地挽住徐姨的胳膊。

"你呀，从小有什么心事都瞒不了我，刚刚你爷爷是不是跟你说什么了？"

"嗯。"温敬吸了吸鼻头，"他想起奶奶了，说当军嫂很苦。"

徐姨一愣，苍老的面庞上也闪过一丝忧伤。温敬忽然意识到自己说错了话，想要解释，徐姨拍拍她的手："没事，都过去这么多年了，我们都老了，谁还能像年轻时那样计较，现在想起来都是遗憾多一些。"

温敬其实不太清楚当年那些事，牵扯到一系列的人和过去。

徐姨叹了一声气，说："你爷爷年轻的时候气性大，在军里是小霸王，事事都想出头，一年到头没几天是着家的，家里里里外外都是你奶奶在操持。有一回他领了军功，高高兴兴地回来，看见院里有个小孩，扑上去就又亲又抱，高兴地让小孩喊他爸爸。你奶奶听见小孩的哭声从屋里跑出来，让他赶紧把小孩放下来，后来才晓得那根本不是崇言，是隔壁邻居家的孩子，和崇言差了一岁。而当时崇言就跟在你奶奶身后，有点怯生，已经完全不认识老爷子了，也不肯喊他爸爸。"

徐姨眼睛通红："不晓得的人哪里知道一个女人独自带孩子的辛苦，偏偏孩子的父亲还年轻气盛，根本不能理解她。好不容易团聚几天，又是不停地争吵。等到崇言再长大些，和你爷爷越来越生疏，他才意识到自己丢了什么，当时就开始申请调令，但已经晚了。两个人多年没有认真在一起过，最终感情破裂，你爷爷没有纠缠直接答应了，只是要崇言的抚养权。当时你爷爷在军部有些地位了，这事没得商量，你奶奶只得答应了。后来他就努力改善和崇言之间的关系，弥补他童年中缺失的父爱，但总是适得其反。"

缺失的永远补不回来。

"但好在崇言根正，长大以后接触到一些军人，也逐渐理解你爷爷的苦衷，这么多年虽说不亲厚，但也相安无事地过来了。你奶奶过世的时候，他们父子都去看望了，你爷爷还一个人在墓地待了很久。那年梅雨季特别湿寒，回来后他腿上的毛病就没断过。"徐姨摇摇头，眼底饱含无奈，"你奶奶离开后我就来温家了，照顾崇言和你爷爷，后来又照顾你和时琛，这么多年过去，也不想其他的了，你们都好好的我就放心了。"

温敬抱住徐姨轻轻撒娇："爷爷这个老顽固，也太不解风情了。"

"他不是。"徐姨低下头，"他对你奶奶有情，到死都还是一样的。这事怪不了任何人，谁都没有错。"

话说到这里及时打住了。

温敬没有松手，抱了徐姨很久。徐姨一边轻轻拍她的背，一边说："你啊，以后千万不要找军人，真的会很辛苦。"

她反过来拍拍徐姨的背，轻轻说："我不找，他也会找上门的……只要他愿意。"

第十二章

她不会错

温敬搭温时琛的车离开公馆，她昨夜跟徐姨谈心到大半夜，从坐上副驾驶开始就不停地打瞌睡，温时琛见她脸色很差，探身摸了摸她的额头。

“没有发烧，怎么回事？”他又上下打量她，“你的伤还没完全养好，这几天就先别去公司了。”

这话正中温敬下怀，她的瞌睡虫立刻跑去大半，拉着温时琛的手臂说：“我想休个假，你帮我看着点公司，还有你未来老婆。”

温时琛见她撒娇，眉目温和几许：“那就和萧紫一块去，正好还能互相照看。想去哪儿？我叫人帮你们安排。”

“不用。”她赶紧摇摇头，“这次我想一个人去，正好给你们多一些二人时光。”

车遇到红灯，正好停下来。温时琛转过头，带着丝试探的口吻：“你不会是要和上次提到的男人一块出去吧？”

“大哥，你想什么呢。”

温时琛若有所思：“改天带给我看看。”

“好。”温敬笑了，“还是大哥你对我最好了。”

车又开始动起来，温时琛迅速翻开钱包递给她一张卡。

“在外面要注意身体。”他这话多少有些深意，“知道我对你好就行，有什么事记得跟我说，不要瞒着我。”

温敬接过卡，又缩进座椅里。她头发散着，盖住半张侧脸，让人看不清她的神情。

到公司后，她又交代了一些事，随后回家简单收拾了下。临出门前，她又想起什么，折回书房找了半天，然后把一个小件物品塞进口袋里。

上回温时琛在瑞士收藏行给她和萧紫淘回来一堆小玩意，其中有一样是可伸缩的匕首，体积非常小，表面看起来就是一件复古雕塑品，可实际上能伸缩出四种不同样的刀口。

到楼下时车已经在等了，周褚阳将她的随身包裹丢进车后座，拉着她一起坐在后面。

为了方便行动，他们在二手车行交易所买了这辆越野车，三成新，看着实在破旧，好在各方面性能还行。

只是后座三个位里有一个半都是凹陷的，副驾驶座椅正中心有个大洞，更不好坐人。

冯拾音见她上车，油门一踩，车立即飞速滑出去。温敬晃了好几下，最后被周褚阳揽住肩膀。

“伤好点了吗？”他平静地问，一脚踹在冯拾音后面。

车很快平稳了。

温敬轻笑：“好很多了，只是手臂伤得有些严重，到现在还不太能提重物。”

其实医生说的是神经损伤，导致肌肉萎缩，需要配合中医治疗，否则情况可大可小。不过她提重物的机会也非常少，就没有太放在心上。

周褚阳点点头，又说：“前两天阿庆给我打电话了，说他开了家餐馆，生意挺好的，等从 A 市回来，带你一块去吃。”

“好啊。”温敬想到周善，“他好好的，我们就放心了。”

阿庆挺有血性的，为了一个女人背弃兄弟，结果又被这个女人背弃，没有任何纠缠，果断地离开，然后从头再来。

就这一点，温敬挺服气的。

车程有八个小时，温敬睡了一觉，中午在服务区吃了饭，休息半个小时又重新出发。下午换周褚阳开车，温敬还担心要和冯拾音挤在一个半位置上，谁知冯拾音不知道从哪儿找来了一个漏气的皮球，往副驾驶的洞口一塞，尺寸刚刚好。他坐上去以后还朝温敬看了眼，嘴角拉得又长又邪。

温敬完全没有理他，她突然有点怀念当初那个长袖善舞的公关了，想不通他现在怎么变成了一个幼稚鬼。

后来冯拾音也意识到了自己这点失常，将所有过错都推到周褚阳身上。

俗话说，爱情让人智障。

这是最好的道理。

下午七点半到了A市的王岗县，他们找了一家宾馆休息。温敬洗好澡后，周褚阳来敲门。

“有热水吗？”

温敬裹着被子不停哆嗦：“没有，水只有一点温热，真的快冷死我了。”她又指着屋里的空调，“不知道怎么打不开。”

周褚阳进门：“是不是没电了？”

“应该不是，灯亮的，就是空调吹不出热风。”温敬打了个喷嚏，“可能坏了。”

周褚阳让她等一等，跑去前台问了下，很不凑巧，只剩两间房了，一间没空调，一间空调接触不良，修理师傅说最早也要明天过来。

温敬哭笑不得：“那算了吧，待会儿再拿床被子盖一盖，就这一晚应该没问题。”

周褚阳握着空调遥控器又按了按，转头看她缩在床头，脸颊上有些异样的潮红。

他走过去摸了摸：“有些低烧，晚上再受凉的话，你明天就没办法赶路了。”

他二话没说拆了空调，里里外外检查了一遍，把有问题的路线重新接起来，又按照原样装回去。

半个小时后，空调能吹出热风了。

“你还会修这个？”

周褚阳走到洗手间洗手：“男人都会。”

“温时琛估计就不会。”温敬追过来，靠在门边上看他。

他很快洗好，又摸了摸她的头。

“你小看你哥了。”

温敬被他抓住手按在床边上，漫不经心地说：“怎么不是我高看你呢？”

他又拿起水壶烧水，等插上插座，水壶嗡鸣时，他才说：“不要逗我，你先休息，我去买药。”

水开了，他也回来了。

温敬吃完药就躺下了，屋子里很暖，周褚阳脱下外套，坐在旁边看着她。

冯拾音后来来过一次，问他怎么还不回去。

他说：“我不回了。”

冯拾音大惊：“今晚就办正事啊？”

周褚阳单手拧着他的胳膊，将他强行赶了出去。第二天温敬再上车时，明显感觉冯拾音看她的眼神变了，变得怪怪的。

冯拾音开车，没有离开王岗县，而是往乡下驶去。

可能是因为生病，温敬一路上都昏昏欲睡，周褚阳好几次摸她的额头，都发现她在持续低烧。

冯拾音见状还嘟哝，严重怀疑他们俩昨晚到底有没有睡。

车最终停在一个村庄口，村民都很好客，听说他们是过来旅游的，肚子饿了想找个地方歇歇脚、吃口饭，都纷纷往自个儿家里带。

孙叔是村长，力排众议将他们带回了家。孙婶赶紧给他们张罗了一桌饭，冯拾音看见那桌菜的时候，下巴都快掉桌上了。

五个菜全是素的，其中一样里面有几片蛋花，倒像是色彩点缀。

他咽了咽口水，默默地夹走了蛋花。

孙叔见状尴尬地咳嗽了声："抱歉啊，把你们招呼进来却没好菜招待，老实说，我们这一片都很久没吃肉了，去城里又远，难得去一趟还得花销其他的，大伙就能忍则忍，能扛则扛了。"

冯拾音抢先道："你们平时都要干活，营养得均衡，不吃肉怎么行呢？"

"不是我们不想吃，是没肉吃啊！"孙叔说到这事就后悔，"上半年来了一些人，把我们村上的家禽都买走了，他们给的钱不少，我们就都卖了，也没在意。后来大伙都没肉吃了，组织了一回一起进城采购，谁知道那个猪肉和鸡鸭贵的哦，比平时价格翻了好几倍。一打听才知道，整个县城的肉源都很紧张，已经需要从其他城市运了。"

孙叔不停叹气，"也不知道那些人把这些家禽都买回去做什么，唉，可把我们急的。"

冯拾音建议："你们可以重新养啊，小猪崽半年就能养大了，那种黑猪品种养半年就刚刚好，肉又嫩又肥。"

温敬和周褚阳同时看了他一眼。

孙婶接话："我们都想养，可不知道怎么回事，养一批死一批，整个村子都没人能养活一头猪了。"

周褚阳朝冯拾音示意，及时阻止了他对养猪的经验之谈，几个人很快吃完饭。孙叔还热心地收拾了一间屋子给他们休息，冯拾音识趣地没进屋，过了会儿见周褚阳出来了，便跟上他。

“孙叔说的情况是不是 928 工程的内幕？”

“这个村庄离当时的实验区有四十公里，但很显然，牲畜离奇死亡是已经受到感染的征兆。”周褚阳蹙眉，“他们很可能还在进行这项实验。”

冯拾音抬头看面前这棵古老的银杏树，看打着旋飘落下来的枯叶，慢慢说着：“我有点明白他们为什么会选择 928 工程了，不管 928 成不成功，得益的都会是他们。项目成功，他们名正言顺参与秘密实验；项目中止，短时间内没有人会再关注这个并不发达的东北地区。那句话怎么说来着，最危险的地方永远是最安全的，他们早就做好了万全的准备。”

“实验进行到哪一步具体还未知，当务之急是要赶紧找到他们最新的实验点。”周褚阳双手包成圆圈，正要点烟，打火机的火焰被风吹灭了一下，又重新跳跃起来。

他顿了顿，将烟收起来了。

冯拾音笑笑：“怎么不抽了？一路上照顾温敬，你都没抽过。”

周褚阳拍拍衣服：“会有烟味。”他重新朝屋里走去，冯拾音跟上两步。

“现在什么打算？”

“先找到裴西再说。”

“那这边呢？”

“我会跟上头联系，让他派人来查实验区。”周褚阳及时挡住他，“别进了，她睡觉了。”

冯拾音瞪着眼睛，终于没忍住爆了个粗口。

温敬真的病了，一路低烧没有转好，三天后他们来到 928 工程所在的安阳村，周褚阳连夜带她去了医院。

县城医院设施不齐全，医生检查了一遍也没发现什么特殊的地方，先给她开了退烧的药，观察一夜再说。

温敬一直迷迷糊糊，叫着周褚阳的名字，又叫许多人的名字。

周褚阳听见她最后呢喃陈初的名字，在眼泪滑出眼角后终于安静下来，不再挣扎，不再被噩梦纠缠。

他弯下腰，一寸寸抚摸她的脸颊。

万幸温敬在这一夜退烧了，第二天下午就出院了，整个人宛如新生一般。

他们在办理出院手续时，迎面遇上了急救团队，病情险急，医生当场就进行了急救。推车上的病人痛苦地呻吟着，整张脸血管暴露，面色暗青，口腔里不停地吐血，血渍浓稠，深红中带着黑，喷得医生身上和推床上到处都是血。他不停地求着医生快点救救他，医生进行了几项常规检查，他都喊痛，医生吩咐立即准备手术室，那人却突然没了声音。

当场死亡，事情关注度高，医生最后诊断为呼吸系统出血。

病人家属不同意这项诊断，追着医生要解释。一场医闹，临近天黑才结束。

温敬从没亲眼见证过这种死亡，有些感慨："太可惜了，一条生命就这样结束了。"

周褚阳捏捏她的手。

她又问："你是不是都已经习惯这种场面了？"

"没有。"他转头看她，"就算倒下能得到缅怀，也不能内心平静。更何况大多倒下的人，都得不到真正的安息。"

她喉咙一哽，嘴巴不自觉苦涩了。

"那你呢？"

他轻声笑："我渴望倒下即安息。"

回程的路上温敬通知了小叔，小叔见到她很高兴，买了很多菜，晚上四个人又围着院子里那张小桌一起吃火锅。

这回有肉了，冯拾音大快朵颐，吃得爽快。温敬病刚好，喝着小叔给她熬的鸡丝粥。几个人有一搭没一搭地聊着天，说起这次来的目的，温敬提到裴西。

小叔一下子想了起来："是不是那个长相很秀气，之前来找过你的外国人？前几天他来买了很多生活用品，我看他很憔悴，还问候了句，结果他精神恍恍惚惚的，没有搭理我，很快就走了。"

温敬若有所思地问："他买的都是生活用品吗？"

"嗯，他骑了辆摩托车，看样子应该是住在这附近的。"

她点点头，掏出手机给裴西打电话。这一路上她都没有联系过他，就是为了给予他十足的安全感。

电话很快就接通了。

裴西试探性地"喂"了一声。

温敬对着话筒说："是我，我已经在安阳村了。"

裴西愣了会儿，声音惊慌："你知道我在这里？"

"你跑这么远到 A 市来，肯定不只是为了躲方志山，自然是要到事情最初发生的地方。这么多天，查到 928 工程里面的猫腻了吗？"

“电话里不方便说，随后我再联系你。”他不再给她说话的机会，很快就挂断了。

这几天天气很好，阳光温暖，小城人家风景秀丽。温敬躺在院子里晒太阳，周褚阳从屋里走出来，又进去拿了瓶水，把药一起带出来。

“你身体刚好，不要对着太阳看，会头晕。”他换到她身前，挡住阳光。

温敬眯了眯眼，把药吃了。

“你坐会儿吧，跟你说点事。”

周褚阳拿来凳子，两腿一跨坐上去，他大概知道她要说什么。

“方志山的目标是我，我想把他引到这里。”她晃着腿，说得漫不经心，“不是没有实质性的证据吗？如果借裴西把他引出来，制造他的罪证，这样应该就可以名正言顺搜查安和电子了吧？”

“我不同意。”他的面孔看不出任何情绪，“不论是用你还是裴西做引子，都太危险。”

“可是这是最好的办法，从杰克试图绑架我开始，陈初、萧紫、阿庆、泾川，还有周善都被牵连其中。那天如果不是我们提前离开，车上说不定还有我哥。”

她说起这些面容冷静，看起来已经深思熟虑过：“他最终的目标是我，他不会甘心就这样放过我的，所以与其等他下手，不如我们先发制人。”

周褚阳没作声，双手交叉抵住下巴。

“你心里明白，这是一个好办法，否则也不会允许我跟你们一起来这里。”

“你是这么想的？”他问，“你觉得我带你来这里，就是为了引蛇出洞吗？”

温敬看他：“我不是这个意思，裴西只相信我，只有我可以找到他。只有找到他，才有可能发现方志山的罪证。”

周褚阳依旧沉默。

又坐了会儿，他回屋了。冯拾音优哉游哉地晃过来，坐在他原先坐过的位置。

“你们刚刚说的话我都听见了。”他挠挠头，“站在我个人的角度，我非常认同这个办法。但他不一样，毕竟……他有私心嘛，不过你放心，他会同意的。”

温敬点点头：“我知道。”

“你知道？”

她都知道。

他们之间有太多没有宣之于口的东西，但彼此都知道，the one or no。

就像他从未向她表明过他真正的身份，她从未跟他说过她为什么会爱上他。

“听说你之前也在纽约州念书？”冯拾音开始胡乱找话题。

温敬闲着无聊，说道：“念初中时就去了，是在哥伦比亚大学毕业的。”

“哦，那还挺近。”

“你也在纽约州？”

冯拾音故作高深：“你猜猜看。”

温敬轻笑：“纽约州除去州立大学和私立大学，还有两所学校相对特别。一所是美国军事学院，也就是西点军校；一所是美国海岸防卫队学院。”她上下看了看他，“你应该是西点军校的吧。”

“我靠！你这么聪明。”冯拾音在国外任职，对这种随便查查就能清楚的身份完全不在意，他只感慨温敬的推断能力。

“为什么会这么判断？”

“一是同在纽约州的巧合性，二是学校的类别，三是任务地点。你现在做的事，不太像是与海岸防卫有关。”

“好了，打住！不要再往下猜了。”冯拾音担心她知道秘密实验的事，会再次被卷入其中，赶紧转移话题，“那你知道四年前震惊全世界的时报广场恐怖袭击案吗？”

温敬愣住，好半天才“唔”了一声，然后又说：“当时我就在现场。”

那场恐怖袭击范围很大，牵连甚广，有许多涉案人。冯拾音只是稍微震惊了下这种莫名的巧合性，便缓过神来。他刚要继续问，就被周褚阳按住肩膀，吃痛地嗷嗷大叫。

“小叔在做饭，你去帮帮忙。”

冯拾音怨恨地看了他一眼：“就知道差遣人。”

他走了之后，周褚阳又重新坐下来。

“你想清楚了吗？”他问她。

温敬再次点头。

他摸了摸她的脸颊，替她拨开凌乱的头发：“来的时候是不是就想好了？”

温敬捉住他的手：“想了很久，你说过的，我不进攻，他也不会仁慈。”

“但是……”

“如果担心我的话，就趁方志山还没来之前，好好陪陪我吧。”她闭上眼睛，白净的脸被暴露在阳光下，他们靠得很近，他几乎能看见她脸上的绒毛。

“你之前说过会带我来这里，陪我晒太阳。”她弯起唇角，“明年如果还有机会，一定要夏天来，我想念蝉鸣的声音了。”

周褚阳站在一边看她，腰杆直挺挺的，阳光将他与她的影子包围成一团，他背对着阳光缓慢俯下身。

“嗯，等到明年，再叫上阿庆和徐工队，让他们围着你吵。”

温敬笑了：“你跟我喝酒吗？”

她睁开眼睛，看近在眼前的男人，那张染着风霜的脸轮廓分明，岁月将他打磨成了坚硬的石头，石头被风吹皱了温柔，沙土又再将他包裹，为他添上一层又一层的伪装。

他在颠沛流离，他随风雾化，他最终失去原始的模样。

他是否会冷，是否渴望细软。

谁又能知道呢?

这个人，真的很难从任何地方窥见他的一丝柔情。

她又问了一遍：“你跟我喝酒吗？”

他笑起来：“好，我陪你喝。”细纹被拉长，折射出眼睛里的笑，裂开了一条缝，里面杂草丛生，微光照亮羊肠小道。

温敬紧紧抱住他。

这块石头还是很温柔的。

下午萧紫打了个电话过来，问她在哪里，她倒也没隐瞒，直接说在小叔家里。

萧紫愣了会儿才说：“你是不是还在查 928 工程的事？”不等温敬回应，她又问，“周褚阳跟你在一起？把电话给他。”

温敬想说服她，手里一空，电话已经被周褚阳拿走了。

萧紫组织了好半天语言，却都没用，她挑着最重要的说：“温敬没做错过选择，她说她不会错，我相信她。所以，你别让她失望，别让她觉得自己选错了。”

周褚阳沉默了一瞬，余光瞥向不远处正和小叔谈笑的温敬。

他踩着脚底下厚实的土：“她不会错。”

冯拾音和周褚阳去镇上买东西，温敬睡醒后便在院子里乱逛，刚想给他们打个电话，就听见小卖部有人喊着买包烟。

小叔在后面叫她：“温敬，你帮我去看看，小叔三急呢！”

温敬应了，赶紧朝小卖部走过去：“要什么烟？”

小叔没听到温敬跟他询价，以为她知道，就又耽搁了会儿，几分钟后出去，他边走边喊她的名字，却没有得到回应。小叔“咦”了声，朝柜台走去，只见几包烟散落在货架上，有几样东西掉在地上。他赶紧追出去看，发现温敬的一只拖鞋在马路边上。

他赶紧打电话给周褚阳，却无人接听。

这边冯拾音还在店里乱转，周褚阳站在路边等他。他烟瘾重，但没买到红旗渠，看见马路对面还有家小店，抬腿过去。

走到马路中间时，他看见一辆黑色 SUV 突然急刹车停在小店门口，车里冲下来一个红头发的年轻男人，捂着手臂急急忙忙冲进小店旁边的药店里。

他目光微沉，瞥向那辆车。

车里的人看得到外面的场景，外面的人却看不到车里的人。他停顿了会儿，继续往前走，穿过马路，从车旁边经过。

他进入小店，站在柜台和老板说话，指着红色的香烟，老板点点头，把烟拿出来，他从裤兜里掏出一把钱，拿出一张十块的。

在等老板找钱的工夫，他又看向外面。

红毛拎着一堆药冲出来，急吼吼地大骂，他手臂上的伤口没有处理，血从指间渗透出来。

周褚阳盯着车门，快步走过去，老板在后面喊：“喂喂，你的烟没拿，还有钱呢！”

他疾步冲上前，红毛拉开车门，他瞥见一抹熟悉的色彩，车门没来得及关上，车就已经绝尘而去。

第十三章

他会累吗

周褚阳立即跨上路边的摩托车追上去。

冯拾音喊了半天没人搭理，跑出来看情况，只见一辆黑色 SUV 正在狭窄的马路上横冲直撞，周褚阳的摩托跟在后面。

他立即拔腿追上去，沿着店铺一条边跑。恰好是学生放学的时间，路上车辆很多，SUV 前进困难，已经快被周褚阳追上了。

他翻过栏杆奔过去，从前面围堵 SUV，谁料就在这时一个小孩冲了出来，SUV 没有任何刹车的迹象，周褚阳前轮急转，冯拾音赶紧抱着小孩离开了三角地带。也就这工夫，SUV 消失在了街头。

冯拾音安顿好小孩立即跳上周褚阳的车，两人沿着街道继续追。

“什么情况？”

“温敬被抓了。”

“我靠，方志山这么快就到了？还是他早就派人盯着温敬了？”冯拾音不忘四处张望，“中午才说要引他过来，还是被他抢先一步了！”

周褚阳没吭声，车子转过几条街道都没有寻找到 SUV 的踪迹，他们停在路边。

“也有可能她来之前就给方志山透过气了，她一开始就打算用自己引方志山上钩。”

冯拾音咂咂嘴：“你女人也够狠的，那现在怎么办？”

“先回小叔家。”

周褚阳有裴西的电话，温敬前两天给他的。只不过看是陌生号码，裴西一直都没接。按照小叔之前提供的消息，裴西应该在这附近，还冒险露面留下讯息，看起来是处于极度焦躁的状态。

一旦方志山那边联系了他，他在这种状态下一定更加不安，不会再藏在一个地方不出现。

也就是说，他会在夜晚出来活动，制定逃跑的路线或者勘察可疑的人群，以做下一步打算。

他们一行等到天黑，分成两拨去找裴西。这里面只有冯拾音没见过裴西，他便跟小叔一起。

周褚阳往西，这个方向是通往当初的建筑工地的，沿途多是荒僻的小路和零零散散的住户。他以寻找走失的弟弟为由，挨家挨户地察看。

小路不好走，天黑又降露，空气里异常湿冷。有些住户早早地休息了，门怎么也敲不响，他只得放弃。途经一家小饭店时，他朝里面看了眼，大厅有五六张桌子，坐了两桌人。每桌三到四个人，说着当地话，应该都是村民。

楼上无光，应该是饭店老板居住的地方。他继续朝前走，停顿了片刻又退回去。他刚要进门，一个人从里面走了出来。

那人低着头，双手抄在口袋里，上半身套着件皮夹克，下半身是牛仔裤和牛皮靴。

店家在后面说还没找钱，他头也不回地大步往前走，很快就融入黑暗的夜色。

周褚阳将嘴边的烟掐灭，旋即跟了上去。他不远不近地跟着，没有故意放轻脚步声。

很快前面的人就察觉到被跟踪了，他越走越快，最后疯狂地奔跑起来。在经过一条小路的转弯口时，他被一股力气扑倒，在地上滚了几圈。等到他反应过来，双手已经被人缚住。他下意识地反抗，和周褚阳扭打在一起，就在他举起拳头狠狠落下时，劲风擦过耳郭，他的动作一偏，全身的力气都被抽掉一般，无力地躺倒在地上。

他气喘吁吁地看着那人："你……你是谁？为什么要跟着我？"

周褚阳将他从地上拉起来："温敬被绑架了，你知道吗？"

"绑架？我不知道！她……她怎么会被绑架的？"他惊恐地大叫。

"她被谁绑架的你不知道？"

"我……我怎么会知道？"他眼底闪过一丝惊慌。

"刚刚在饭店里看见我了吧？所以才着急逃跑？"周褚阳将他拎到大路上，原路返回。

"没有，我没有逃跑，我为什么逃跑？"他反抗了下，"你为什么抓我？我又没犯罪，你没有权利抓我！"

周褚阳面无表情，继续推着他往前走。

“你究竟是谁？”他怯怯地瞄了他一眼，“你不会是方志山派过来的吧？我和温敬没有关系，为什么要抓我？”他强烈挣扎，被周褚阳膝盖一顶，摔趴在地上。

他整个人异常焦躁，不停地说：“和我无关，真的不关我的事，我什么都没听见，我没和温敬串通。”

周褚阳俯身，挑开他鼻梁上的眼镜。

“她来救你，你就是这样对她的？”

“我不知道！我不知道！”他蜷缩成一团，紧紧地捂着脸，情绪极端失控。

周褚阳紧紧握着的拳头松开，指尖都已发白。他等待了会儿，再次将裴西从地上拽起来。因为拉扯，裴西口袋里掉出来一样东西。

是一张离开 A 市的车票，上面的时间是今夜十二点半，但纸张有被揉过的痕迹。

周褚阳一句话没说，盯着他看了会儿，将车票重新塞回他口袋里。

裴西连日跑路，长期处于高压恐惧中，加上一直都是一个人东躲西藏，对环境的敏感度已经接近疯癫的状态。傍晚时方志山一通电话，几乎将他所剩无几的理智防线摧毁，他被折磨得失去了所有的抵抗，唯一能想到的就是逃离这一切。

他带着行李偷偷摸摸地去经常去的那家小饭店吃饭，坐在背光的角落里，像只过街老鼠，仔细辨别着任何风吹草动的同时，还得将饭都塞进嘴巴里。

他机械而快速地吃完，提着行李就要走，却看见门边出现了一道颀长的影子。

他赶紧躲进死角，吓得连行李都拎不住，手不停颤抖，腿不停哆嗦。

终于，那个影子离开了，他就像重生一般再次呼吸到了空气。他迫不及待地往外走，谁知命运无情，过街的老鼠终究不是被打死，就是被逮住。

他精神一度崩溃，从回到小叔家就开始大哭大闹，胡言乱语，见冯拾音和小叔回来后，似乎安心了些，喝了点水，又睡了会儿，情绪慢慢平复。

几个男人一夜没睡，一直守着他。

到天放亮时，他终于醒过来了，双目布满了红血丝，却明显能看出来平静了很多。

第一句话就是他饿了，想要吃饭。

于是小叔给几个人都下了碗面，大家胡乱对付了过去，裴西这才说道：“方志山约了我明天在鹤山见面。”

“你这些天在这边查到什么了？”周褚阳问。

裴西小心地看了他一眼：“我去过周边几个村庄察看，村民跟我说他们的牲畜都离奇死亡了，找过兽医来看，说是气候问题，品种不适应地方生长条件。他们也怀疑过水质之类的问题，却发现人都没有事，只有牲畜死亡率比较高。”他停顿下又说，“我偶然听到方志山的那通电话里，他也提过类似的字眼，他说不就是一些畜生，会有什么人发现？他好像还提到焚烧之类的，所以我觉得这件事应该和他有关系。”

“除此以外还有什么发现？”

“我联系了之前的工程方，他们说在 928 工程中停后，并没有即刻离开，而是在鹤山停留了一段时间，搭建了好几个厂房。”

冯拾音用余光瞄了眼周褚阳，两人达成共识，先后去院子里抽烟。

冯拾音分析：“有两种情况：一是大量购买牲畜家禽去做实验，事后焚烧处理。二是在购买数量不够的情况下，偷偷实验村民家里的牲畜，制造气候原因的离奇死亡。”

“那他们研制的东西应该还没成功，否则不会反复试验。”他们都是接触过生物工程的，有部分领域的涉及，“你觉得可能是什么？”

“对牲畜动手，最大程度上就是新型病毒的研制，这种病毒不仅可以在牲畜身上传播，还可以在人体间传播。类似埃博拉、禽流感，最主要的传播途径是血液。”

反复试验的失败依旧不能得到群体的关注和重视，就证明这种新型病毒的潜伏期较长，初症状不明显。

周褚阳走到水池边上，打开水龙头，声音压低：“知道 1977 年爆发的莱姆病吗？”

人兽共患病，起先大面积在美国传播开来，病原来自康涅狄格州的莱姆镇，是以蜱为媒介感染的传染病。分布广，治疗过程漫长。

冯拾音了解那场病疫，过去那么多年，至今莱姆病都没有完全得到根治的办法。隐藏于这个世界表面的太平之下，又有多少人知道，数以万计的人都倒下了。

其中大部分都是控制病情的军官。

“整个欧洲地区对秘密实验室的关切度都非常高，按照既定常规套路，一旦病毒研制出来，他们就会立刻投放到敌区，然后在混乱的国家关系中倒卖病原体来赚钱。”

之前有个西方国家就做过类似的研究，炭疽实验被发现后，他们找到一个小岛，建立了封闭实验基地，用大量牲畜做实验，媒体记者曾多次要求进基地采访，统统都被拒绝。后来他们将实验清单公之于世自证清白，却依旧没能打消资本家的疑心。

至今，这个小岛仍旧是个谜。

“制造人类生物武器也是恐怖袭击的一种手段，很符合这个秘密组织的格调，幕后黑手应该有非常强烈的杀人欲、控制欲，对这个社会有激进的报复欲望。”冯拾音冷笑，“他们还真是敢玩。”

“这件事基本可以定论，你去联系国际刑警组织。”周褚阳弯下腰，用冷水洗了把脸。

冯拾音看着就冷，抱着胳膊说：“你担心她吗？”

没听到回应，他欠揍地把头凑过去，贼兮兮地说：“你担心死了吧？”

周褚阳抬头，脸上的水珠子不停地往下砸。

“嗯。”他闷声说，“我担心死了。”

石头屋里，几个男人围着一张小圆桌吃火锅，为首的男人套着件棕色风衣，不怎么说话。他左手边坐着个红毛，夹了一筷子羊肉涮，涮好之后递给风衣男，称呼对方为肖老大。

“老大，多吃点，这趟特地从那么老远赶过来，辛苦了！”

“没事。”肖老大严肃的刀疤脸上有一小块红印子，面积不大，没引起人的注意。

“老大可是东北这一片的老大，姓方的那家伙要在这里搞事情，怎么能不请咱们老大过来？”右边的黄毛看红毛献殷勤，赶紧拍起肖老大的马屁，“还以为是什么玩命的大事呢，结果就是抓一个小娘们，真是屈才了，现在还把咱们晾在这儿，姓方的真是不想活了。”

“行了，拿了人家的钱就办事，有你挑挑拣拣的份吗？整天喊打喊杀的，你这么想玩命就自个去！”肖老大对面的一个中年男人发话了，他这话头一撂，红毛黄毛都噤声了。

中年男人回头看了眼仓库货架上绑着的女人，见她还没醒，他这才放心一些，筷子在火锅里搅了搅，夹出一堆蔬菜。

“信哥，你这吃得也太素了。”

信哥瞅了红毛一眼：“你们年轻气盛，多吃点肉没事，我这老人家跟着掺和什么。”

他埋下头，刚要吃，瞥见蔬菜里有一根很细的血骨头，顿时没了食欲，将筷子搁下来。

红毛赶紧问："信哥怎么了？"

"这些东西都从哪里弄过来的？你们出山了？"

"没！"黄毛赶紧解释，"是前面看仓库的大爷给我们的，那大爷自己在这边种的菜。"

"那肉呢？"信哥不耐地问。

"肉……肉是……是我和红毛在……在工厂后头找到的。"

"工厂后头？"

红毛一见信哥脸色不对，更加哆嗦："我……我们哥俩去解手，看见工厂里有人拎着一大堆东西出来，我们好奇就跟上去看了，然……然后就看见他们扔了一堆肉在那边。"

"是啊，我们原本也没想要拿那些肉的，可是一想兄弟们都辛苦了，光吃素多没意思啊，就去看了看，结果发现这肉都挺新鲜的，就……就拿回来了。"黄毛也跟着解释。

信哥脸色铁青："不吃你们会死啊！"

"不是，来之前就听说姓方的家伙很有钱，在山里建工厂做研究，肯定都是搞大工程的。那方志山吃的肉怎么可能差到哪里去，多半是吃不掉，他们有钱人都这样，我们不就不要白不要吗？"黄毛不敢大声，却还是说得脸红脖子粗。

信哥一拍桌子，正要斥责，对面一直默不作声的肖老大撂下筷子。

"行了，多大点事，又吃不死人。"肖老大说这话时，脸上的红斑又明显了些，变得更大和更鲜艳了。

红毛怯生生地看了他一眼，想说什么，却还是闭嘴了。黄毛也是，低着头味同嚼蜡地吃着碗里剩下的东西。

信哥盯着那刺目的红斑看了眼，眉宇微蹙。

肖老大用筷子指了他一下："你觉得这事里面有猫腻吗？"

信哥收敛目光，问："什么事？"

"绑女人那天在路上追我们的两个人，我怎么看都觉得像条子。这几天我越想越觉得不对劲，方志山到底在搞什么事，他是不是惹上条子的女人了？"肖老大寻思。

信哥沉吟片刻，若有所思："这地方几百年没出个什么事，条子怎么会在这儿呢？我估计也就是方志山的竞争对手，他们生意做得这么大，哪里能都规规矩矩、干干净净的？”

“说得也对。”肖老大将信将疑。

“这事不是咱们考虑的，现在就等方志山付了尾款，拿到钱我们就离开这鸟不拉屎的地方。”信哥掏出烟，黄毛立即给他打火。

肖老大被说服了，琢磨道：“也不知道他一整天一整天地待在那厂房里干什么，还不让人进。”

红毛猛点头：“我也好奇，你说他们身上穿的那都是什么？”

信哥眯了眯眼：“是生化服。”

黄毛一听来了兴致，和肖老大几人讨论起来，说到最后还计划晚上偷摸进去探探情况。信哥没掺和，抽完一根烟起身：“我去看看那女人，顺便问问她怎么惹毛方志山了。”

肖老大看了他一眼，缓慢沉吟：“问问清楚，别把兄弟们都搭上了。”

“行。”

信哥环视一圈，拿了只干净的杯子倒满水，端着走过去……

周褚阳等裴西和小叔他们都休息了，跟冯拾音打了个招呼，从小卖部后门出去，沿着村庄的小路七绕八绕一直朝前走。

这里天然条件优越，有好几个石油公司在这里开采石油，夜间仍然在作业，灯光很高，照得基地一片明亮如昼。

他沿着灯光的痕迹走进棉花地，与早已等在那里的人接上头。

“喏，你上次让我查的资料。这段时间我去了趟纽约，找了所有可能与他相关的案件资料，最后发现四年前时报广场那场特大恐怖袭击案发生时，方志山和他父亲都在场，他父亲当场就死了。”

这人是周褚阳的下线，负责统筹信息，他们分上下线联合调查，一旦上线牺牲，下线就能很快接上头。

挺残酷的一条规则，活着什么事都还没来得及做，就已经安排好身后事了。

周褚阳点点头，接过 U 盘，又问：“方志山和他父亲关系怎么样？”

“非常不好，方志山出生不久母亲就去世了，他从小就跟父亲生活在一起。方父对他很严厉，要求很高，但是方志山脑子笨，能力有限，常常惹怒方父。据知情人透露，方父有严重的暴力倾向，用棍棒打方志山是家常便饭。方志山对这个父亲恐惧至深，这也是他患有严重躁郁症和人格分裂的根本原因。”

周褚阳抿嘴，没吭声。

“还有条消息必须要告诉你，邻市警局在跟踪调查一个民间雇佣组织时，发现团队老大和方志山曾经有过多次不当的合作，这个人很可能就是你之前提到过的中间人，叫肖鹏，底下人一般都称呼他为肖老大。他跟熊成是远亲，所以有时候也会给熊成一些事干，我推断这次绑架案应该是他们做的。”

周褚阳眼神阴冷：“他们有人在这个组织里？”

“是的，他们局里派了卧底潜伏到这个民间组织里，已经捣毁了好几个据点，现在肖鹏势力单薄，就差最后一击了，但是……”下线迟疑不决，“但是这次行动，卧底到现在都还没有向联系人提供任何有用的消息，他们追踪信号锁定了鹤山一带，具体在什么位置却没办法确定了。”

“两种情况，卧底要么出事了，要么叛变了。”周褚阳刚刚微松的眉头又皱起来，“联系人觉得哪种可能性更大？”

下线抬起头，面向石油开采基地的大灯，沧桑的面庞上显露出疲惫。他沉声说：“叛变。”

周褚阳将U盘抄进口袋里，摸到里面的烟，揉揉捏捏，折碎了许多烟丝。

“我走了，保持联系，注意安全。”他拍拍下线的肩膀，被后者叫住。

“你累吗？”

周褚阳以为自己听错了，不确定地问了一遍：“你说什么？”

对方却突然轻笑起来：“你怎么会累呢？你从来没有觉得累过，可我累了。从你回国后，我就一直是你的下线，你没给过我上前线的机会，我是真的感激和钦佩你。但我时常又想，这样见不得光的日子什么时候才是个头？928工程案前，你卧底了四年才捣毁一个大型拐卖组织，搞得自己全身都是伤，可那些妇女却怪你毁了她们原本平静的生活，有些孩子甚至已经被同化为他们的人，哭着喊着要回那个组织里，大骂警察都是坏人，对执行人员拳打脚踢用刀子。多少人因为行动受伤牺牲，还要被辱骂、被否定、被质疑、被加罪……这条路太长了，捣毁一个组织，还会有其他的组织再起来。不管怎么抓，都抓不完这些罪犯。”

他停顿片刻，低下头：“我是真的累了，我已经申请调离这个岗位，这件案子结束后，应该就会离开了。”

其实很好理解，平常人经受一次罪犯的攻击，就有可能声嘶力竭，终生难忘，而他们却要活在罪犯的残忍里，眼睁睁经历人性最险恶的一面。又不是铁打的人，有血有肉，凭什么要让人在这种环境里对生命绝望呢？

周褚阳沉吟了会儿，露出一丝微笑。

“走之前跟我说一声，我去送你。”

货仓堆了很多木箱子，不知道之前都装过什么，散发出一股骚臭味，他们都受不了这气味，当天绑了人来就把她往这边一丢，立即躲到了外面。

信哥步子轻，绕开了零散倒在地上的箱子，一直到站在她面前，温敬才缓慢抬起头来。

信哥是不得不服气这女人的。

绑她那天担心她会叫就直接捂住了她的嘴，两个男人硬拖强拽才把她弄上车，上去之后她就没安分过，一直在挣扎，被打了好几拳硬是一声没吭，瞪着眼睛扑上来就咬，咬得红毛嗷嗷叫，被掐住脖子也一副不怕死的样子，张着嘴笑，牙齿上都是血。

老实说，要不是她挣扎得厉害，也不会被那个男人发现。说起来也挺奇怪，明明外面看不到车里的情况，信哥却明显感觉到那个男人窥视了车内的一切，在那个男人走过来的几十秒里，他一直处于高度紧张状态。

那个女人挣扎了一阵却松了手，盯着外面的男人看。前面的黄毛被她的眼神怵到，啐骂了好几句，扒开窗户喊红毛快点。

在那男人的目光最终定在窗户上时，黄毛彻底慌了，一巴掌甩在女人的脸上。

“看什么看！有什么好看的！”

不得不承认，他也被黄毛猝不及防的一巴掌给弄蒙了。后来回过神来，才明白那一巴掌的意义。

如果没有那一下子，车门估计就被那男人掰开了。

一直到进了山，她才停下挣扎，也不说话，阴森森地盯着他们看。红毛被她咬过，全程都不太敢招惹她，眼见到了自己的地盘，便又来了气势。

“要不是姓方的说把你好好地带过来，老子早就打你了！”

她哼了声，红毛被她的反应激怒，举着手呼过来，她突然抬头，笑意盈盈地盯着他看，唇边的血迹还未干。

红毛悻悻道：“不跟你一个女人计较！”

她弯着唇继续笑笑。

红毛不甘心被一个女人灭了风头，到了工厂之后非得把她扔到木箱这边，谁说都没用，当然也没人真的想说什么。

信哥看她眼神狠厉而平静，本来想给她喝的水一下子都泼在她脸上，似笑非笑：“饿了几天还有脾气呢？”

温敬依旧漫不经心地微笑：“对待敌人没脾气，岂不是只有等死的下场？”

“你可以求人，肖老大看似凶狠，实则最不爱跟女人打交道，女人一服软，保管他也软。”信哥不理会她的低视，好心劝说，“女人不要硬骨头，你跟肖老大说两句好话，能免去很多不必要的折磨。”

温敬无动于衷。

信哥又说：“那天追你的男人是谁？”

“什么男人？”

“还嘴硬！”信哥一拳头挥过去，打在她的小腹，温敬痛得大叫了一声。

“怎么，到底还嘴不嘴硬？”信哥上前一步，按着她的肩膀又给了几拳。

温敬咬着牙连声闷哼，脸色忽然苍白，唇角又溢出血来。

“那换个问题，方志山为什么要绑你？”

“你们不是他的人吗？会不知道他为什么绑我？”她一瞬间想明白，轻蔑地扫了眼不远处的几个人，“原来只是方志山花钱雇的打手，他给你们多少钱？”

“你到底想说什么？”

“方志山在这个工厂做秘密实验，一旦成功，你能想象有多少钱吗？”

信哥神色一变：“秘密实验？什么实验？”

温敬但笑不语。

“你说不说？”信哥又给了她一拳，心中有了计较，见她还是不说就换了政策，压低声音说，“你告诉我，我就放你走。”

温敬得偿所愿：“你先解开绳子我再告诉你。”

“别想耍花样！”

“这么多人，我跑也跑不掉，能耍什么花样？你给我松开绳子，我立刻告诉你方志山在做什么研究。”温敬耸耸肩，“反正你不松我是不会说的，随便你怎么打。”

信哥骑虎难下，犹豫了一阵便答应下来。就在他偷摸着解绳子的时候，门口突然传来红毛的惊叫声。

“老大，你怎么了？老大！”

黄毛的声音混在里面，大喊道：“信哥，你快来，快来啊！老大吐血了！”

信哥停下动作，想了会儿重新将绳子捆在温敬身上。温敬急了，赶紧说道：“你知道这里是什么味道吗？”

信哥看着她。

“方志山搞了很多牲畜来做研究，这些很有可能就是那些动物混杂在一起的气味。对了，你们刚刚吃的肉，很可能就是这些被研究死的牲畜。”温敬轻笑，信哥一下子就恶心了，肚子里翻江倒海。

黄毛冲过来：“信……信哥，你快来啊！老大好像不行了！”

信哥顾不上她，转头朝门口奔去。

肖老大整张脸上血管暴露，到处都是红斑，嘴巴里不停地吐血，四肢抽搐，疼痛难忍，整个人都已经扭曲了。

红毛被喷得满脸都是血，黄毛和几个小弟都缩在一旁不敢上前，肖老大怒目而视，他们就躲得更远了。

“老大……老大这是怎么了？怎么突然就这样了？”黄毛求救地询问信哥。

信哥想到温敬刚刚说的话，好像又闻到那阵强烈的腥臭气，捂着嘴冲到墙角一阵呕吐，要将五脏六腑都吐出来般。

其余几人都蒙了，就看肖老大在地上滚了几圈，嘴巴里的黑血不停朝外滋，跟着抽搐了几下后，腿就不动了，慢慢地整个人都不动了。

红毛哭丧着脸：“老……老大……老大！”

“老大是不是死了？”黄毛浑身颤抖，扑通一声跪倒在地上。

信哥缓慢转头，见肖老大无声无息地躺在那里，又是一阵剧烈地干呕。等到他反应过来，赶紧张罗其他人：“走，我们赶紧走！”

一群人慌慌张张朝外跑，红毛眼尖，一下子就看到偷跑出去的温敬，大喊道：“她在那里！”

信哥犹豫了两秒钟，先是朝厂房区看了看，又环视四周的环境，招呼众人：“快，跟我追！”

同一时间，方志山接连几脚踹在一个研究员身上，怒斥道：“怎么搞的？让你们研究个病毒，都这么久了还没研制出来！饭桶，一群饭桶！”他抬腿又要踹下去，外面突然跑进来一个人，浑身颤抖着说：“方总，那……那边货仓死人了，他们都跑了！”

方志山抓狂地大吼了声，又狠狠踹了研究员几下子才愤懑不平地离开，连忙让工厂里的人都进山里搜索。

温敬不知道自己跑了多久，也不知道自己跑到了哪里，她一直不敢回头，只能拼命往前跑。

终于，天边逐渐放亮了。

周褚阳从棉花地回来后只睡了一个多小时，一直心神不宁。到他醒来时，冯拾音也已经醒了，坐在院子里抽烟。

天只有点微亮，整个庭院里还蒙着水汽，冯拾音背对着周褚阳弯腰坐在板凳上，那么年轻的生命，那么健壮的身躯，竟也被浓雾勾勒出了苍老的轮廓，像嶙峋的枝干，像干瘪的鱼骨，像夹缝中透进的一抹细溜溜的光。

周褚阳又摸到那只U盘，摸到裤兜里的碎烟渣，眼睛酸疼了下。过了好一会儿，他才起身将裴西叫起来，三人赶着微光进鹤山。

他们将车停在小半山的路上，徒步进入深山。走了两个小时后，树林里厚重的雾气总算消散了些，阳光从树缝间投下光晕，将林子里照得清晰明亮。

他们按照方志山所说的方向，一路来到鹤山的观景台。距离约定时间还早，他们就在附近找了个地方休息。

裴西有些担心，抓住手机的掌心全是汗，他一遍又一遍地看时间，焦躁地不停转悠。

冯拾音被他转得头晕，将他扯住："你急什么？到时间他就来了。"

"不是，难道你们真的打算用我去交换温敬吗？"裴西白皙的脸颊因为长久的奔波而变得粗糙，"我不想温敬出事，但是方志山那么可怕，他真的会杀了我！"

"你不要胡思乱想，我们的目的不只是解救你和温敬，更是抓住方志山。"冯拾音难得语气平和，跟他讲道理，"你放心，我们会保护你的。"

裴西左右看看，烦躁地喘着气。过了会儿他又朝周褚阳走去："你说方志山会带多少人来啊？我们真的可以对付得了他吗？"

"嗯。"他直截了当。

裴西还是不放心，眼看离约定时间越来越近了，他整个人都处于极度惊慌的状态中。周褚阳叫了他两声没见任何回应，走过来拿走手机打给方志山。

第一次无人接通。

他又打了一次，这回在漫长的忙音后总算有人应了声。

那边吵吵嚷嚷，窸窣声随风呼啸，又忽然被捂住。方志山说："在观景台吗？"

裴西对着话筒"唔"了声。

"身边有人吗？"

裴西吓了一跳，冯拾音朝他打手势，他支支吾吾："没……没有。"

"没有就好，你小子还挺有情义的，我差点以为你要跑路呢，不过就算跑也跑不掉。"方志山冷笑两声，"在那里别动，我马上过来，山里野兽多，你可得小心点。"

"等……等一下。"裴西得到授意，强自镇定地问，"我要听听温敬的声音，我要确定她还好好的。"

电话那头竟奇怪地停顿了会儿，方志山才幽幽说道："我看你是不想活了，之前跟你说的话都忘了，是不是？行，你忘了我就再跟你重复一遍，不要耍花招，不要报警，一旦让我发现你不乖，我就会立刻让人杀了你国外的父母，还有这个一直在找你的臭女人。"

方志山轻轻地问："听清楚了吗？"

"好……好的，你别伤害我爸妈。我……我等你，我不跑……"

电话挂断后，裴西已经一身冷汗，疲软地靠在石壁上。

冯拾音安慰他："国际刑警组织已经行动了，你父母不会有事的，放心。"他在风口又站了会儿，靠近周褚阳，低声说，"我觉得出事了。"

他回头看裴西一眼，继续说："我听力很好，刚刚那通电话的背景非常混乱，有许多人奔跑的脚步声，我还听到了鸟叫和树林擦过的声音，听起来他们像是在林子里，好像在找什么人。"

周褚阳问："确定吗？"

"刚刚要求听温敬的声音，方志山拒绝了，我不确定，但是我预感她应该跑了，方志山正在找她。"冯拾音语速渐快，"我们也应该去找她。"

周褚阳沉默不语。

"你在想什么？"冯拾音有些着急，"她可能就在等你！"

他依旧沉默。

冯拾音怒了："你不去我去！"他转头就走，周褚阳追上去拦住他。

"鹤山地形复杂，你去哪里找她？"

"那也比完全不去找的好！"冯拾音挥开他的手，深深地看着他，"冷静到你这种地步，我实在难以想象温敬是怎么放心把自己的命交给你的！"

一拳头落下来，冯拾音被打趴在地上，脑袋立刻清醒了。

周褚阳站在台阶上看他："冷静了吗？"

冯拾音强撑，语气依旧不善："那现在怎么办，就这样干等？"

裴西看他们争吵起来，彻底失去了信心，他害怕地抱住头，偷偷地朝山上跑。冯拾音一眼看到，从地上爬起来冲过去。

两人扭打在一起，翻滚了几圈后，裴西被冯拾音按在地上。

他低低哭号，冯拾音彻底冷脸。

冬天的风又狠又烈，吹得人脸上疼。周褚阳将冯拾音拉起来，贴着他的胸膛说："我去找温敬，你一定要确保裴西的安全，一定要等到方志山出现，亲手将他抓起来。"

冯拾音神色松动："可是你一个人？"

"我会找到她的。"他肯定地说。

冯拾音嘴皮子动了动，心里的想法到嘴边了又强行咽回去。

观景台四周遍布石林山丘，是埋伏的好地方，只要方志山一出现，这里就会被团团包围。冯拾音完全不担心这样的情况还会让方志山跑掉，他只怕一起进山的人，最后出来时会少掉一个两个，甚至更多。

历史总是反复重演，无法扭转，难以遗忘。

第十四章

从生至死

工厂建立在鹤山最核心地带，工程队进山前派人在山里走了好多次，最后选了核心的山区，那里不仅地形复杂，而且水域环境多，便于生活。前靠山后靠水，前路虽然狭窄崎岖，但是不难走。后路沿途都是水，小道四通八达相对危险，且人迹罕至。

温敬选的是后路，她不知道工厂后面的地形，她只知道要避开直接寻找的人群，往相反的方向走更有利。

天彻底放亮后，她没再继续往山里跑，而是来到一段小溪流的下游，躲在石壁后休息。她睡得很浅，有任何声响都会惊醒，就这样战战兢兢地休息了四十分钟，她听见了复杂的脚步声。

是几个工厂的人沿途搜寻了过来，他们身上的生化服还没来得及脱下，就在不远处停下来。

其中一人抱怨："每天在实验室累死累活，现在还要出来找个人。"

"嘘，你小声点，不怕被方总听见啊？"

另外一个人附和："就是，当初我们进山的时候，也没想到是这样的情况，现在我们已经没得选了。如果让她跑出去，再带人进山搜查，我们就都死定了！"

"就是就是，别说了，快找人吧。"

几个人又继续往前，温敬这才松了口气，整个人都贴在石壁上。她无力地睁着眼，忽然看见石壁上出现了一团阴影。

那阴影逐渐向她靠近，轮廓慢慢清晰，隐约露出人形。

她尽量平稳地呼吸，手在胸前移动，伸到内衣里面掏出匕首，紧紧握在手中。就在那阴影已经足够明显，朝她扑过来的时候，她猛地转身，将匕首朝阴影刺去。

这一刀正对红毛的大腿。

她赶紧躲闪，将刀抽出来，月牙刀口只在红毛的腿上割开了一个很浅的口子，过了会儿才有血冒出来。

红毛踉跄了一步，摔在石壁上。

不远处黄毛和信哥几人也跑了过来，黄毛的声音带着不可置信：“信哥，你看，红毛在那里，那个女人杀了他！”

温敬下意识地大喊：“我没有！”

她离得近，可以清晰地看见红毛的脸上出现了和肖老大一样的症状，其实比这个症状稍微轻一点的情况，她之前在医院也见过，当时病人家属不服医生的诊断，闹得很凶，她记得很清楚。

她指着不停哆嗦的红毛说：“你们看，他和肖老大的情况一模一样，就是受了感染。你们昨天晚上吃的那些肉都是实验后扔掉的，换句话说，你们都有可能已经被传染了，只是程度轻重不一，身体素质也不一样，所以有的还没发病。”

黄毛不信：“你疯了吧？你知道你在说什么吗？什么感染、传染的？”

温敬往后退了一步，双手握住刀口，颤抖地对向黄毛：“你不要过来，刀口有红毛的血，就算你现在还没有被传染，但是碰到刀口就一定会的！”

几个人面面相觑，都没敢再上前一步，很快红毛就失去了挣扎，逐渐闭上眼睛。

黄毛痛苦地抓住头发，其余几人都各自躲避到相对安全的地方。

温敬继续说：“我查过很多这方面的资料，方志山在研究病毒，这种病毒可能和‘非典’差不多，传染率高，传播速度快。但是很明显他还没有研究成功，所以肖老大和红毛都是死于恶性的实验成果，也就是说这个病毒还没有真正开始传播，是因为你们吃的肉含有毒素，所以才会引发死亡。”见几人神色逐渐慌张，失去方寸，她又说，“你们应该快点去医院，让医生洗胃，做检查，说不定还能逃过一劫。”

几人都被说动，又亲眼见证了肖老大和红毛的死，内心非常恐惧，温敬的这一番话已经彻底让他们失去了斗争欲。

可就在这时，信哥发话了。

“别听她胡说，老大和红毛是因为吃了带血的肉，我们都烫熟了才吃的，能有什么问题？”

黄毛也是将信将疑，有些摇摆不定，见信哥开口赶紧说道：“是啊，谁知道你说得真的假的，说不定是糊弄我们的？”

“你们也太无知了，非典传播的时候有没有因为你们吃的是熟肉而不得病啊？唾液和血液是最重要的两大传播途径，你们吃的是一锅汤，还用我多说什么吗？”

黄毛一听慌了，瞅了眼信哥，鼓起勇气说：“要不咱信她一回？方志山能给咱们多少钱啊，能比命还重要吗？”

信哥脸色一沉，直接一脚踹在他肚子上。

“这个女人必须跟我们一起走，就算去医院检查，也要带她一起。”

“可是她手上有刀啊，那上面有红毛的血啊！”另外一个人大声反驳，巨大的恐惧支配下，他失去了理智，转头就跑，完全不顾信哥的命令。

他这一跑，剩下的几人也都跑了，只剩下黄毛和信哥两个人。黄毛性子软，好欺，被信哥狠狠瞪了眼，连说句话的胆子都没了。

温敬又退了两步，几乎站到了河边上。信哥看她再有一步就要掉进水里，赶紧阻止她。

“温小姐，我是警察。”

“警察？”黄毛急了，“难怪老大之前就怀疑我们里面有内鬼，原来真的是条子混进来了！是不是你？你说，是不是你害死了老大和红毛！”

黄毛挣扎着从地上爬起来，刚冲过去就被信哥扼住喉咙，轻而易举从地面提了起来。黄毛不停地拍打着他的手，却毫无作用。

温敬又往后退了步，一脚踩进水里：“你放开他！”

信哥手指一松，黄毛再次摔在地上。

“温小姐，相信我是警察了吗？”

“除此以外还有其他证明办法吗？”温敬说，“你的警官证呢？”

信哥摊摊手，无奈地笑：“我带着那玩意的话，恐怕早就被查到了。”他往后退了几步，以示诚意，“我是上峰派来潜伏在这个民间打手组织的卧底，他们在全国范围内有十四个据点，这两年间都已经被一一瓦解了。你不信的话，可以问问他。”

黄毛没吭声，愤恨不平地盯着信哥。

“那你之前在货仓的时候为什么打我？”

信哥满怀歉意地看着她：“我知道肖老大怀疑身边有内鬼，几次三番试探我，所以我必须要做出一些行为得到他的信任。”

“可是……”温敬总觉得有哪里不对劲。

“温小姐，那天追你的男人是警察，对吧？”信哥打断她所有的疑虑，“他的名字是周褚阳。”

“你怎么知道？”

信哥友好地朝她招招手：“请相信我，我和他是朋友。温小姐，别再往后退了，水流很急。”

温敬点点头，又从水里走出来。

旁边的黄毛趁机一把扑过去，夺走她手里的匕首扔在一边，温敬被甩在地上，信哥随即冲过来将她按住。

“你骗我！”温敬大怒。

黄毛甩了她一巴掌，恶狠狠地说：“信哥怎么可能是条子呢？你以为我会相信吗？刚刚只是我和他一起演的一场戏而已。”

温敬被制住，又被黄毛甩了几巴掌，白皙的脸颊上出现好几道深深的掌痕。

信哥瞥了她一眼：“够了，别打伤了，还要用她跟方志山换钱。”

“听你的，信哥。”黄毛一把揪住她的领口，忽然想起什么，又有点犹豫，“那……那我们先去医院？”

信哥沉吟了一会儿，点头答应了，于是他们将温敬拽着，重新往厂房的方向走去。

下午天气骤然恶劣，没走一会儿就下起大雪，雪花里还夹着冰雹，一大颗一大颗地砸下来。黄毛冷得直哆嗦，强撑着走了会儿就体力不支了。很快，先前来找过温敬的几个厂房工人也原路折返，恰好在他们休息的时候和他们迎头碰上。

信哥不耐烦地和他们交涉，说是先一步追到温敬，正要把她带回去呢。那几个人便提议一块走，毕竟天色暗沉下来，这场暴风雪只会越来越大。

要是这样在外面过一夜，肯定就没命了。

信哥表面答应，却在暗中下手，适逢风雪迷眼，行路艰难，大伙都放松了戒备，就这样被他从后头撂倒。

无声无息，下手之快，出手之狠。

等到这些人都被解决，黄毛却不行了，他的脸上也出现了红色斑点，手脚微微抽搐，走路晃来晃去，没两分钟就倒在地上。

黄毛看着信哥，虚弱地哀求他：“信哥，救救我，救救我……”

信哥毫不留情地将他一脚踹开，强行将温敬放在地上拖着走。

暴风雪越来越大，温敬越来越冷，也越来越没有力气。她的背不停地在地上摩擦，被磨破了皮，血肉连在一起，连疼的感觉都没有了，只剩下麻木。

意识越来越模糊，就在她的视线里出现天地合一、迷雾蒙蒙的场景时，一道黑色的身影破开灰蒙的天挤了进来。

仿佛昨日重现，她又看见那双黑不见底的眼睛，细纹被拉长，折射出眼睛里的笑，裂开了一条缝，里面杂草丛生，微光照亮羊肠小道。

天边骤然微亮。

他来了。

温敬安心地闭上眼睛，很快一道影子压下来，一直掣肘她的那股力量消失不见，她被扔在厚实的土地上，平稳地接受了那份真切的痛感。

她尝试了好一会儿才睁开眼睛，朦胧暗沉的天色里两个身影纠缠在一起，势均力敌。

她摇摇晃晃地从地上爬起来，一股重力却从后面撞向她的肩膀，等她反应过来时，那股重力已经扑向了扭打在一起的两人。

昏黄黑沉的土地很快染上一片殷红。

黄毛呵呵笑着翻过身来，缓慢地倒在地上，报复后的快感从他眼睛里逐渐升腾，他心满意足了。

温敬怔愣地看着那把垂直竖立的刀，那把在河边被黄毛扔掉却又被他偷偷捡起的刀，上面的复古图案明艳清晰，烧得她眼睛血红。

信哥反应过来，看清那把刀插进了周褚阳的腹中，他一下子爬起来，连踹了黄毛几脚，啐痰大骂："都要死了还要拉上我，呵……呵，蠢货，还不是帮了我。"

他说完朝温敬奔过来，他的手上身上全是血，也不知道是黄毛嘴里的血，还是周褚阳身上的血，总之温敬在他那一步步的逼近中，仿佛被无形的手扣住了喉咙，无法呼吸。

只有两步了，她剧烈地喘息。后面一个身影扑过来，再次将信哥压倒。

天际亮了一瞬。

枪声在不远处响起，信哥反应过来，拼命推开压在身上的重量，跌跌撞撞朝林子里跑……

温敬的脑袋里嗡嗡地响，无数个声音响在耳畔，她徘徊着，迷失在这片迷雾森林里。天光暗沉，似一场黎明前的海潮，伸手不见五指，而海浪潮声却细细密密地扎进耳郭里，穿透身体上所有的毛孔。

忽然，她听见一个沉哑含沙的声音，跟她说："Move on，I will follow the road from birth to death."

朝前走，我会从生至死一路追随。

我渴望倒下即安息。

等到明年，再叫上阿庆和徐工队，让他们围着你吵。

好，我陪你喝。

……

温敬抱着怀里的人，手紧紧按在他的伤口上，伏在他胸前低声叫他的名字。她不知道她叫了多少遍，怀里的人才有了一丝温度。

“下雪了……”他轻声说。

她点点头：“是，下雪了。”

他安静地躺着，腹部的刀还笔直地立着。刀柄上的图案是一只老虎在朝看中的猎物伸出虎爪。爪牙尖利，轻易便能取猎物性命。

不同的图案，预示着不同的刀口，插入他身体里面的那部分，便是虎爪的样子。

温敬脱下衣服，放在伤口附近。她握住刀柄，低头亲吻他的唇，在他的耳边温柔念起英文诗歌 *Fog*：

> The fog comes 雾来了
> on little cat feet 迈着小猫的脚步
> It sits looking 它静静地蹲坐着
> over harbor and city 看着港口
> on silent haunches 看着城市
> and then moves on 然后再走开去

刀口割在血肉，在身体里张牙舞爪。温敬狠狠将它拔出，又随即用衣服将他的伤口包扎起来。她在他挺身弹起，痛呼失声的时候再次吻住他。

她深深埋首，黑暗之中他看清了她的全部。

周褚阳终于缓过劲来，托着她的下巴加深了那个吻。她脸上全都是血，她的手抚摸在他的胸膛，点起一片火。她后背伤口凌乱，全是树叶、泥土和各种在地上拖拽的痕迹，她冷得不停地哆嗦，痛得几乎麻木，但是这一切都在这个火热的深吻中冲向了最高点。

她说：“我知道了。”

他问：“知道什么？”

“那三个字母的意思。”

DHC——那天在电话里他给她的几个字母，组合起来是日本一款唇膏的缩写，而她知道在他的扩展全称里，不会是 Daigaku Honyaku Center，而是 Duty，

Honor，Country。

周褚阳笑了，酣畅淋漓，爽笑于怀。

扶得正帽檐，扛得住冤屈。

守得了国家，却逃不过一个女人。

方志山被捕，与他相关的一系列事件和涉案人员都被传讯接受调查。鹤山工厂被查封，山地水源都将一一检测，实验后丢弃的牲畜被判定为含毒物质，全部当场销毁。信哥以叛变国家罪名被全国通缉，至今杳无踪迹。

黄毛救助及时，捡回了一条命。也因为他平时吃素多，所以那天晚上并没有吃几口火锅里的肉。再加上那些肉有毒素成分，却没有形成病毒，所以不经血液和唾液传播。

可到底是被毒素侵害过，身上留下了一些永远无法治愈的后遗症。他将带着这一切无法磨灭的痕迹，进入牢狱服刑。从医院被带走那天，他和周褚阳见了一面。

“对不起，我本来想杀的人是信哥。”黄毛郑重道歉。

周褚阳刚捡回一条命，整个人苍白消瘦。他看着站在床边的年轻人，努嘴微笑：“那真庆幸你这刀插歪了，杀人并不是化解仇恨的办法。”

黄毛红着眼睛重重地点头：“能活下来已经很不容易了。只有活着，才有预见未来和希望的可能。你说对吗？”

他没说话，但黄毛已经懂了。

温敬睡了很久，醒来已经是几天后了。她始终都很难忘那天，周褚阳穿着浅蓝色的条纹病号服坐在她床前，阳光将他的轮廓照得宁静而温柔。他忽然抬头，与她四目相交，眼角的细纹又笑了……

这一生再也不会出现第二个人，可以让她这样渴望他眼角细长的纹。

“伤口还痛不痛？”她定定地看着他腹部那个位置，“我没有想到有一天会因为我，让你的身上多出一道疤。”

因为五爪的刀口，距离肝脏只有很短很短的距离，差点要了他的命。

他沉默地看着他，目光安静。他一向都不会说话，可他每个眼神的温柔她都能感受到。

温敬抿嘴：“我希望就这一道，以后都没有了。”

“嗯，就一道。”他抚摩她的长发、她的脸颊，他用手指按住她的唇轻柔搓动，他喜欢那里是红艳饱满的样子。

温敬又问："这事结束了吗？"

周褚阳点点头，轻轻地笑起来："可以带你去晒太阳了。"

他们互相搀扶着到医院的花园走了一圈，两人走得很慢，但每一步都很踏实。他们重重地踩了下去，将身体所有的力量都用来扶持对方，给予彼此最强烈的真实感。温敬打趣说："像不像两个花甲老人？你扶着我，我挽着你，一直走下去……"

周褚阳安静地看着她，他看了很久，最后慌忙地收回了目光。温敬的眼底闪过一丝失望，他并未察觉，拉着她坐到长椅上。

他们又坐了很久。

直到冯拾音过来找他们，周褚阳才紧紧握住她的手，坚定地说道："会有这一天的。"

萧紫知道温敬受伤也赶了过来，只是温敬没有想到，和萧紫一起来的，还有顾泾川。萧紫识趣，把她骂了一顿之后就闪了，留下她和顾泾川在病房里。

他从国外回来，脸色好了一些，但依旧消瘦，手腕骨节分明，能清楚地看见骨头的轮廓。

温敬实在有些担心："为什么回来了？你的病好了吗？"

"学校里的课还没结束。"他倒了杯水，原本想要递给她，不知怎么最后放在了床头。

"之前吃坏肚子，然后车祸，现在又无故受伤，你今年已经进过三次医院了，不要再有第四次。"

温敬哭笑不得："你可别说什么灵什么啊，我也不想再来一次，真的很痛的。"

"如果痛，就离开这里吧。"他的口吻有些苦涩，神色忽然变得凝重，他一瞬不瞬地看着她，叫人发虚。

温敬连忙低下头："嗯，肯定要离开的，等医生说可以出院了我就回 B 市。"

"我说的不是这个意思……温敬，我是不是太慢热了？明明之前还有很多次机会，现在却……"

他无力地微笑："我总是在等更适合的时机，总是担心自己会怠慢你，这一路过来，萧紫跟我说了很多，我才明白我考虑的怠慢都是多余的。"

温敬赶紧摇头："泾川，你不要这么想。"她看向一旁的水杯，"每个人都有自己的色彩，你是安静的、温和的、不急不缓的，这样就很好，没有必要迁就任何人。"

“那你没有迁就他吗？”

“我……”温敬语塞，好半天才低声笑起来，“如果都是自愿的，就不算迁就。”

顾泾川被那抹笑刺痛：“我何尝不是自愿的？”

只是他们之间更多的是你情我愿吧……

“这几年我丢了太多时间，但我一直以为我还没丢掉你。”

顾泾川的余光注视到桌边这杯水，他忽然明白有些人的命运的确在寻找参照物的那一刻起，就与参照物比肩而行了。这杯白开水终究没有递到她的掌心，等到要递过去的时候已经凉了。

他的情绪有点失控，但很快又恢复平静。顾泾川痛苦地捂着脸，原本有点血色的脸顷刻间变得煞白，他悄悄地掐了自己一下，努力挤出笑容：“温敬，照顾好自己，别再进医院了。”

他拉住被角往上拽，坐着力气不够，他便扶着床边站起来，双腿顶着床板使力，努力将被子拉上来盖住她。他手腕的青筋暴起，身体晃了晃，被子陡然从指间滑过，他一下子摔坐在椅子上，双腿发麻，不自觉地连连颤抖。

顾泾川按住大腿，冲她笑了笑：“我走了。”

他几乎落荒而逃，出门时还撞上了门框，温敬急得喊他的名字，掀开被子冲下床，后背的伤口却忽然撕裂，痛得她摔趴在地上。

顾泾川冲到护士站，浑身无力地靠在导诊台上，问值班护士要了一杯水，急忙兑着随身的药吃了。值班护士看他长相英俊，脸色却煞白如纸，赶紧将他扶到里面坐，给他量了下血压。

“你的情况有点不好，要不要去医生那儿检查下？”

顾泾川摇摇头，客气地询问：“能再给我一杯水吗？”

“好，好的。”护士套了两只纸杯递过来，满眼关心，“你还好吗？确定不用去看医生吗？”

“没事。”他微笑道谢，温和中又含疏离，“可以让我在这里休息一会儿吗？”

护士赶紧点头，为他关上门。

半个小时后，几个小护士躲在门外偷看，小声地交头接耳。

“他长得好帅，简直极品哎！”

“可是他看起来得了很严重的病，你看他喝水，从来没见过一个人喝水能这么痛苦的。”

“是啊，看起来好憔悴，哎哎……他，他好像要过来了。”

几个小护士赶紧躲起来，装模作样地各忙各事，可等了会儿却不见有人出来，于是又好奇地过去察看。

“天哪！快来，他晕倒了……快快，赶紧叫医生过来！”

温敬在萧紫的搀扶下走到这边，看到整个场面异常混乱，人员跑来跑去，护士不停地喊着：“不要围在这里，都让让。”

她赶紧和萧紫退到一边，给医生们让开道。

床上的人被戴上了氧气罩，用厚厚的被子盖着全身，被人群簇拥着从温敬身边快速穿过。她站得远，只瞥见头发一角，头却刺痛了下，眉头紧紧皱起。

“怎么了？”

“没事。”她托住刺痛的部位，用掌心揉了揉，明明已经没有痛感，却总觉得哪里闷堵着，她平复了一会儿才说，“泾川的电话还是打不通吗？”

“嗯，一直没人接。”

两人从护士站前走过，休息室里掉在地上的手机持续不断地亮了一会儿，最终还是暗了。

其实病床上的顾泾川还未完全昏迷，他仍旧有意识，甚至在看见温敬的那一刻惊喜地抬起手，可护士将他的手重新放回了被子里。

全身力气都用完了。

这就是他和她的命运吗?

在漫长的等待中逆流而上，终究被激流覆灭。他后来回忆起这一刻，唯有彻彻底底地认命。

温敬又在医院住了半个月，其间收到顾泾川一切安好的信息，这才稍微放心。临出院前几天，裴西来看她。他整个人都不如往日神采奕奕了，看见她也不热络和自来熟了，坐在床边半米远的位置，一直满怀愧疚地看着她。

温敬坦然：“如果真这么愧悔，那不如签张卖身契给我？”

他秀气的脸庞上浮起一丝苦笑：“签多久才还得起？”

“到你不能走路的那一天，这剩下的大半辈子估计都要给东澄打工了。”她轻笑，“会不会觉得吃亏？”

他没说话，手肘撑着膝盖，眼孔清明地看着她：“温敬，为什么救我？你不喜欢我，我们也没有真正合作过几回，真要算起来，连朋友都称不上。为什么要拼了命救我？”

“我不是圣人，我也不是救你。”温敬低声说，“我只是在救我自己。”

她说这话时声音很低，低到情绪被染上莫名的悲戚，让裴西一瞬捏紧了拳头，眼神中闪过凶光，但只有电光石火的一瞬。

他很快站起身来，迟疑了片刻走近她，微微俯身，露出笑容：“你真的让我有点动心了。”

温敬愣住，他的手很快挑起她的一缕头发，放在鼻尖轻轻嗅了嗅。

“你很香，也很聪明，比我想象的要好。”他说完这一句又露出熟稔的神色，“小敬敬，快点好起来吧，我们 B 市见。”

他转过身，看见周褚阳站在门口。

两个男人擦肩而过。

温敬这才回过神来，追着裴西的背影若有所思地嘀咕了句：“怎么好像变了个人似的，创伤后遗症？”

周褚阳没听见，把保温壶打开来，拿着勺子递到她面前。温敬吃了口，抬头看他：“不是医院的味道？”

“嗯，在外面买的。”他把凳子拉到她旁边来，“你这几天吃得都很少，给你换换口味。”

温敬捧着保温壶没动：“你吃了吗？”

他随便点点头，温敬说：“你过来。”

“我不吃。”

“谁要喂你吃。”温敬眉开眼笑，“让我亲亲你吧。”

周褚阳果然靠过来，含住她的唇轻轻舔了下，有点甜，有点香。他好像不满足，又舔了会儿，看她呼吸又慢慢急促起来，赶紧松手。

“我不跟你一起回去了。”

温敬知道他还要处理鹤山工厂的事，点点头：“不要让我等太久。”

他唇边含笑。

第十五章

一生安康

又过两天，温敬回到 B 市，谁知道刚下飞机就被温时琛接回家关了禁闭。安和电子被查封，方志山入狱的事闹得沸沸扬扬，温时琛稍微打探一下就知道这事和温敬脱不了关系，一场旅行最后弄得伤痕累累，温时琛发了火，老爷子也帮腔，温敬不得不留在公馆养伤。

有徐姨和老爷子双管齐下，她连在院子里走几圈都有警卫员跟着，更别提偷偷出门了。温敬在电话里跟萧紫抱怨："求求你别那么能干了，留点工作让我来吧，我也好有借口离开家嘛。"

萧紫偷笑："这事我真帮不了你，上头已经明令下达，有任何对付不了的事都送到总部，温总会亲自处理。"

"我哥真是铁了心要管这件事了。你没吹什么枕边风吧？"

"你真是疯了，都怀疑到我头上了？"萧紫大笑，"难怪人家都说恋爱中的女人智商为负，如果我把你的事都告诉你哥，你确定现在只是被关禁闭？"

温敬理亏，没有狡辩。

"无聊了是吧？找骂。"萧紫又说，"忘记告诉你，泾川昨天联系我，他也回 B 市了。听说你哥还让他去公馆给爷爷看病。爷爷最近腿疾又犯了吗？那你在家里没事就陪爷爷多锻炼锻炼。"

温敬一听到重点就打趣："还没进我家门就开始讨好爷爷了？你最先要讨好的不是我这个小姑子吗？"

"得，我不跟你唠嗑了，这里还有一堆事呢。"萧紫瞥见门口站着的人，赶紧掐了电话。温时琛来接她吃饭，说起顾泾川这事，他也倍感头疼。

"其实一开始，泾川就喜欢温敬，所以才几次让我接头，组织你们一起吃饭。"

"啊？怎么会？泾川是怎么认识温敬的？"萧紫惊讶道，"温敬从来没有跟我提过她之前就认识泾川。”

温时琛说：“这事我也不太清楚。”

“你就不好奇？”

“男人之间还是留点距离比较好，否则依照他俩现在的关系，我都不知该怎么和泾川相处。”

萧紫赞同地点点头：“也对。”

“那个男人怎么样？”温时琛忽然问，萧紫没反应过来，他只得重复，“温敬喜欢的那个男人怎么样？”

“你不是见过吗？”萧紫有所保留地说，“温敬跟我提到的也很少，但是我觉得他不差。”

“哪里不差？”温时琛转头看她。

萧紫被这严肃的男人唬得缩了缩头，猫在座位里小声说了句大实话：“哪里都不差。”

于是这场谈话的最终结果，变成萧紫被没有兴致吃饭的温总带回了家。

事后温时琛还纠缠这个问题，萧紫知道他是担心自己的妹妹，对任何不熟悉的男人都会充满防备。她想了想，客观地评价：“长得挺帅，不怎么爱笑。”

至于内在，神秘而强大，这是她唯一能感受到的。

这次去A市接温敬，她又一次问温敬的想法，温敬给出的回答还是一如既往——我不会选错。

温敬在家里陪老爷子运动，老爷子说起年轻时的辉煌历史，骄傲得不行。野外拉练两天两夜都不吱声，负重训练更是必修课程，一群男人挥汗如雨，越干越起劲。

她好奇：“不会觉得累吗？”

“又不是铁打的身体，怎么会不累？”老爷子嘟哝，“那时候啊，躺下来简直是件奢侈的事，可谁又能真正安心入睡？战时几个月没有合过眼。”

温敬拍拍老爷子的背，有些心疼：“怎么撑得下去呢？”

“哎，多想想死去的战友，想想战后可以好好睡一觉就撑下来了。”

“没想过家人吗？”

老爷子双眼一瞪：“怎么没想？不敢认真想，不敢太想，不敢放在最近的地方想。每次有什么最渴望的，都会是最先失去的。大伙都经历怕了，真正的思念从来不敢轻易说出口。”老爷子还记得清清楚楚，当时自己的父亲从敌后战场归来时，一双眼睛红得冒火，都没敢掉一滴眼泪，生怕团圆的景象是个梦幻泡影，一掉眼泪就没了。

他刚开始不能理解，直到经历分离和死里逃生后，被准假回家，看到院子里的孩子陌生又熟悉时，那种炽热而强烈的思念和牵挂，真的不停充斥着眼球，哪怕随时喷薄而出，也坚决咬牙忍住。

“没想那么多，总是盼望着还有下一次，要哭也留到下一次再哭。不然你说一个大男人，每次回家都红眼像什么样！”老爷子放下杠铃，拿起毛巾捂住脸揉了揉。

温敬下楼倒了杯水，回来时老爷子已经在沙发上休息了，她看老人的一双眼睛有点肿胀，聪明地选择了沉默。

老爷子再一次归家后，大概真的在夜深人静的时候流过泪，那一次奶奶提出了离婚。所以军嫂不易，军人也不易，两者都没错。

如今老爷子年纪大了，身体一天不如一天，平时她和温时琛有空还能回来看看，温崇言的事情太多，一年到头没个休息，导致他跟上下两代的关系都不够亲厚。有时候温敬在电视上看见他，会发现他好像老了，瘦了，问候却很难说出口。偶尔在经济大会上碰头，她也很少会主动上去搭话，而通常他发完言等不了多久，就会匆匆离去，她也没有搭话的机会。

这么胡乱想着，温敬睡了个午觉，仿佛魔怔般，被许多场景纠缠不清。她先梦到奶奶，又梦到老爷子，转而画面一闪，梦到混乱的激战场面，周褚阳满脸是血地从炮火声中走出来……她刚刚得到一丝宽慰，便又梦见早逝的母亲，说太愧对她，才让她一个女孩子这么小，就学得这么坚强，责怪她父亲。她想说没关系，梦中又出现父亲的声音，那么近，又那么遥远，她明明听得一清二楚，可不管她怎么喊，父亲就是不理会她……

一场梦，差不多将前半生都过完了。

徐姨被她的尖叫声引过来，喊了好一会儿才将她喊醒，担心地抱了抱她：“正好下午泾川过来了，明天让他陪你一起去香山寺走走？”

温敬心里思绪烦扰，点点头答应了。

又坐了会儿，她下楼吃饭，见徐姨和老爷子在客厅里边看电视边聊天，原本还觉得奇怪，就看见顾泾川端着一大碗汤从厨房里走出来，远远地就闻见鱼汤的香味。温敬快跑两步，从楼梯上跳了下去，跟着他走进厨房里。

“难得过来一趟，怎么还让你下厨？”她上下打量他，“身体好点了吗？那次在医院跑那么快，我都没找着你。”

顾泾川回头看她一眼，微笑道：“刚刚给爷爷做了套针灸按摩，徐姨要照顾他，我就进来了。”他熟练地切着土豆丝，又说，“别把我当成客人，我就好多了。”

“怎么会？爷爷可喜欢你了。”她讨巧地转移话题，视线在厨房里乱打转，发现准备的好像都是她喜欢吃的。

顾泾川赶她：“先去叫爷爷和徐姨来喝汤吧，鱼汤冷了就不好喝了。”

“不要，要等你一起吃。”她又捏捏他的手臂，不确定地问，“好像胖了点？”

他“唔”了声，将土豆丝泡进水里，旋即又将腌制好的牛肉倒进锅里，将她往外推：“都是油烟，你又帮不上忙，去外面等吧。”他拉上厨房移门，声音传出来，“再等差不多十分钟就好了。”

老爷子看到顾泾川就高兴，完全把上回喝醉酒时温敬跟他说的话都忘了，席间不停暗示两人交往，就差把话说明了。温敬只觉头疼，好在顾泾川机智，每每关键时刻都会用自己的方式化解。一顿饭下来，温敬半条命差点折腾没了，逃也似的跑进厨房洗碗。

过了一会儿，顾泾川也进来了。

温敬偷偷看了眼外面端坐着的老爷子，就知道都是他的安排。

顾泾川要帮忙，她赶紧制止他：“我来吧，整天在家里也没事做，都闲得快发霉了，找点事做做也挺好，时间一下子就过去了。再说你都已经做了那么好吃的一桌菜，怎么还能让你洗碗呢？”

他低头轻笑，她又问：“什么时候回研究所啊？”

“也就这几天，这次休息了很久，估计进去也要忙一阵子了。”他故作轻松地说，“到时候就喝不上徐姨煲的汤了。”

温敬见他释怀，心情也愉快。

“那你不管多辛苦，都要记得吃饭，别刚刚有点见好的身体，进去又变差了。”她朝他挤挤眉毛，“听见了吗？”

顾泾川靠在大理石台上，他朝一直背对着他的那道身影缓缓伸手，不是很远的距离，却显得遥不可及。见她过来放碗，他吓得赶紧放下手，自嘲而虚伪地应了声：“好。”

香山寺在城市另一头，得到老爷子的特赦，温敬和顾泾川一大清早就出门了。当时天还灰蒙蒙的，车窗上全是水汽，她出门时被扑面而来的一阵寒气逼得往后退了一大步，又赶紧回屋拿了件披风，这才上路。

顾泾川开车，温敬被关久了，出来一趟竟然有点兴奋，还特地给萧紫发了条短信，半天没得到回复，猜测她估计还在睡。温敬有点羡慕，又有点无聊，点进微信看了看，又退出来，去翻给萧紫发的短信，默念着一串号码。

早上八点到香山寺脚下，恰好寺院开门。冬日里山间湿气重，走了十来分钟脚尖便潮湿一片，他们沿着古寺的院墙一路朝里面走，半天才有可能碰见一两位香客。

许是太早，又许是太冷，一向香火鼎盛的香山寺今日看起来有些荒凉。整座寺院宁静绝美，偶有山间雀鸟声惊起，万籁中足见天音，心明几净。

他们一路交流很少，到了正殿门口已经没有声音了，各自将在山门口买的香点上，插进门口的铜炉中，随后进入正殿跪拜。

大雄宝殿里正好摆着两方跪台，温敬和顾泾川一左一右伏下身。诸神在天顶观望，世间善男信女总有太多绕不开的情结。礼拜之后，他们离开正殿，来到姻缘树旁。

卖许愿带的小沙弥拎着竹篮过来："两位施主好早，要不要买姻缘带？"

温敬和顾泾川对视一眼，无可无不可地买了两条，各自写上心愿挂在树上。温敬踮着脚，将姻缘带系在一根高高的枝杈上，看红色丝带随风飘动，很快就和数不清的姻缘带混在了一起。红尘纷扰，大概永远都纠缠不清吧？

从寺院后山往下，有一处以斋饭闻名遐迩的草庐，九百九十九级台阶通往两处，分别是素斋区和观景区。温敬和顾泾川都选择素斋区。两人起得早，肚子早就咕咕叫了，这长长的台阶走起来未免让人心烦意乱。碰巧台面又滑，温敬好几次差点跌倒，都被顾泾川扶住了。

他忍不住笑："心急吃不了热豆腐，还是慢点吧。"

她果然走得小心了些。

顾泾川看着她这般，忽然想起初次见她的场景。四年前时报广场恐怖袭击发生时，他刚从百老汇剧院出来，看见她被拉上路演舞台，和一群浓妆艳抹的女孩一起热舞。她显得很局促，那张素颜的脸在人群里异常突出，她的每一个举动都被放大。他看见她小心地踩着光影，配合那些女孩的动作，尽管有些滑稽，但她还是完成了一场非常火辣的表演。

他很少关注这类路演，也可能是被刚刚剧院里那场让人昏昏欲睡的演出搅得有点乱，竟然看完了那些女孩的整场表演。他的目光一直紧紧追随着她的身影，他承认他被那些火辣性感的动作弄得不知所措，甚至丢了魂。

直到他后来回国，在温时琛的办公室看见他们兄妹的合影，那些隐藏在心底的怦然而动，忽然炸裂，一发不可收拾。

温敬走了好远，见他没跟上来，轻声询问："泾川，怎么了？"

顾泾川回过神来摇摇头，追上她。

他心里有很强烈的冲动，令他濒临理智坍塌的边缘，好在这看不到头的台阶很快到了尽头，他抹了把头发上的水汽，心也跟着冷静了。

有生之年，他将再难见到那场令他魂牵梦萦的路演。

两人坐下，因为时间还早，草庐还没有客人，他们点的斋饭很快就上了。温敬难得喝了两碗小米粥，直夸店家手艺好，小米粥黏稠软糯，齿颊留香。顾泾川看她高兴，也不自觉地多吃了点。

两人吃饱喝足，在草庐闲逛。温敬拿着手机看了一眼，萧紫还没回她短信，她又不得不收起来。见顾泾川看她，她赶紧解释："萧紫最近一直消极怠工，你看都九点多了她还没回我短信，肯定是在睡觉。我看她呀，现在就已经过上准温太太的日子了。"

顾泾川忍不住笑："她和你哥也算苦尽甘来。"

"是啊，我哥从小到大的择偶目标都是知性大方的女人，谁承想会在萧紫这条小沟里翻船呢。"

顾泾川忽而低头："温敬。"

"啊？"

"你去吧。"他微笑，"去找他吧。"

温敬有种被人看穿的尴尬，支支吾吾："泾川，我……我就是太久没回公司了，有点担心，所以才……"话说到一半，她懊悔地摊手，"被你知道了，我是在等他的电话。"

从 A 市回来后，她就一直在等周褚阳的电话，可惜手机一直很安静。

顾泾川坦然："没关系，你去吧，我会跟爷爷解释的。"

"泾川……"

"千万别说感动的话。"顾泾川朝她挥挥手，"快去吧，你再这样看着我，我怕自己就舍不得了。"

温敬眼睛一酸，她垂下头，转身离开。

顾泾川不知在这里站了多久，直到全身都凉透，他才原路折返。他没有直接从草庐离开，而是一个人重新走完了那九百九十九层的台阶，回到姻缘树下。

小沙弥见他去而复返，面上是看尽世态炎凉的淡定神色，朝远处走了几步，给他足够的空间。

之前在许愿时，温敬站在石台的另一边，他没有看清她写的什么。他们挂姻缘带的地方也一左一右，分开在月老树的两边。

他找了一会儿才找到温敬的姻缘带。

鲜红的字拓印在飘金砂的红丝面，简简单单的一句话：希望泾川一生安康，远离病痛。

顾泾川忽然情思百转，失声急咳，咳了很久才平复过来。

他解下自己的姻缘带，绑在她旁边那根枝杈上。微风吹过，两条带子绕在一起，卷了又卷，不复分离，以后许是又要缠在双生树上。

小沙弥双手合十朝他行礼："施主可得到自己想要的答案？"

"小师父，你认为失即是得，得即是失该怎么理解？"

"失去的是未得到的，得到的是未失去的。你可懂了？"

顾泾川恍惚失笑，低声说："成为亲人或许比恋人更好，对吗？"

小沙弥愣住，还未回答，就见他已经告辞离开。

风中火烛香气弥漫，远处交缠在一起的飘带上字迹深深。在"一生安康，远离病痛"的旁边是——祝愿温敬一生安康，幸福快乐。

温敬第一次打电话给冯拾音，后者倒没觉得多惊讶，一张嘴就道："我跟他不在一块，A 市剩下的事还没处理完，他就撂挑子都丢给我了。"

"那他去哪儿了？"温敬问。

"你都不跟我寒暄一下？是我把你们两个送去医院的啊，这么多天也没听你跟我说声谢谢？"

温敬撇撇嘴，轻笑："明明是你先跟我开门见山的。"

"行吧行吧，怪我嘴贱。"冯拾音话音一转，嘚瑟道，"他伤口发炎了，去医院换药了。"

"严重吗？"

"不太清楚。"他又是一副牛气冲天欠揍的口吻，温敬没吭声，直接把电话挂了。

她打车去公司，前后不到十分钟，冯拾音的短信就过来了。

冯拾音：你这女人脾气真是大，他怎么会看上你？

温敬没理会，五分钟后又是一条短信过来：他没什么事，已经买了后天回来的车票。

她这才慢悠悠地回复了一个笑脸过去。

冯拾音发来一个大哭的表情：没有人关心我从哪里来，即将往哪里去。

温敬：这种时候就能体现出一个男人活在世上的价值了。

冯拾音：$#+&€%*&@！卍卍卍……

温敬很快到公司，她进去看了下，见萧紫还没来上班，手机短信也不回复，有些担心，于是又回西苑公寓。不过她怎么也没想到，打开门的一瞬间会撞见只穿着一条长裤，上半身赤裸的温时琛。

很显然后者也没想到她会这个时间回来，两个人面对面愣了足有一分钟，还是温时琛先反应过来，指了指沙发说："先坐会儿。"

然后他就回了房间。

温敬头脑发蒙，为什么她哥会以一种主人的姿态对她说这句话？

不过容不得她再脑补下去，温时琛很快穿上衣服过来，温敬往他开门的房间瞄，门却很快合上，无限春光都被遮挡住了。

"怎么骗过爷爷的？"温时琛直接上来盘问，温敬只得老实交代。

"哥，你看我都好得差不多了，真的没事了。"她灵活地蹦跶了几下，"再说我离开公司这么久，再不回来就要没威信了！"

温时琛严肃地思考着。

她继续说："你和萧紫都到这一步了，也该是时候把她带回家了吧？爷爷年纪大了，最近身体又不好，可别再因为你这事干着急。"

"跟我打感情牌？"温时琛双手交叠放在膝上，"行，改天让我见一见他。"

惊喜来得太快，温敬以为自己听错，等她回味过来才发现温时琛这人的老奸巨猾，简直是拿一件难事换另外一件难事。

她支支吾吾没有应，温时琛已经开始掏手机给老爷子打电话，温敬吓得赶紧点头："好好，答应你。"

"不要敷衍我。"他意味深长地看了她一眼，很快离去，末了还嘱咐她不要去打扰萧紫休息。温敬怎么可能听他的，门一关上她就冲进萧紫的房间，扑在她身上闹腾。

萧紫原本也在装睡，被她闹得没了脾气，就什么都招了。

温敬直说要搬回自己那里，说动就动，下午就叫了助理来帮忙收拾，把她的东西重新挪回十七层。房子又装修过，格局大了很多，看起来安全性能更高，只是屋子里有点空，缺少了丝人烟气。

于是第二天两人又去了趟花鸟市场，添置了好几盆花花草草回来，温敬还特地买了两只小乌龟、几条金鱼和一大包鱼食。

回到家后她先喂了小动物，然后打电话给周褚阳。没有接通，她拿着睡衣进浴室，擦了沐浴露，隐约听见手机铃声，裹着浴巾忙不迭地往外跑。拖鞋湿漉漉的，上台阶时脚滑，不出所料跌了个大跟头。温敬痛得龇牙咧嘴，还不忘茶几上的手机，忍着痛爬过去，屏幕却黑了。

她心里突地往下沉，有什么不好的预感袭上心头，果然刚拿起手机，铃声又响起来。

是萧紫。

温敬在心里把她骂了一遍，接通时声音不自觉地微沉，萧紫察觉到不对劲，在那边大笑："怎么？等电话呢？发现是我就这么怨气冲天？"

"别废话，说正事。"

"忘记跟你说了，今天晚上有一场慈善商务酒会，东澄受邀做嘉宾，你准备件拍品吧。"

温敬若有所思地点头："主办方是谁？"

"你应该知道，是飞希德医药制业。今年东北雪灾很严重，飞希德捐赠了很多药品去救援灾区，还特地为了给灾区孩童寄去过冬的衣物，组织了这场晚会。"

"既然是做好事，就有钱出钱，有力出力。"温敬停顿了下又问，"928 工程是安和将飞希德拉入投资的，对吧？"

"对。"萧紫也有点担心，"现在安和已经被查封了，当初试图绑架你的人也是冒名顶替飞希德，现在应该没有有问题的资方了吧？"

温敬沉默了一瞬，缓缓说道："应该是，总之这件事我们不管了。"

"好。"萧紫松了口气。

两个人又说了些晚会的细节，临挂电话，温敬追问道："明天下午好像约了客户？把安排都推后吧。"

萧紫愣了片刻，才慢慢应下来，支吾着想说什么，听见温敬倒吸了一口凉气，所有的烦躁都消失殆尽。

温敬腿麻了，脚趾的筋一抽一抽的，她看了下膝盖上的伤口，磕破皮了，晚上不好穿礼服了。她揉揉小腿，缓了会儿才站起来，身上后知后觉地开始发凉，她抖抖腿，继续钻进浴室。前后不过三十秒，她又跑出来拿手机，把声音调到最大，放在储物柜中，这才安心地洗澡。

她洗了大概有半个小时，等到皮肤又热起来，手机都没有再响起。

温敬无意识地坐在化妆台边，不知道在想些什么，等到萧紫来敲门，她才突然反应过来自己还没化妆。

结果肯定免不了一顿痛骂。

萧紫看着她膝盖上的伤，恨铁不成钢地骂："你就不能爱惜爱惜自己的皮囊吗？你知道多少姑娘想靠这副皮囊吃饭却落不着好吗？真是把人气死了，你一定会是全场唯一穿长裤的女人！"

温敬不吭声，随便她念叨。

手机还是没有反应，她坐上车时终于想起来要把记录删掉，盯着那串数字，她的手指来回摩挲，最后还是点下了删除键。

萧紫全程用余光瞄着，揶揄道："那明天下午的安排还要推掉吗？"

温敬看着窗外，车流拥挤，这个城市又热闹，又寂寞。她抿了抿唇，最终还是说道："不推了，最近有些忙。"

"何止是有些忙啊，你这么久没回来，案子积压了一大摞，简直忙翻了，温大老板。"萧紫捂着嘴笑，"你这人吧，在什么事情上犹豫不决过？想打电话给他，一个不行就两个啊。你们都在一起这么久了，为什么还是这种相处模式？他到底是干吗的？"

温敬瘪嘴。

"你到底有没有谱啊？"

温敬说："你觉得呢？"

"那就是他没谱？"

温敬笑了，摸了把萧紫的脸，流里流气地说："是啊，周大爷可能还没什么谱，大概也没习惯生活里突然多出来一个人，这么多天都没给过我一个电话。"

萧紫哑然："你……你打住，这是什么腔调？"

"看不到摸不到吃不到的腔调。"她弯弯唇。

萧紫一把将她推开："温敬，你真是疯了！"

“嗯，我疯了，想他想疯的。”她抿着唇，含笑的侧脸映入城市的繁华中，灯影朦胧，她的笑半浅半深。

慈善晚宴的地点是在滨江酒店的二楼，飞希德医药制业是外商投资合伙公司，总裁名叫苏响，是个很有手段的中年男人，在B市人脉很广，一手将飞希德做大。但这次慈善晚宴的领头人却不是他，而是飞希德最大的投资人——阮蔚。

“阮蔚这人很低调，平时有什么公开活动都是苏响参加，她几乎不露面。听说她常年旅居国外，有众多男伴，非常有钱。”

温敬笑问：“你怎么知道这么多？”

“都是在天涯论坛上看到的，里面八卦很多，而且真实度高。不过有关阮蔚的也就这么简单的几条消息，多余的就没了。”萧紫摊摊手，“这个有点难说，我也不知道真假。”

两人从停车场出来，直接坐电梯到达二层。会场布置得不算豪华，但胜在精致，墙壁两面都挂着大幅浮雕画，是照着灾区孩童的生活照绘画出来的，看起来主办方的确花了些心思。

温敬和熟人一一打了招呼，正要找个地方坐下来，却见一男一女朝她走来。

萧紫在她耳边低声说：“这就是苏响和阮蔚。”

温敬面上不动声色，主动迎上去，苏响率先说道：“一直没找到合适的机会和东澄合作，没想到温总这么给面子，还来参加我们这小小的慈善晚宴。”

“做慈善不分大小，合不合作都是其次。再者飞希德这么大的公司，怎么会缺少合作伙伴呢？苏总说笑了。”她同苏响寒暄了两句，便转向一直在旁微笑不语的女人，“想必这位就是今晚慈善晚宴的领头人阮女士吧？”

阮蔚温婉轻笑：“温总，您好。”她看起来只有三十出头，资料里却显示她是年近四十五的女人。阮蔚保养得宜，谈吐不俗，很有大家闺秀的仪态。

“您看上去真年轻。”温敬由衷赞道。

“温总若不介意，就喊我一声阮姐。”

“当然不会介意，是我的荣幸。”

几个人又客气地聊了会儿，阮蔚便同苏响去招呼其他宾客了。温敬和萧紫来到餐区，随便拿了些东西坐在角落里。整个会场人头攒动，宾客云集，更有不少商界的中坚人士莅临此处。

萧紫咂咂嘴：“没来之前还真以为就是个中小型的慈善晚宴，谁知道会来这么多大腕。”

“看来苏响的人脉的确不容小觑。”

“你觉得那个阮蔚怎么样？”

温敬吃了一口蛋糕，甜得眯了眯眼，她反问萧紫：“你觉得呢？”

“很柔弱、很强大。”

“所以你应该懂了，那些商场的老前辈才不是买苏响的面子，都是因为她才会来这种场合。”温敬感慨，“柔弱强大，再多一些美丽财富的话，就真是一个女人最大的武器了。”

萧紫逗她：“你有脸有钱，就是太强大了，不够柔弱。”

温敬反攻：“你呢，柔弱没有，强大不够，美丽不错，就是财富还得靠成为温太太才能实现，我未来的嫂子。”

萧紫老脸一红，追着她骂了两句。很快慈善拍卖就开始了，这场晚会共有十八件拍品，温敬的拍品排在第十五位，她提供的是一幅张大千的晚年画作，被叫出了三千万的高价，此后的拍品一件比一件价高。最后一件拍品压轴出场，是阮蔚拿出来的无石花瑕疵全透的玻璃种翡翠手镯，起拍价八千万。

全场疯狂叫价，甘心为“阮蔚”这个名字买账的富商实在太多，最终这件翡翠手镯以一亿九千万的高价被拍下。

“简直太震撼了，这个阮蔚还真是不鸣则已，一鸣惊人。”萧紫自顾自地念叨，“天涯上有人说她后台很硬，我原本还不信。”

两人去了趟洗手间，出来时晚了一步，刚好看见送完客人的阮蔚正挽着一个男人的手臂，她娟秀的眉峰染着酒气，显得分外柔弱，整个人的重心都靠在男人身上。身侧的男人即便没有明显的笑容，面上却是一派温和儒雅，对她的心疼难以掩饰。

温敬直接愣住，萧紫更加尴尬，迟疑地看了眼温敬的神色，刚想说什么，不远处的两人却注意到她们这边。萧紫点点头朝对方笑了笑，又推了温敬一把。

温敬回过神来，朝他们走过去打招呼：“爸，你也在这里。”

温崇言也有些讶异，但很快便恢复了镇定的神色，不慌不忙地说：“嗯，刚来。你们这是要走了？开车了吗？”

“开了，在停车场，那我就先和萧紫回家了，你也早点休息。”温敬的目光落向两人挽在一起的手臂，“阮姐，我先走了，再见。”

阮蔚点点头，又嘱咐了句路上小心。温敬心不在焉地应了声，拉着萧紫直接离开。

一路上温敬都没再说话，表情恹恹的，回到西苑公寓就直接倒在床上。

她迷迷糊糊地做了个梦，梦见母亲抱着她在游乐场玩，父亲站在远处看着，她大声地喊："爸爸，你快来啊！"可是父亲突然接了个电话，急匆匆地走了。母亲追上去，父亲将她拂开，两个人吵起来，父亲一直压抑着怒火，时不时看向远处的她。

父亲终究还是走了，母亲哭了很久，后来母亲就生病了，父亲不常回来看她。她打电话给父亲让他回家，父亲每次都答应，却每次都做不到，后来母亲就走了。

她抱着母亲大哭，哭得喘不过气来，她问父亲："你是不是根本不爱妈妈？妈妈一直都在等你，她总是说你并不爱她，爸爸你为什么不爱妈妈？"父亲扭头离去，她非常无助地一边哭一边擦眼泪。

这时，一个男人走到她身边，将她抱到沙发上。他的声音低沉沙哑，带着几分强有力的蛊惑，不停地旋转在她的耳畔。他一遍遍喊她的名字："温敬，温敬，move on……"

他目光痴迷，她彻底疯狂、沉沦、颤抖。

暴雨突然来袭，激烈地拍打在半开的窗户上，凉风裹着细雨吹到温敬的脖子里，她忍不住哆嗦了下，睡意也就在这风吹雨打中消失了。她一只手撑在床畔，单脚支在窗台上，以奇怪的姿势虚坐着，也不知道坐了多久，只觉得脚上麻凉麻凉的，她这才缩回来，裹着被子把窗子关上。

一回头就看见床头的手机在响，几乎是下意识的举动，她冲过去，屏息，战战兢兢地把手机从枕头下抽出来。

一串熟悉的数字在跳动。

她吸了一口气，又缓缓呼出去，划开屏幕。

电话那头有金属壳碰撞的声音，她听出来那是打火机盖发出的。没有任何声音，但她已经确定是他。

她长长地松了一口气，心里鼓动着莫名的情绪，拿起毛巾擦脸上的汗。

"你明天下午几点的车票，我去接你。"

没有任何回应，她仔细地听，听到他那边若有似无的说话声，远远的，一大片，有可能已经在车站。

她走到厨房倒了一杯凉水，一口喝进去，整个心口都凉了，她又轻声说："我去接你吧，行吗？"

周褚阳吸了口烟，还是没有回答。

她有些急了，也有些想笑："周褚阳，周大爷！"

他缓慢地用鼻音应了声："嗯。"

"我就在车站外等你。"

"好。"

晚风有些凉，这个城市狂风暴雨，几百公里外的城市，暴风雪刚刚到达，落地天窗还没来得及关，风吼吼地吹响了他的衣服。单薄的夹克，裹住精瘦的身体，可因为这阵突如其来的寒气，他没忍住，剧烈地咳嗽起来。

"跟你说别抽烟了大概没用，那就多穿点衣服吧。"她又倒了杯水，一小口一小口地咽着。

他咳了好一会儿才停下来，手指若有似无地摩挲着键盘，许久许久后轻声道："很晚了，睡吧。"

电话挂断，收进口袋，烟头被掐灭，最后一丝猩红在脚边归于黑暗。他一边咳嗽，一边走过去把天窗关上。

整个世界突然寂静安宁。

几百公里外还有人在等他，这种感觉挺微妙的。

第十六章

沉默的傻男人

温敬把车停在缓冲带，关着窗户坐在副驾驶上，看着手机上的时间，还有半个小时。停车位管理员过来敲窗子，告诉她这里不能停车，温敬愣了愣，弯腰说对不起。

“我不会开车，司机去车站买票了，很抱歉，一会儿就开走。”她从包里抽出钱递给车管，“等司机出来，我们马上就走。这里没什么车，一会儿的工夫不会有事。”

车管盯着她细白如葱的手指看了会儿，又看她的脸，讪讪道：“那行，给你半个小时。”

“好，好的，谢谢您。”

周褚阳从北广场出来，与人流交相拥挤。

过了安检处，他拿出手机看温敬给他发的位置，和他现在走的方向相反。他的脚步顿了下，把手机揣回口袋里，继续往前走。

很快他到了一条长长的通道处，通道两边有很多卖东西的小贩。手机壳、玩具、衣服、车载碟等，价格很便宜，他走到一个卖遥控玩具的摊贩前，蹲下来看。

“这种遥控小老鼠，二十块钱一个，很便宜，要不要买一个？”

他看看老板推荐的，没作声，盯着角落里那个旋转跳动的青蛙，抿着唇：“我要那个。”

老板上下打量他，眼中带着不屑：“五块钱吧，就剩这一个了，现在连小孩子都不喜欢玩这个了。”

周褚阳笑：“我小的时候只有这个。”

他拧着青蛙屁股后面的开关，转了几圈后，青蛙在地上跳来跳去，跳着跳着突然卡停了。青蛙脚还是跳跃的姿态，弹簧却好像坏掉一样。

老板呢喃：“怎么回事？”

他正要拿过去察看，周褚阳却快他一步将青蛙拿过来，扳动开关，重新扭动了两下，这回青蛙又正常跳跃了起来。

老板松了口气："我就说嘛，估计是太久没转了，有点卡壳，多玩两次就好了。"

周褚阳递过去五块钱，老板迅速地揣进腰包里，没再看他，去招呼其他客人。周褚阳蹲着又玩了会儿，手插入口袋里，有一只小小的内存卡被丢进去。

温敬看时间已经过了十分钟，周褚阳还没来，她摸着手机，调出他的电话号码，看了半天还是放下。没过一会儿，车管又来了，这回不管她怎么说，都催着她赶紧走。温敬骑虎难下，磨磨蹭蹭绕到驾驶座，倒车，打方向盘，在车管严厉的眼神中不得不踩下油门，车滑出去五米左右，猛地刹车。

她惊喜地看着后视镜里出现的男人，帽檐压得低低的，戴着一副黑框眼镜，满脸的胡须，看不出来有没有休息，也看不出几天没睡，好像瘦了些，脸色有点差。

大概是猜到她的境况，周褚阳加快步子从车管旁边擦过，拉开门跳进副驾驶，温敬及时踩下油门，车一下子滑出老远，吓得车管愣在原地。

温敬忍不住笑，上了高架后才敢看身边的男人。因为是周末，高架上车很多，她看他的时间总是不超过三秒，就要重新看前方。但她似乎很享受这个过程，也不怕周褚阳察觉，事实上她清楚地知道这个人对视线的捕捉能力，所以干脆不躲不藏，直接看他。

周褚阳上了车就一直靠着椅背休息，眼皮虚耷拉着，没有合上，也没有睁开。温敬不知道他在想什么，但看得出来他很累。

她把车上的音乐打开，调到适合的音量和乐曲，对他说："要不要睡会儿？"

周褚阳没动，温敬以为他不想睡，又瞄了他一眼，就这一眼，她看见他几乎黏在椅背上的身体动了一下，然后从座位底下抽出一袋东西。

她愣住了，伸手去夺，被周褚阳挡掉。他另外一只手伸过来，扶住她因为闪神几乎在高架上飘起来的方向盘，声音低沉："好好开车。"

温敬不说话了，又看着前面。

周褚阳将那袋东西抽出来，仔仔细细码在前座上，一共八条烟，不同牌子，价格不等，但没有高于十块钱一包的，其中还有两条低档烟，才两块多一包。

他双手支在下颌，盯着那堆烟看了会儿，轻笑起来："买给我的？"

温敬忽然有点后悔："不是，一个朋友送的。"

"送你烟？"

“让我转交的，我哥抽烟。”

“噢。”他眼角的细纹舒展开来，整个人在夕阳的光辉中睨着她，他喊她的名字，嗓音带着蛊惑的力量。

温敬心神荡漾地应了声，周褚阳拐着她的方向盘下了高架。

“靠边停，我来开吧。”

“别了，你需要休息。”

“现在睡不着，你坐旁边，我跟你说会儿话。”

“你这样也可以跟我说。”

周褚阳无奈：“不安全。”

嫌她车技差？温敬认了，解开安全带跳下车，换到副驾驶位。

他直接开门见山：“安和电子被查出来涉嫌经济犯罪，但就目前而言，还没有任何能跟 928 工程挂上钩的直接证据，当初参与温室畜牧工程图纸设计的专家，一个都没有找到。”

“方志山把专家藏起来了？”

“没有必要，研究基地都已经找到了，他做相关实验已经是板上钉钉的事，只是他拒不承认想要借 928 工程谋私利，应该还有后招。”

“方志山还有同伙？是这些人控制了专家，还让方志山为他们打掩护？”温敬很快抓住重点，“你跟我说这些，是已经有合理的怀疑对象了，对吗？”

周褚阳转头看了她一眼：“目前怀疑是飞希德。”

温敬想到昨晚看见的那个场景，一阵心烦意乱。

“你是想让我提防飞希德？”她自嘲地瘪瘪嘴，“可是现在就算我想避开，都有点难了。”

车里安静了一阵，她一直低着头，直到车子在一家小饭馆门口停下来，她才回过神来。周褚阳牵住她的手：“先吃饭。”

“好。”看到他这么主动，温敬很难不想到这是他在安慰她的方式，忍不住笑了起来。

这家饭馆虽然不大，可生意很好，还没到晚饭高峰期就已经坐满人了。他们一进去就被服务员直接带上二楼，楼上大厅也快坐满了，走廊边上几个包厢也都有人，服务员一路朝里面走，他们就跟着，最后来到一个不大不小的会客中心。

看装修显然比外面的包厢要精致许多，很可能是老板招待家人朋友的地方，布置温馨，又很安静。温敬有点受宠若惊：“你确定没带错地方吗？”

那服务员小妹羞涩地笑了下，没有说话，只是偷偷看了眼一语不发的男人。

难道这真的是看脸的时代？

温敬正纳闷，门又被推开，就见一个男人拎着几瓶酒进来，憨实地朝她咧嘴笑了笑："温总，阳哥。"

"阿庆？"温敬看着现在几乎是脱胎换骨的男人，一身西装将他衬托得非常魁梧有力，棱角分明，她惊喜道，"原来你一直都在这里，怎么这么长时间也不知道打个电话过来？"

他挠挠头，不说话，温敬自然清楚，赶紧转移话题。

一聊才知道这家饭馆是他开的，主要经营家乡的地道菜，厨子都是他从老家请来的，所以味道正宗，大家都赞不绝口。几个月下来赚了不少钱，他就又包了二层，还准备继续扩大规模。

"阳哥，上回在电话里没说清，今天当着温总的面我再说一遍，你永远是我哥，亲哥！以后我再犯浑你就直接打我，甭跟我手软。"

那档子事温敬也猜出来了一些，首先是周善旁敲侧击地问过，其次阿庆又突然无声无息地消失，她就知道肯定和这两人都脱不了干系。阿庆不怕麻烦，他只是怕牵连到周善，但其实那场车祸的起因是她。

温敬说："阿庆，其实那天的事是……"

"都没什么事，过了就忘了。"周褚阳打断她，幽幽地看她一眼，"谁都没错，是肇事者的错，危险驾驶，就该坐牢。"他说完瞥下眼睛，夹了块肉到她碗里，又跟阿庆喝了口酒，这事就算过了。

阿庆多喝了几杯，也不知怎么说到了工程队友的话题。

"前几天徐工他们都来捧场，快把我这屋顶都掀了，一群人闹到半夜，没一个清醒的。不过大伙是真高兴，还说很想阳哥和陈初。"阿庆脸上红彤彤的，又热又涨，他捶捶脑袋，说话也直接了。温敬拿起杯子跟他碰了一下，几次想开口却找不到合适的话题，于是闷头喝完。

说出去的话就像泼出去的水，怎么都收不回来。尽管大家都有心想热热闹闹地吃一顿饭，却不管怎么聊，都难掩藏在心底一牵就疼的情绪。

有的人明明相识不久，可走了之后，却能在身体里长出毒瘤。

一杯又一杯下肚，阿庆和温敬都存心买醉，好在桌上还有个人一直很清醒，该挡则挡，该劝则劝，可到底双拳难敌四手，顾着这边，那边又大喊一声"喝"，于是又一杯见了底。周褚阳无奈之下也不拦着了，任由他俩喝，直到阿庆酒量不敌，哐当一声倒在地上。

服务员听到声响进来，赶紧将阿庆扶起来，温敬看他一个大男人赖在地上，又笑又闹。两个小女孩力气不够，拽了几次没成功，只得求助周褚阳，他二话没说把阿庆扛起来，末了对温敬说："你在这里等我。"

她站都站不稳，左右晃了晃，眼神飘忽，朝他抬下巴，有些不情不愿。

他终究不放心，走到门边又回来，将她拦腰一提，夹在臂弯下。她失去重心，拍着他的背打了几下，周褚阳低头严肃地看了她一眼："别闹。"

她就当真不闹了，等到将阿庆安顿好，手臂下的人彻底安静了，好像睡着一般，任由他抱上车。可一到车上又开始闹他，趴在他的腿上挪来挪去，被他按住，过了会儿又抱住他的脖子，啃他的喉结，咬他的耳朵，被他再次制止住，然后她缩到他怀里，掐他的腰，掐不动，又掐了次。

好在吃饭的地方离西苑公寓不远，打车回去只有十几分钟。

前面的司机虽然一直没说话，却时不时地朝后视镜瞄几眼，突然对上周褚阳锐利的目光，司机赶紧转移视线，尴尬地说："你女朋友还挺黏你的。"

他没吭声，司机又顾自打圆场："黏人好，黏人最起码证明她依赖你。"

"是吗？"他竟难得回应了句，又一次将温敬从身上扒下来，然后很快她又像树懒一样扒上来。

司机赶紧说："你看就这样，一次不行两次，特别黏人。可我看你心里应该挺高兴吧？"

"嗯。"他放弃了，让她扒在身上，小手动来动去，在他身上擦枪点火。

"女人都爱黏人，不黏你虽然不能证明她不爱你，但是她黏你，就一定是爱你的。你这女朋友是平时都这样，还是喝酒了才会？"

周褚阳双手紧抱着她，圈住她乱动的手，目光微沉。她又被唬住，直接从他怀里跳下来，却一不小心撞上了脑袋，疼得叫了声，又不敢哭闹，小心地看他一眼。

他把她重新捞进怀里，一掌拍在她腰上，她立即乖了，安静地靠在他的胸口。

司机大叔没听到自己想要的答案，继续八卦："你这样可不行，男人不能太宠着女人了，会把她惯出毛病的。我家那个就是，哎，也怪我年轻不懂事，在她那儿栽了跟头，到这把年纪还被她吃得死死的。喏，你看，说曹操曹操到，又来电话查岗了，一天十几个电话也不嫌烦。也就我啊，每个都接，就怕她胡思乱想。"

司机一边抱怨一边给手机解锁，开车只得听扩音，那边一开口就是："老强，在哪儿呢？都几点了还不回家，是不是又跟你那些狐朋狗友打麻将去了？我跟你说了多少回，别老是搓麻将搓麻将，你怎么就左耳朵进右耳朵出呢？”

司机大叔被下了面子，有些不好意思地朝他笑笑。周褚阳也回以微笑，同时给出了答案：“如果有这一天，我想可能是我会一直黏着她。”

城市繁华而寂静，大叔朝他竖了竖大拇指：“男人就该这样。”

电梯在十七层停下，周褚阳从温敬的包里掏出钥匙，进门，直接朝她的房间走去，门刚推开，一双手臂就缠住他的脖子。

周褚阳气息平稳，拉住她的手臂：“醒了？”

她叽里咕噜嘟哝了声，身子软趴趴地朝他压过来。周褚阳朝后退了几步，一直被撞到门上。

“要不要喝水？”他按住她的肩膀，将她往外推。温敬一股子蛮力跟他较量着，被推开又靠上来，再被推开又靠上来，几次之后他干脆将她一抱，大步跨到床边将她放倒。

还没完，她的腿不依不饶地勾着他的小腿肚，使劲地踢了几下，终于把他也弄得摔倒在床上，她立即爬上来。

周褚阳总算明白了，直接问：“装醉？”

她又咕哝了声，缓慢点点头，鼻音有点重：“阿庆酒量那么差，怎么可能把我灌醉。”

“那还闹？”他的唇角往上翘。

“可是……可是阿庆这几个月练出来了，酒量变好了，所以我……我有点醉的，有一点点。”她用手指朝他比画，整个人在他身上动来动去，含着酒气的温热呼吸一阵又一阵拂到他鼻尖，带着女人独有的香气。

他始终扶着她的肩，将她与自己拉开距离：“我去拿毛巾给你擦脸？”

“不要。”她直接拒绝，双手捧住他的脸，“不要走，留下来好不好？”

屋内只有一盏吊顶灯亮着，光线昏暗，照得她脸颊生满绯红，嘴唇饱满性感。他的手从她后边的头发里插进来，抬起她的下巴，直勾勾地盯着她，声音在喉咙眼里闷沉地擦着火：“我再问你一次，温敬。”

温敬没吭声，低头含住他的唇。她胡乱地啃噬了几下，就急于撬开他的牙关，他却没有反应。温敬亲了一阵抬头看他，见他一副不为所动的模样，又埋下头，勤勤恳恳地辗转亲吻，手也不安分地朝他小腹移去。

周褚阳很明显浑身震颤了下，再无等待的耐心，翻过身来将她压在下面，一阵疾风骤雨的攻势随之而下。很快两个人的身体都开始发烫，温敬被他亲得喘不过气来，手抵在他胸前虚弱无力地抵抗，效果甚微。

她有一种真正沉浮在海上的感觉，所有感官都变得异常敏感而燥热，手按在床上，柔软的床铺伴随着她的身体不停地下陷，下陷，再被他强烈的进攻逼回无限的真实中，再一点点浮上来。

大衣被他脱下，里面的羊毛打底衫也被推到胸前，皮肤碰到冷空气让她禁不住哆嗦，然而下一秒温热的唇便覆上去，一寸一寸朝上掠夺。

温敬感觉她的每一寸肌肤都在战栗，她在跌宕起伏的海面上跟随着他的动作，不停地喘着粗气。她看见他半跪在她身侧，一只手还在她胸前，另一只手快速脱下汗衫，然后转到腰带，随手一抽，长长的皮带从精瘦的腰间驰骋而出。她看见露出精瘦腰线的赤裸上半身，以及很快只有一条内裤的腿。

他重新俯身，咬了口她胸前的皮肤，温敬整个人都软了，抱住他的手臂。他顺势将她拉进怀里，抚摸她的后背，裤子脱到了一半，他却突然停住了。

温敬浑身都很热，反应了好一会儿，问他："怎么了？"

她的声音里有完全褪不下去的情欲味，冒着水汽的眼睛看他，慵懒又妩媚。周褚阳摸着她后背一道长长的疤，低声问："在鹤山时留下的？"

温敬不说话，他把她扳过来，打开床头的灯，凝视她纤细的后背。

原本滑腻白皙的皮肤上大大小小的伤痕很多，有的伤口很深，有的伤口稍浅。他温柔地抚摸她的后背，温敬几乎不敢乱动，小心地感受着他的动作，忽然一阵湿热落在上面，她惊讶回头，却见他的吻再度落下。

原本一碰就痒的皮肤因为他的举动越发磨人，温敬被弄得整个人燥热难安，身体发麻，最后怒了将他的手拉住，又爬到他胸前。

周褚阳笑了："忍不住了？"

"没你能忍。"她用腿踹了他一下，他卷着被子将她一裹，顿时黑暗袭来。

两人都很热，身体没凉过，又这么摩擦了一阵，温敬几乎呻吟出声，他也濒临崩溃的边缘，裤脚一踢，整个人贴上去。

突然手机铃声响起来。

是周褚阳的，他赶紧从被子里跳出来，接通电话，是冯拾音打来的，让他们赶紧检查邮件。温敬觉得奇怪，但还是套上衣服，周褚阳就简单多了，裤子重新拎上来就行。

他有加密邮箱，登录进去就看到冯拾音一分钟前转发给他的邮件。

邮件主题是——生日快乐！

温敬愣住，她的生日是年初，今年早就过了，她又看向他："今天是你生日？"

周褚阳沉吟，冯拾音的声音已经从话筒里传过来："如果我没记错的话，今天的确是你的生日，不是吗？"

在西点军校的时候冯拾音听过许多有关这位师兄的事，也因为周褚阳生日这天恰好是时报广场恐怖袭击案当天，所以他印象特别深刻。

冯拾音又说："这封邮件做过特殊处理，追查不到来源。"

周褚阳面无表情地点开那封邮件，然后拉着鼠标拖到最下面的附件，是一个音频文件。

他将声音调大。

音频文件前五秒没有任何声音，第六秒开始出现非常吵闹的声音，好像是在街头一般，有许多音乐声。温敬记得其中一段 BGM，好像是她曾经在纽约念书时参加活动的背景音乐，节奏很快，动感强烈，那次她被同学一起拉着跳过舞，所以记忆深刻。

过了会儿，音频里出现雪花的声音，刺啦的鸣叫震得耳郭疼。

周褚阳将她拉到面前捂住她的耳朵。

接下来就是各种尖叫、哭声、枪声，混乱中狂奔的声音，充满了难以忽略的血腥气……BGM 又出现，这次是一首非常沉重低缓的轻音乐。

最后，轻音乐结束了，一个男人的声音出现："欢迎各位来到我的游戏世界，周褚阳，喜欢我送给你的礼物吗？"

整个屋子都安静下来，一向聒噪的冯拾音也沉默了。

周褚阳走回房间里，将衣服一件件套上，又回到书房对电话里的冯拾音说："你马上回来，路上小心点。"

冯拾音深吸了一口气，又骂道："妈的，连抽根烟的时间都没有，靠！这些杂碎，老子要剁了他们。"

电话那头风声一阵又一阵的，大概是冯拾音忘记挂断，温敬又听见他骂了许多，问候了许多地下的人，刚刚沉下去的心情忽然轻松了些。

她拍拍周褚阳夹克上的灰，将他的领口整理好。

"看来他们已经发出战帖了，不过这样也好，省得总是猜来猜去的，不如直接点，快点解决，是不是？”她不需要他的回应，微笑着踮起脚尖，亲了下他的脸颊，“你去吧，也小心点，只是烟都还在车上，没办法给你了。”

周褚阳搂了把她的腰：“那就等冯拾音回来，找个时间再一块吃饭，那小子烟瘾也大。”

“好。”

她把他送到玄关口，已经深夜了，整栋大楼都安静得可怕。他走到电梯处又回头看她，一抹小光照在她头顶上。

温敬走到门边朝他挥手，轻声说：“我会小心，会提防飞希德，你只管做你的事，不用担心我。”

他点点头，走进电梯。

门很快合上，数字往下。

温敬回到房间洗澡，身上的热度还没消去，皮肤上的红痕一块又一块，还残存着他的气息。这个男人一向粗鲁直接，少见温柔，不过这样也好。

痕迹深刻，才能证明他来过。

同一时间，在这个城市十几公里外的高墙里，也有一场对话正在上演。

方志山坐在黑色栅栏里，穿着监狱服，双手被铐，可他的表情看上去没有丝毫的痛苦，反而相当愉快。

“要开始了吗？”他兴奋地扒着窗口，“等了这么久，终于要开始了？”

探监的是一个女人，穿着深红色的及踝大衣，高跟鞋，面容精致，表情温柔。

“志山，辛苦你了。”女人心疼地摸了摸他的脸，“为了这场‘革命’的胜利，竟然要牺牲你。”

“他们都是虚伪的，都是衣冠禽兽。只要能让他们受到惩罚，要我做什么我都愿意。”他已经脱离了药物的控制，身体里另外一个人格完全分裂出来，暴戾，愚蠢，易怒。

“我们会永远记得你。”女人朝他比了个姿势，他立即做出同样的姿势，握紧拳头，抵住胸口。

探访时间快要结束，方志山已经完全热血沸腾，就等着看这场好戏了，女人却忽然对他招招手，靠过去轻声说：“可是我好怕，我好怕他们会审讯你，逼迫你，让你为‘革命事业’付出惨痛的代价。”

她的表情异常痛苦，担忧又饱含脆弱和祈求。方志山突然一把挥开来拉他的狱警，大笑道："我不会让他们得逞的，我不会让他们如愿的！"

他被带走了好远，整个监狱里还能听见他可怖的笑声，活像一个疯子。

女人从口袋里掏出一张餐巾纸，缓慢地擦了擦刚刚碰过窗户的手指，唇边露出一丝意味深长的笑。她从监狱出来，直接钻进路边的一辆车里。

后座已经有人等她许久。

"办好了吗？"男人问。

"嗯，不出三天，他就能永远闭上嘴了。"

女人有些疲惫，靠在他的肩上："一定要这么做吗？我们已经利用他将前面的烂摊子都甩开了，他不会招供的。"

男人缓慢抚摸她的鬓角，将她的头发一根根别到耳后："你呀，忘记曾经那些痛苦的日子了吗？"

这是她的弱点，每每想到都会痛不欲生。正如她每次戳方志山的死穴，他都会疯狂失性，这是一样的道理。可是这几年来，她委身于不同的男人，长袖善舞经营那么大一家公司，真的有些累了。

她枕在男人的臂弯里，安心地闭上眼睛："假如有一天我也失去价值了，你会像丢掉他一样丢掉我吗？"

"不会的。"男人牵起一丝微笑，毫不犹豫地说。

女人似是得到了宽慰，又似是看清了自己的地位，柔柔弱弱地一笑，又让人无端地心疼了。可这样的快乐还没持续几分钟，那个男人又说："我不会丢掉你，前提是不要碰触我的底线。"

不知何时，他的手已经圈住她细细的脖颈。

女人微微颤抖："你的底线是什么？"

"不要再伤害她。"

"谁？"女人心中已经有了答案，但还是不甘心地问道，"是温敬？"

男人修长的手指一寸寸抚摸她不堪一击的脖颈，似笑非笑："我要给她一场盛大的欢迎仪式。"

女人惊声道："你要让她加入我们？你爱上她了是不是？"

男人的手指猛然收紧，堵住了女人所有的声音，他低下头，附在她耳边吹了口气："嘘……不要揣测与她相关的一切，对她客气点，听见了吗？"

女人艰难地点点头，从男人的手掌中逃命般地挣脱出来，凄楚柔弱的脸上冷汗淋漓，她小心地擦了擦额头，对男人挤出一个乖顺的笑容。

第十七章

没照顾好

温敬第一次去公司等温崇言，她将车停在街对面，发了条信息给他。半个小时后，温崇言没出现，倒是阮蔚来跟她一起喝了杯咖啡。

她一下子明白这可能是温崇言的安排。

她们挑了一个靠窗的位置，她点了杯蓝山，询问阮蔚的意思时，阮蔚迟疑了很久，最终要了杯卡布奇诺。

“没想到阮姐喜欢喝这种口味。”

“太苦的咖啡我喝不了，喜欢带点甜味的，让你见笑了。”阮蔚今日穿了一条米色长裙，外套是一件同色大衣，长长的头发随意散着，看起来更加年轻漂亮。

温敬不得不承认，很少有女人能看起来这么温婉柔弱，她倒像是天生的，天生能让男人神魂颠倒。

“阮姐，我也不跟你绕弯子了，你是不是和我爸在一起？”

阮蔚被她这么直接的一问弄得有些不知所措，羞涩而安静地朝她点点头：“我跟崇言刚在一起不久，他很在意你这个女儿，所以一直都想找个合适的机会告诉你，没想到让你在那样的情况下知道了。”

“那你们在一起多久了？”温敬喝了口蓝山，苦涩的味道在舌尖迅速蹿升。

“嗯，差不多是928工程刚开始的时候，有大半年了。”

温敬猛地抬头，一抹戏谑的笑从眼底闪过。

“说起928工程，实在让人生气，东澄投进去那么多钱，谁能想到最后全都打了水漂。”温敬摇摇头，口吻惋惜，“都是安和电子在里面搞的鬼。”

“这事我也听说了，不过公司的事一向都是苏响打理的，我很少介入。”阮蔚拨了拨额前的碎发，不急不缓地说，“苏响很能干，我很信任他。”

“是吗？那我真的挺好奇的，听说飞希德之前和安和并没有合作过，那怎么会由安和牵头，来投资 928 工程呢？”

“哦？还有这层关系？”阮蔚摇摇头，一脸真挚，“我是真不知道，还好你提了，回去我一定要问问苏响，谢谢你啊，温敬。”

“阮姐客气了。”

两人又寒暄了几句，临出门时，阮蔚忽然拉住她的手，亲切地问：“温敬，你会不会反对我跟崇言的事？”

温敬静静地打量了她一会儿，将她的手拂开。

“我妈妈去世后，爷爷曾经跟我爸谈过，他答应我们，这辈子都不会再娶任何人，哪怕他不爱我妈妈，也不会再让任何女人进温家。”她弯起唇角，“阮姐，难道你想无名无分地跟着我爸？”

阮蔚似是被戳痛，受伤的表情难以掩饰。温敬以为她会知难而退，谁料她却忽然表示：“我爱崇言，只要能跟他在一起，我不介意没有名分。”

“可是我介意。”温敬沉声说。

“为什么？”阮蔚柔柔弱弱地来拉她的手臂，一副泫然欲泣的模样。咖啡厅里有人注意到这边的动静，来来往往都会看向她们。

温敬直接闪躲开，和她保持安全距离，冷笑：“原因你知道。”

阮蔚委屈：“我不知道，温敬，究竟为什么，你要这样讨厌我？你爸妈的婚姻从一开始就是错的，长辈包办，你爸爸本来就不爱你妈妈，婚后你妈妈还老是疑神疑鬼，怀疑他在外面有女人。那时正好是他事业的上升期，多少人盯着他的位置，你妈却一点也不理解，这才导致了他们婚姻的失败。”

“别说了。”温敬察觉到越来越多人的关注，彻底冷脸，“你再说一个字试试看。”

阮蔚却好像没有听到，继续说：“后来你妈急病过世，你爸正好在选举的关键时期，自然不能因小失大，这些都怪不得你爸。没有你爸在那个位置，东澄也不能做到今天这样大的规模，你身为他的女儿，应该理解他，应该给他一份完整的婚姻。”

温敬大怒：“别再说了！”

这段话里有太多敏感的字眼，虽然没有直接提起温崇言的名字，但她知道这是阮蔚玩的技巧。她很想扑上去揪着阮蔚的头发，但是忍住了。

“不装了是吗？”她上前一步逼视她，“以弱者的姿态博同情，以柔弱的形象博男人的心疼，说着委屈担忧的话，却处处戳别人的痛处，这是你一向擅长的把戏，对吗？”

不等她回答，温敬又说：“928 工程，安和电子科技，接近我爸，你都已经这样公开地向我挑战了，还装什么呢？阮蔚，你到底想做什么？”

阮蔚一双美目无辜而写满害怕。

“温敬，你误会我了，我听不懂你在说什么，我真的不知道你说这话是什么意思，我对你爸是真的。”

“够了！”温敬一把甩开她的手，她自认力气不大，没到能把阮蔚甩在地上的程度，但看她那小丑模样的表演，又笑了。

“这么柔弱做给谁看呢？可是他没出现哎。”温敬俯下身，“你凭什么认为，你会比我在他心目中更重要呢？你不是也说了，他走到这个位置不容易，那如果他一出现，这么多年的努力不就前功尽弃了嘛。”瞥见阮蔚眼底一闪而过的失算和怒气，她拍拍手起身，大步离去。

上车之后，温敬一直强自镇定的面容缓慢松动，气得浑身直颤，却耐不住眼眶忽然红透，一瞬溃不成军。

以前她并不知道还有这么多内情，只是以为温崇言并不爱母亲，却没有想到这一切都是为了他如今所在的位置。没有感情已经够失败了，如今却还要和这样残忍势利的原因挂上钩，究竟她的妈妈爱着怎样一个男人。

温敬回家倒头就睡，后来被一阵急促的门铃声吵醒，她打开门一看，竟然是温时琛。她看了眼墙壁上的钟，凌晨两点。她在意识缓慢清醒后看清了温时琛的脸色，少有的凝重，她突然意识到，出事了。

两人连夜回老宅，在路上温敬已经了解到这件事的始末。昨晚八点左右，有一个微博大 V 发布消息，会在十点左右爆一个大料，为了给这条信息预热，他加上了“实业财团”的字眼。

这种事一向都是见微知著，明眼人一看就知道里头门道多。更何况国内的实业大鳄也就那几家，稍加猜测便能知晓此事和东澄脱不了干系。

其实这么多年，他们兄妹都很少跟温崇言在公共场合同时出现，即使有也很少交流，不必要的应酬更是能避则避，温时琛也明确跟温崇言提过，不要给他们打通人脉关系，就是为了避嫌。

东澄可以说是温时琛一手做成的，和温崇言没有任何关系。

舆论是可怕的，没有证据也能抹黑一个人。东澄不惧怕这些流言，温崇言却受不得一丁点非议。

十点左右，这个大V果然爆了猛料，字眼明确戳到“东澄”“失败的婚姻”“父女关系不和”等细节，虽然这个大V秒删，但依旧让有心人看了场好戏。过了几个小时，网页上还不断有评论出现，各种揣测和议论。

温敬不得不佩服，网民的力量是强大的。

她刷完这些打电话给萧紫，电话很快就被接通了，很可能对方一直没睡。她好像忽然明白了温时琛先前从哪里过来，看了眼旁边闭着眼睛休息的人，她对着手机说：“你联系下报社、电视台那边的人，把消息都压下去，还有网络上的各个平台，天涯啊那些，把帖子都删了。”

萧紫说：“已经在联系了，只是不知道爆料的人是谁，好像有点难搞，对方出了很多钱。”

温敬知道就算追查下去，最终得到的也只会是一个替罪羔羊，抓不住阮蔚的任何把柄，于是她又说：“不管花多少钱，都务必先把这些消息封锁了，其他的再说。”

“行。”萧紫又说了两句，电话挂断后，温时琛睁开眼睛，意味分明地看着她。

温敬摊手：“你是不是早就知道了？”

“有一次出席活动听别人说起，但没有见过那个女人。”温时琛猜到这件事估计和那个女人有关，“你见过？怎么回事？”

“她来找我，让我同意她和温崇言在一起。”温敬避开了928工程的事，不想将温时琛也拉下水，她简单总结，“我不同意，跟她吵了几句，估计被有心人利用了。”

温时琛双手交叠，敲了敲膝盖。

她见他反应平平，又问：“其实你们都知道妈妈去世的内情，对吧？只是瞒着我，不让我知道，让我喊了他这么多年爸爸。”

“你喊不喊，他都是爸爸。外面传得真真假假，没有什么可信度，你只要记得，他对妈妈没那么坏就行了。”温时琛严肃说道，“待会儿回了家，该怎样还是怎样，不准闹脾气。”

温敬冷哼了一声，没有答应。车很快开进大院，戒备森严的大宅灯火通明，门口还停了几辆车，温敬一看便知道这事比她想象的严重，一路上没再作声。

徐姨在客厅等他们，一见两人进门，就朝温时琛努努嘴：“他们都在书房，你快上去吧。”

温敬被留了下来，她问：“都来了些什么人？”

“你爷爷的一些老战友，还有你爸的一些朋友。”徐姨叹了口气，拍着她的手说，“傻孩子，你怎么能这么意气用事？再恨你爸爸也不能毁了他呀，虽然这事现在被压住了，但要是被上头知道，就真是可大可小了，你说你……”

“等等。”温敬疑惑不解，“徐姨，你怎么会认为是我做的？”

徐姨也被她的反应弄得愣住，想了会儿才说：“不就是那个什么，博主，对，就是发出消息的人被你爸他们找到了，那人说是你指使的。”

温敬反应过来，难掩失望地笑了：“那你们就相信了？那他就信了？”

“敬敬，你别这样，不是徐姨不相信你，实在是……实在是太突然了，我跟你爷爷原先也不知情，都已经睡着了，谁知道……唉，究竟造的什么孽，到底是谁啊。”

“徐姨，我不是怪你，你别着急。”温敬安慰地拍拍徐姨的肩膀，深吸几口气压下胸口的愤怒，“不知道他们什么时候才能结束，我先走了。”

她转身冲出门，徐姨忙追，跑到门边却听见一道威严的声音，压抑着沉重的情绪喊道：“你站住！”

温敬突然停下来，回头看过去，只见一众人都站在楼梯口注视着她，温崇言和温时琛不在，用这样的口吻训斥她的自然是老爷子。

那些人一一跟老爷子打招呼告辞，很快门口的车就都一辆辆消失在夜色中。温敬被徐姨拉进来，拉到老爷子面前。

她绷着脸不肯低头，也不准徐姨在旁边替她说好话，瞪着眼睛与老爷子对峙。爷孙俩默不作声较量了足有五分钟，吓得徐姨不敢吭声，最后还是老爷子先开口：“还犟呢！”

温敬脾性也软了，叫了声：“爷爷。”

“平时遇事多么冷静的一个人，怎么能被一个外人的三言两语挑拨影响？还怪上你爸了？在公开场合说那种话？”老爷子中气十足地说。

“我……难道那些都不是事实吗？”

“什么是事实？事实就是这么多年，他从来没有在外面乱来过，每年还去看你妈，给你妈的坟头扫灰！”

温敬心有不甘：“可是……”

“可是什么？你妈生病能怪他吗？要怪就怪我，是你妈不肯告诉他，我为了儿子的前程做主同意的。”老爷子愤然红眼，“这么多年过去了，我以为你早该原谅他了，谁知道你……你竟然……”

老爷子气得身子连连颤抖，温敬赶紧跑过去扶着他，同一时间有另一双手也从后面伸过来，和她一起扶着老爷子。

温敬立刻缩回了手，老爷子见状又急又无奈，被徐姨劝导了好久才不情不愿地回了房间，留下他们一家三口。

“这事已经压下来了，最近一段时间，你不要去找她了。”温崇言看了温敬一眼，淡淡说道。

温敬死咬住唇：“所以你也相信她，不相信我？”她轻笑，“你以为那女人真的爱你？你知道她接近你的目的吗？”

“温敬，适可而止。”温时琛及时拉住她，见她反抗，他干脆捏住她的肩膀，让她疼得动不了了，直接将她往外拽。

她也冷静下来了，不吭声，就那样一瞬不瞬地盯着温崇言看，直到被温时琛扔进车里。

“你弄疼我了！”她大喊。

温时琛也跟着坐进车里：“现在知道疼了？如果我不拦你，现在你可能就不止这么疼了。”见她一脸怒气，他又缓慢地揉了揉她的肩膀示好，“现在好点没？”

“没有。”她埋下头，委屈地捂着脸。

温时琛抱住她，动作轻柔地拍她的后背。

“好了，这事到这里就结束了，明天所有消息都会被压下去的，你不用担心。”

“谁担心了？”她在他怀里嘟哝，“我就是受了气，不出不行。”

“会出的。”温时琛难得露出一丝微笑，目光阴冷而可怕，“这口气我帮你出。”

他将她送到半山，正好和听到消息赶过来的顾泾川碰上，于是他将她交给顾泾川，又折返回老宅处理未完的事。温敬情绪平复了一些，很快就睡着了。

等她醒来，天已微亮。顾泾川还坐在驾驶座，关切地看着她，撞上她目光的一瞬移开，过了会儿才又转过来。

“醒了？要不要喝水？”

温敬点点头，他从车后座拿出一瓶矿泉水递过来，她喝了一口才发现喉咙疼得厉害，好像发炎了。她又喝了几口，看时间不早了，就跟他一块去吃早饭。

“你怎么有空过来？还没回研究所吗？”她咳了两声，随意问了一句。

顾泾川神色躲闪，解释道：“今天周末，研究所给我放假。”

“这么好？不过你放假跟不放假都一样。”他们找到一家早点铺子，刚刚开张，粥和包子都还没好，便先进屋坐着。

温敬说："让你担心了，还让你特地跑一趟。"

"不要跟我客气。"他微笑，"我看见微博的帖子和你有关，怎么说都不会不管的。现在处理好了吗？需不需要我帮忙？"

温敬摇摇头，她知道顾泾川家里背景强大，可不想再麻烦他。再说这事也算有惊无险地过去了，只是不知道他们下步棋该怎么走。

她的头嗡嗡作响，顾泾川看到她皱眉，一直揉着头，有些担心："要不要我帮你按按？"他坐在她旁边，做主帮她按了两下，温敬觉得舒服了许多，就没再拒绝。

店家是位热情的阿姨，进来送包子时直夸顾泾川："男朋友这么体贴，小姑娘你真是有福气啊。"

温敬尴尬，倒是顾泾川先反应过来，笑着说："阿姨误会了，我们是朋友。我学过医，所以懂点按摩。"

"原来是这样，不好意思啊。"阿姨连忙走了，顾泾川也放下手，神色自若地夹了个包子到她碗里。

"吃饱了回去再睡一觉。"

"我不困，倒是你……这儿离研究所还有点距离，你又一夜没睡，困不困？要不我送你回去吧？"

"不用。"他声音有点低沉。

手机忽然振动起来，顾泾川看到上面的来电显示，直接挂断，那电话却不厌其烦地又打过来，一遍又一遍，他挂了几次最后关机。

温敬看他一眼，迅速吃完："叫车回去吧，你的车回头让人给你送过去。"

顾泾川扶着桌子站起来，慢一步从她后面走出去。他走得慢，每一步都小心翼翼，生怕被她看出来。这回他没说送她，也没再坚持，直接钻进她叫的出租车里。

上车之后，司机询问地址，他虚弱地说道："去医院吧。"

"哪家医院？"司机又问，迟迟没等到回应，他回头一看，见后座的人倒在那里，好像晕倒了，他又叫了几声依旧没有任何回应，吓得赶紧将他送往最近的医院。好在这家医院就是先前他治疗的那家，主治医生直接接手了。

温敬在后面跟着，见他进了医院，一路跟着送到急救室，才知道原来他病得很重。

医生说："实验室环境的特殊性，需要接触一定量的辐射，再加上他长期睡眠得不到保障，又三餐不定，过度劳累，所以身体多个器官都出了毛病，目前已经在治疗中，就是不知道他昨晚为什么会突然偷跑出去。"

医生话里话外意思明显，又一直指责地看着她，温敬羞愧地低下头。

不过她冷静下来后就意识到一个问题，顾泾川和她一样，不喜欢玩社交软件，他怎么可能会看到那条秒删的微博呢?

她赶紧找到护士取了顾泾川的物品，打开手机看了看，果然是有人故意将这个帖子发给他的。难道是早就知道他病情严重，才在这个时机发消息给他?万一有个好歹……容不得她多想，有个护士急急忙忙跑出来，问她："你是顾泾川的家属吗？"

"我，我是他朋友。"

"朋友不行，病人情况危险，你快联系他的家人过来。"护士刚说完，走廊那头就跑过来好几个人，其中之一急声喊着："我是，我是他妈妈。"

顾泾川的母亲名叫池杏芳，是个舞蹈艺术家，气质优雅，可看得出来因为焦急，她面容憔悴，眼睛一圈都是乌青的，听到护士说"病危通知单"时，几乎当场晕倒。好在一群人左劝右劝，勉强又让她振作起来。

见温敬在这里，她的目光一冷，直接问："泾川是因为你才跑出医院的，对吗？"

"对不起，阿姨。"她紧紧攥住手机。

池杏芳冲上来就给了她两巴掌，素来优雅惯了的女人，到这时也全然顾不了形象，大哭着骂她："你滚，你快给我滚！泾川为了你几次进抢救室，几次差点死在那里，你到底有没有良心啊?你不爱他为什么还要纠缠他？"

温敬脸颊火辣辣地疼，但还是努力镇定下来，又说了句"对不起"。

池杏芳越发崩溃，浑身不停地颤抖："你以为你是心疼，是关心?你知不知道都是因为你的虚情假意，泾川的病才会一直拖着，你当他是什么?你是可怜他还是施舍他？"

"阿姨，请你别这么说。"温敬深吸一口气，"你这么说，并没有伤害到我什么，却贬低了泾川。"

池杏芳失控地扑过来，还要再说什么，却被顾父打断。

"够了，别说了！"顾父拦住妻子，抱歉地朝温敬点点头，"谢谢你送泾川来医院。"

一句话客气疏离，完全是逐客令。温敬识趣地朝他们点点头，离开手术室，但她没有离开医院，而是找了个安静的角落，坐下来等消息。

她还拿着顾泾川的手机，通话页面十几个未接来电都是池杏芳打来的，往下翻，记录就单一多了，除了和他们联系，他好像没有什么朋友了。突然看到一串熟悉的号码，她惊讶地停顿住，通话时间应该是车祸发生后，他被送往国外治疗的时候。那段期间，她曾经给他发过几次短信，他都回得很少。

温敬看着那串数字，平静地打出去。

“喂，是我。”

电话那头的周褚阳换了只手拿电话，声音包裹在风中：“嗯。”

他应该是在外面，风吼吼的，呼叫个不停，一夜之后骤然降温好几度，她没来得及加衣服，缩成一团。

“泾川住院了，我看他的手机看到了你的号码，你以前给他打过电话？”

“嗯，不放心，就打过去问问。”当时顾泾川走得急，肇事司机又拒不承认是受到方志山的收买，他担心会有意外，所以才问了几句。

“有没有说起其他的？”温敬抱着膝盖，下巴抵在上面。

周褚阳认真回忆了下：“说了，他让我照顾好你。”

“那你答应了吗？”

“嗯。”他闷哼了声，“没照顾好。”

温敬一下子笑了，她揉揉脸：“泾川病得很严重，有人还故意利用他的病情。温崇言的事也差点被捅出来，这一切都是阮蔚做的手脚。”

“嗯。”他缓慢低沉地应了声，又沉默下来。

这世上许多事本身都不难，但因为有了旁人的责难和踩踏，事就变得困难了，一旦被赋予复杂的情感，就注定会成为人这种复杂生物的包袱。

这包袱背上了，就难以丢掉。

好比方志山，刚刚收到消息，他在狱里自杀了。

周褚阳不自觉地加快了步子，在风中急速前进，声音好像断开的篇章，因为风声而模糊了几分：“回家等我。”

温敬的心鼓动了下，身体好像突然温暖起来，明知他看不到，但她还是使劲地点点头：“好。”

顾泾川一直到下午五点左右才从手术室出来，万幸这一段时间病情控制得比较好，所以保全了一条命，只不过还需要在监护室观察一夜。顾泾川的父亲下楼办理手续时碰上温敬，见她没走便喊住她。

“一直以来，杏芳忙于演出，我忙于事业，都没有真正关心过泾川的身体，要不是那次车祸需要家属签字，恐怕我们都还不知道他的病情。”顾父也是搞研究的，深知生物医学工程的精深及艰难，曾经一度不同意他走上这条路，可他到底还是选择了和父亲一样的路。

“他从小性子就慢，也没什么脾气，杏芳总说两个性格强势的人怎么会生出这么一个孩子，可能就是因为我们都太强势，所以无形中让泾川变得安静了。”顾父非常遗憾懊悔，“我们给他的时间太少了，有很多事都没有做到，谢谢你们这些朋友一直陪伴着他。”

他永远忘不了当初泾川急救醒来后，看见是他们两人站在床边时，眼底藏不住的失望。那一幕不停地出现在他脑海中，深深刺痛了他。也就是那时，他才意识到自己的失职。

“说老实话，假如没有你，没有你们这些朋友给予的温暖支持，泾川可能早就放弃自己了。”

温敬语塞，停顿了片刻才说：“他选择和您一样的研究之路，就证明他不会放弃自己。”

她很少听顾泾川提起他的父母，只是曾经一次偶然参加过他父亲的学术研讨会，才知道这位国父级的大科学家竟然和他是父子。

“那次听完研讨会，我们没有当即离开，他在位置上坐了很久，还在您站过的台上站了很久。他对着一个方向看了很久，说您走得太快了，想要有一天和您站在一起做同一个科研项目可能会有点难，不过他会努力。”

顾父眼睛红了：“真的？”

温敬点点头，很快就离开了，回到家已经天黑，她在路上买了两份牛肉面，将它们都倒进碗里，分出一大碗摆在旁边，自己对付一小碗。吃了几口听见有人敲门，她知道是周褚阳来了。

他不用门铃，第一次就是直接敲门过来的。声音也不大不小，敲几声没反应就会等一下再敲，很有耐心。

温敬走过去：“来了？吃饭了吗？”

“没。”他跟着她走到厨房，瞥了眼她吃的小碗，又夹给她一半，“多吃点，太瘦了。”

“嗯，你怎么有时间过来？”

周褚阳说：“下午见了个人，就在附近。”

“噢，那你晚上要做什么？”她喝了口汤，实在吃不下了，坐着看他吃。

又是那种很快的动作，一大碗面很快见底。他边说边将她的碗拿到面前：“拿到一些资料，要看一看。”

温敬的目光追随着她碰过的碗口，上面依稀还残留着她的唇印，他完全没有任何反应，夹起碗里的面三两下就解决光了。见她没反应，他伸手来拉她。

温敬回过神来：“你还住在那个废弃厂房吗？”她以前问过，他没瞒她，但是她从没去过，她知道他不会说。

周褚阳点点头：“那里人少。”

“有空调吗？”她问，对上他黑黢黢的眼睛，又笑了，“这天太冷了，晚上就在我这边看资料吧，家里有暖气，也有客房，把冯拾音叫过来一起看。”

她马上看了眼钟，迅速说：“我待会儿还要出去，去医院看看泾川，晚上不回来了。”

这是临走前顾父对她的请求，医生说情况好的话，顾泾川明天早上就能醒过来，情况不好的话，也有可能这一夜会出事，所以……就算顾父不说，她也会去的。

周褚阳点点头：“我送你过去。”

“好。”两人待了十几分钟后一块出门，医院离家不远，走大概二十分钟就能到。

温敬裹着厚厚的围巾，脖子缩在里面，但头发被风吹得胡乱飞舞。反观身边这人，却好像一点也不冷的样子，双手抄在口袋里，面无表情地按照自己的节奏不快不慢地走着，身上穿的还是上次过来时那件夹克，看着有点单薄。

中途停了一下，温敬让周褚阳等等她，跑进路边的商场，很快抱着件黑色的羽绒服出来，手上还提着两杯饮料，一杯咖啡，一杯奶茶。

她把饮料放在花台上，拿着衣服朝他比手势。

周褚阳把手伸进去，肩一抖，衣服套在身上了。温敬踮起脚，将他的帽子翻过来，想了想干脆把帽子盖他头上。

“冷不冷？”

“不冷了。”他拉住她的手，放在掌心里。

温敬笑着问：“怎么？是不是很感动？”

“嗯。”他倒也实诚，坦白地点点头，把她往怀里拽，“有好几年没这么讲究过了。”

衣服还没拉拉链，他就这么把她包裹在衣服里，紧紧地贴着胸膛。两个人安静地腻歪了一阵，温敬推开他：“饮料要凉了。”

奶茶归他，咖啡归她，两个人又肩并肩朝前走，挤入人流中。

过了会儿温敬看他没有怎么喝饮料，问他：“不喜欢？”

“太甜了。”他把杯子晃了晃，把她手里那杯换过来。

温敬刚想拒绝，就听他说：“刚才吃饱了，喝点咖啡没事，不伤胃。”

温敬无语，只得抿住奶茶盖口，上面还残留了点烟味。她轻轻舔了下盖面上的奶，然后重新含住。

他们继续朝前走，又过了会儿，温敬笑了起来。周褚阳一直目视前方，安静冷然，整个人仿佛都被无尽的黑包裹，唯独牵着她的那只手，一直没有松开，一直很热很热。

这世上最好的感情大抵就是如此，她不说，而他都懂。

一段路走了四十几分钟，对温敬来说总是奢侈的，周褚阳把她送到医院门口就走了，带着她的备用钥匙一块走的。他走回公寓只用了十几分钟，冯拾音已经在门口等他，见他穿了身新衣裳，横眉竖眼地怼了他一下，进屋后扫视一圈，看厨房干干净净什么吃的都没有，只有两碗残羹冷炙不停地刺他的眼，他气得一屁股坐在沙发上，阴阳怪气地抱怨：“我看你挺享受的，这都什么时候了，还整天惦记着谈情说爱呢？”

周褚阳不理他，把暖气打开。

果然没一会儿，冯拾音就不发病了，慢慢靠近他身边：“你是不是记着我腿疼的事，所以才跟温敬借地方的？我就知道！”

冯拾音之前中过枪，是在冬天，整个人都掉进冰窟窿里去了，抢救不及时，留下了病根。以后每到冬天就疼得不行，前几天还在那屋子里不停地打滚，大半夜嗷嗷叫疼。

吃药也不管用，这几天温度一直在下降，他看起来每天都很欢腾，其实心里苦得很。可一个大男人总不能整天吵吵嚷嚷喊疼吧，跟个娘们似的。

周褚阳扫他一眼：“刚刚不是还挺有怨言的？”

“是小弟不懂事，小弟无知了。”他拍拍肚皮，“只是肚子饿了，它跟我闹脾气呢。”

“怎么还没吃？”

“你一个电话我就过来了，哪敢耽搁。”冯拾音看温敬家里实在一穷二白，又将目光转向窗台上的小金鱼和乌龟，以及旁边一大包鱼食。

周褚阳去厨房看了眼，问他：“有紫菜、鸡蛋，还有面条，对付着点？”

冯拾音求之不得，小鸡啄米般点点头。趁他做饭的工夫，冯拾音将温敬的电脑搬到客厅来，把头两天周褚阳给他的内存卡放进读卡器里，破解密码后，正好面条也下好了，他端着一大碗面心满意足地坐在他旁边，一起看下线发来的视频。

其中有一段视频是纽约时报广场发生恐怖袭击前的场景，百老汇剧院前有很多小孩在追着气球跑，街上有各种打扮迥异的人，还有许多表演。当时在剧院不远处有一场学生组织的路演，隐约能看到台上跳舞的人的面孔。

“停停，这个人长得好像有点像温敬。”冯拾音眼尖，指着画面里一个人说，周褚阳赶紧调了回放，让画面静止在她面容最清晰的时刻。

冯拾音口齿不清：“没想到温敬那时候还挺火辣的，这什么动作，哈哈……”

周褚阳看了他一眼，他赶紧收住笑，继续吃面。

视频继续播放，冯拾音又喊停：“等等，当时我就在这个麦当劳的门口，离温敬表演的舞台只有一条马路。”

又继续放下去，就到了恐怖袭击的时候，前后不过半小时，有人连续放枪，几辆重型装甲车就停在路口，一群人冲下来，不管是谁，扣动扳机开始扫射。

“有没有发现什么巧合性？”周褚阳问。

“什么巧合？难道你怀疑这次的事和恐怖袭击案有关。”

周褚阳又将上次神秘人发来的邮件音频放给他听，结果发现音频里的各种声音，包括事件的顺序，时间间隔都和时报广场恐怖袭击现场一模一样。

冯拾音难以置信地摇头：“这……这不可能吧。这群恐怖分子行事狠厉残暴，和方志山团伙的手段完全不一样，如果是他们，估计现在也没咱俩什么事了，要不是躺地下去了，要不就是上天去了。”

周褚阳难以理解这种冯式幽默，直接说：“不一定是这些恐怖分子做的，有可能只是与当天的事件有关。就是因为怀疑这种巧合性，我才让下线继续调查恐怖袭击当天的事。除了方志山的父亲当场死亡，阮蔚的未婚夫也死于这场意外。”

冯拾音惊讶地张着嘴：“你怎么会知道的？”

“昨天去见的记者告诉我的，四年前她负责恐怖袭击事件中华裔人员的登记，她清楚地告诉我，当时阮蔚因为不肯配合记录和将遗体送返回国，闹了很久，让他们同行的工作人员都非常困扰，因此印象深刻。而且那场恐怖袭击中死亡的华人很少，只有三个人，一个是方志山的父亲，一个是阮蔚的未婚夫。”

“还有一个呢？”

“不清楚，被炸得面目全非，也没人认领。但从毛发检测中来看，是华人的可能性比较大，只是在警局里没有找到基因比对数据。”

冯拾音舔舔唇："这个人暂且不说，就说方志山和阮蔚，你认为他们是因为这事走到一起的？"

"难道还有其他可能？"周褚阳将内存卡拔出来，重新塞回兜里，清除电脑里的痕迹，"如果还觉得巧合，想想当天在现场的你和温敬，还有我，还觉得没有可能吗？"

"我靠！什么情况，我被你说得汗毛都竖起来了。"冯拾音抹了把脸上的汗，蹲在他旁边要了根烟，连忙点火抽上几口。

太巧合了。

四年前那场恐怖袭击发生的时候，温敬、周褚阳和冯拾音都在现场，阮蔚的未婚夫、方志山、方父也在现场。先不管他们之间究竟发生了什么，四年以后，因为一些事情，这些人又重新聚到了一起。

在这之前，他们彼此之间陌生，人生或许曾经有过交集，但没有可能让天南海北的这么多人，同一时间都来到这个案件中。

冯拾音又抽了几口烟，才迟疑地问道："你的意思是，这是一场蓄谋已久的报复行动，很可能专为我和你，还有温敬而来？"

周褚阳含着烟低头睨了他一眼。

冯拾音整个后背都凉了："不是，这什么情况？被我说准了？没道理呀，那天……那天很混乱，又过去了四年，我甚至都已经记不清那天发生了什么，怎么会跟我有关系呢？还这么巧同时跟我们三个人有关系？"

他想到一种可能性，震惊地盯着周褚阳："不会……不会是他们刻意安排我们三个人聚到一起的吧？我靠，太可怕了！他们这是要做什么，昨日重现吗？"

周褚阳没吭声，微抿着唇吐了一口烟，白雾在他眼前升起一团，模糊了视线。但很短暂，这团白雾很快就消失不见了。

他将烟蒂无声无息地掐掉，丢进垃圾桶里，又重新埋下头，让冯拾音跟他一起回忆当天的场景，将事件都一一写下来。

两个人做了一夜案情分析，把所有资料都捋清楚了。

三月江苏化工城发生爆炸的时候，周褚阳"恰好"从那里路过，"恰好"他经手了这个案子，玩具公司老板对棉絮的来向一无所知，却能够在资金短缺的情况下投资 928 工程，又"恰好"让他知道这件事的巧合性，一路追查下去。

杰克突然连续搞了不大不小的恐怖袭击活动，似乎是在重演当年的时报广场事件，又似乎是故意引起冯拾音的注意，故意让美方发现杰克身后的财团势力，以牵动华人冯拾音回国追踪调查，而第一个矛头就直接指向了 928 工程。

事实上，按照温敬所说，A 市那块地一开始并没有太多人关注，原本应该是东澄的囊中之物，可后来因为安和电子科技的介入，这块地最终演变成了 928 工程项目，被多个投资方相中。

所以，当一切巧合都不再是巧合，不如大胆猜测，就能发现真相一目了然。

化工厂爆炸事件和有毒棉絮都是故意的，把周褚阳引进案件里。

杰克所制造的小型恐怖袭击也是故意的，为了引起当时在追踪他的冯拾音的注意。

而 928 工程，专为温敬量身打造。

这场大型的恐怖游戏，格局之大，布置之精细，原来从一开始，就决定好了游戏玩家。除了他们三人，很可能还有其他人牵涉其中，只不过他们暂时还不知道。

冯拾音被这种疯狂的假设弄得有些虚，出了一身汗，也不知是暖气太热，还是心里终究不安。

“如果真的是这样，那他们真的太可怕了，究竟那天发生了什么？接下来怎么办？”

周褚阳缓慢说：“你还记得之前给我发的那封邮件吗？”

“嗯，邮件怎么了？”

“有两个疑点，我很少过生日，知道我生日日期的人也很少，发邮件的人却知道，并且最后的声音是个男人，而当时方志山已经入狱。”

“这还真的被我们忽略了。照你的意思，也就是说，真正的幕后黑手不是阮蔚，还另有其人？”冯拾音被自己的想法吓到了，大声说，“真的还有个人？那个人专门为你而来？会是你过去的仇家吗？”

“有可能，这里面还差一些重要的部分，需要温敬来填充。今天就到这里，你去屋里睡会儿吧。”

冯拾音揉揉头，实在累得需要休息，他三步并作两步进了客房，连洗澡的力气都没了，倒在床上呼呼大睡。等他醒来已经是下午了，饿得肚子咕咕叫，在厨房客厅之间游魂般溜达了两圈，终于认命。

几分钟后，意识慢慢回归，他才发现周褚阳不在客厅。

难道在另外一间客房？冯拾音踮起脚尖，静悄悄地推开门，都做好了吓他的表情，却发现里面空无一人，又怏怏收回。

最后他将目光转向主卧。

门才拉开一个缝，就被一道暗沉沙哑的声音打了回去：“皮痒了？”

冯拾音吓得一激灵，往后退了两步，不敢再靠前。周褚阳说皮痒的意思就是在给他机会，不然上来就直接打，他一定会被揍得很惨，唉，谁让他就吃这一套呢。

等了半分钟，周褚阳从里面走出来，穿戴都已经整齐，朝他示意：“睡醒了就走吧。”

“不是，我还没穿衣服，等等。”冯拾音奔进客房拿了衣服，又凑过来，“你让我睡客房，自己竟然睡主卧？”

“嗯。”他没有疑虑，肯定地开口。

冯拾音一边穿鞋，一边面露鄙夷：“她不会也在里面吧？她真的在里面？”他又哼了声，大步绕过他走进电梯里。

过了会儿冯拾音又问：“什么时候回来的？怎么都没听到动静？”

“早上十点左右。”周褚阳说。

“你怎么那么清楚？”冯拾音更加鄙夷了，“你不会一直没睡等她的吧？”

“没，睡了。”他拉着衣服往上提，拉链一下子冲到下巴，又把帽子罩下来挡住脸，率先一步走出去。冯拾音小碎步跟着，笃定地说：“信你才怪，肯定没睡。”

周褚阳斜他一眼，唇角微弯，跟个小屁孩较什么劲呢？

第十八章

背阳而生

温敬只睡了几个小时，其实也不怎么睡得着，回来时见周褚阳在她房间，她靠在门边看了很久，感觉很微妙，也很温暖。她踢掉鞋子爬上床，被他直接拉到身下，才知道他大概也一直没睡着。明明很累，却没有困意，他强撑着陪她说了会儿话，最后回应几乎为零。

她好笑地看过去，他整个人还半伏在床上，靠手肘撑着，这样也能睡着？

温敬眼睛一酸，扶着他的上半身躺下来，将他的手臂放到自己腰上。他在睡梦中不适地调整了下，将她抱进怀里。

她不知道他什么时候走的，摸了摸身边的位置，已经凉透了。晚上萧紫陪她一起去医院看顾泾川，他已经从重症监护室转到普通病房了。池杏芳情绪上缓和了许多，看见温敬没再破口大骂，而是无视她，借故离开。

医生说顾泾川应该很快就能醒了，温敬和萧紫便没有直接离开，又等了一个多小时，果然顾泾川醒来了。他的脸色非常差，刚醒来也没什么力气，看了一圈病床前的人，视线最后落到温敬身上。

见她好好地站在他面前，他就放心了，配合医生简单回答了几个问题，他又沉沉睡去。

温敬和萧紫这才离开，从住院部楼下经过时竟意外碰见裴西。除了上回在 A 市住院，他来看过温敬一回之外，回到 B 市后两人还没见过面。

温敬走过去：“这么巧，你怎么也在这儿？”

“身体有点不舒服，来看看。”他拎了拎手里的药，咳了两声，“你们过来做什么的？”

萧紫接话：“来看一个朋友。”

她有一段时间没见到裴西了，也不太清楚这中间一段时间到底发生了什么，只是看他如今熟悉又陌生的样子，不自觉地疏离了几分。

也许是因为最近出的事一件接一件，他们都有些累了。几个人随便说了几句，温敬的手机响起来，是助理打来的，声音焦急地说出事了。

慈善晚宴当天所募捐的钱置换了孩子过冬用的物品，当时由东澄底下的货运公司负责将物品送去灾区，谁知在路上发生重大交通事故，不仅物品都掉下江了，几个送货员也受了重伤，有一个至今还没醒来。与他们撞上的小轿车也损失惨重，车主不肯私下协商赔款，非得说他们运送危险物品，要把事情闹大。

温敬权衡左右后决定亲自去一趟，裴西跟上她："我陪你一起去吧，听情况那边闹得挺严重的，我不放心你一个人去。"

萧紫有些迟疑："你生病了，这样还让你一块去不太好吧？"她又对温敬说，"我跟你一块去，公司让你哥先看着。"

"不行，出了这么大事，公司必须得留人看着。"温敬搓搓手，一行人到了停车场，她忽然想起什么，"裴西，我要回家收拾点东西，待会儿把具体信息发给你，我们机场见？"

裴西脸上一喜："好。"

于是他们分开，萧紫一上车就嘟哝："不知道怎么回事，总感觉裴西好像有点不对劲，他看你的眼神怪怪的。"

"哪里怪？"

"说不出来，以前他对你那么着迷狂热，我都没觉得有什么问题，现在他变得内敛平和了，我反倒觉得他不像以前的裴西了。"

温敬想到他为了躲避方志山的追杀，一个人独自颠簸躲藏了几个月，内心再强大的人，也不免会有所变化，这都可以理解。

"可能他经历了一些事变得成熟了，你觉得怪，纯粹是因为他不再是以前的裴西了。"

"对，就是这个感觉。"萧紫忧心忡忡，"他不再是以前的裴西了。"

温敬简单收拾了几件衣服，临出发时接到周褚阳的电话，他倒是没说什么，只让她在家里等一等。她等了会儿，看到冯拾音臭着一张脸过来。

温敬："你要跟我一块去？"

冯拾音怨念颇深地看她一眼："去看看情况，顺带保护你。"

这么一来，温敬只得拒绝裴西的好意，给他发了条信息说明情况，登机前收到回复，简简单单四个字：注意安全。

她盯着短信看了会儿，把手机重新抄回口袋里。

出事地点在冲鞍山那一带，温敬和冯拾音下了飞机，和当地的负责人碰头，又开车走了三个多小时才到。听说上面有人来处理事情，对方带了一帮人在那边等着，气势汹汹的，温敬老远看到就不走了，对负责人说直接去警局解决。

对方一听也不乐意了，说他们没有和解的诚意。负责人又代温敬传话，和解也好，那就先把路让出来，不要造成交通堵塞，他们在城里摆了桌饭，可以坐下来慢慢谈。

谁知道对方也是个人精，看负责人总是往返于那辆黑色商务车和他们之间，就猜到温敬在车里，一人扛一把铁锹直接冲过来。

温敬始料不及，冯拾音赶紧将车门拉上，那群人把车团团包围，见她始终不出来就要砸车。负责人赶紧报警，让留在外面的自己人也躲到车上去。外面零下十几度，那群人叫嚣了一阵就消停了，虽然还围着车，却打起盹来。

冯拾音看她一脸冷漠，有点震惊："女人碰见这种场景不都很害怕吗？你这是什么反应。"

"害怕有用？要你做什么？"温敬镇定自若地看了眼领头的男人，"他们是打定主意要耗着，暂时还不会真的动手。"

"为什么？"

"他们先动手的话，就一分钱都别想得到了。"温敬搓搓手，把包里的围巾拿出来套在脖子上，"教他们这么做的人，一定是要他们先拿钱，再偷偷伤人跑路。"

冯拾音笑笑："你知道是谁？"

"难道你不知道？"她反问，其实彼此心里都很清楚。一连几件事发生，阮蔚动作快得让她措手不及。

"你已经有打算了？"

温敬点点头，冯拾音没有存在感地抖了抖外套，嘟哝："这天怎么这么冷，我都流鼻涕了。"

负责人从前面递过来一根烟，温厚地笑道："抽根烟吧，暖暖身体。"

"抽烟还能暖身体？"冯拾音没话找话。

"有点事做，转移转移注意力就不那么冷了。"负责人觑了眼外面的阵仗，很显然已经有人松动了，发脾气了，自己内部快闹起来了。领头人气势再足，也扛不住底下人心不齐，再说这天实在太冷了，他们都为这事在外面等了几个小时。

眼见着有兄弟体力不支，领头人赶紧收手，隔着车窗和里面的人交涉，答应和解，马上回城。

冯拾音咂咂嘴，高深莫测地瞥了眼在后座休息的女人，敢情他就是一摆设？

车子回程，温敬先去医院看受伤的人员，安排妥当后直接回酒店休息。负责人包了一个大厅，好吃好喝地招待对方两桌打手，酒过三巡，领头人见温敬还没来，又开始闹事，负责人好一番劝说才将他们安抚下来，然后趁机偷跑。对方也无可奈何，被温敬忽悠了好几日耐心全无，将最初要求私了的数字生生抹去了一个零。

这么多人在这里，每天都要吃喝，再耗下去只会损失更加惨重，领头人也不是傻子，知道温敬不好对付，干脆守在酒店门口，见她出现后直接给出底价。

温敬毫不客气地又砍掉了一大半金额，给出她能够接受的也是最适合的价格，领头人不肯，冲过来揍她，被冯拾音两下子卸了胳膊。又晾了几天，那领头人从医院出来，温敬提出的要求他都没有脾气地答应了，招呼兄弟拿了钱走人。

这事告一段落，温敬又联系了车队，购置齐物品继续送去灾区。晚上她跟温时琛打了个电话，慈善晚宴筹集善款好几亿，如今全由她来承担，她想让温时琛拨点钱给公司救急，温时琛没答应。

“有什么事等你回来再说，这几天我会清查子公司财务。”

温敬心里一沉，想了想没有拒绝。

冲鞍山一带风景秀丽，雪后山间还有许多小动物出没，这种时候为了防止猎人出动，当地特地出动一批森林公安，就近保护山区。负责人见温敬还留在这里，做主请她外出扫雪游玩，一行人天没亮就出门了，晚上在保护站过夜。

负责人竟还带了一瓶陈年二锅头，温敬抿了几小口，剩下的都给冯拾音和驻守在这儿的森林公安了，他们不敢多喝，一人一小杯权当暖身体了。中间烧着篝火，大家天南海北地说起有趣的事，但大多都和这些年行军的事逃不开关系，面孔都还年轻，却已经各有风霜。

听说冯拾音是西点军校毕业的，其中一个小伙很激动地说：“世界四大军校之一哎，好几位美国总统都是从那里出来的。听说西点的很多毕业生都是国防部高官，但是招收的中国学生很少，你能进去一定很优秀。”

冯拾音臭屁地噘了噘嘴：“那是，不过也都是听着风光，实际上还没国内军校一根手指头好，中国人在那里只有受欺负的份。”

“那你怎么还去？”

“因为有个人让他们不敢再随便欺负中国人。”酒滑入嗓子，辣得他眯眼，冯拾音吊儿郎当地睨着她笑，“不想知道他是谁？”

温敬差不多知道了，好整以暇地等着他继续往下说。

“亚特兰大空军部联合西点军校行动，拯救被困在深山的一批背包客。确定人员所在地后，他们前去救助。那座深山可能是某隐居部落生活过的，山里到处都是陷阱，地形相当复杂。进山人员有数百，可一个小时后只剩下了八十二个人。有的人被野兽叼走了，有的人迷路了，有的人掉进陷阱死了。三小时后，只剩下三十七个人。”冯拾音眼睛发亮，“最终找到那批背包客的只有十一个人，其中八个都是中国人。”

他说这话时，一直有意无意地扫视着温敬。

“后来呢？”大伙被他的话说得热血沸腾。

“后来剩下的三个老外要抢功，回程时互相残杀都死光了。”

“没人救他们吗？”

冯拾音露出不屑：“听过丛林规则吗？对想要害你的人伸出援手就是做好了死的准备。他们害了两个中国人，还指望被救？”

最初表示羡慕的小伙子面露不忍：“怎么会这样？”

“感受到区别了吧？在国外跟人打感情牌总是没有拳脚功夫有用，他们只奉行弱肉强食的规则。”冯拾音一手托住下巴，另一只手捏住透明小玻璃杯晃了晃，好酒差点溢出，他一口含住，爽快地笑了，“几百个进去，六个出来，全是中国人。当时西点军校的行动指挥官严厉要求他们解释情况，由背包客做证，指挥官了解到后来发生的一切，却想睁一只眼闭一只眼，不做处理。有个中国人坚决不肯，要求指挥官给那三个老外叛罪，除去军籍，给牺牲的中国军士追加荣誉勋章，然后……”

冯拾音卖了个关子，环视一圈后缓慢说道：“地下比武方式，如果那个中国人能一个人打趴十三个，指挥官就会按照他的办法解决这件事。”

“打赢了？他打赢了是不是？”旁边有人激动地抢话，双双对视，把臂相拥。

答案未名，眼眶已湿。

“是啊，赢了，为了战友的清白在床上躺了大半年，一群男人轮流照顾他，都觉得太值了。后来这件事在华人军圈里传开了，还有好多小姑娘自发去照料他，可把大伙羡慕得不行。”

明明说着开心的事，冯拾音却慨然地叹了口气，揉揉眼睛里的沙子。

“那是第一次中国人的名字被载入西点军校的荣誉丰碑上，和他一起参加行动的空军说，如果剩下的五个人能有一个得偿所愿的机会，大概都是想看一看这个男人笑起来是什么样子。”冯拾音直勾勾地盯着温敬说，“他当时老严肃了，一点也不爱笑，不过说真的，我就服他一个人，只服他。”

温敬抿了口白酒：“我知道。”

冯拾音似乎觉得她这表现还不够，还不足以令他满意，趁着酒意猫着身子凑近她，沉沉说道：“如果你像他那样，每天睡觉抱枪比抱被子还自然，胃疼到昏厥只当作打了个喷嚏，一年365天有至少300天在人来人往的街道上、狭窄潮湿的小旅馆、全是刺鼻浓烟的楼梯间、高窗透进一点光芒的废弃工厂、下着雪的天桥底下独自一人生活，看着身边的人，听着他们的交谈欢笑，感受像电影叠画一样错综复杂的人生，茫茫然抬头低头，单节奏地动作，反应过来时，只有手指间的烟递到唇边，钻进肺腑里，真实而滚烫。这个时候你就会明白，他在用所有资本爱你，是件多么辛苦的事。”

温敬还是点头：“我知道。”她将杯子摆在他面前，杯沿轻碰，像是致敬同道，温柔中无形庄严，“他从未跟我说过一个字，我却好像已经看完他这一生。”

这个世上的确会有一些人，一直伪装沉默，饰演谎言，背阳而生。

他们无名无誉，鲜为人知，常年行走在刀尖之上。

他们会失去战友，被同行背叛，会被许多人无端指责和谩骂。

而他们还必须风雨无阻地继续朝前走，从生至死，怀抱一个梦想——生前敞亮，死后清白。

温敬永远忘不了他说那句“我渴望倒下即安息”时的表情，那种凝重和肃穆不是因为自己曾遭受过不公平的际遇，而仅仅是为不幸死去的战友感到悲愤和不甘。

好在他做到了，虽说是以一打十三的黑道规则，但他还是以活着的前提做到了。

冯拾音恍恍惚惚地笑了，捂着眼睛冲她嚷嚷：“来，再喝！”

温敬也一杯杯陪着，可他酒量不行，一会儿工夫就喝飘了。负责人留下来照顾他，她则裹了件大衣出来醒醒酒。

她站在保护站的高台上，眺望无边无际的雪山。

月色温柔。

照亮脚下的路。

这条羊肠小道蜿蜒曲折，当真不好走。

她一步踩下去，险些摔倒，小腿肚被积雪吞了一半，她又踩下一脚，渐渐平稳……她循着光一直朝前走，像是要走到世界的尽头。

突然，身后的树林窸窣了几下，她犹豫地张望了下，刚要返回，旁边的灌木丛中就跳出来三个人，一人捂住她的嘴，其他两人将她拖进林子里。

温敬放心一个人出来，就是以为在保护站附近，有公安保护，那群人不至于在这里对她下手，可她到底低估了亡命之徒的决心。她在赔偿方面没让他们得逞，反倒更激怒他们。

他们在酒店门口一连守了几日，都没找到合适的机会下手，这会儿看她外出，还不赶紧把握机会？

温敬挣扎了一会儿就失去力气，全身绵软，意识也慢慢模糊。

她还是想着那个场景，想到那道温柔的细纹里，一条明亮的羊肠小道，弯弯曲曲，通往他的深处……

冯拾音喝多了也爱闹，抓着负责人不肯放他走，还不停叨叨：“你别拦我，我跟你说，我……我要去保护你们温总，要是她有个好歹，我……我就被揍死了。那个男人很凶的，打起人更凶。”

负责人哭笑不得：“我不拦你，真的，你先放手，别掐我，嗷嗷，掐得肉疼。”

“哪里疼？”冯拾音红着脸嘀咕，“肉不疼，心疼！这么辛苦，怎么都没人疼我、爱我！”

话音刚落，保护站的门被推开，一路的风雪湿冷气钻进来。

冯拾音眨眨眼，酒醒了些：“你……你怎么来了？”

“温敬呢？”周褚阳上下打量他一眼。

负责人说：“刚刚去外面了，应该还没走远。”

周褚阳点点头，保护站的门很快又被关上。他一身黑衣，满身雪花，又融入无边无际的夜色中。他好像不曾出现过，每次离去也都无声无息。倘若不是长期生活在黑暗之中，谁又能忍心拒绝光明？

冯拾音的酒气去了些，拉着负责人起身：“走吧，跟着他走……”

周褚阳循着门口的脚步一直走，到灌木丛这边时发现脚印变多了，地上出现拖拽的痕迹。他神色一凛，顺着拖拽的方向一路寻下去，来到河边。河面结冰，映衬得此处格外明亮。

有几个男人在不远处抖着腿。

“快点快点，让我来！”几个人推推搡搡，赶着上去。

其中有一个大喊着："快点，忍不住了！这皮肤真白，真够滑的。"说完几个巴掌毫不留情地甩上去，又说，"让你克扣我们，少赔那么多钱！要不然老子还真得好好疼你。"

周褚阳走过去，脚踩在树枝上，发出了清脆的嘎嘣声。有个男人敏锐地察觉到，提着裤子扭头看过来，还没看清什么情况，就被一拳打趴在地上。其余两人见状扑上来，周褚阳一脚踹一个，重重的拳头落下，一次又一次，打得那群人满脸是血，不停告饶。

他真的忍了很久，强行忍着，才没有继续下去，转头脱下衣服罩在温敬身上。温暖瞬间来袭，她下意识地往他怀中钻。

周褚阳抱起她，后面三个人在地上偷偷地爬，好在这个时候冯拾音带着人赶到这里。

他一瞬间快哭了。

周褚阳从他身边走过去，看了他一眼，那一眼到底是冷了几分，毒了几分。冯拾音懊悔地直跳脚，抓着负责人骂了一夜，怪他带酒过来。

负责人真是委屈得说不出话。

回到休息站，温敬也醒过来了，看了眼面前的人，又看看自己，什么都明白了。她表现得倒是很平静，问："人抓到了吗？"

周褚阳点点头，她宽心地笑笑："让冯拾音去吧，不管用什么方式，都要让他们招供出是被阮蔚收买了。"

"好。"他只穿着一件单薄的衬衫，身上最厚的羽绒服还是她买的，现在在她身上。温敬从拉链里伸出手，将他抱住。

"回酒店吧。"

两个人没在保护站过夜，直接回城。负责人也是受到了惊吓，陪冯拾音一块去警局做笔录，随行的还有一位森林公安。这孩子还年轻，感觉冯拾音怕那个后来的男人，心中就燃起了熊熊的八卦之心，还胆肥地问："那个，那个是不是就是你服的那个？"

冯拾音拒不承认："哪个哪个？"

"就是把那三个家伙揍成猪头的那个。"

"呵呵……"冯拾音冷笑，"为我点蜡吧。"

他们到警局的速度比回酒店快，温敬收到冯拾音发来的已经招供的消息时，刚回到酒店房间。她将手机一丢，捧着周褚阳的脸吻下去，两个人抵着门火热纠缠。

空调里的热风呼啦啦地吹过来，她身上的羽绒服掉在地上。周褚阳双腿一顶，将她抱着放到床上，缓缓压上去。

男人的温柔和生理反应一样，可以无师自通，也不能一忍再忍。

他做得酣畅淋漓，她笑得一往而终。这一生到此，无怨无悔。

第十九章
想过放弃

温敬睡到半夜，迷迷糊糊醒来，看见窗边站着个人影，她换了个姿势，安静地看他。静夜中他的轮廓被勾勒出一股江湖气，让她很自然地想到了古代时的杀手，冷静严肃，很少会笑。

他察觉到，掀开被子钻进来，将她抱在怀里。

“你怎么会突然过来？”

“查到一些事，又看你们迟迟没归，有点不放心。”

温敬蹭蹭他的下巴：“都没事了，前期耗得太久。”

“嗯，正好想问你点事，四年前时报广场发生恐怖袭击，当时你在做什么？”

温敬愣住，往深一想好像明白了些什么，认真回忆道：“那天我和同学一起参加路演，活动还没有结束，突然听见枪声，大家都很慌乱，四下逃窜，我也被人流带着到处跑，后来……后来我好像被一个人撞倒了。”

“那个人是谁？”

“我记不清了，是一个男人，年轻男人。”她皱着眉，“当时身边到处都是爆炸声，那个男人拉着我一起趴倒，后来……后来我就在医院里了。”

周褚阳“嗯”了声，轻轻拍她的后背：“天还没亮，再睡会儿吧。”

“和这次的事情有关？”

“可能，等回了 B 市确认照片之后再说吧。”他的手放在她胸前，轻柔地抚摸了几下，身子又热起来。温敬没有力气追问，躲避着他的攻势，气喘吁吁地问：“不是说睡觉吗？”

周褚阳笑了：“等会儿再睡。”

两个人一觉睡到第二天九点，周褚阳去警局办事，温敬简单吃了个早饭，就在酒店周边转悠了两圈。碰巧在教堂看见一场盛大的婚礼，新人经过十年爱情长跑，其间异地多年，如今女方牺牲了优渥的工作来到了男方的城市，背井离乡，为爱孤注一掷。

当神父说到爱情的宣言时，女方坚定不移地说“我愿意”，男方却犹豫了。

他犹豫了有一分钟，教堂里所有亲友都屏住呼吸看着他，就在他要开口的时候，女方却突然抢先道：“你不愿意，我放弃了所有逼你来做这个决定，你依旧不愿意，而我早就知道这个答案了。”

女方流了眼泪，却没有撕心裂肺，一切都好像在她的预料中，平静中带着绝望。

一场婚礼不欢而散，女方走了之后，所有人都在指责男方。那个年轻英俊的男人看着未婚妻离开的方向，却好像松了一口气。

“这个结果对谁都好，我们不能为了已经过去的十年，而捆绑对方未来的几十年。”男人发表感言后也离开了现场，女方的母亲哭成了泪人，闺密团大骂这个男人无情。

说实话，温敬也觉得这个男人太凉薄。即便不爱，这十年也尚未过去。

别说十年，哪怕十分钟、十小时、十天，对她而言都根本过不去。

教堂里一下子变得安静，十字架还用白色玫瑰装饰着圣洁，原先热闹欢笑的人群却都相携痛苦离去。她一个人坐在教堂最后面的位置，坐了很久，保持着一个姿势，直到腿麻了，才想到要离开。

可她刚要起身，一双手突然蒙住她的眼睛。她下意识地挣扎，这个人却附在她耳边低声说：“嘘，不要害怕，我不会伤害你，我只是想跟你说会儿话。”

是个男人的声音，莫名有点熟悉，可温敬太紧张了，一下子想不起来。

她被这个男人带到了一个封闭的格子间中，他将她按在一张有靠背的椅子上，然后迅速地退了出去，关上格子间的门。温敬只看到一个颀长的背影，随即就被狭小的空间彻底包围。

这是教堂的告解亭，是做错事的人用来跟神父忏悔用的。

隔壁的小亭子里也坐进去一个人，温敬干脆放松下来，她坐在凳子上，舔了舔唇，尝试几次后平静地问：“你要跟我说什么？”

“我不忏悔，我只想跟你分享一件有趣的事。”男人的声音饱含热烈和激动，“我已经等不了了，我必须要现在告诉你。”

“好，我听着。”温敬悄悄地伸进衣服口袋里，摸到手机，点开录音。

“2010年的时候，我参与了一场救援行动，亚特兰大空军部联合西点军校，拯救被困在深山的一批背包客……”

那场救援被困山里的背包客的行动结束后，一场地下比武方式，决定了华人兵种在异国他乡的地位，同时也让当时行动中自相残杀的三个外兵抹了黑。

其中一个外兵，就是这个男人。

“我没有死，上帝不肯收我，所以我又活着回来了。可我怎么也没有想到，我竟然会被除去军籍，从学校除名。我的父母因为这样的屈辱饱受流言蜚语，母亲得了抑郁症，父亲被邻里嘲弄，醉酒后驾车出了车祸，到现在还半身不遂地躺在床上。我的小妹被几个男人玩弄，在学校里自杀，可那些人那样冷漠，说她活该，活该有我这样的哥哥！”

男人声音低冷，蓝色的瞳孔仿佛酝酿着一场海啸，遍布宁静的阴霾，他被告解亭黑色的绸布笼罩着，笼罩在无边的黑暗中。

“呵……怎么可能？怎么可以？在我拼死拼活回来后，整个世界都仿佛变了。凭什么那个中国人就能享受荣誉和称赞，我就要被踩进地底下，一下不够还要不停地踩？我的家人有什么错，为什么那些人要这样对待他们？”

温敬咬住唇：“所以你要报复他们？”

“这不是报复，这是他们为自己做过的错事应该付出的代价。我要让那些曾经冷眼旁观的人都受到惩罚，我杀了那场行动中被救的背包客，我让他们饱受挫折流血至死，我还杀了那些欺负我家人的狗东西们，我用同样的方式让他们出车祸、自杀、得抑郁症，呵……我要让他们也过着和我家人一样的生活。”

他忍不住低笑起来，不停地低笑：“对了，除了他以外，我还对当初活着走出来的其他五个中国兵都做了安排，我让他们的战友死去，让他们的家人离奇失踪，让他们饱受痛苦的质疑和非议，我发现这个过程比直接杀了他们让我快乐多了！”

温敬紧紧攥着手机，她的声音惊颤起来：“你到底是谁？你究竟要做什么？”

男人笑得越发癫狂：“你都知道了不是吗？温敬，喜欢我上次送给你们的礼物吗？”

温敬想到那个邮件，想到那个音频里的声音，全身的汗毛都竖起来了。

“你疯了吗？你究竟是谁？”温敬豁然一站，开始使劲地捶门。

旁边的男人却一派淡然，他双手支撑着下巴，不急不缓地说：“我专门为了周褚阳而来，我要让你看看那个顶天立地的男人，被我玩弄于股掌间的样子。我要让他尝一下失去所爱之人的痛苦，让他也尝一尝被这个世界抛弃的滋味。”

温敬推不开门，心下一急，狠狠地踹了门一脚。她见门闩松动，又一连踹了几脚，好不容易把门踹开了，连忙到旁边的小格子间里察看，人却早已走远了。

她跑出教堂，入眼是一条车水马龙的街道，行人来来往往。

她回到酒店后等了大概有五分钟，周褚阳也回来了。温敬把录音给他听，他听完后沉吟了一阵，拍着她的后背说："我安排人送你们离开。"

"那些人招供了，阮蔚已经没有招数可以使出来了，我原以为这件事应该可以结束了。"温敬拉住他的手，神情掩不住的失望，"究竟什么时候才是头？"

周褚阳低下头，目光沉沉地注视着她。

房间里拉着窗帘，光线很暗，可温敬还是看清了他的眼神。她忍住鼻头上涌的酸涩，钻进他怀里。

"我不知道他们接下来会对谁动手，我是真的怕了……周褚阳，我真怕我要先放弃了。"

这不单纯只是他们两个人的战争，越是接近真相中心，她越感觉到无力。这个局就像一张密密麻麻的网，将她罩在网下，密不透风又逃脱不去。最关键的是，敌人的锋矛总对向她的亲人。

她真的有点累了。

温敬不敢看他，小声嘟哝着："如果有一天我坚持不下去了，我们之间是不是就结束了？"

很长一段时候，周褚阳都没有任何反应，他就这么站着，不抱她，也不离开她。最后他还是先反应过来，把她抱上床，盖上被子。

"睡会儿吧，机票是晚上的。"他温柔抚摸她的眉眼，再三流连，在离去前捏了下她软软的手掌，轻声说，"就算结束了，也过不去。"

下了飞机已经十点多，萧紫来接温敬。周褚阳没跟她一块走，出了机场找了家饭馆对付了几口，就接到冯拾音的电话。

"温敬呢？"冯拾音一开口声音都不对了，"出事了！"

"什么事？"他放下筷子。

"之前一直没找到的专家投案自首了，将所有有关928工程的图纸和设计理念在网上公布了，指出东澄实业子公司负责人打着环保的幌子谋不义之财，企图搞恶性研究，现在舆论一片。"

周褚阳沉默，眉头紧皱。

“我靠！又被阮蔚抢先！她这是什么意思？我知道了，难怪那几个家伙这么快就招供了，她这是留着后招等咱们呢！”冯拾音大骂了几句，“狗娘养的，她怎么敢！”

“先去局里等我。”他的声音沉下来，闷闷的。

B 市天气也不好，昏暗阴沉，仿若又有大雪摧城而来。他嘴巴里苦涩干燥，一口饭都吃不下去了。也不知道该不该高兴，敌人再次动手，他和温敬结束不了了。

温敬上了车，萧紫也一声不吭，温敬直觉有什么不对劲，逼着萧紫停车。萧紫伏在方向盘上泣不成声，终于吞吞吐吐地说：“泾川不见了。”

温敬心里一突：“什么意思？”

“今天中午，护士去给他换药的时候发现他不在病房，以为他去散步了，等了一会儿不见他回来才着急去找。他的手机还撂在床上，人却不见了，他父亲就以为是来找你了，还特地到公司来了一趟，结果……已经找了一下午，毫无音信。”

温敬深吸一口气，抹了抹眼睛，强迫自己冷静下来，却还是没忍住，压抑着低吼了几声。她弯下腰，手肘撑在膝盖上，捂着脸，平复因愤怒而激颤的心情。

她打开手机，拨出电话。

“喂。”电话那头的女人笑了，并未听见她任何声音，便以一个胜利者的姿态嘲笑她，“温敬，喜欢吗？”

“放了泾川，我可以跟你走。”

阮蔚的声音软软的：“那可不行，他可不是你身边的那个女人，哦，萧紫，对，他可不是萧紫那样可以交换的人。”

“你疯了吗？你为什么这么做？你这样是将自己完全地暴露，警方一定会抓到你的！”温敬咆哮。

“那就快点来抓我啊，这场游戏持续得太久了，一点也不好玩，我不想再玩下去了，我要快点结束。”阮蔚一直盈盈浅笑着，“抓来了顾泾川，这游戏很快就可以结束了。”

“疯子，神经病！你放了泾川，他已经生病了，你还抓他干什么？”

“他是国内最具潜力的生物医学工程博士，擅长基因分子研究，你说我抓他做什么？鹤山基地毁了，可里面的实验成果没有毁掉。温敬，你不会傻到真的以为 928 工程已经结束了吧？”她遗憾地叹了口气，“你难道没有想过为什么方志山会那么容易就落网吗？”

温敬一瞬间愣住，联想之前方志山疯狂玩弄他们的种种，她忽然意识到他的确是在情绪最高涨的时候，轻而易举地被抓了。

“你的意思是，方志山故意把我们引到鹤山去，故意投网，就是为了让我们以为 928 工程的秘密实验都已经结束了？”温敬捋清这些关系后一瞬清明，“难怪那次我们去救裴西，刚到 A 市不久，方志山也过来了。”

那次在小叔家里，她提出用自己引方志山上钩，制造实际证据抓捕他入狱。可她中午才提，下午就被绑架了，当时周褚阳还怀疑过这件事的蹊跷性。

原来真正上钩的，是他们。

阮蔚知道温敬是个聪明人，一点即通，她也不愿意多说，只道：“顾泾川不会有事的，只要等研究成果出来，你来做第一只小白鼠，我就会放了他。”

电话挂断，温敬一直难以平复内心跌宕的心情。

过了很久，萧紫试探地说：“先回家吧，好不好？”

“好。”她点头，挤出一丝笑容。

好不容易回到家，一开门却看见满屋子都坐着人。老爷子、徐姨、温崇言和温时琛都在，几个人齐齐坐在沙发上，一言不发，十分严肃。

温敬当即意识到，可能还有事情发生了。果不其然，温时琛把她叫过去，直接问道：“你有什么话要对我说吗？”

她摇摇头，温时琛一字一句地说：“好，你不说我说。在 A 市你受伤，是为了抓方志山？安和电子科技的事是你做的？方志山自杀了你知道吗？上次的车祸是人为？那么这次的慈善捐助意外也是人为？家里的事情被爆料，泾川被人掳走，都是因为你？”他因为生气整张脸都涨红了，“你告诉我，你到底还想做什么？”

东澄的失利，接二连三的意外，让温时琛失去了理智，他声嘶力竭地大喊：“你究竟什么时候才能收手？是要看着东澄破产，父亲被调查，爷爷一把年纪去求人才肯停止吗？还是说，非得弄出人命来？”

“已经弄出人命了。”温敬的指甲嵌入掌心，她努力保持镇定，“早就有人因为救我而死了。”

她抬起头，倔强地忍着眼底的酸涩：“我告诉你，温时琛，早就有人因为救我而被杀害了，如果没有那个人，我可能已经死在 A 市了。”

温时琛跟温敬较劲，两个人谁也不服输地互相看着对方。

在某一个瞬间，他忽然意识到她还这样年轻，根本不足以背负一条年轻的生命。他忍了忍，还是平静开口：“这事你别管了，从现在开始，公司会由我来接手，总部会直接裁决。”

她点头同意了。

这是最好的办法，做合并结业处理能有效保存公司的核心力量，东澄总部全权由温时琛负责，飞希德做得再大，也无法撼动东澄。

过了会儿，温时琛说：“泾川那边，你也暂时别管了。”

温敬低下头：“我会救他的。”

“你怎么救？你告诉我你要怎么救他？”温时琛紧紧攥住拳头，压抑着巴掌挥向她的怒气。

“他是因为我才被人带走的！我怎么可能置之不理？”温敬咬紧牙关，不容置疑地说，“我一定会救他的，我不会再让自己背上第二条人命。”

“我也不会同意的，我不会看着你去送死。”温时琛青筋暴出，沉声说，“我告诉你，这一段时间不准出门，不准再跟那个男人联系。”

她果断摇头，直视面前的众人，简简单单三个字表明立场：“不可能。”

这时连一直沉默的老爷子也怒了，拍着桌子吼道：“没有你说不的权利！听你哥的安排，断掉和他的一切联系，只要你不和那些人较劲，他们就不会再找你麻烦！”

温敬没作声，温时琛接着说：“你在商场也打拼过几年，我一直以为你应该已经看清许多商人的本色。是虎是狼要有分寸，不该你查的事情不要好奇，先前我只当你随便玩玩，没想到你会糊涂到这个地步。”

“随便玩玩？”温敬笑了，眼泪一下子涌出来，“我就是没随便玩玩，才让自己好好活到现在！不然你们凭什么以为，说了这样的话，我还把你们当家人？”

温时琛浑身一震，拿起桌上的烟灰缸朝她砸过去。温敬没躲，硬生生被砸得往后退了一步。

萧紫赶紧冲过去拦着温时琛，徐姨抹着泪来护温敬，痛斥温时琛：“好好说话，不准动手。”

“温敬，你把刚刚的话再说一遍！为了一个男人，你对我们说出那种话！”

温时琛真的是被气到了，从小到大他一直如兄如父地照顾她的生活起居，这么多年，从未真正把她看成一个大人，始终都还呵护着她，她今天却为了一个外人公然反抗起全家？

他是真的失望，失望到忍不住红眼。

徐姨不停地劝，劝温敬服个软，不要跟他们闹，温敬不肯，将徐姨拉到旁边。

她忍着痛，深吸了一口气，高高抬起头，没有任何松动地说："是，因为这个男人，这个我不说他都会懂的男人，我第一次反抗你，我还会因为他反抗很多次。"

"你反了天了！"温时琛怒吼。

"这么多年以来，你们各自忙于事业，我所有的心事都只能自己一个人尝。我已经不记得从什么时候开始，连跟徐姨说个贴心话的机会都没了。哦，因为那时我被你们送到了全封闭的学校，后来我回家越来越少，你们看我的次数也越来越少，等到了我可以独当一面的时候，我又被送到国外念书。我一直很努力，没让你们失望，我成为很多人羡慕的有钱有颜的女强人。然而谁知道呢？我第一个交往的男朋友说我像条干鱼，非常无趣顽固，不懂得撒娇示弱。是啊，我也想知道我为什么会变成这样，我怎么就不能柔弱一点？如果我能柔弱一点，学会哭诉，或许我就不会一直走不出陈初的死……"

没有人知道她当初有多么痛苦，可是那个男人说了句："别太逞强。"她就真的愿赌服输了。

没有在罪海中溺毙，他用他坚硬的情义救赎了她。

后来她终于明白，所有无法宣之于口的苦，都是因为还在等不善言辞的甜。所以她绝对不允许救过那么多人、受过那么多伤、那么好的一个男人，因为她而被人误解，染上污点。

"我跟你们说这些，不是因为我委屈，而是不想他委屈。"温敬总结道。

温时琛看她神色决绝，怒气一下子从头泄到脚，无力地坐在沙发上，几个人都沉默下来。冷静一段时间后，一直隐忍未发的温崇言说："温敬，先吃点东西吧。"

温敬被这个爱恨难言的父亲弄得一下子红了眼，站着半天没反应，还是徐姨将她拉着坐到桌边。

"刚刚过来的时候在路上买的，猜到你还没吃饭。"徐姨又招呼萧紫过来一起吃，给她们两个年轻的丫头让出了位置。温敬吃得慢，一口一口咀嚼，没有一点声音，客厅也安安静静的，三个年岁不一样的男人往那儿一坐，似在审视这些年空空洞洞的过往。

一个深思，一个低头，一个满鬓白发。

徐姨转过身，悄悄抹了把眼泪，她握住温敬的手："你这傻丫头，有什么都憋着藏着，还以为你挺乖顺，没想到发起脾气也这么吓人，跟那几个一模一样，不愧是一家人。"徐姨轻轻拍她的手背，这话权当给他们祖孙三代台阶下了。

"以前啊，你爷爷还总说这么一大家子，需要个女人来操持，可是你再往深想一想，就该明白没有这个女人，才是对你最大的保护。”

扪心问一问，老爷子对前妻，温崇言对发妻，当真不够深情吗？

温敬一瞬明白，又深知戳到了徐姨的痛处，反过来拉住徐姨的手，嘟哝道：“对不起。”

“傻孩子，说这话做什么？”徐姨笑着擦了擦她的眼泪，“以后好好说话，都别着急，一家人别总这么严肃。时琛你也是，温敬是成年人了，你们应该尊重她。”

老爷子抹了把脸：“行了行了，就这样吧。”他一开口其他两个人自然没意见，一副全听他安排的态度。温敬又看着他，难得一张脸被气得发红，到现在血色都没褪下去。

“把他叫过来吧。”老爷子叹了口气，“让我见见他，我看看是什么浑小子，把你迷成这样。”

温敬“唔”了声，温崇言说：“放心。”

她一颗心就当真放下去了，又觑了眼温时琛，很显然他被气得不行，斜斜睨了她一眼，没有作声。温敬跑到厨房去打电话，知道他就在楼下的时候愣了会儿，于是赶紧下去接他。

他还是白天的样子，胡楂有点茂密，脸色看着也很憔悴。

温敬走过去，张开手臂抱住他：“为什么会在这里？”

“东澄出事了，我来看看你。”他握住她的手，揣到口袋里，继续捂着。

“在这儿多久了？”

“有一会儿了。”他抬步往前走，温敬不让，仰头看他。

“你是不是什么都知道了？”

“差不多。”他看她的眼睛通红，就知道发生了什么，“没事，我应该去见见他们。”

温敬吸了吸鼻子，紧紧地贴着他的胸膛。

“我刚刚想明白一个问题，关于我为什么会这么爱你。”

他的唇角忍不住往上弯：“为什么？”

“大概是因为，你是我肚子里的蛔虫。”她说完自己先笑了，在他臂弯下腻歪了一阵，轻轻说道，“我爱你。”

周褚阳回：“我知道。”

出了电梯，温敬又拉着他。她不说话，他就一直看着她，耐心十足，这样等待的姿态仿佛可以持续很久。

温敬心里发酸："对不起，我想过放弃。"

周褚阳捏捏她的手，把她揽在怀里，有很多话都不曾真正跟她说过，但他怕再不说的话，她会真的放弃自己。于是他长嘘了一口气，贴着她的耳朵低声说："温敬，其实我已经习惯了，这条路走来，有很多战友都先说了放弃，也都慢慢离开我了。我唯一的下线，在支撑了四年后也要走了，以后可能就剩我了。说不定走着走着，哪一天我也没了。所以，硬把你留在我身边，才是我自私的举动。我已经自私很久了，你才想要放弃，对我来说已经很奢侈了。"

温敬的眼眶一下子红了："你没想过吗？你不累吗？"

其实从事这一行，从一开始就不该有这方面的考虑。可即便穿上了那身军装，佩上了肩上的勋章，也都是有血有肉的人，时间久了难免会被这艰难的世道为难，考虑到其他的东西，譬如家人、爱人。

想得越多，越会觉得累。他这几年一直考虑得很少，所以未曾真正地感觉到疲惫，直到鹤山工厂事件爆发。

那一夜，他从树林里跋涉而出，见她被人拖着，黑暗中划出了长长的血痕。

那一刻，他真正感觉到来自四肢百骸的倦怠。

而如今，依旧不太敢细想、深想，不敢想未来。

他将她拢在怀中，想了很久后慢慢说："有点累，但也不太累。也想过放弃，特别难的时候就想过，但后来那些难的时候也过去了，剩下的就是想想而已了。"他低头，找到她的唇蹭了蹭，"所以不要说对不起，我知道你不会放弃我。"

"你又知道了？"温敬破涕为笑。

"嗯。"他点点头，揉她的头发，"我还知道很多，以后不要为了我跟他们吵架，不能解决的事，我都会解决的。"

温敬忍了忍，强行把上涌的酸涩咽了回去，踮起脚吻他的下巴。她轻声说："好，我的将来都交给你来解决。"

第二十章
有得你还

两人进门后，周褚阳就直接被带进了书房里，四个男人在那个房间里谈了有两个小时，才前后出来。当着大伙的面，老爷子直接宣布："先救泾川。"

周褚阳是最先离开的，温敬被盯着，没能送他下楼，视线却一直跟着他。他脸上的表情依旧平淡枯乏，眼睛却在那小扇一般的睫毛里始终明亮如昼。

他轻轻一笑，细细的纹被拉长，她便知道这羊肠小道又为她打开了。

而后温家几个男人也相继离去，表示会全程跟进这件事，不准她再擅自行动。错身而过时，温敬看见温时琛和萧紫交换了个眼神，却始终没有看向她。

夜里她同萧紫肩并肩躺在一起，她问萧紫："我是不是让他很失望？"

"他不失望，只是担心，自从你去冲鞍山处理事情，他就没怎么离开过这里，一天到晚愁眉不展，我问过他，那个时候他还不肯说，原来就是在查这些事。"萧紫转过头，抱住温敬，"如果没有今天的事，我真的不知道你瞒着我做了这么多。"

温敬努力调笑："你都要成为温太太了，我怎么能拿这些小事来烦你呢。"

萧紫气得拍了她一下："又不正经。"她根本笑不出来，听着外面呼呼的风声，她只能将温敬抱得更紧。

"我知道你不会错，但是别再坚持下去了，会很累的。"她嘴巴苦涩地说。

温敬眼睛又酸了，浅浅一笑："我每天都很累，但我知道这条路没有回头，不能低头。"

"为什么是他？"

"我也想问他，为什么是我。"

一场引蛇出洞，将方志山抓了起来，原以为藏在下面的真相都会一一浮出水面，结果浮出来的却让人措手不及。阮蔚几次出手都又快又狠又准，与方志山的简单粗暴不同，她的游戏会相对温柔一些，耐心一些，把他们玩得团团转。

参与图纸设计的专家不早不晚地出现，倒戈指向东澄，温时琛代表公司被带去警局问话。这么多年没有破冰的父子关系，因为温崇言的几次交涉，反倒缓和了许多。

至于阮蔚，从抓走顾泾川，任由冲鞍山那些犯事的家伙指正她开始，大概就做好了最后一击的准备。阮蔚名下的几处房产均不见人影，想必早已躲藏起来。

但不管怎么说，飞希德医药制业都是她的心血，她应该不会就这么不管不问。

温敬联系了苏响，起先他怎么都不愿意接她的电话，直到飞希德在南边的一个工厂的生产线出了问题，他才主动联系温敬，请求东澄实业的帮忙。温敬和苏响都知道生产线对于制造业的重要性，同样也清楚一般情况下，生产线是不可能出问题的，所以，这很可能是人为。

苏响捶胸顿足，也怪他一时心软，听了老婆的话，把南边那个厂全权交给了他小舅子，谁知道还没一个月，就出了这种大事。

温敬了解到详情，便问他为什么不找其他公司周转。

苏响惊疑不定地看了她一眼："你不知道？如果温时琛不想让任何人来帮飞希德渡过难关，就真的没有公司敢公然和东澄作对。"

温敬愣了会儿，大概是因为之前她被阮蔚冤枉，把温崇言推到风口浪尖那件事，温时琛答应会帮她出这口气。

她缓慢地应了声："既然苏总开门见山，我们也都不必遮遮掩掩了，想要东澄帮忙可以，告诉我阮蔚的下落。"

"这我真的不知道。"苏响面露难色，"她的私生活我们一向不敢过问，除了公司的事，她几乎不跟任何人往来，也不会有过多交流。"

"也就是说，你根本不知道她在哪里？"温敬干脆地说，"那就不必谈了。"

苏响一听急了："温总，我是真的不知道她在哪里，只不过前不久是她未婚夫的忌日，原先的陵园修整，正好想换个好一点的地方，就托我帮她看了。新墓地在颍安区，那里有一家私人绿色陵园，风水好，景色也不错。她还特地找了大师看过，这个月十五号是最适合动土的日子，我觉得她……她那天应该会去。"

温敬迟疑："她连动土的时间也告诉你？"

苏响赧然："其实是这样，她这人看似柔弱，平时说话也都轻声细语的，可一提到她未婚夫，她就会表现得特别极端。当时颍安区的墓地已经是按照她的要求，找的最好最贵的，可她依旧不满意，就因为这事，她差点要开董事会卸了我的职位，所以我没办法，就让颍安区的管理员给我介绍了那个风水大师。在大师的劝说下，她才同意，还要求一定要尽快。”他叹了口气，“但选日子毕竟是大事，大师昨天才确定好这周六入土，她还为此发了阵脾气。”

“昨天她才知道？”温敬这么一想，似乎确定了这件事的可信度。倘若早早定好，依照阮蔚对她未婚夫的执着，想必不会选在动土这样的大日子前对泾川动手。

她停顿了会儿又问：“你们是通话还是见面？”

“通话。”苏响说，“事实上，慈善晚宴前，我已经有大半年没见过她了。慈善晚宴结束后，她也没再来过公司。还是那句话，我真的很少能看见她。”

温敬看他一脸真诚，点点头：“我还想再问一下，你是什么时候接手飞希德的？”

“大概四年前，她未婚夫去世后，她就一直郁郁不振，后来聘请我做飞希德的职业经理。这几年一直都是我在打理这家公司，但也听公司的其他董事说过，如果不是她未婚夫突然出事的话，阮蔚不至于这样。”

“她和她未婚夫感情很好？”

“听说是青梅竹马，相爱了十几年。”

温敬抿唇：“你见过她未婚夫吗？”

“看过照片。”

恰好周褚阳约了当时做人员登记的记者见面，大伙就一起碰了个头。记录册中是一张两寸的免冠照，已经有些发白了，但依稀还能看出这个男人年轻时英俊的模样，苏响点点头，确认这个人就是阮蔚的未婚夫。

温敬却不太能回忆起当初撞到的那个男人的模样了，她盯着照片看了许久，只勉强回忆起一点相关的事。

“我记得当时他好像穿了一件冷灰色的长大衣，毛衣是红色的。”

女记者叫梁欣，听温敬这么说，一拍脑袋，十分懊悔地说：“我怎么把这事忘了，应该是他，因为他长得很帅，所以我记得很清楚，帮他收拾遗体的时候，他就穿了件手织的红色毛衣，因为毛衣和血的颜色一样，起初我们还没注意，等脱了衣服才发现他身上全是血，全是大大小小各种伤口。”

梁欣遗憾地看着那张照片：“三个华人中他是最惨的，他的未婚妻甚至还怀疑过他的死因。”

温敬皱眉：“死因？难道不是恐怖袭击造成的吗？”

“那些恐怖分子沿街乘车而过，除了枪和炸弹，没有用过其他武器，在当场的受伤人员中，也只有一些奔跑中留下的擦伤、撞伤等，没有一个和他一样，伤口类型多变，有的地方还被重复伤害了很多次。”

“这事后面没再追查下去吗？”

“怎么没查，只是当时太乱了，时报广场那么多人，很多监控设备也被损坏，根本找不到嫌疑人。”

温敬舔舔唇，看向周褚阳，低声问：“难道阮蔚是觉得我害死了她的未婚夫，所以才会疯狂报复我？”

“那方志山呢？怎么解释？”他安抚地朝她递过去一个眼神，“这其中一定还发生了其他事情。”

她点点头，苏响走后，冯拾音又来跟周褚阳说了些事。他们约见的地方是在一家茶馆，包厢很深，人迹罕至。两个男人在走廊上做安排，温敬则和梁欣在里面煮茶。她发现这个女记者似乎对外面两个男人的其中一个很有兴趣，时不时会朝外面看。

温敬将茶倒进杯子里，递给她：“喝点茶吧，这是武夷山的大红袍，味道鲜润。”

梁欣抿了一小口，果然甜甜地笑了：“好香，真好喝。”她又朝外面看了眼，偷偷地凑近温敬，“那个，你知道周褚阳平时比较喜欢什么东西吗？”

温敬抿唇：“想送礼物给他？”

“其实也不是。”梁欣有点害羞地说，“那次我去乡下采访，夜里下雪了，我又受了伤，他刚好来找我，还把衣服脱给我包扎伤口，把我背了回去。我挺感激他的，但是衣服上的血洗不干净了，我想还一件衣服给他，他又不肯要。”

梁欣看她一脸寻味，赶紧解释：“我真的就是想感谢他，没别的意思。”

温敬点点头：“他这人什么都不缺。”

“啊？怎么会呢，我看他脚上那双鞋都穿了很久，不过身上那件羽绒服好像挺新的。”

“嗯，我买的。”温敬漫不经心地笑了笑，“之前他也帮过我，所以我就送了件衣服给他。起初他也不肯要，估摸着这两天太冷了吧，所以就穿上了。”

“这样啊……”梁欣好像被戳中了什么心思一般，偷笑了两声，从包里拿出一条男士围巾，“我……我刚刚在路上碰巧看见，就随便买了条。”

温敬说：“可以给我看看吗？”

“好的。”梁欣高兴地递给她。

Burberry 的男士经典款围巾，接近小一万了，仅仅是随便买的？

温敬心里有点不是滋味，但她面子上还微笑着。她也朝走廊上那两人看了眼，不知道是不是感应，周褚阳也在这时朝她看了过来，黑漆漆的眸子，毫无波澜。

冯拾音不知道在说什么，见他走神，狠狠地朝温敬瞪过来。好吧，这锅她背了。

温敬又转向梁欣："打算什么时候送给他？"

"我想我给他，他可能还是不会要。要不然你帮我给他吧，好吗？"小姑娘一双水灵灵的大眼睛，满含请求地看着她。

温敬鬼使神差地点了头。见他们好像要谈完了，梁欣赶紧告辞，末了还朝温敬挤眉弄眼地笑了笑，弄得冯拾音有点摸不着头脑。

"什么情况？"冯拾音搓搓手，握起一小杯茶，"你们女人的情谊这么容易就建立了？"

温敬瞅着旁边若无其事的男人，"嗯"了声，又说："挺容易的，只要兴趣点一样就行。"

"那要说起兴趣点一致，好像所有女人都对化妆品和包包有着狂热的追求，三两句话就能聊到这上面来，然后情谊就深了？"

"差不多，除此以外还会有其他的兴趣点。"

冯拾音喝了一口茶，满足地眯起眼睛："还有什么？"

温敬不说，往他杯子里又倒了些茶，然后将茶壶摆在周褚阳面前。早就见底的茶杯放在一旁，她却独独选择了没看见。

冯拾音一看情况就转过脑子来了，捧着头大笑："我知道了，是不是对同一个男人感兴趣？"

周褚阳随即踹了他一脚。

"这还真是大实话。"冯拾音动作敏捷地躲了过去，钻到温敬后面来，"哎，这是什么？"

温敬将围巾拿出来："这是梁欣送给周大爷的。"

"哈哈……"冯拾音仰天长笑，捂着鼻子嫌弃地冲她挥挥手，"真酸哪，满屋子都是这酸味，我都闻不到茶香了。"

温敬扫他一眼："你们在我家里对资料那一晚，他来见我，说是在附近见了个人，是不是就是梁欣呢？"

"哎，容我想想。"做他们这行的记忆力都挺好，冯拾音咧着嘴笑，"哎哟，你可别听他瞎说了，这男人真是满嘴谎话呀。我记得梁欣下乡采访，他着急问阮蔚未婚夫的线索，连夜追到乡下去，一宿没睡，第二天往城里赶，然后见了你一面。

当天晚上我们也都没怎么睡，做了一夜资料整合，到早上才眯了会儿。我们离开你那边之后，他又去找梁欣了。”

冯拾音以性命做担保：“我说的都是大实话，而且每次去找梁欣，他都一个人。算上今天这一回，见了有好几次吧？”

瞥见周褚阳神色阴郁，他倒吸了一口凉气，两相权衡，还是放弃了留下看好戏的选择，相当识趣地去结账了。

温敬和周褚阳又坐了会儿才要走，临出门前，温敬将围巾绕在他脖子上，按照英伦打法给他将须尾塞进衣服中。

“最近几个月是不是都没怎么睡？”她挑挑拣拣，拎出了重点，“你几天几夜的不睡，身体怎么吃得消？”

“习惯了。”

他要把围巾拿下来，她不让：“就这样戴着吧，是谁送的都不重要，别让自己生病就好。”

周褚阳按住她的手：“不吃醋？”

温敬轻笑：“赶明儿我让冯拾音也送我条围巾，给你吃吃酸就打平了。”

“好。”他点点头，改成牵住她的手朝外面走，到大厅时看见吊儿郎当倚在柱子上等他们的冯拾音，他又弯起唇角，“那赶明儿他的腿也就该废了。”

几步远外的冯拾音不明就里打了个寒战，温敬却笑得肚子都疼了。

临走前她又买了一盒大红袍去讨好温时琛，她知道这几天温时琛一直住在萧紫那儿，有事没事都会让萧紫过来看看她，虽说逃不了监管的嫌疑，可到底还是担心她的。

温时琛在书房工作，温敬敲了门，得到准许后进去，把茶叶摆在他面前。后者头也没抬，根本不予理会，她就将茶叶放在他面前晃了晃，见他还是无动于衷，她干脆将茶叶盒一把按在文件上，挡住他的视线。

温时琛这才看向她，他戴着眼镜，少去了一丝严肃，看起来倒比往日温和。

“哥，谢谢你。”温敬彻底软了脾气，低着头盯着书桌说，“我那天有点着急，不是故意的。”

温时琛看了她一会儿，把眼镜从鼻梁上拿下来，朝她招手：“过来。”

温敬就像小时候那样，绕过书桌钻进他怀里。温时琛抱着她拍了拍后背：“以后有什么事就跟我说，什么都可以。”

她悄悄抿嘴：“好。”

“你有那个男人不错，可我也是你哥。”温时琛想了想，还是皱着眉说出了这句话，惹得温敬一下子笑出声来。

温时琛又说：“过两天就是除夕夜了，虽然今年不是个好年，但难得爸爸这次没出国访问，萧紫也没回家，就正好一起回老宅吃个饭吧。”

温敬点点头，又目不转睛地看着他。温时琛知道她这是什么意思，但也难得深切体会到她所谓示弱的模样，就是不说，不倾诉，不柔弱，用眼神告诉他她的需求。

好在这一回他愿意做一个贴心的兄长。

“如果他们方便，就一起过来，爷爷那边我去说。”

“好。”她又蹭了蹭温时琛的胸口，把眼底的水汽都蹭没了，缓慢说，“哥，你相信我吗？”

“什么？”

“我不会错。”她坚定不移地说。

温时琛摸了摸她的额头：“我相信你。”

到除夕这一天，温敬先去疗养院看了看池杏芳。自从得知顾泾川被掳走的消息，她的精神状态就一度崩溃到疯癫的边缘，为了不刺激到她，温敬只在窗户外看了她一会儿。

屋里的女人好像一夕间老了十几岁，两鬓长出了许多白发。看护在旁边陪她说话，她一时有回应，一时没有回应，更多的时候不哭不笑，没有任何表情地看着窗外，一遍遍叫着泾川的名字。

温敬扶着门框，肩膀往下压，沉沉地仿佛支撑不住了。顾父打了水过来，顺手扶她一把，站在走廊上陪她说话。

“别有压力，和你没关系。我们二老都对泾川有所亏欠，她是过不了自己心里那道坎。”

温敬艰难地点点头，嗓子眼好像冒烟一般低沉闷哼：“是吗？”

顾父没有听见，径自说道：“听说那些人抓他是为了研究新型病毒？”他竟然露出一丝微笑，“单从学术能力方面来说，那些人挑中了泾川，证明他们是肯定泾川的。但我相信，泾川绝对不会让这种病毒实验成功，所以不管最终的结果是什么，我都已经做好了最坏的打算。”

这就和人还活着，已经开始计划身后事一般，现实总是让人悲凉痛苦，而又无能为力。

温敬努力挤出一丝笑容，和顾父又聊了会儿，想起温时琛的交代，连忙说：“今天除夕，下午疗养院的人就都走了，不如二老一起到我家吃个团圆饭吧？”

顾父指了指门里的池杏芳说：“医生说这段时间她最好不要外出，以免触景生情。你和时琛都是好孩子，她心里知道，但是总会难过的，万一到时候闹得你们大家都不开心就不好了。”

“您别这么说，只是……”

“我都明白，你们也都不要有负担，该怎么过就怎么过。”

“那您呢？”

“我也不去了，她现在就只剩下我了，看不到我她会更难过。”

温敬深吸了一口气，表示理解。从病房出来，她看见路边停着一辆车，周褚阳靠在车身上，一条腿直立着，另一条腿微微弯曲，踮着脚尖在地上打着转。

似乎是腿的问题，不太舒服吗？

她拉起帽檐走过去，风太大，压得她佝偻着腰顶风行走。从这儿过去还得上一小段坡，她两只手抄在兜里，全部力气都压在腿上，奋力往上走。她跳了两下，重心不稳，往后倾倒，手下意识地从口袋里拿出来按在地上，还没等她平衡住，一股力气却兜住她的腿，将她整个人团抱在怀中，一步步走到了坡顶。

冯拾音在车里吹了声口哨，她看见先前梁欣送来的围巾挂在他脖子上，面前这个男人还是穿着她买的羽绒服，精瘦的脖子露在空气中。

她拍着他的肩，沉沉低笑。

“周大爷。”她叫他一声。

“嗯。”他应了。

温敬又叫了两遍，他一一应了。她还要再叫一遍，他已经抢先道：“我不会离开你。”

冯拾音闭着眼睛大喊：“齁死了，快点上车！”

晚上要一起回老宅吃饭，他们去超市买礼品，温敬不想让他们花钱，挑的都是便宜的，冯拾音却不听她的，把东西都一一拿下来，换成最好的。他们给徐姨买了两盒东阿阿胶，给老爷子买了一大包养生中药材，给温崇言买了两瓶陈年汾酒，还给温时琛又买了两大盒大红袍。这还只是其中一部分，询问过周褚阳的意思后，同样的东西他又都来了一份。

温敬看他大手大脚的模样，好笑地问：“你有钱吗？”

“嘿，小瞧哥了吧。”冯拾音冲他眨眨眼，把东西都摞柜台上，豪气干云地说，

“刷卡。”

身后递过来一张卡，把账都结了。温敬看着周褚阳手里那张黑色的卡，有点不是滋味：“里面还有吗？”

“有的。”

温敬又看账单，一下子花了好几万，要放在平时，能给他抽上许多好烟了。

“其实真没必要。”她嗫嚅着。

周褚阳把东西都放进后备厢，趁着冯拾音跑到前面去开车的工夫，把她压在车厢上，两条腿顶着她。

“娶媳妇的钱还是有的，这点不算什么。”

温敬扶住他的腰掐了下：“存了多久？”

“有十年了。”大概是被她的手掐得有了反应，他忽然眯起眼睛盯着她，低头闷哼了声，下一个动作就是直接抓住她的手，关上后车门，“别乱动，有得你还。”

“嗯。”她扬起头笑了，“我总是知道，欠下的都是要还的。”

回到老宅已经天黑了，屋子里灯火通明，萧紫和徐姨在厨房忙着，客厅里坐着三个男人，见温敬回来，目光都跟随过来。几分钟后，温敬也被赶进了厨房，客厅里只剩下三个温家男人、一个不中用的小屁孩和周褚阳。

萧紫看温敬一脸笑意，指着她的鼻子说：“看把你高兴成什么样！不就把他带回来吃顿便饭嘛，又不是特地为他准备的，再说不还有其他人在。”

徐姨也好笑地看她一眼：“你爷爷能松口，就证明对他还是很满意的，只是这工作……唉……”

“好啦好啦，徐姨，咱不说不开心的事。”温敬凑过去，揽着徐姨的肩膀，“我来帮您。”

难得这些人齐聚一堂，大家都没提伤心难过的事，好好地吃了顿饭。春节晚会快要结束时，老爷子做主让他们小辈都出去放烟花。半山之上月色无边，璀璨烟花照亮不夜之城。

冯拾音喝了点酒，酒劲上头，脸颊上一阵潮红，拉着周褚阳一直唠嗑不肯放手，突然感慨地问：“你有几年没回过家了？”

周褚阳说：“想不起来了。”

“三年，我有三年没跟他们一起吃过团圆饭了。不过我比你好，这次任务前我绕道回去了一趟，在家待了一晚。”冯拾音有点得意，像是炫耀般扫了他一眼。

“挺好的。”周褚阳深吸了一口烟，又重复了一遍，“真挺好的。”

等把冯拾音送到车上休息之后，他又折返。

温敬站在高高的山头，看着纵横交叠的山峦，以卧龙之势驰骋半壁苍穹，天边月色渐明，光晕染白了峰顶。

他从山的尽头过来。

背倚万家灯火。

有柔光斜出鬓角。

这一刻，山间起雾了……

“我刚刚听见你们的谈话了。”温敬揽着他的手臂，有一下没一下地捏着，“你想家吗？”

周褚阳摸摸她的脸，“嗯”了声，又说：“我妈早就不在了，家里只有我爸，有好几年没见过他了。”

“你家在哪里？”

他笑：“要替我去看他吗？”

温敬点点头：“如果你不介意的话，我可以帮你尽尽孝道。”

“好啊……”他低下头，捧住她的脸亲了口，下巴的胡楂在她脸上蹭了又蹭，“温敬，有机会代我多去看看他。”

他的声音沉沉的，带点沙哑，似乎感冒着凉了，又似乎情绪氤氲了水汽，让他在这一刻变得无比脆弱和孤独。温敬紧紧地抱住他，轻声说：“我会的。”

山上群灯无数，白雾随风笼罩，交缠的身影长久如磐石。

也不知过去多久，温敬忽然又问：“你会一直走下去，对吗？”

“不太清楚能走到什么时候。”

她抬头看他，不是没有期待，不是没有奢望，不是没有想过这件事彻底结束后，让他调整个相对安全长远的岗位。但只是这样看着他，看着还好好活着的他，便什么脾气都没有了，也不舍得对他有一丝一毫的勉强。

见她没有任何回应，他弯下腰：“怎么不说下去了？”

温敬妥协一般低下头：“太心疼你。”

他揉揉她的头顶，兜住她的下胯往身上一推，眯着眼睛俯下身，眼角的细纹又出来了，是那样的温柔。

“你累不累？”

温敬说：“有点。”

“那我抱你下山。”

“不要，你会累的。”她挣扎，要从他怀里跳出来，“而且下山的路很陡，你这么抱着我会不安全的。”

他不肯，拍了拍她的后背，按住她的头：“闭上眼睛。”

温敬知道这男人力气大，她是抵抗不过的，索性从命，只是不敢闭起眼睛，而是小心翼翼地看着脚下的路。可当他走了一段时间后，她发现她的担心的确是多余的。

这个男人为夜而存，在他怀中非生即死。

他只给了她这两个选择，而她也不会再有其他选择。

过了这一夜，新年始来，过去那一年是兵荒马乱，还是诸事顺遂，都已经过去了。

等到周六这天，埋伏在颍安区墓地的人都早早地准备好，就等着阮蔚出现将她抓起来，可他们等了一天都没有等到她。就在他们准备放弃的时候，一个人影窸窸窣窣地从树林里蹿出来，直奔阮蔚未婚夫的墓地。

警察当即行动，步步接近，将那人扑倒在地上。抓捕很顺利，等到那人束手就擒时，温敬才走过去，一看便知不好。

那人穿着打扮都很破烂，这种天气鞋尖有两个大洞，灯光下看他的一双脚已经冻得肿起来了。被人抓着只是反抗了一阵子便不再动弹，懵懂地看着他们。谁同他说话，他都傻乐，绞着手指要吃的。

周褚阳说：“只是一个流浪汉，我们上当了。”

他们当即四散了人手在墓园附近寻找阮蔚的下落，然而已经失去了先机。

“她猜到我们会埋伏，所以等到晚上还是不放心，竟然找一个流浪汉出来，真是！”冯拾音抓着头发爆了个粗口，“又让她跑了。”

“她很谨慎。”温敬也有点失望，看着脚尖，“她应该在这附近等了一整天，我有点担心……”话还没说完，电话就响了起来，温敬一看来电显示，深吸了口气。

接通后的十几秒内，里面一直没有说话声，所有人都在耐心等待。

“温敬，不要激怒我，他不是你们可以利用的。”听得出来阮蔚在极力压抑着自己的声音，让疯狂的叫嚣和愤怒都湮没在最后一丝冷静中。

“你们让他不能入土为安，我也不会让顾泾川好过。”

电话中当即出现了一个男人的闷哼声，似乎也是极力忍耐，生怕一松口就会暴露自己的情况。

温敬大喊："阮蔚，你别伤害他。"

"伤害他？呵……放心，他会很好，你很快就能看到他了。"阮蔚又柔柔地笑了，那笑声意味深长。

这通电话只维持了四十几秒，位置没有追踪到，不过也不是全无作用。

冯拾音的耳朵被称为"小顺风"，他分析："背景里没有机器的杂音，应该是在一个相对空旷的地方，可她的声音又没有很清晰洪亮，应该也不是在封闭的空间里，排除仓库、集装箱这些地方。鉴于她可能还要回城迁墓，应该也不会是在深山这些地方，如果是在山里，一定会有树叶吹动的声音。"他吸了吸鼻头，"我说我刚刚好像闻到了一股咸腥味，你们会不会觉得我疯了？"

"准确来说是听到的气味，有点咸咸的，还有点腥臭味。"冯拾音又说。

温敬沉吟道："咸腥味？海边，码头？"

"从刚刚的声音里听起来，应该是这里比较有可能。"

"可是B市有大大小小十几个码头，比较大型的港口就有三个。"

周褚阳说："结合顾泾川被带走那天医院的监控录像显示，推着他坐轮椅离开的人，是在医院对面的马路把他弄上车的，这辆车一直往西边走，到环山泾口的隧道出来后就失去了踪迹。"他打开手机地图看，"从隧道口出来，只能通向三个码头和一个深水港。"

一旦缩小范围，警方搜捕起来会容易些。

冯拾音和周褚阳这几天几乎寸步不离温敬左右，临到年底，春节公司也放假了，路上行人来来往往的。他们找了个小饭店随便吃了些东西，刚出门，温敬不妙地感觉到自己的亲戚来访了，看见对面有便利店，用眼神给周褚阳打了招呼。

她先一步进去，后面两个男人跟着，在路边抽烟。

"你觉得顾泾川还活着吗？"冯拾音吐出烟雾，用左手弹了弹烧长的烟灰，"几次电话，都没有听到过他的声音，会不会阮蔚又在诓我们。"

"现在还拿不准阮蔚的目的，看起来她是想以报仇为主，却又不答应用温敬换顾泾川。"周褚阳说，"鹤山基地里的研究成果被带出来了，他们花了那么多时间精力推进928工程，我不觉得他们能这样轻易放手。"

"你的意思是，他们还真的想制造出新型病毒？"

"有可能。"

冯拾音嗤笑："疯了吗？做这么多就是为了报复社会？当年那个救援行动，分明就是那三个外兵先动的手，自己犯的错还要别人来背黑锅？"

说话间有人进了便利店，门铃叮的一声响了。

周褚阳朝里面看了眼，见温敬原本已经在结账，现在却又跑到了货品区，正和身边的一个女人讲着话。他微微蹙眉，冯拾音又说："方志山有精神病，阮蔚虽然够狠辣，但毕竟是个女人，想必他们一直都在为那个幸存的外兵做事。"

"方志山在狱中自杀，后来我去调查过，在那之前他只见过阮蔚。"

"你的意思是他们利用完方志山，就直接把他给解决了？就这么对待自己的合伙人？"冯拾音抓抓头，一股凉气从脚底板蹿上头顶，"我靠，那天我到底经历了什么？我是真的不记得了，我明明就去麦当劳买了个汉堡，因为听到枪声就在里面躲了躲而已，然后就没了意识。"

周褚阳转过头，看向拥挤的车流："温敬也晕倒了，不记得那天的事。"

"那你呢？"

他突然看见什么，瞳孔骤然缩紧："我倒是记得一清二楚。"

冯拾音还没反应过来，就看见他将烟一扔，直接朝马路对面跑了过去。那边有个穿着褐色风衣的男人，原本还鬼鬼祟祟地朝这边张望，一见有人冲了过来，拔腿就跑。

冯拾音正要跟上去，周褚阳大声说："你留下来看着温敬。"他一愣，赶紧推开便利店的门，可里里外外看了好几遍，店里一个客人都没有。

收银员全身发抖地缩在柜台下面，被冯拾音拎起来。

"人呢？"他着急地大吼，整张脸因为愤怒都涨红了。

"我……我不知道，刚刚进来一个女人，她……她有刀，她威胁我，不准我出声……她好像把人挟持着从后面那个门跑了。"

"我靠！"冯拾音疯了，推开后门跑出去，一条繁华的长街展现在他眼前，街道上张灯结彩，来来往往的人从他身边经过，一张张陌生的脸欢声笑语，喜气洋洋。

一排排高光照亮的实验室里，各种精密的仪器正在运行，数据连接的电脑上时不时地发出一两声"叮"的长鸣声。实验室两侧有十六个玻璃窗口，大小和机窗差不多，可以从窗户里看到外面的海和偶尔低飞盘旋的海鸥。

实验室隔着条走廊，对面全封闭的房间里，突然响起一声剧烈的撞击，好像骨头碎裂般，阮蔚整个人都被压在了墙壁上。

对面的男人五指关节咯吱作响，忽然掐住她的脖子，将她整个人举到脚尖离地。

“我警告过你，不要伤害她。”男人压低声音，面容狰狞地瞪着她，“但你似乎并不把我放在眼里，一再对她下手不说，竟然还……”

男人说到此处忽然露出痛苦的表情，“如果她死了，你也下去陪葬吧！”

阮蔚根本不为所动，即便快要喘不过气来，却还是努力维持着镇定的面容，微笑着。这让男人感觉到不屑以及愤怒，果然在看她一副不怕死的表情时慢慢地松开了五指。阮蔚趁机大口大口地喘气，捂着自己的胸口往旁边退了几步，脚一软滑坐在地上。

“你果然对她动了真心。”阮蔚轻哼了声，“可那又怎样，都掉进海里了，还能活吗？”她回忆起当时的场面，竟有种痛快报复的感觉，这让她更加疯狂，“活该，叫她挣扎，要不是她引起了海警的注意，我根本不会把她丢进海里去，我一定会慢慢折磨她，让她体会生不如死的感觉。”

几个小时前，她跟踪温敬到了一家便利店，在那两个男人在外面抽烟的时候，她也进了便利店。她化了中老年妆，把自己打扮成了一个乡下女人，向温敬求助。

温敬没认出来精心乔装过的她，就这样在帮她找东西的过程中，被乙醚迷晕了。她随后又用刀威胁店员，将店员迷晕，在两个打手的帮助下把温敬拖上车。

只可惜乙醚含量低，温敬在被带到渡口上船时就已经醒了，即便是用刀对着，她还是不停地挣扎。他们一行四人拉拉扯扯，终于引起了巡逻海警的注意，就在对方频频朝他们这里张望时，他们迅速开船离开。本以为离开海警的视线就没事了，谁知道温敬在被带到后舱的过程中，和她打了起来，她一怒之下就把温敬推到了海里。

她冷冷地瞥着男人：“怎么？是不是很愤怒，很想杀了我？如果掉下去的是我，而不是她，你是不是就不会这么生气了？呵……还不承认吗？你对她动心了！”

“别说了！”男人大叫着，对着她的小腹狠狠踹了一脚，“如果她有什么事，我一定不会放过你。”

男人迅速说完，转身就要离开，一看见对面实验室中的人，他的表情又变得沉静下来。他强迫自己冷静，回到先前的房间。阮蔚还保持着之前的动作，捂着肚子蜷缩在角落里，纤细的脖颈上一道深深的红印。因为疼痛，她的脸上还出了一层细细的汗，整张脸苍白而柔弱。

瞥见男人去而复返，她的眼底闪过一丝惊喜，随后又遍布失望和痛楚。男人就这么看了她一会儿，慢慢走过去将她拦腰抱起来。

“别跟我置气了，现在不是我们内斗的时候，你要看紧顾泾川，让他抓紧时间实验。”他将她放在床上，轻抚她额前的头发，“这段时间你就别再出海了，外面不安全。”

“你还关心我，是吗？”她满含期待和爱意地看着男人。

“当然。”他点头，吻了吻她的额头，“你跟了我四年，我怎么会不关心你？”

“可你明显也很关心温敬！”阮蔚又激动起来，“你为了她警告我，甚至动手打我，如果不是因为这件事还没有结束，你应该会连我一起杀了，是不是？”

男人原本渐渐平息的怒气再次升腾而起，他强忍着，握拳抵住床畔，一个字一个字地说：“我关心的一直都是这项伟大的事业，你也一直都知道，所以不要无理取闹。”

阮蔚咬住唇不说话。

“温敬现在死了，对我们没有好处，只有坏处。她的兄长会因此迁怒飞希德，苏响不是他的对手，飞希德一定会破产，这样一来你多年的心血就白费了。”男人继续循循善诱，“听我的，你要耐心一些，等到我们实验成功了，随便你怎么玩，你想让谁死，谁就得死。”

“是吗？”阮蔚执着地看着男人，“那已经死了的人要怎么办？”

她想到自己的未婚夫，全身又不受控制地颤抖起来，她揪住男人的领口又捶又打，失声痛哭。

“你说过会为我报仇的，对吗？”

男人陪着哄着，一遍又一遍亲吻她的额头：“对，我会帮你报仇。”他脱下衣服，将女人拉进怀里，手指卷起她的裙摆，强忍着厌恶抚摸她的肌肤。

其实阮蔚很美，也很柔弱，这些年一直保养得很好，皮肤细腻光滑，到了四十五岁依旧紧致有弹性。可再好的躯体，已经厌倦的人都是欣赏不来的。

男人只做到一半，见她情绪平复了许多，脸上泛起潮红，便匆匆离去了。他走到甲板上，恰好与一个男人迎面相遇，两人擦肩而过。

后来的这个男人进了船舱，一路而过，走到阮蔚的房门口。他敲了两声，没有听见回应，迟疑片刻后直接进门。

空气中充斥着一股靡乱气息。床上的女人没来得及收拾衣物，只堪堪挑了件衬衫挡住胸口，脸上的红潮还未褪去，眼角如雾含春，就这样看过来。

门口的男人不自觉地抿紧嘴唇，就在他要退出去的瞬间，阮蔚朝他看了一眼，那眼神意味分明。他一条腿又慢慢收回来，踢上门，顶着床榻翻上去，三两下就脱了衣服。

阮蔚被弄得浑身火热，但还是及时地推开他，不咸不淡地问："这趟算钱，你要多少？"

"我要多少？"他冷笑，"我要多少你不知道？那个男人连这个都给不了你，你还跟着他？"他二话没说，将阮蔚一把推倒。

事后男人坐在床边抽烟，阮蔚站在走廊上看实验室里的情况。

"你接下来有什么打算？"男人不屑地啐了口痰，"还真要为他卖命？"

阮蔚怒瞪他一眼："这事你插不了手，想要钱的话，就得听我的。"

"行，等到实验成功，你没了利用价值。"男人将烟掐灭，从房间里走出来，"到时候留点钱给自己安排身后事？"

阮蔚被男人强行搂住腰，抬起脸，她瘦弱的身子完全处于他的大掌下，不停地颤抖。到了她这年纪，经历过这些事，她早已习惯依附于男人的强大。

她问："那你说怎么办？"

"怎么办？"男人笑了两声，"你说怎么办，当然是先下手为强。他肯定是去找温敬了，这段时间，把这件事结束了吧。"

同一时间，温家老宅一片死寂。

周褚阳进门之前，和冯拾音交代了几句："在便利店门口我追的那个男人叫张信，人称信哥，很早之前在纽约我们见过一面。他同时也是之前鹤山工厂事件中落跑的警察，在民间雇佣组织里做卧底，但因为嗜钱如命叛变了，我猜他应该是在鹤山工厂被毁之后，顺道和阮蔚牵上头，达成了不为人知的金钱交易，所以才会帮阮蔚转移我们的注意力。"

冯拾音基本了解情况后，又拉住他："你别着急，温敬一定会没事的。"

"嗯。"他毫不犹豫地点头，"我知道她不会有事。"

周褚阳进去和温家一家子解释事情的经过，并做后续的相关安排，等他出来已经是一小时后，天已经暗沉沉的。

冯拾音走过来："有一个好消息和一个坏消息，你要先听哪一个？"

周褚阳知道他不是开玩笑，沉着脸说："先好消息吧。"

"好消息是，今天下午在深水港巡逻的海警发现一艘游船很可疑，为了不惊动对方，他们一直悄悄地跟随其后，现在已经确定了游船最终的位置。"

周褚阳点点头，示意冯拾音继续说。后者停顿了好一会儿，耷拉着肩，低声说：“坏消息是，最初四个人上的船，可在中转过程中却少了个人，他们上中转船检查过，船上除了船长就没有其他人了。也就是说，这个一开始上了船却在中转时不见的人，很可能在途中被他们丢到了海里。”

“除此以外没其他可能性了？”

冯拾音蹙眉，又认真想了想，摇头说：“你知道的，这是可能性最大的解释。”

“那现在有人去找了吗？”

“已经出动许多海警去找了，只是……”冯拾音停顿了下，嗓子竟然干涩了，“只是第一次中转区是深水区域，水流还很湍急，如果到今天夜里还找不到的话，存活的可能性基本不大了。”

冯拾音说完这句话，就看见前面直挺挺走着的男人忽然停住了脚，他往那儿一站，似乎站了很久，才慢慢回过头看他。那双素来平静无波的眼睛，此刻却充满戾气。

“她不会死。”

冯拾音被这眼神怵得哆嗦了下，不自觉地重复了句：“是，她不会死。”

周褚阳这才满意，转过头去，停顿了片刻，又继续朝前走，冯拾音埋头跟在后头。后来周褚阳越走越快，走着走着跑了起来，他跑得飞快，冯拾音跟了一阵之后就再也跟不上了。

浓浓夜色中，天际再度飘起春雪。

第二十一章

孤独者的身家

港口石滩上，一个黑影长久地伫立着。

不远处的广播里，还在对这场突如其来的暴风雪进行紧急通知，港口许多滞留的船员正在被疏散，风雪中呼喊声一片，人影幢幢。这个世界喧闹了一阵后恢复安静，安静了一阵后又慢慢喧嚣。

冯拾音撑着把伞，站在周褚阳身后不远处，手上夹着的还是当初问周褚阳要的烟，小小的半截，说好要等抓到方志山之后再抽的，却没想到……他正着反着玩了会儿烟头，又将它揣进口袋里。

浪潮一下又一下剧烈拍打在石滩上，激起数丈高的水花。

他看见周褚阳的头发都湿透了，身上的雪消融掉又落下，再消融……冯拾音站不住了，走过去，可刚靠前，就看见周褚阳挪了两步，紧接着从高台上冲了下去，往港口跑去。

冯拾音把伞扔掉，跟在后面狂跑。两个人一前一后来到口岸，等了大概有十秒，黑暗的海面上开过来一辆夜巡船，船上的灯穿梭在风雪中，破浪而来。

很快船上跳下来两个人，拉着雨衣帽对他们说："已经找到下游了，目前还没有找到，你们先做好最坏的打算。"随即两个人绕过他们，朝石滩上跑过去，过了一会儿又回头，见那两个男人还站在口岸，没有穿雨衣也没有打伞，其中一人大喊道："你们快先找个地方暖暖身体吧，也是赶巧碰上这天气，不然可能都打捞到尸体了。"

这人刚说完，周褚阳扭头冲过去，冯拾音紧紧拉着他，被他一拳头打趴在地上，又跳起来扑上去，死活不放手，只一味大喊着："你冷静点。"

周褚阳不吭声，眼睛要吃人一般。

那两人被他这模样吓得愣住了，可也觉得莫名其妙，原先说话的人又念叨了句："什么情况？不识好人心。"

"走吧走吧，去喝口热水，待会儿还要交班。"旁边的人拉了一把，两个人很快就消失在港口。冯拾音见他们走远了，全身的力气也好像都用光了，双腿一踢坐在地上，周褚阳坐在他旁边。

两个男人喘着粗气，又过了会儿，冯拾音说："你能接受吗？"

周褚阳回："我不接受。"他声音闷沉沉的，好像卡在了喉咙眼里，"不管是什么结果，我都不接受。"

冯拾音抹了把脸上的水，从余光里瞥他，旁边的男人已经彻底湿透了。

他又摸到口袋里的烟，说："你应该清醒点，理智点，不该被爱情冲昏了头脑。"他知道他说了句废话，自然得不到任何回应，只是嘴巴苦，总觉得应该说点什么。

"要去找她吗？"冯拾音低声问。

周褚阳转头看他一眼，手撑在地上站了起来，随后把冯拾音也拉起来，两个人一前一后上了巡逻船。

冯拾音摸着脑袋瓜痞笑了声："我这回可是把老命都交给你了，你别想甩开我啊。"

周褚阳拍拍他的肩，难得拉着嘴角往上翘："谢谢。"

在来这里之前，他们都已经接到上头的指令，不准擅自行事。考虑到他和温敬的关系，上头已经对他再三提醒，更是让冯拾音做好监管工作。他跟了一路，虽然没有直说，但彼此都知道一旦擅自行动，将会面临什么样的后果。

这是其一，其二是他们都没走过这条航线，哪里有戒严和问题确实都不清楚，再加上这一夜天气恶劣，贸贸然出海是非常危险的，稍有不慎两个人都会没命。

"总不能干等着，这份情你先欠在我这里，回头再说。"冯拾音直接开船，朝着下游驶过去。过来接班的两名巡逻员一看船被开跑了，赶紧打电话向上层汇报。

等到电话转接到周褚阳这边，他们已经开往下游海域。此时海水在退潮期，他们沿着水流一路往下寻找。船速很慢，照明灯开到了最大，周褚阳站在甲板上，一直没有进过船舱。

暴风雪还在持续降落，船身被风吹得左右摇晃，冯拾音掌控船向也很艰难，小心翼翼地辨别着前路和水流。他们一直搜寻到夜里三点钟，没有任何收获，其间在其他水域展开搜寻的人也没有传来好消息，所有人都在这突然而来的寒流中，慢慢失去了信心和希望。

到凌晨四点，依旧毫无消息。

船不能再往前深入，他们在临界处停留了大概有一刻钟，冯拾音掉转船头回程，周褚阳没有阻止。海水慢慢涨潮了，原先暴露在海上的礁石区如今都被遮挡了起来，船行进得更加艰难。周褚阳只得进入船舱帮冯拾音，避开尖石和焦土块，好不容易在连番冲击和惊险中开了过去，他却突然发了疯般要回去。

冯拾音紧紧扶着方向盘，看他熬红的双眼，将要爆发的怒气统统都憋了回去。他看着周褚阳说："就回去一次，就一次。"

周褚阳点头："好。"

一旦海水彻底涨潮淹没礁石区，上面的一切都不再能看清。周褚阳把手机电筒也打开来，照着礁石区目不转睛地察看，突然不远处的大石壁上，有个黑影晃动了两下。

他随即喊住冯拾音："停，去那边看看。"

"船不好过去，那底下都是石块。"冯拾音又尝试了两次，朝他摊手，"你确定吗？"他们冲那边喊了几声，都未听到一丝回应，冯拾音又舔舔唇，"你会不会是疲劳过度了？"

周褚阳二话没说跳进了海里。

他游过礁石区，爬上了大石壁，朝着黑影的方向一步步走过去。突然那黑影又动了下，他狂喜之下扑了过去，大喊着温敬的名字，可依旧没有一丝回应。他缓慢清醒过来，才发现他抱着的只是一根不知道从哪里飘来的航标，上面裹了好多塑料袋，刚刚的黑影只是这些塑料袋被风吹出的轮廓。

他静静地在地上躺了会儿，身上的衣服早就湿透了，全身也都冷透了。直到听见冯拾音的急叫声，他才挣扎着从黑暗的意识中清醒过来，一步步缓慢地走回去。

回到船上，他彻底没了力气，倒在甲板上。

这一夜就这么过去了，暴风雪也逐渐小了，回到港口时天已经蒙蒙亮，口岸站着一整排人，他看到其中还有温时琛和萧紫。冯拾音揉揉脸，艰难地走出船舱，蹲在周褚阳身边小声说："到了。"

周褚阳没有反应，他又说了句："接受吧。"

这个一直躺着的男人终于动起来，他先动了动眼皮子，随后蹬了下腿，等到知觉缓慢恢复时，他逐渐睁开眼睛。

他看着冯拾音，依旧平静，依旧硬朗，只是眼睛里的红始终难以欺骗人。

他们对视了很久，周褚阳从甲板上爬起来，挺不直那杆腰，却依旧坚定地说："我不接受，不管是什么结果，我都不接受。"

他心中只有一个结果，大家都知道。

大家心里也只有一个结果，他知道。

谁也没有认真计较，谁也没有仔细询问，给他留出了休息的时间。而他也没有睡很久，一个半小时就好像睡了大半辈子，醒来后在车里坐了会儿，抽了根烟，然后继续做事。

在实时监督游船一天之后，他们决定立刻抓捕阮蔚。可就在海警准备包围他们的时候，周褚阳接到一个电话，是阮蔚打来的，说话的人却是张信。

就在这通电话打过来前十分钟，张信到甲板上吹风。昨夜暴风雪来临，骤然降温，他们一行都待在船上没有出来。如今天气回温了，海面上却风平浪静，一只海鸟都没有。

他敏锐地察觉到什么，迅速走回船舱，拿起望远镜看向远处，只见百米外停泊着十数条蓄势待发的船，各条船上人来人往，看起来是在做最后的安排。他咒骂了几句，又看向船的另外一边，情况却和先前看到的一模一样。意识到他们已经被团团包围，他不悦地皱起眉头。

阮蔚紧张地绞着手指："我们现在该怎么办？"

"谁让你那么不小心，被海警盯上？"

"就……就算海警怀疑我们，也不可能不经过询问检查就将我们都包围起来啊，他们应该是早就确定我们在海上了。"她柔弱地扫了张信一眼，后者的怒气顿时被浇灭了许多。

他沉声说："现如今没有办法，只能赌一赌了。"

"怎么赌？"

"就赌他到底有多爱温敬。"

于是，在电话接通后，张信说道："周褚阳，你有两个选择。温敬和顾泾川，你只能救一个。"

电话那端沉默了片刻，随即问道："温敬在哪里？"

张信不置可否地笑了："我们在中转过程中用快艇把她送出去了，还为她准备了非常惊险刺激的海上之旅。"

"我凭什么相信你？"

"你可以不相信我。"张信冷声说，"但你没得选，你只能选择相信我。否则，算算时间的话，她也差不多该没命了吧。"

周褚阳开着扩音，在他身边有很多人，负责抓捕的海警、执行军官、冯拾音，还有一直没走的温时琛。所有人都听到了这段话，选择温敬就意味着要放走阮蔚和张信，还失去救顾泾川的机会。选择顾泾川就简单多了，失去一个很可能已经死亡的人。

所有人的理智趋向都是选择顾泾川。

张信见他沉默，又说："我给你五分钟的时间考虑。"

事实上五分钟和五十分钟，甚至于五百分钟，对在场的所有人而言，都只是一个简单的数字概念，理智上谁都知道应该救顾泾川，感性上谁也不敢说温敬一定死了，不敢放弃这一丝微茫的机会。

周褚阳在这五分钟的时间里一直抽烟，他从没这样狂躁地抽过烟，一根又一根，烟丝猛吸进口腔，白烟迫不及待地吐出来，紧接着又是一口一口烟，仿佛要将腹腔填充满溢。终于，他因为急速的动作而剧烈咳嗽起来，胸口闷闷的，疼得聚焦在一处，疼得他揪住衣领。

急喘了一阵后，他慢慢平复下来。他将烟掐灭，丢在脚下，脚尖踩上去碾了碾，抬头环视一圈，嗓音发哑："是不是给我做决定？"

领头的指挥官看了眼在场的温时琛和军部的老干部，别无他选地点点头。

"那行，我决定好了。"他目光沉沉，如那夜万家灯火中的点漆之光，一路攀山一路涉水从未摇摆过，他永远升起在可以照亮她脚下路的方向。万里之途，他陪她走。

他简简单单地说："我要救温敬。"

在场众人都默不作声地低下头，面上或失望或遗憾，冯拾音总算知道当初他说错话了。

明明这个男人早就对那个女人上瘾了。

也只有他敢在这个时候上前，逼视周褚阳："你想好了？你知道做了这个决定的后果是什么吗？"

"嗯。"周褚阳拍拍冯拾音的肩，"到此为止，后面的都让我一个人来。"

"你以为我怕？"冯拾音大吼，"老子怕过什么！"

周褚阳看他这一副被踩到尾巴爹毛的样子，难得笑了。他眉眼弯弯，朝众人点点头示意，随后又看着冯拾音，想了想还是说："我知道你不怕，可是我怕了。"

冯拾音愣住，愤然冲上头的怒气一瞬都被浇灭了。他没吭声，大伙也都沉默下来，等到张信的电话过来，围船都往后撤退，让阮蔚的游轮先行离开。

他们离开半小时后，周褚阳又接到张信的电话。

“我实在没有想到，当初在西点军校那么出名有血性的男人，今天居然会为了一个女人而放走罪犯。”张信冷冷地讥笑，“想当初在纽约，要和你交个朋友都难，谁能想到如今在这里较量了一回。”

“不要废话，告诉我她在哪里。”

张信无所谓地耸耸肩：“你应该知道，你最大的敌人不是我们吧？是那个人把温敬带走了，他们现在应该在番禺坝下的渔村里，你可以去找找看。”

电话挂断后，指挥官重新分配任务，一部分人继续追踪阮蔚和张信的下落，一部分人去番禺坝找温敬。

冯拾音跟着周褚阳一起上岸，急声问道：“是那个外兵带走了温敬？”

“嗯。”

冯拾音不可置信地看着他，似乎猜到了什么，又有点捉摸不透：“张信为什么要告诉我们这些？”

“我猜他们内部应该出现了分裂，张信想借我们的手铲除那个人。”周褚阳微微蹙眉，“张信以前是警察，有反侦察能力，追踪他的下落不容易，所以我们只能赌，温敬是真的在番禺坝。”

“你真的相信她还活着？”冯拾音又泼了盆冷水，毫无意外被旁边的男人阴森地扫了一眼。

他立马投降：“好好，我不该说这种丧气话，现在怎么办？”

周褚阳突然站住，沉吟道：“你能跟住人吗？”

“我可是受过专业训练的。”冯拾音傲娇地横他一眼。

“跟得住张信吗？”

冯拾音撇撇嘴：“如果他没你厉害的话，可以试试，想当初我可是一路跟着你从 A 市到 B 市的。”

“那你悄悄地跟他，中途不管发生什么，都不要露面，听我电话行动。”

“行。”冯拾音摩拳擦掌，“老子这回一定要把他们都逮住，当猴儿好好耍耍，气死老子了！”

两人往不同的方向走，周褚阳上了车，刚要发动，车窗就被敲响。温时琛站在外面，眉宇间是遮掩不住的疲惫，但即便如此紧急的情况下，两个人还是说了会儿话。

“我也相信温敬不会有事。”温时琛双手抄在口袋里，眯着眼睛望着远处的石滩，“我同样相信她的眼光，她说不会错那就不会错。”

周褚阳循着他的视线看过去，一望无际的海面上低飞过几只海鸟，海的尽头渐渐被染上红霞的光辉，整片蓝色水域遍布温柔。

已经过去将近三十个小时了。

他实在无心看风景，扶着方向盘低声说：“她不会错。”

“可是生活会错。在遇见你之前，她从未受过这么多苦，一直过得很好，也不会有任何生命威胁。而你走着的这条路，也是你将践行一生的信仰。你无法给她安宁的未来，而她还需要承受原本可以避开的一世的孤独。”温时琛由衷钦佩面前这个男人，但他知道爱情不仅仅只是信仰，更多的是生活。

生活才是驯兽师，里面的男女都是兽，最终的结果都是被驯得服服帖帖的。要想少受一些罪，身上少些伤口，从一开始就得听话，就得认命。

温敬不会错，但她不认命，她必将承受大半辈子难以宣之于口的苦。温时琛绝对不会同意：“这件事结束后，找个机会离开她吧。”

“好。”周褚阳揉了揉胃，又在方向盘上趴了会儿，随后抹了把脸，再次嗫嚅，“好。”

一场暴风雪让渔民出海的打算搁置，也让原本正在海上的渔民大范围地受伤，一夜之间被海浪冲坏的渔船不下数百条，被冲到浅滩口的人也有十来个，番禺坝下的渔村救护站里人来人往，忙得不可开交。

病房不够，只得在走廊搭上简易的床榻，供病人休息。

温敬早前已经醒来过一次，只是意识很浅，很快就又睡着了，她再次醒来时就已经在救护站里，见很多渔民受伤严重，她就把自己的床铺让了出来，拎着盐水瓶坐在等候区。整个大厅乱成一团，嘈杂声一片。

她随便挑了张报纸看，顺道打发时间。两分钟后，面前出现一双男人的脚，伴随着一阵温热的气息，男人在她身边坐下，同时递过来一杯热水。

“怎么跑这儿来了？你还没完全好。”

温敬接过杯子，抿了一小口热水润嗓子，轻笑着说：“已经没事了，就是多喝了几口海水。”

因为正好在生理期，又在海水里泡了很久，才导致她躺了好几天才醒来。除了有些虚弱，她确实已经好了很多。

“还没谢谢你救了我一命，不过你怎么会在这儿？”

男人随意道：“听说这里的渔村风景很好，正好也没工作，就过来小住一段时间，谁知道会在出海钓鱼的时候看到你。要不是有渔民们帮忙把你捞起来，估计你早就没命了。”

深水港水域地势环境复杂，下游有很多礁石区和大小旋涡支流，温敬掉进海里后一直顺水游，后来抱着浮木飘，也不知道什么时候被卷进了旋涡里，然后被一路冲到了番禺坝下的渔场区。

“原来是这样，真的谢谢你了。”她又郑重道谢了一遍，男人好笑地看她一眼，没有说话。他拿过她的报纸翻了翻，然后就听见她问：“你可以把手机借我用下吗？”

他没有反应，温敬继续说：“我失踪好几天，估计家里都快急死了。”

“是吗？”他展开眉眼，“难道不是应该先给你男朋友报平安？”

温敬愣住，手指紧紧捏着水杯，面上不动声色：“怎么这么说？”

“那次你被绑架到鹤山，他找到我的时候，都恨不得把我杀了。”裴西抿着唇勾起一抹笑，“不过看起来他也不怎么样，否则一个男人怎么会让自己心爱的女人数次面临生死一线的危险？”

“他只是一个普通人，不是圣人，没那么厉害。”温敬低下头，掩藏住眼底的思量，“再者，堂堂正正的人，是怎么也要不了坏人那些阴险龌龊的招数的。有句话说得真对，明枪易躲，暗箭难防。”

裴西意味深长地笑了声：“你是真的很爱他？”

温敬点头，她沉默了一阵子，随后问道：“那你呢？你为什么那么恨他？”

裴西愣住，目光扫视下来，紧紧盯着她，似笑非笑：“你猜到了？”

“嗯，之前就有点怀疑，现在基本确定。”

“怎么猜到的？”

温敬说：“当初阮蔚说鹤山工厂被销毁，方志山被抓，这一切安排都是为了让我们以为 928 工程已经结束，实验也已经中止。我们也中了你们的招数，相信 928 工程已经结束，但事后想起来，我发现有个最致命的点没有解释清楚。”

她抬头直视面前白皙秀气的男人。

“究竟是什么把我们都聚到鹤山去的？”她又喝了口水，缓慢说，“是你。从 928 工程出现资方问题开始，后面的一切都太顺利了，从方志山的暴露到最后的自裁，这中间都太顺利了。但仔细一想就能明白，一切都是你在其中引导。假如你没有暗示我安和对 928 工程的势在必得，假如你没有失踪，没有躲到 A 市去，我就不会去那里找你，就不会有后面的所有事。”

裴西由衷地拍了拍手：“你真的很聪明。”

“当初我也在困惑，为什么我刚接触方志山，他就知道我在查他，还用萧紫警告我。现在我明白了，那个时候我和萧紫都在找你，我用邮件联系你，担心你的安危，你却趁机耍了我好几次。”她弯起唇，嘲讽地斜了他一眼。

“当时我只想你放弃继续调查，因为我真的很欣赏你的聪慧，我总在想如果你不是我的敌人，而是我的伙伴，那该有多好。事实上，在最初你提醒我投资方有问题的时候，我就已经知道，你开始怀疑安和和飞希德了。你真的很聪明，能够在中国式的合作关系中排除其他企业，锁定住最核心的两家公司，是我低估了你的睿智。如果不是方志山发了疯一样地做蠢事，我不会轻易放弃 928 工程，也不会放弃他这么好用的棋子。”

温敬面无表情：“你只当他是棋子？”

“就他？还不配成为我的伙伴。”裴西微笑，蓝色的眸子浮现出异样的深沉，“温敬，你应该明白，我很欣赏你，我希望你能加入我们。实验已经到了最后一步，我们很快就能成功了，到时候整个世界都会由我们掌控。”

“你疯了吗？”她的声音控制不住地颤抖。

“请你相信我，这将成为历史性的一刻。”他握住她的手，紧紧握住，“温敬，我需要你这样的女人站在我身旁。”

医院里人声鼎沸，没人注意到他们这个角落。

温敬左右看了一圈，极力平复内心的震颤，她尝试安抚激动的裴西：“那天在教堂的告解亭里，是你跟我说的话？”

“不错。”他冲她眨眨眼，狡黠地弯起唇。

这个男人从一开始出现到现在，已经向她展现过许多面，每一面都十分自如而疯狂，他享受极了这样的表演和将人玩弄于股掌之间的快感。

“你要报仇，要报复周褚阳和那次行动中的人我都能理解，但为什么会牵扯到方志山和阮蔚？”她浑身颤抖，回避过他的眼神。裴西却不肯，他捏着她的下巴，让她不得不直视他。

“这个，这个真的很凑巧了。那天我原本只是想借天时地利的环境对他下手，却万万没想到……”

他在地下黑市赌场听到了那场恐怖袭击活动的安排，知道他们要在时报广场进行恶性行动，于是他就约了以前一起在军校的同学见面。那个同学曾经是他的跟屁虫，一直对他言听计从，后来却成了周褚阳的跟屁虫。不过没关系，只要能为他所用就行。

那个同学告诉他这天正是周褚阳的生日，于是他便劝那个同学将聚会地点定在时报广场……

周褚阳下了船，在附近一个老渔夫的指引下，来到番禺坝渔村的管事处。这里会登记渔村来往的事件和陌生人，说白了，这里的管事人就是渔村的地头蛇，消息灵通，没有他不知道的事。

他敲了几声门，从玻璃窗里可以看到屋里的男人躺在竹椅上，一边看电视一边晃着腿，听见敲门声斜睨了一眼，没有反应。周褚阳又敲了两次，见对方还是没有反应，直接推开门走进去。

男人看他强闯，也没有生气，上下打量了他一眼：“你是谁啊？”

“你不是知道？”

男人笑了声：“你这警官倒有点意思，不过别以为这样我就会买你的账。”

周褚阳也笑笑，掏出钱包，扯出几张钱压在桌子上：“就这么多，都给你了，问个事。”

“行啊，说吧。”男人瞅了眼桌上的钱，很显然瞧不起这几张票子，但他喜欢这男人的做派，做生意讲道理，多少钱买多少价目的消息。

周褚阳把温敬的照片拿出来给男人看，男人冷笑了声：“就知道你们这些外来人肯定都是为了那个女人。”

人是他捞上来的，不过先来的那个男人有钱，给了他厚厚一沓，他就无所谓地把功劳都让给那男人去了。

“可我答应了他，不会告诉任何人那个女人的下落。”

周褚阳停顿了片刻，又翻开钱包取出一张卡压在桌上：“这里面大概还有七八万。”

男人撇嘴笑：“你全部的家当了？”

“嗯。”

“那可真是穷酸了，看你干这行也不容易，还以为能攒下不少钱。不过就这数目，为了找个女人都给我了，值吗？”

周褚阳看他一眼，直接问：“够不够？”

男人被他的眼神唬到了，悻悻地抓起卡放进口袋里，问到密码后才说："她在水里泡太久了，这会儿应该还在救护站。"

周褚阳又推开门，大步走出去。男人把卡重新拿出来看了眼，乐呵呵地大笑："从哪儿来的傻帽玩意。"

男人笑得声音太大，周褚阳听见了，也当作没听见，继续朝前走，恰好冯拾音打来电话。

"我跟上张信了，他果然是想螳螂捕蝉，黄雀在后，上岸之后就直奔番禺坝这边来了。"

周褚阳抿唇："顾泾川还好吗？"

"看起来还不错，精神状态也可以，阮蔚对他很客气，应该是实验还没完成。"

"这样就好，你跟紧了。"

"嗯，你找到温敬了吗？"冯拾音问完之后就后悔了，恨不得嚼了自己的舌根子，见他没有回复，心噌噌地往下坠，"那什么，我……"

"你上次问我，记不记得恐怖袭击那天时报广场的事，其实我都记得，只是……"他声音低沉下去，夹着劲风，从话筒里呼啸着涌进去，再咆哮着呼出来。

"只是当时发生了一些不太好的事，让我不太愿意回忆。"

冯拾音屏住呼吸，不敢作声，他感觉到自己似乎要接近真相中心了。

"所以这一回，我不会让同样的事再发生在温敬身上。"

冯拾音慢半拍地回应："等等，什么意思？温敬还活着？"

周褚阳呼了一口气，彻底奔跑起来，他绕过街角，看向马路对面的救护站。巨大的落地窗里是紧张的救助大厅，人员依旧来来往往，坐在角落的两个人却一直安静对峙着。

他目不转睛地看着里面的人。

不知道在哪一刻起，里面的那个女人朝这边看了眼，下一刻，她的眼底氤氲了水汽。

周褚阳爽声笑了："她一直都活着，她会一直好好地活着，活下去，活到老。"

第二十二章

只爱过她

温敬的视线透过面前的男人看向远方，在那个街头，伫立着一个黑影，黑影一步步朝她走过来。裴西尚未察觉到，以为她的感伤只是因为这个故事，他笑得越发痴狂。

“怎么，我都还没说你就难过了？你不知道，我为了能让他的生日祭奠更多的人，做了多少安排。我让他们将庆生的地点选在主干道后面那条副街，人少还安全，那个俄罗斯同学很热心，为他找了好几个女孩一起庆生，他们喝了很多酒，当然这里面也被我加了些东西。”

裴西说到精彩的地方，眼睛里放出光芒。

“等到爆炸发生的时候，所有人都跑了，他们却醉得一塌糊涂，一个都跑不掉。平时多么冠冕堂皇的男人，一个个穿着军装，可看见那些女孩不还都是兽性大发？我就是要周褚阳亲眼看看，看看他那些所谓的朋友、战友，被下了药之后是一副什么鬼样子。”

温敬说：“你太残忍了！”

“呵，早知道他能忍住，我就应该给他们往死里下量，反正往爆炸区一扔，谁会想到他们是药物所致。就算那个女孩已经爬到他身上，他还是忍住了，他灌了一瓶酒，用酒精麻醉自己保持清醒。”裴西低声吼叫，双目瞪圆，“不过其他人都玩疯了，把几个女孩都玩得没气了！他们为了逃避罪责，就把那些女孩拖到了爆炸的主干道，看着她们一个个被炸飞，哈哈哈……”

温敬被他话语里的癫狂吓到了，不自觉地往后退了一步，余光中瞥见黑影已经来到大厅。

她想立刻跑向他，理智上却又不能。她深深地看向他，她渴望以热泪相迎，却还要手握刀锋以对敌人。

“他们是好人吗？凭什么他们就能享受优待？我倒要看看，他要怎么对待这些昔日的战友！我把他们也拖出去……”裴西笑到一半突然转过话锋，“我真的没想到，他在那种情况下竟然还能是我的对手，他缠住我，他不让我炸了那些禽兽！那些都是禽兽不如的东西，他却要维护他们，这就是他认定的正义吗？”

“他只是在维护一些生命，你不能决定那些人的生死。”温敬镇定地和裴西说话，裴西却根本不理会，他固执地认为他就是裁决者。

“他们就该死！要不是周褚阳来拉我，我们扭打在一起，也不会一起到了主干道，一起被炸飞！你知道吗？我的脸被炸毁了，我疼得喘不过气来，然后……”

“然后你跑了？”

“我没有跑！”他厉声尖叫，整个大厅里的人都注意到这边。只有两步，黑影就能控制住他，他却好像有所感应，及时回了头。

他看着不知何时出现在身后的周褚阳，越发疯狂，失声大笑：“我没有跑，我不会跑，哪怕换了张脸，我也依旧会回来的。

“周褚阳，好久不见，我终于还是让你来到我的游戏世界了！”

话音落地，他从怀里掏出一把匕首，朝四处挥扫。大厅里的病人都被吓到了，纷纷逃窜。他趁机跳上一张椅子，挟持住温敬，刀口对着周褚阳大喊：“别过来！”

周褚阳将吓得瘫软在地上的老人拉到身后去，挡在裴西的刀前。

“放了她，我不过来。”

裴西大笑：“你以为我会相信你？”他瞪大眼睛，紧紧勒着温敬的脖子，他站得高，几乎将她提得离开了地面，温敬不适地急喘，死死拦着他的手臂，给自己留下呼吸的空隙。

似乎察觉到她很痛苦，裴西往后退了一步，跳下椅子，附在她耳边轻笑：“不是说这个男人很爱你吗？那我帮你看看，他到底有多爱你！”

“不要！”温敬压着声音低吼，因为挣扎她的呼吸再次被箍紧，她猛地抽动起来。

周褚阳冲上前制止裴西：“你放开她！我都听你的！”

“行啊，现在立刻趴在地上。”裴西疯狂大笑着，“围绕这个大厅爬一圈。”

周褚阳没动，裴西又立刻大喊：“怎么？爬不了？你不是很爱这个女人吗？连这个都做不了？”他手臂稍稍收紧，温敬整张脸都因压力而皱缩，痛苦地皱紧眉头。可她还是看着面前的男人，拼命地摇头，奋力摇头。

她红着眼，挣扎在窒息的边缘，仍旧摇头。

周褚阳举起手，一条腿屈膝，碰在地上，另一条腿随即也跟着跪在地上，然后他慢慢俯身，将整个腰都弯成了弓形。

温敬尖声大叫："不要！不要……"

整个大厅的病人都退到了走廊里，许多好事之人还在偷偷地观望，他们将这一出视作情爱的戏码，却不懂其中的生死较量。保安一边拦着人，一边拉出警戒线，隔出安全距离，却不敢靠近。

温敬流着眼泪看着他们，她试图向他们求救，可那些人全当看不见。

地上的黑影已经爬过了一排椅子，正爬向另外一排，他重复着简单的动作，爬完一排后总要看看她，再低下头，继续朝前爬。

温敬哭得喘不过气来，她整张脸通红，却死死忍着，瞪着地上的人。

一圈爬完，周褚阳重新站在裴西面前："放了她。"

"行啊，你再做一件事。"裴西得意地勾了勾唇，"看看她在你心里的分量到底有多重。"他换了个姿势，松开手臂，转而掐住温敬脖子的大动脉。

裴西将匕首扔在地上："捡起来，把刀口对向自己。不要耍花样，你应该知道我不怕死，但你应该怕我手里这个女人死吧。"

周褚阳点点头："你别伤害她。"

他把匕首捡了起来，握住手柄，刀口横对着胸口。

温敬似乎猜到了裴西要让他做什么，紧紧地捏住拳头，她看着周褚阳，冷静地说："我不准你这么做，你听到了吗？我不准你这么做！"

周褚阳恍若未闻，在裴西说"第一刀插大腿"后，他举起匕首，将刀口对着大腿狠狠刺入，鲜血刺啦一下横溅出来。

不远处的围观群众中有人尖叫了一声，保安当即意识到事态的严重性，推搡着众人说："快……快报警！"

温敬已经说不出话来，她忍着泪，死死地盯着他。

裴西说："我没想到，你的命会这样结束在一个女人手上。"他指了指手臂的位置，周褚阳的第二刀就插进了自己的左臂里。

"不要！"温敬双眼充血地大喊，"周褚阳，不要……你不要再听他的，他疯了，你也跟着他疯吗？我求求你，不要……不要……"

裴西毫无感觉，冷漠地说："最后一刀，小腹。"

周褚阳犹豫了片刻。

"怎么？下不去手了？知道这一刀下去自己的命就会没了，所以舍不得？"裴西讥讽地扫视温敬，“看看你选的男人，只能为你受得住两刀，连命都豁不出去，他凭什么爱你呢？他有什么资格爱你？他和他的那些老同学一样，一个个都是虚有其表，呵……”

“闭嘴。”温敬低下头，张口咬住裴西的手指，她咬得满口都是血，裴西却岿然不动。他似乎就是在给她这样的机会，一只手伤了，还能换另一只手继续挟制她。

“看吧，你咬得我全身是血，我都不会吭一声的。可这个男人……他没这个胆子，他不敢为你去死。”

温敬根本不理会他，她的目光一直在周褚阳身上。

那两刀都很深，他的手臂和腿还在不停地流血。温敬咬着牙，一动不动地看他，他却忽然笑了笑。

她顿时像发了疯的小兽，疯狂地挣脱裴西的束缚，她尖声痛哭：“周褚阳！你敢这么做的话，你要是敢这么做的话……”

话音未落，一刀横入腹中，溅出来一地的血。

他下肢无力支撑，一下子摔跌在地上，匕首还插在腹中。

人群中终于骚动起来，保安壮着胆子冲过来，裴西当即拎着温敬朝外跑，温敬拼命地推打他，不停地挣扎，她不甘地回头，她一直看着那个倒在地上的男人，眼里的红血丝好像能吃人一样，密密麻麻交叠在一起。

她被拽出了很远，头却一直看着后方。

渔村多是横七竖八的小街道，到处都有鱼市，他们一路跑过，惊起了无数骂声。裴西不管不顾地朝前跑，死死拽住温敬，不管她怎么挣扎和拖累他，他都不放手。

也不知跑了多久，他们来到渔村最大的集市，这里几乎每家店铺周围都有四条路，大大小小的房子错落有致地堆砌在一起，走进一条巷子，就会有前后左右数不清的巷子摆在眼前，还有几个孩子在里面捉迷藏。

大概也是不熟悉地形，温敬跟着裴西在里面绕了很久都没绕出去。考虑到这里地形的复杂性，他竟然放松戒备，带着她在里面随便乱逛。

冯拾音的电话来得及时，接电话的是实施急救的医生。

“你是他的朋友吗？对，他中了三刀，流了很多血，唉……你这朋友是干什么的？怎么那么拼，都倒在地上了还往外面爬，真是怪让人……行行，不说废话了，他暂时没有生命危险，小腹那一刀避开了要害。什么？你要跟他说话？不行，病人刚刚包扎完，还在昏睡……”

话没说完，一只手伸过来，将电话抢了过去。

周褚阳脸色苍白地支起一只手，拿起床边的水灌了一大口，低声说："没事，你在哪里？"

"我按照你的吩咐，故意暴露踪迹，让张信知道有人在跟踪他，还沿途设计了下路线，故意把他引到渔村最大的集市里去了。可一进去我就被绕晕了，又不敢靠得太近，所以……"

冯拾音垂头丧气地大骂了声。

"他以前是刑侦队的队长，有十几年从业生涯，你能跟到这里已经很不容易了。"周褚阳扶着床边，用了点力气坐起来，伤口撕裂了，疼得他倒吸了一口凉气。

冯拾音察觉到不对劲，急切问道："你怎么样？"

"把集市所有出口都封闭起来。"

"抓张信？那温敬呢？"

他示意医生把他的衣服拿过来，医生不肯，他阴狠地看了对方一眼，随后在柜子里翻出来羽绒服，随便套在身上。

"我只能赌这一次了。"

"什么意思？"

周褚阳没吭声，大步踉跄着朝外面走，他在来的路上经过那个市集，从裴西离开的方向判定他们应该要经过市集。他相信和温敬的默契，她会将那个男人留在迷宫里，一直等着他。

"别问了，按我说的做，把里面的人都悄悄疏散。"他走了几步，伤口处已经红透了。医生追上来，拿着绷带又给他缠了几圈，喂他吃了几粒药。

"这里是番禺坝最近的救护站，条件不如市区的大医院好，但你要是不行了，还得先到这里来。"医生叹了口气，握着他的肩头轻按了下，"年轻人，别躺着过来。"

周褚阳笑了笑，医生又问："那个女人对你真的这么重要？"

他头也不回地往前走，走了很远，闷闷地说了句："嗯，这辈子就她了。"

温敬和裴西第三次回到之前经过的鱼丸铺子，裴西忽然意识到有什么不对劲，打量了身边的女人一眼。

"你在跟我玩捉迷藏？"他蓝色的瞳孔深幽幽地盯着她。

温敬平静地回视他："不如说是我们都在玩捉迷藏？"

“哦？倒挺有意思，可以试试。”他来了兴趣，指着鱼丸铺子独特的旗帜说，“不如我们分开走，如果你走出去了，我认输；如果你还回到这个位置，就在这里等我。”

“你认为我会傻到在这里等你吗？”

裴西玩味地勾起嘴角：“那不如换个说法，你觉得你能出得去？只要出不去，我就一定能找到你。”

温敬深吸一口气：“好啊，那试试看。”她说完转头就走，裴西却忽然上前拽住她。她的心一下子提到嗓子眼，强迫自己冷静地回头，却不意外地碰上他深藏不露的眼眸。

“好吧，我承认我不太放心让你离开我身边，特殊时期，还是不要玩得太过分了，以后有的是机会来考验你和我的默契，你说对吗？”他不由分说，强行拉着她继续穿梭在这个复杂的鱼市里。

一个小时后，他们又来到先前的鱼丸铺子，却发现原先这个位置的摊主都收摊了，没有一家店铺还开着门。裴西当即意识到这里被管制了，急忙拉着温敬重新返回还没有封锁的区域。他们跑得急，没注意前面的路，一不小心和人硬生生地撞上了。

温敬吃痛低呼了声，一抬头看见对方，惊喜地露出笑容：“泾川！”

还真的是不是冤家不聚首，张信也没想到会在这种情况下遇见裴西，两拨人迎面相遇，又各自心怀鬼胎。

裴西不傻，知道周褚阳能这么快追到番禺坝，一定是他先前告诉阮蔚行踪的时候，反被他们出卖了。

他阴森森地盯着阮蔚，原本白皙的脸颊更显雪白，只有一双唇红艳艳的：“阮蔚，你忘记我对你的教导了，忘记自己的深仇大恨了，是吗？”

阮蔚害怕地往后瑟缩，想要躲到张信身后，可无奈这个男人根本不为所动，犹自在权衡形势。

裴西又说：“你们不会以为实验成功了，就能取代我吧？”似乎是猜到他们的背叛想法，他轻笑起来，“你们当真以为我是傻的吗？”

他随即从怀里掏出一瓶液体，朝他们晃了晃，“当初在鹤山带走的实验成果早就在我手里，我早就找人研究出来了，真正的病原体现在就在我手上，你们研究的那是什么？呵，不过是普通毒素罢了……”

张信不敢相信，瞪大眼睛看着顾泾川：“是不是？他说的是不是真的？”

顾泾川却微笑着朝温敬点点头。

“你早就知道你不说！”张信怒不可遏，冲上去对着顾泾川就是一阵拳打脚踢，温敬见状赶紧冲过去，和他扭打在一起。张信考虑到身后还有人，及时收手，谁料阮蔚却又突然发疯，朝着温敬扑过去。

她疯狂地叫嚣着，抓着温敬的头发，她仿佛已经到了精神的临界点，根本不管不顾，只想要温敬死，她不停地捶打着温敬，而温敬只护着身下的顾泾川。

“够了！”裴西怒吼，走过去一脚将阮蔚踹开，“谁允许你打她了？”

阮蔚抹了把嘴角的血，冷笑道：“我陪了你四年，四年！如今你却为了一个女人把我随便丢弃，裴西，你到底有没有良心？”

裴西好像听了一个笑话，勾起唇角：“良心是什么，你有吗？”见阮蔚不甘心，他大步上前，揪住她的头发，“这样吧，我再告诉你一件没有良心的事。你的未婚夫不是温敬害死的，是我……”

“你说什么？”阮蔚摇头，“不可能，你说什么？你再说一遍！”

“你的未婚夫是我害死的。”当时他被炸伤了脸，捂着伤口跑走，正好看见倒在地上的温敬。

他一个字一个字地说：“当时温敬已经昏倒了，有几个不要命的流浪汉想欺负她，你的未婚夫挣扎着去救她，却被那些流浪汉合伙弄死了，他们手上有刀，也有棍子，总之新奇的花样很多，我跟他们说如果不弄死你的未婚夫，只要他还活着，就一定会想尽办法把他们送进监狱。所以他们发了疯地要弄死你的未婚夫，当时我就在旁边看着，我真是佩服这些家伙，又有贼心又有贼胆，他们弄死了你的未婚夫，竟然还想欺负温敬，也想弄死我这个目击者。”

裴西说到这里，斜斜扫了温敬一眼。

“不过我们都很幸运，就在这个时候，有人跑过来了，是方志山父子。那老头也是个有血性的，扑上来就对那些流浪汉一顿打，那些家伙估计被吓怕了，又怕事情败露，就逃跑了。”

“然后呢？”

温敬根本不知道在那段时间竟然发生了这么多事，也不知道曾经有人为了保护她而被活生生地打死。她浑身都在不停地颤抖，见裴西还那样无所谓地笑着，她红着眼大吼，“然后呢，方志山的爸爸怎么会死的？”

“呵，谁知道呢，竟然有个真的不怕死的流浪汉又跑回来了，方志山的老爹把他抓了起来，说要报警。他还把我们都带到了最近的麦当劳里，当时里面有一些人被炸晕了，有一些人被炸死了。我们躲在吧台下，想等爆炸过去，谁知道方老头突然又教训起他儿子，方志山也是个窝囊废，怎么被打骂都一声不吭，直到那个流浪汉不知道从哪里抓起一个叉子。”

裴西丧心病狂地大笑着：“方老头被叉子捅了好几下都没死，见方志山无动于衷，骂得更凶，方志山大概是被激怒到了极点，拿着把凳子冲上去对他老爹狠狠砸了几下，这回流浪汉是真的吓怕了，想要跑，可谁又能让他跑掉呢，于是我就跟方志山合伙把他和方老头一块扔了出去，然后看着他们……‘嘭’的一声，被炸得焦黑薄脆。”

所以当时的三具尸体，除去阮蔚的未婚夫和方志山的父亲之外，还有一个就是流浪汉。

温敬能够想象到当时那个场面，强忍住冲上喉咙口的酸腐气，却怎么也没忍住，捂着嘴干呕起来。顾泾川反过来拍她的后背，替她顺着气。

“那冯拾音呢？为什么把他也牵扯进来？”她强撑着问。

“他？只是凑巧在检查伤员的时候看到了他身上的录取证书，原来又是一个为西点军校来的。你知道的，我厌恶像周褚阳一样的华人，所以我将他说成了你的帮手，是你们一起把阮蔚的未婚夫弄死的。”

裴西耸耸肩，继续漫不经心地说：“我看方志山敢杀他老爹，还有点男人的气性，就唆使他跟我一起合作。他是有精神病的，随便戳个弱点就能陪我玩命，老实说，这几年他真的帮了我不少。”

阮蔚跪倒在地上，哭得喘不过气来：“那我呢？这几年你对我温情有加，关怀备至，难道都是利用吗？”

“如果你没有钱，没有那股让男人相惜的可怜劲，没有这张脸蛋，我又能利用到你什么？”裴西毫不留情地说。

温敬一下子明白了这场布局的巧合性，其实没有巧合，一切都是刻意安排。

在阮蔚的心里，她和冯拾音都是她的仇人，而周褚阳是裴西的仇恨对象。他们用一个 928 工程把他们都聚到一起，实现慢慢折磨和报复的快感。事实上，真正怀抱仇恨的只有裴西，可怜的是被父子感情蒙了眼睛的方志山，和在爱情里一直守不到结果的阮蔚。

这四年里，裴西一直致力于研究病毒实验，他在多个国家进行过多次实验，利用方志山的经济基础和阮蔚的人脉，实现自己的宏图大业。

他再次看这个拿捏在掌心的病原体，狂放大笑："整个世界都将臣服于我，我要让当初欺辱我、看低我、嘲讽我的，都彻彻底底地奉我为上帝！"

一直冷眼旁观的张信见他高举液体瓶，忽然扑上前跟他撕抢，裴西一个横踢直接将他踹开，冷冷问："你是不想拿到钱了？"

张信瞪大眼睛："你还愿意和我分？"

"只要你帮我做一件事。"裴西弯起唇，指着偷偷拿起了匕首的阮蔚说，"替我杀了她，这笔钱分你一半。"

张信将信将疑："你不骗我？"

"我何必骗你？我根本不缺钱，我只要这世界向我臣服！"

张信看他又陷进自己的幻想里，赔着笑说："好好！你一定可以成功的，一定要让过去那些瞧不上你的人向你跪地求饶，要让曾经背叛你的人不得好死。"

他一把按住阮蔚的手臂，从她怀里抽出匕首，对着她的胸口狠狠插下……

顾泾川准确无误地捂着温敬的眼睛。

一声嘶吼从张信嘴中溢出。

他面目狰狞地低头看去，不知何时自己的小腹竟然出现一把匕首，比他的动作更快更狠更准。

"你说得不错，背叛我的人都不得好死。"

他猛地抬头，只见裴西正拿着一块帕子擦手。他慢条斯理地擦着手指，如果动作可以定格，每一帧画面中的他都将散发着嗜血的气息，蓝色眼瞳冷静绝美，越是残忍，越是处变不惊。

张信就在这异样诡异的画面中倒了下去。

温敬已经感知不到害怕了，她出了一身冷汗，绵软无力地瘫坐在地上。顾泾川一直握着她的手，虚托住她的后背，支撑着她。可他已经几个小时没有吃药了，他的呼吸慢慢急促起来，脸上也泛起异样的潮红，他紧紧捏着温敬的手。温敬察觉到了，着急地询问："泾川，你怎么了？你还撑得住吗？"

阮蔚扔过来一个药瓶："给他吃药。"

温敬也不管了，赶紧喂了顾泾川，谁知他刚咽下去就失去了知觉。温敬紧张地叫了他几声，阮蔚说："没事，他应该是晕过去了。"

她不放心，又贴着他胸口听呼吸，确定他气息平稳后才稍微松了口气，靠在墙上抹了把脸上的汗。她感谢地看了眼阮蔚，后者却冷漠地回避了过去。

阮蔚根本毫不同情张信的死，也不对这个男人的临阵倒戈感觉到一丝失望，她真正依附的是这个在她面前杀人的男人，她想到这些年他对她的脉脉温情，始终难以想象会是这样的结果。她看着裴西，目不转睛地看着他，轻声问他：“你爱过我吗？”

不出所料，裴西嘲讽地扫了她一眼。

“呵，我真是傻，真是傻……我竟然会对一个无情无义的男人抱有幻想……”

下一秒，阮蔚拔出张信小腹中的匕首，朝裴西直直地刺了过去，她一下子就被甩在墙上。裴西踹了她两脚，捏着她的脖子将她拎起来。他想将她扔到垃圾堆里，腿却突然被一股重力拉扯，让他动弹不得。

他垂下眼睛，满目不忍：“不要拉我，温敬，你不该是这样的姿态。”

温敬根本没有力气再爬起来，她只能死死地抓住他的脚，双目通红地看着他：“放了她，放了她，我求求你放了她吧。”

裴西不为所动，脚下使力，要将她甩开，她却怎么也不肯放手。他无可奈何，只得松手。

“你不止聪明，还有多余的同情心。温敬，这不是成大事者应该有的。”他蹲下身，轻柔抚摸温敬的脸颊，手指按住她的唇揉了揉，残存的血迹立即将她的唇染成鲜艳的红色。

他双目惊喜地盯着那双红唇，在一股强大的欲望驱使下，他俯下身噙住她的唇，狠狠吮吸了一口。他似乎很喜欢这种感觉，眼底浮现出透明的光泽，他捧起她的下颌，逐步深入，谁知刚撬开她的牙关，就被她狠狠咬了一口。

他根本不为所动，揪住温敬的衣领疯狂撕扯。阮蔚从后面扑上来拉他，却被他反手一推，重重撞击在墙上。他随即迫不及待地低下身子，紧紧压着温敬的手，不让她有一丝反抗的余地。他舔舐温敬白皙光滑的脖子，抚摸她柔软的腰肢。

温敬弓起双腿，用尽全身力气踢了他一脚，他来不及吃痛大喊，一巴掌立马朝她挥过来。温敬紧紧闭起眼睛，然而疼痛却没有如预期那般降临。

黑暗中疾风横扫，她听见几声剧烈的撞击。

她缓慢睁开眼睛，一双手却又重新覆上，挡住她的视线。她的手臂被人拉住，轻轻一带，撞上一个宽阔有力的胸膛。

熟悉的气息将她团团包围。

“温敬……”他叫她的名字，一遍遍叫着，紧紧拥住她，以热泪，以惊颤。温敬也哭了，她泪流满面，心甘情愿。

"我一直在等你，我知道我一定会等到你……"

一声枪响，贯穿四通八达的深巷，惊得鸟雀扑棱飞起。

不远处人声渐沸。

这个男人忽然吻住她的唇，与她热烈交缠，与她相忘于野。

她在心里给出了答案。

爱着这个男人，她永远都不会错。

冯拾音推开门，这间破厂房里的屋子，他们有一阵子没住了，还好走的时候窗户留了缝，房间里虽然有发霉的味道，但到底还没酸臭。他吹了口房梁上落下的灰，捂着鼻子从桌子下拉出一条长凳，用没穿的短袖擦了擦。

他又把窗户推开通风，将桌子抹了一遍，收拾掉房间里的垃圾，拍着老旧的橱柜吓走老鼠，到走廊尽头的公共水池打了盆水回来，把凳子齐整地摆在桌子旁边。

周褚阳一进来，冯拾音就拉着他坐到凳子上。

"我技术还行，给你收拾收拾。"冯拾音把剃须刀拿出来，像模像样地对着自己的下巴推了两下，"是不是挺熟练的？"

"嗯。"周褚阳点点头，把自己放心地交给他。

"我跟你说，之前在军校，我们那一个班的男生头都是我剪的。"

"都是板寸？"

冯拾音凑合着窗户玻璃看了眼，他头发长长了，好像一下子老了好几岁。他又垂下眼睛看面前这个男人，帅是挺帅，就是头发都挡住眼睛了，煞威风。

他舔舔唇："要不我也给你剪个板寸吧，有精神，能年轻好几岁，办事也利索。"

"好。"周褚阳眯着眼睛笑了。

中午阳光很好，周褚阳坐在对窗的桌前，闭着眼睛，厚密的睫毛从眼皮下延伸出来，如此安静，又如此硬朗。冯拾音忍住鼻头的酸涩，假装流鼻涕狠吸了次，碰碰他的睫毛，嫌弃地说："你身上没有一块不是硬的，连睫毛都这么硬，不知道温敬怎么会喜欢你。"

话是这么说，他眼底却又饱含羡慕。

周褚阳不吭声，这么多天的追捕已经让他非常疲惫，他好像坐着随时能睡着。冯拾音三两下就给他把头发都剪了，用剃须刀替他推头。

"你舍得吗？" 剪好头发后他将镜子对准周褚阳，见后者还闭着眼，他又说了句，“你肯定舍不得。”

周褚阳缓慢地睁开眼睛，镜子中的男人果然变成了小平头，发际被推得很整齐，看得出来理头发的人的用心。

他的眼睛直视着镜子里的男人，许是没看过这样完整的自己，又许是从未认真审视过自己，他觉得镜子里的男人有点陌生，并不像他。

他努力弯了弯唇角，冯拾音赶紧将一块毛巾搁在镜子上，挡住他的脸。

“你还是别照了吧，跟往常一样就挺好，看你刚刚笑得跟哭一样。”冯拾音又弯下腰，替他刮胡子。

“我刚刚说的话你都听见了。”冯拾音又念叨，“只有这一个选择吗？”

周褚阳视线下垂：“裴西还在逃，他手上有病原体，除了抓住他，我没有其他选择。”

“该死的家伙，就跟病毒一样，明明中了枪却还是让他跑了！”冯拾音一想到这个，气就不打一处来，当日明明堵住了所有出口，守了一天一夜，谁知道裴西竟然没有跑，躲藏在一个地方避过了所有检查。

不得不承认，裴西是一个有力的对手。

冯拾音哼了声：“他跟你约好了吗？”

“嗯，只有我和他。”

“约在哪里了？”

周褚阳吃痛地往后瑟缩了下，冯拾音立马回过神来，因为他的分心，这个男人的下巴被他弄出了一条小口，他立即拿东西来擦。

周褚阳挡住他的动作：“没事。”他随便抹了下血迹，“约在哪儿我就不告诉你了，你也别再问。”

“行吧。”冯拾音不甘心地唔了声，看他下巴也挺干净的了，把剃须刀往旁边一扔，从盆里拎出一条毛巾丢给他，“擦擦脸吧。”

周褚阳看着毛巾没接，冯拾音轻蔑地扫他一眼，又打开柜子，神神秘秘地拿出一套衣服。

“别看这衣服简单啊，我告诉你，这可是少女杀手的标配。白衬衫牛仔裤，花了我大半个月工资呢，都是按照你的码买的，快换上试试。”

周褚阳爽声笑了，倒也二话没说，直接换上了，外面套着的依旧是温敬给他买的羽绒服。

冯拾音别扭地上下打量他一眼，嘴巴发酸：“的确是够帅的。”

“答应我的，别忘了。”

“不敢忘。”冯拾音上前拍拍他的肩膀，“我始终都欠温敬一次，这次就当还了。”

他说欠，那就是真的欠了。

就在渔村的市场里，当他们封住所有出口，在当地人的指引下，找到温敬一行可能所在的位置时，其实比他们最后出现的时间要早一些。

当时他们正好看到裴西杀张信的那一幕。

而就在裴西他们前方不远处的垃圾堆后面，还有四个人没来得及疏散。他们偷偷报了警，也和外面的指挥官联系上了，为了避免裴西冲动，牵扯到不必要的死亡，指挥官下令不得贸然行事，还严禁周褚阳行动。

所以当时顾泾川晕厥，裴西拎着阮蔚要丢到垃圾堆里，温敬跪在地上求裴西，甚至裴西吻她，每一个场景他们都能看到。

冯拾音说：“要不是我用枪顶着自己的头，你早该冲过去了。”周褚阳低下头，回忆起当天的场景，有什么东西好像在心口热烈流淌。

他这辈子都不会忘记那一幕。

当裴西吻住温敬，当她的目光穿过长长的甬道，朝他们这个方向看过来时，那堵横在他们面前的墙仿佛已经成为虚设。那一刻，周褚阳直挺挺地跪了下去。

这个连腰都没弯过的男人朝地上一跪，狠狠地栽了跟头，身上的伤口全部崩裂了，血几乎是从绷带里激射出来。

冯拾音亲眼见到他们夹缝中滋生的爱情。

他眼底曾流过热泪。

那一刻，他知道千万人都无法再阻拦那个男人。

冯拾音醒过神来，拿起毛巾擦了擦脸，闷声说：“我再问句废话，你后悔爱上温敬吗？”

周褚阳没当废话处理，展开眉眼笑了起来。

“我只爱过她。”

到老到死，都只有这一个结果。

冯拾音点点头，也不知道说什么，推了他一把。周褚阳说：“我先走了。”

“嗯，快去吧，温敬在等你。”冯拾音没跟他一起，端着盆和他反方向走，把水倒在池子里，扭开水龙头。

他掬了一把冷水，把脸埋在掌心里，低声咒骂："第一次整这么周正，竟然是为了去跟心爱的女人告别。周褚阳，有你的，你个傻帽玩意。"

温敬看了眼墙上的钟，一个小时内，她已经看了不下二十次。温老爷子和温崇言都当作没看见，自顾自地下棋，两人都心不在焉，自然是下了一盘烂棋。

温时琛左右看看，在温敬又一次看时间后说："去吧。"

温敬喜上眉梢，来不及跟他们打招呼，飞快地冲了出去。有司机送她离开老宅，到了西苑公寓楼下，她迫不及待地下车。隔得老远，就看见楼下站着一个男人。

她的心情忽然又变得微妙了，她不再急切，不再盲目，她轻柔地踩着石头小径，一步步沉甸甸地朝他走过去。

听见声音，他缓慢回过头来。

温敬愣在原地。

他剪了头发，露出棱角分明的轮廓。他那双沉静幽深的眸子依旧藏于眼睫下，却能清晰地看见他眼角细长的纹路。刀锋裹着眉宇，鬓角沾着细雪，那张脸好像更帅了，也更加硬朗了。

他朝她伸手，温敬飞快地跑过去，钻进他怀里。

"今天这么讲究？"

"冯拾音安排的，多谢你送给他的烟。"他随便找了个由头。

温敬点点头，摸他光滑的下巴："弄这么帅，我都不习惯了，也会舍不得的。"

周褚阳摸摸她的脸颊，温敬吸了吸鼻头，含笑说："下雪了，我们回家吧。"

两个人难得都有时间，也没有精力出去玩，她想来想去还是把他带家里去了。之前做了改装，萧紫听说最近挺流行电影墙，就让设计师给她做了一个，但她一次都没体验过。

家里有一些从公馆里带过来的老碟，温敬翻翻找找，还是挑了部看烂的《罗马假日》，两个人窝在沙发里看了一个下午。

一部很浪漫的爱情故事。

If I were dead and buried and I heard your voice, beneath the sod my heart of dust would still rejoice.

若是我死去，眠于地下，但只要听见你的声音，即便在青草之下，我那已化为泥土的心也会欣慰的。

温敬一直没说话，看到感人至深的地方默默地红了眼，怕他发现，猫着身子靠在他肩头，时不时地蹭一下，蹭得周褚阳浑身发热。

后来两个人干脆不看电影了，抱在一起说话。

周褚阳问："都准备好了吗？"

"嗯，美国那边的医生都已经联系上了，定的是明天的机票，到了那边泾川就可以立即治疗。他母亲的精神状态不好，这次不随行了，他爸爸要留下来照顾他妈妈，所以我得去照顾他。"

温敬停顿了会儿又说，"泾川一定能康复起来。"

"嗯。"他双手兜住她的腰，有一下没一下地轻捏，"你在纽约生活了很久？"

"有好多年，不过纽约州太大了，我从来没见过你。有时候想想，我挺感激裴西的，如果不是他，我们或许不能相遇，只是这代价有些大。"她被捏得痒，身子动了两下，完全没有作用，干脆就抓住他的手。

周褚阳翻个身，将她转过来对着自己。

"没有他，我们也会相遇的。"他沉声说。

"你这么笃定？"

"嗯。"

温敬笑了，她捧着他的脸眯着眼睛笑："其实我也相信，没有他，我们也会相遇的。"

"为什么？"他弯下腰，凑近她。

她直视他的眼睛："没有人能拒绝命运。"

如果他们的相遇注定是一场不可言传的劫难，她愿意为他沉默至死。

温敬从后面揽住他的背，沿着肩胛骨一寸寸朝下抚摸，她的动作太大胆，挑得男人喘起粗气。周褚阳及时地挡住她的手臂，俯下身，全身的细胞仿佛都在笑。

"你想做什么？"

"伤都好了吗？我来验验。"温敬用腿勾住他的腰，轻轻地笑出声来。他追随着她的目光，紧紧抿着的唇溢出一声愉悦的闷哼。

"嗯，没好也能验。"他探身进去，握住一片温暖。

温敬在他的动作中找到小腹那道疤，轻轻笑了："这么多痕迹在你身上，你还能忘吗？你忘不了我了。"

周褚阳嗓子发热，如同火烧一般，他将滚热的泪咽下去，一遍遍在浑浊的意识中挣扎清醒，然后准确无疑地给出答案。

“温敬，忘不了，到死也忘不了。”

一整夜欢愉，温敬贪睡到中午，醒来时旁边已经没人了，她恍恍惚惚地推开洗手间的门，又走到阳台，在客厅里站了一会儿，眼睛都发酸了，以为他不辞而别，他却突然端着两碗面从厨房里出来。

“洗把脸过来吃饭。”他放下面条后，看她还站在那里，又走过来拉她的手，“温敬，吃饭了。”

他说得太温柔，温敬没忍住掉了眼泪。她果断冲进房间里，关上洗手间的门，捧着水洗了好一会儿，对着镜子见眼睛红彤彤的，还不如不洗，可也不能耗下去，随便扑了点粉遮住眼睛的肿，这才慢吞吞地挪出去。

周褚阳果然坐在桌子边，也没有先吃，等着她。

温敬坐过去，两个人安安静静吃了顿饭，他难得没有像以前那样飞快地吃，不知道是不是故意放慢了速度，他吃得很慢很慢。

温敬没有胃口，一小口要咽好半天。

周褚阳看她吃得艰难，索性把筷子从她手里拿出来，轻声说：“别吃了。”

“嗯。”她点点头，视线一直下垂着，盯着桌面看。也不知过去多久，他吃完了，把碗送到厨房去，洗干净了放好，重新走出来。

温敬不得不抬头看他：“我送你下楼。”

“好。”他笑笑，走过来拉她的手。

出了门，到电梯口，从十七层下去一分钟不到，两个人已经站在楼下。

“你没什么要对我说的吗？”温敬咬住唇，拼命忍住眼底的酸涩，“你能活着回来吗？”

周褚阳一动不动地看着她。

他看了她很久，她也看着他，比这段注视的时间要久一些，再久一些。直到她忍不住失声红眼：“告诉我，你能活着回来吗？”

细长的眼纹夹着笑，他上前搂住她，轻轻地说：“如果有那一天的话，我们一起晒个太阳，喝口小酒，睡个安生觉，走完这条路吧。”

温敬目送周褚阳离开，不知道什么时候，冯拾音出现在她身后。她让他走，跟着周褚阳一起走，他不肯走，什么话也都不肯说。

温敬推了一阵推不动就放弃了，她说："其实我什么都知道。"

冯拾音咳嗽了两声："知道什么？"

"那天在渔村，我看到了……"她弯起唇，"我看到垃圾堆后面躲着的人了，其中有个老年人已经吓晕过去，她的女儿或者是媳妇一直扶着她的头，不让她倒在外面。"

"所以你才会拼命拉住裴西，不让他去垃圾堆那边？"他的声音有点发堵，"你知道当时我们都在那里？"

"嗯，我知道他在那里，我知道他能看见我，我也知道他心里不好受。我不想他冲出来，我怕他再为了我受伤，可我又有点高兴，只要他还活着，让我做什么都可以。"她还是点点头，轻声笑了，"他现在要去哪里？"

"我不知道。"冯拾音说完看了温敬一眼，仿佛被看穿，他心虚地低下头。

"你知道。"

"我真的不知道。"冯拾音嘟哝了声，抬头又看她一眼，认命地叹了口气，"在去找裴西之前，要经过内部审查。"

"为什么？"

"之前你被阮蔚掳走，他和我偷过巡逻船，还坚持一定要先救你，因为他个人原因做出的决定，数次让罪犯逃跑。这次在渔村，要不是他贸贸然冲出去，裴西也不一定能跑掉。"冯拾音惋惜地说，"他一直都很清楚什么才是正确的决定，但他还是要这么做。"

温敬抿紧嘴唇："审查的结果会是什么？"

"即便这件事圆满结束，他的前途也会受到影响。"

"是这样。"她松了口气，脸上的表情又轻松了些，"你不知道我有多希望他被除籍，但是我又知道，一旦除了籍，他就不是周褚阳了。"

"如果是你，你会怎么选择？"冯拾音突然很好奇这个答案。

温敬看着渐行渐远的人影，微笑着问："你看他像什么？"

冯拾音嗅着鼻头，看了看周褚阳，又看看身边的女人，最后别开目光，看着四周的雪。这一场雪可真大啊，下了两天两夜还没停。放眼望去一片白雪皑皑，连松树都穿上了一件雪色的衣裳。

他搓搓手，轻声说："我觉得挺像雪松的，往那儿一站，个儿高高的，还带着点刺，满脸都写着生人勿近。"他说完自己倒先乐起来，越看越觉得像，又叨了几句，"你觉得像不像？"

没有听到回应，他这才转头看她。

刚刚还微笑着的人此刻却满眼通红，捂着鼻头强忍酸涩。在他眼中，她一直都是个非常冷静，几近于冷漠的女人，现在这模样却有些滑稽，可他笑不出来。

温敬没忍住，低下头，眼泪一滴滴往下砸。

“不是，才不是雪松。”

冯拾音舔舔唇，嘴边的笑像是被吹裂的手，满是皱痕，他轻声问：“为什么？”

她轻轻回答：“要那样笔直地站着，敞亮地活着，已经很不容易了，不想他再承受这样的严寒。”

说不出再见，不肯放弃，却也不舍得再勉强，她往后将站在一个怎样的位置，去面对那样多爱她的人？

温敬低下头，忍住热泪：“我没有选择，我的选择就是尊重他所有的选择。但是你要替我告诉他，我只会妥协一阵子，可能是几个月，也可能是几年，但我不会妥协一辈子。”

这样分开的结果，她只会妥协一阵子。

怕冯拾音不能准确传达她的意思，她又重复了一遍，眼神清明地看着他，一个字一个字地重复说，可说到一半她又放弃了，回望着早已变成天地间一个黑点的方向，静默站立。

这一刻，她的头发被吹散开来。她仿佛变成了挺拔的雪松，为他笔直站立，为他承受严寒。

她的声音轻轻的，和雪花一样飘下来。

“周褚阳，不会就这么结束的。”

番外

永不结束

十二月，明尼苏达州罗彻斯特市。

又是一场大雪簌簌而下，广播里还在播报因为连日来的大雪造成的交通堵塞以及相关的意外事故，工程搁置，湖面结冰，学校放假，整个城市都陷入了漫无边际的雪季中，医院不得不变成全民狂欢的场所。

可就在这所闻名遐迩的著名医院的大楼最南边，有一场谈话正在上演。

“你的身体状况已经在好转，只要定时做康复治疗，遵从医嘱吃药，每天睡十个小时，运动两个小时，三餐饱食，健康作息，半年以内身体机能就会恢复到基础状态。只要不再接触辐射，就可以像正常人一样生活。”

华人小护士开心地说完后，冲温敬眨眨眼睛，朝她比了个加油的姿势。

屋里暖气很足，温敬又坐了会儿，搓搓手抬起头来：“结果不是很好，你以后再也不能做研究了。”

顾泾川微笑：“的确不是很美好。”他摊手，做出一个无奈的耸肩动作，“可是宝宝又能怎么办呢？难道是宝宝的错吗？”

温敬被他逗笑了。

“你被萧紫带坏了，她净教你这些有的没的消遣。”

“可我觉得很好，这样说来最起码还能逗你笑。”

“但是不能抹去现实。”

顾泾川被她的固执打败了，摇摇头：“往好的方面想，其实我已经很满足了，最起码我还能活到老。失去研究这条路，我还可以去教书，但如果我这条命没了，你会怎么样？”

温敬揉揉脸，双手交叉托着下巴，诚实地说：“没想过，不敢想。”

“所以，已经很好了。”他朝她招手，“又下雪了，带我出去转转吧。”

“外面很冷。”

“冷也不怕。”他痴迷地看着窗外，“我在床上躺太久了。”

“好吧。”温敬认命，把他扶到轮椅上，拿了条厚厚的毛毯罩住他。从楼上下去，要经过一条长长的玻璃走廊，全透明封闭，四面都是叫不出名字的本土名花，据说有很多人来这里住院，就是为了可以在走廊里听雪赏花。

温敬一直将顾泾川推到走廊尽头，推开一扇玻璃门，让风卷着雪花吹在他头上。他将手从毛毯里伸出来，伸出门外，真实地碰触到雪花。

“已经两年了。”他的眉眼依旧好看，相比生病前过分的消瘦，他看起来胖了些，脸上竟然还浮现出了一丝红晕。

温敬坐在走廊边的长椅上，拉着帽檐看他，眼睛里都是笑。

“你能醒过来就好。”

“看吧，相比较起来，我不仅能醒过来，还可以变得很健康，这已经很好了。”他轻笑，看着她，“当初就算是被阮蔚带走，她对我也很客气，在船上和在医院里都没什么差别。”

“你是在安慰我吗？”

“温敬，我能安慰得了你吗？”他忽然苦涩地弯起唇，“如果我能安慰你，我一定会穷尽所有可能。”

“别这么说。”温敬调整了个姿势，挺直腰坐着，她试图转移话题，“阮蔚给我写过信，去年一整年写了有六封信，今年一封都没有了。我打电话询问过，那边说她得了急病去世了，她最后一封信里还请求我一定要找个好日子，替她将她的未婚夫安顿好。”

温敬直白地说：“这很显然，急病来得很凑巧，她连后事都已经安排好。”

“她心里有恨，发泄不出去。”

顾泾川双手交叠着放在膝盖上，目光沉静安然：“她跟我讲过一些事，关于她和裴西。”

阮蔚深爱着自己的未婚夫，裴西利用这份深爱，不仅将阮蔚变成了杀人的武器，还趁机而入，在利用她的过程中筹谋了她剩余的、残缺的希望。她目睹了方志山的毁灭，甚至利用他成长过程中性格的缺失，给予虚假的关怀爱护，长期对他进行意志摧残，一手推动了他的死亡。

她内心怀罪，在有意识和无意识间不停徘徊，最终选择再赌一次，配合张信出卖裴西，结果输得一败涂地。

那个男人果然对她从来无情，她最后的希望也灭了。

顾泾川转过手背，看了很久，终于鼓起勇气把手伸过去，覆在温敬的手上面。

“有很多次，我都想对你伸手，但总是顾虑太多，现在我终于可以伸出手，却全然不是当初的心态了。温敬，阮蔚的羡慕不无道理，我现在对你说的每句话都出自真心。人这一辈子，能遇见一次这样肯定及确信的爱已经很不容易了，如果那个人也爱你，还有什么理由要分开？”

他拍拍她的手，想到当初挂在姻缘树上的许愿条。

她望他一生安康，远离病痛。

他盼她一生安康，幸福快乐。

如今都可以实现了。

温敬却沉默了很久，沉默后又摇头：“我一直在等他，他还没回来。”

“两年的时间，那件事还没有结束？”

“裴西和他都没有任何消息。我有时候会怀疑是真的没有消息，还是仅仅对我隐瞒了消息。”她吸了吸鼻头，“你知道的，温时琛这人很记仇，眼里容不得沙子，他不喜欢我们在一起，所以我经常会想是不是他促成了周褚阳的一去不回。”

顾泾川似乎明白了，看她的手被冻红了，体贴地将毯子盖在她身上。

“你应该相信时琛对你的爱。”

温敬的头埋得更低：“我相信，我一直都相信，所以从来不敢真的怀疑什么，也不敢质问什么。”她说了一会儿又抬起头，红着眼冲他笑，“请你谅解我，我的敏感和狐疑，颠三倒四不在状态，我只是有一点点想念他。”

“温敬……”顾泾川怅惘地凝视她，“去找他？”

“冯拾音一直在找，他一直都没放弃过找他。”

“那你呢？”

“我也会去找的，再等等吧，等等消息。”她战战兢兢扯出笑容，将脸上的碎发都别到耳后，坦然面向一望无际的雪白。

就这样又等了一个多月，原以为等待还将无止境地蔓延下去，温敬却突然接到温时琛的电话。从订机票离开，到返回老宅只用了不到十七个小时。

老爷子晚年无病无痛，到了这岁数溘然长逝也算是一种解脱，大家都没有显得很悲痛。只是后事烦琐，好在一切都有人打理，温敬只需要跟在兄长身后，尽好最后一份孝顺，让老人安心离去。

前后丧期七天，忙完人人都累得好像蜕了一层皮，送走所有亲友，温敬又为徐姨安排好疗养院。徐姨坚持不肯再留在老宅，温敬心里明白她的苦，以前还有老爷子陪她守着这么一幢空洞的大屋子，如今老爷子去了，不管是这屋子，还是这屋里的人，都没有理由再留住她。

安顿好一切后，温敬又回到老宅，整个院子寂静无声，像是常年笼罩在迷雾森林里的空城。温崇言休息了不到两个小时，又急匆匆赶回公司，正好和温敬迎面相遇，两个人简单说了几句话。

等到温崇言的几辆车离去，整个老宅越发死气沉沉了。

温敬有气无力地踩在楼梯上，浑身绵软，她不知道自己走了多久，才爬到二楼。她站在老爷子的门前，恍惚回忆过往。她一步步走进屋里，仔细翻看以前的旧照片，把架子上的书都搬到书房，又重新回去，靠在阳台的扶手上。

天色微沉，整片山野辽远壮阔。

不远处的山头威严耸立，泛着乌黑的红霞光芒，色彩诡异，仿佛是在用尽生命燃烧自己，与黑暗做最后的斗争。

终于，那抹妖冶的红还是被吞噬了。

温敬手指夹着烟，轻轻吐了口白雾，她双目迷离地盯着那猩红烟头看，一眨也不眨。

也不知过去多久，身后突然响起脚步声。她来不及反应，阳台的移门已经被拉开，她手忙脚乱地把烟藏到身后，表情像是犯了错的小孩，有些胆怯，也有些大胆。

温时琛揉揉蓬松的头发，上下打量她："穿这么少站在这里做什么？"

"想点事情。"温敬随便说。

"噢，那想明白了吗？"

"没有。"

"没想清楚的话就回自己屋里，别一天到晚随便乱想。"他敛下眼眸，视线若有似无地扫过她身后。却依旧什么都没说，直接转身离开。

温敬松了口气，将烟掐灭，剩下的一半抄进口袋里。

晚上温时琛也没留下来吃饭，给她发了短信，连夜出国处理一桩大生意。温敬没有情绪地倒头就睡，醒来的时候已经凌晨。

她是被饿醒的，强撑着从床上爬起来，裹了件衣裳下楼去。

厨房的灯还亮着，她脚步顿住，意识忽然清醒，有些惊喜，也有些害怕。她不动声色地走过去，厨房的门忽然被拉开。

萧紫系着围裙，端两碗面出来，抬头看见她，露出笑容："哎哟，是不是心有灵犀？我刚刚还在想，估计下好面条你也该醒了，果然你就出现了。"

温敬跟着她挪到桌台。

"这是什么表情？看见我很失望？温敬，你个没良心的！"萧紫嗔怪地看了她一眼，把筷子递过去。

温敬吸了吸鼻头："没有，这么晚了，外面还这么冷，跑这里来做什么？"

"来看你。"萧紫呼啦吃了一口面，等身体热乎起来，见她没有反应，凑过去揉了揉她的头发，"快吃啊，发什么呆。"

温敬低头，搅了一筷子面放进嘴里。

这个场景有点似曾相识，只是当初坐在她对面的不是萧紫。虽然已经过去两年多，但因为一些事，她的心境没有变过，胃口也没有变。

即便肚子饿得咕噜咕噜叫，她却还是吃不下去。

萧紫很有耐心，陪着她吃了快一个小时，看她实在塞不下去了，这才拉着她上楼洗澡。温敬把外套脱了扔在床上，拿着睡衣进了洗手间，打开水龙头，一只脚踩进浴缸，又缩回来。

她重新穿上睡袍出来。

果不其然，萧紫将她外套里的烟头都拿了出来，摆在梳妆台上。看她出来萧紫也不觉得奇怪，微笑着朝她张开手臂。

"过来吧，让我抱抱你。"

温敬慢吞吞地挪过去。

萧紫在她耳边轻声问："什么时候学会的？"

"有点无聊，随便学的。"

"随便？"萧紫才不信，她看到了烟的牌子，是周褚阳以前最喜欢的红旗渠，五块钱一包。

温敬舔舔唇："我哥让你来的？"

"嗯，这场商务会谈很重要，原先的安排就是我先过去，负责接洽项目方代表，但他一个电话，我就算已经上了飞机，也得回来。"萧紫看着温敬问，"很想他？"

"有一点。"

萧紫不说话了，洗手间里的水还在不停地流，水声哗啦啦的，回响在安静的房间里。

“我回来之前和泾川通过电话了，他说他还没放弃，但他总有一天会放下。温敬，我就问你一句话，能放得下吗？”

温敬不说话。

萧紫一屁股坐在床上，从包里掏出一张卡。

“我和温时琛不一样，他虽然是你哥，但我相信他不比我了解你，否则他也不会失策到派我这个敌方分子来做说客。”她笑眯眯地说，“温敬，我一直都相信你不会错，你这辈子都不会错，所以……拿着这张卡去找他吧。”

温敬也笑了：“卡是什么意思？”

“准嫂子讨好准小姑子？”

“也行，那我这个准小姑子就收下了。”

因为一些关系复杂的事，温时琛和萧紫只领了证，却一直没有办婚礼，大家都讲究一个仪式，再加上他们两人没有公开，所以外界到现在都还以为他们是单身。

不过在温敬这里，已经不需要任何形式主义的流程了。

她抱抱萧紫，感慨良深：“这两年过得很慢，而我记得的却都是以前的事。”

“这很简单，人总是念旧的，你会经常想起他吗？”

“不只是他，我还会想起很多人，陈初、阿庆、徐工队的那些大男孩，还有阮蔚、方志山，甚至是裴西。”温敬坦然，“我都在想，如果还是以前那些人，一个都不少就好了。”

“如果是这样，生活会比现在更痛苦。”

“但至少可以看到想见的人。”

萧紫鼻头发酸：“你变得感性了一些，或许换个说法，这些感性都建立在与他相关的基础上。”她又一想，打趣道，“如果换成别人，你应当不会如此。”

“谁知道呢。”她轻轻说。

温敬手上有一个地址，是两年前的除夕周褚阳留给她的。

这两年她陆陆续续朝那里寄过许多物品，却没有勇气亲自去看一眼，怀揣着一个不知道有没有希望的秘密，总怕自己走投无路，无路可走。

现在她是真的已经没有路了，除了去那个地方，她不知道还能去哪里找回他。

周褚阳的老家离得很远，但好在不偏僻，转四五趟车就能到。到了当地一打听就能知道他家的位置，在离镇上不远处的一个村上，家家都有门牌号。

温敬到的时候，门是锁着的，她敲了几声没有人来应，就把包从肩上卸下来，放在旁边，她则坐在大门旁的榕树下等人回来。她一直等到晚上，才有一个男人过来。

“你找谁？”

温敬揉揉发麻的腿，问：“这是周褚阳家吗？”

男人一听立即变了脸色：“是，这是他家，但他不在。”男人又补充道，“我是他二叔，你来找他做什么？”

“我……我只是想见见他。”

二叔狐疑地扫她一眼，又看看她随身的包，挥挥手说：“你走吧，别等了。”见她不动，二叔又问，“天这么冷，等在这里算个什么事？你从哪边来的？”

温敬说从 B 市来，二叔一下子猜到什么，仔细打量她：“这两年一直送东西过来的就是你吧？”

温敬抬头看了看紧闭的大门，嗫嚅了声：“他爸爸呢？也不在家吗？”

二叔不耐烦地挥挥手：“没了，他爸早就没了。”

温敬以为自己记错了，迟疑地问：“那他妈妈呢？”

“都没了，他妈妈走了二十几年了，他爸走了也有两年多。”二叔说完又看她一眼，“你送过来的那些钱和礼品我都收着呢，你跟我来吧，都拿回去。”

她摇摇头，脑子里有点乱，贴着门站了会儿，低声问：“我可以进去看看吗？”

二叔没吭声，从裤腰带的钥匙扣上解下来一把钥匙，重重扔到她手里：“看看就走吧，以后别再来了！”

小村庄不大，有什么消息传一夜大家就都知道了，听说温敬一个人在那间空宅子里住了一夜，第二天都偷偷来看她。

温敬在院子里的井水旁边洗脸，洗好之后吃了碗小米粥，出门的时候想问问附近的超市在哪里，就有几个中年妇女过来搭话。

其中一个挺时髦的，染着黄头发，发梢微卷，看着四十岁上下，姑且称作鬈发女吧。

鬈发女说：“你跟这家人什么关系啊？”不等温敬回答，又问，“是褚阳在外面的朋友？”

另外一个黑头发的女人拉了鬈发女一把，讪笑两声：“这不是挺明显的嘛，什么时候见有女人来找过褚阳？对吧对吧？”

温敬点点头。

鬈发的又说："那你过来了，褚阳什么时候回来？"

"我不知道。"

"你不知道？"黑发的惊讶问，"你和他不是那种关系吗？怎么会不知道他什么时候回来？"

旁边一直没说话的老妇人咳了声，推开她们俩，站在温敬面前："别听她们咋呼，都是农村妇女，没文化，其实大伙都是关心褚阳现在的情况。他现在……还活着吗？"

温敬不自觉地咬住下唇，她挤出笑容："怎么这么问？"

"你不知道？"老妇人惊疑不定地瞅瞅周围。

黑发的那个迫不及待地说："你真不知道吗？他爸爸……"话没说完，就被老妇人的一个眼神制止住了。

老妇人啐了一口痰："再乱说话试试看！"

那黑发的立即畏缩地低下头，钻到后面去了。温敬见状更加疑惑，她不动声色地说："我这次来也是为了找他，之前有过他的消息。"

"这样啊？说起来他确实有很久没回来过了，既然这样，那你就再等等吧，再过几天就是他爸的忌日了，他要还活着，总得回来的。"老妇人叹了口气，摇摇头离开了。她一走，那两个年轻女人即便还有八卦的心，也没有八卦的胆了，紧跟着老妇人走了。

温敬若有似无听到其中一个人说了句："那小子也就仗着有张脸，还能骗骗女人，一年到头不着家，亲爹死了都没回来。你看那个，长得多白多好看哪，一瞅就是城里来的，唉……指不定是哪来的露水情缘。"

老妇人严厉斥责："闭紧你的嘴，积点德吧。"

温敬在门口站了会儿，锁上门去超市。昨天晚上她简单打扫了下屋子，堂院过去是两间房，一左一右分列在客厅旁。左边的房间里摆着二老的遗照，柜子里是一些旧衣服、旧鞋子。右边的房间里是简简单单一张床、一个柜子、一双拖鞋。柜子里是一些铁制的模具、一床被子，外加两三件短袖。

她把床擦了下，把被子铺上去，凑合着睡了一夜。

到了超市，温敬买了些必需品，还买了一张电热毯。周褚阳那间房里没有空调，被子又很久没晒过，有很重的霉味，她裹着羽绒服哆嗦了一夜，早上起来喉咙火辣辣的，疼得她差点说不出话。

她在家纺区又转了圈，添了两床羽绒被，随后找了辆三轮车把东西都送回去，到门口时又碰见他二叔。

看起来他更像是在等她。

周风南看着三轮车上的东西，又默默地看着她，眼神有点凶："跟你说了怎么不听！让你走怎么不走！"

温敬低头："我只是想等他回来。"

"他不会回来的。"

"他会。"

"我说了他不会，他连他爹死的时候都没回来，他怎么还会回来？说不定早就死在外面了！"周风南的唾沫星子飞出来，他抿了下嘴角，继续说，"走吧，快点走！"

温敬往门边上靠了靠，没说话。

周风南掏出根烟含在嘴里，拿出打火机，手有点抖，打了两次才点上烟。他吸了好几口，又看向温敬，摆摆手："随便你吧，等不到你就会走的。"

他这反应就是默认她留下来，温敬也没有很高兴，毕竟她是第一次一个人生活。好在厨房里的煤气灶还能用，她简单下了碗面条，随便对付了过去。

晚上和萧紫通完电话，温敬一个人坐在天井旁边，双手缩在袖子里，抱成一团想事情。大概过了很久，她摸出手机，按出那串熟悉的数字，盯着看了会儿，拨过去。

忙音很久，还是无人接听。

她又发了条短信过去，说些没有营养的话：今天的月亮很圆，就是天气很冷，也很干燥，我眼睛脱皮了，待会儿睡觉的时候得贴一张面膜。

想了想，她又把手机掏出来，继续发：面膜很冷，要先用温水泡一下，这样更容易吸收。你的脸应该也很干，等你回来了给你试试。

第二条信息发过去，她又开始打字：萧紫买了很多东西，她和我哥的婚期定在明年五月。那个时候我就该回去了，不管在哪里，都会回去的。

这两年，她给他发过许多条信息，但都石沉大海了。温敬把手机摆在柜子上充电，拎着水壶去洗澡。太阳能的水管都冻住了，用不了热水器。洗手间的位置不大，挂上帘子能捂点热气，不过实在杯水车薪。

她迅速地冲了一下，裹着棉衣跑出来，直接冲进被子里，哆嗦了好一会儿，身体才慢慢热起来。实在没有力气去拿手机，她就这么猫在被子里睡着了。

温敬夜里睡得浅，听到了一些声响，她迷迷糊糊从梦里挣扎着醒过来，左右看了一圈，又细细去听，确定声音是从院子里传来的，咔嚓咔嚓，像是一下下跟什么工具摩擦。她抽过被子上的羽绒服套上，摸黑走到柜子边。

忽然她撞上了什么，凳子倒了，院子里的声音也消失不见。

她又朝前走了几步，先把手机按亮，再透过屏幕的光找到墙上的开关，把灯打开。屋子里明亮了以后，她才注意到手机的锁屏被动过了，需要过十五分钟才能重新输入密码。

她又在原地站了会儿，回过头去看房屋门的插销，没有松开，窗户也是关着的。她拿起手机重新钻回被子里，没有关灯。等到十五分钟过去了，她打开手机，查看了下通话记录和短信，都没什么变化。

院子里的声音彻底消失了。

她呼出一口气，拿着手机裹着被子重新躺下来，到天微微亮的时候才又睡了会儿，醒来已经是十点多了。她到院子里找了一根棍子，挨个敲击墙头、大水缸、井口、水桶、柴堆，没找到相同的声音，她又找了根比较尖锐的铁钎，藏在衣服里。

温敬问了附近的人，找来一名修热水器的师傅。师傅是镇上的，离这儿骑车有十来分钟，没多久就到了。温敬原先在旁边干站着，后来被师傅叫着帮忙搭把手。

她一边拧住水管，一边问：“您做这行多久了？”

“几十年了，从出来上工就开始做这个。”

“噢，那修这个要很久吗？”

师傅用开水浇水龙头：“不会，很快就好了。”

“嗯，我以为要很久。”

“哪能很久？靠这吃饭呢，一天就跑几家的话还怎么赚钱？”师傅嘿嘿笑了两声，“你一个人在家啊？”

温敬看了看院子里关着的门，慢半拍地摇头：“不是，我先生也在，他出去办事了，快回来了吧。”

“先生？你们这称呼也太正式了，不过他一个大男人，连水管都修不了？”

“啊，是，他比较浑，就会打架。”

“那你还嫁给他？”

温敬拢着头发，笑得像花儿一样。

“没办法，谁叫他长得帅。”

“嘿，你们这些姑娘，真是……”师傅动作麻利，挥着铁钳朝她喊，“快点让开，让远点，别让水溅到你身上了！”

她赶紧松开手朝后退，等师傅装上新的水龙头，递过去一条毛巾。阳光照在她肩上，将银灰色的羽绒服铺陈得亮晶晶的。

师傅看了她一眼，又看了一眼，摇摇头说："这衣服很贵吧？听你说的，你老公应该挺不务正业的，住的这房子也太老了，那你？"

她点头："嗯，我随他回家探亲，平时都住在城里。"

"难怪，我说口音不像本地人呢。"

"是啊，难得回来一趟，都有点不习惯了。这边是不是临近年关了，有点不太平？"

师傅一时没说话，等把手上的活做完了，才看着她说："是啊，这一带小蟊贼很多，都是一些辍学的高中生和社会青年。"他又检查了一遍，"你看看可不可以用了，没问题的话，我就走了。"

"多少钱？"

"就给四十吧，不能坑人。"

温敬让他等等，跑到房间去拿钱包，她抽出一张一百的，又看着钱包里剩下的钱，踟蹰了会儿，把钱都抽了出来，装在羽绒服口袋里，把钱包摆在之前放手机的柜子上。

从屋里出去，她看到师傅正朝厨房门口的某个方向看，她轻声咳嗽，师傅搓着手过来。

"那我走了，有问题再打电话给我。"师傅背上工具包，温敬先一步去把大门打开，站在门外看着他。他慢几步跟上来，抬眼又看看她，笑了，"如果晚上一个人住的话，一定得关好门窗，再有一个月就过年了。"

"好的，谢谢您。"

温敬目送他走远，又在门口站了会儿，看见三三两两的人结伴而过，原本欢声笑语的，看见她之后声音便小了很多，动作不经意地朝她指指点点。她又看见之前和她搭话的黑发女人，这回只有她一个人。

温敬把门锁上，跟上她们，主动靠过去和黑发的女人攀谈。

"你们去哪边？"

"去大堤坝。"

"做什么？"

"马上又要降雪，温度要下降十几度，大坝会被冰层冻裂的，水利站让村上每家都出个人去帮忙。"黑发女人漫不经心地斜她一眼，"正好，你就代替周褚阳去吧。”

她点头：“好，我需要拿什么工具吗？”

“不用，那里都有。”黑发女人又看她一眼，手从口袋里掏出来，指着她的脸，“你今年多大了？”

温敬说：“二十六了。”

“我也二十六。”她立即捂着自己脸，视线躲闪，又饱含不甘，“你平时都用什么护肤品啊，怎么看着这么年轻？我还以为你是大学生。”

“就是一些很平常的，我还多带了一套，待会儿你跟我一起回去，我拿给你。”

“真的吗？这多不好意思，要让你破费了，谢谢你啊……你刚来这边，有什么需要帮忙的尽管说，我家就在你前面两排的庄上。”

温敬微笑：“还真有点事要问你。”

很快就到了大堤坝，冰面上有部分雪消融了，大家走成一排穿行在圩埂小路上。温敬想了会儿，问：“他爸爸是什么时候去世的？”

黑发女人一愣，为难地瞅了瞅周围，压低声音说：“两年前吧，大概也是这个时候。”

“你确定吗？”

“怎么不确定，每年一到这时候，小偷就特别猖獗，我记得那会儿我家丢了两个羊腿子，第二天他爸就去了。”

温敬被风吹得鼻头泛红。

“生病吗？”

“才不是！”黑发女人喊了一声，引来多双眼睛的关注。原本有温敬在，这些若有似无的探听就不会少，也不知道有多少人竖着耳朵听着她们的谈话呢。又因为黑发女人这一声，大伙的视线都变得更加直接了。

黑发女人果然不再说话，大家到了堤坝下面，取了铁锹、铁铲去破冰，然后用塑料膜封住堤坝。温敬一直跟在黑发女人身后，那女人开始回避，后来也随她了，等到天黑下来，她们也做完了事，便一起回去。

温敬又问了之前的问题，这回黑发女人很谨慎，她左右看看，附在温敬耳边说：“是谋杀，死相特别惨，唉……”

“谋杀？”温敬深吸了一口气，“凶手是谁？抓到了吗？”

“刚开始我们都以为是小偷，这村上虽然发展不好，但平时邻里关系和谐，周老头为人又很憨厚，谁会跟他过不去，要杀了他呢？无非就是小蟊贼去偷窃，被他抓个现形。”黑发女人走上一条黑漆漆的小路，温敬把手机电筒打开，不紧不慢地跟在后头。

“我们都想过，是不是认识那个蟊贼才被杀害的，可又一想，周老头又没钱，真是犯不着啊，为什么会这样呢？而且就算是杀人，也没必要……把人弄得都没个全尸。”

温敬忽然停住脚步。

黑发女人被她的动作弄得吓了一跳，连忙回头来拉她：“快点，快点走！戳在这里做什么？我就知道周褚阳不会跟你说这些，要是说了这些，谁还敢跟他？还敢一个人来这里？”

温敬动了两下嘴唇：“和他有关？”

“嗯，当时大伙都太着急，没顾上太多，等处理后事的时候才在房间里看到凶手留下的东西，好像是一张照片吧。”

“什么照片？”

“我也不太清楚，我男人说是一张外国人的照片，指名留给周褚阳。当时大伙就都知道了，肯定是这小子在外面招惹的仇家，报复到他家人头上来了！”

黑发女人拉着温敬的手往前拽：“说真的，我们都不知道他究竟在外面做什么，都多少年没回过家了，一点音信都没有，早几年我们都以为他死了，周老头每次听见都要跟人拼命。可临到他死了，那小子却连个面都没露，亏得周老头还一直守在家里等他。”

她们刚搬过许多沙袋，手掌粗糙得很。那女人还死死拽着她，拽得她半个身子都发麻。

温敬被拽了几步后又停下来。

“做什么呀？还不快走！这条路黑，要快点过去！”

她反手拉住黑发女人：“照片呢？现在在哪里？”

“这我哪里知道！谁能留着那东西，不怕招来晦气吗？我们这边从来没有发生过谋杀案，就因为他，搞得大家新年都没敢好好过，家家户户大门紧闭，晚上都没人敢出门了。”黑发女人跟她拉扯起来，“你放开我，哎，你拉着我在这里做什么？快点放开我啊！”

“照片在哪里？”她不肯松手，死死拽着黑发女人。

“唉，怕了你了，应该……应该在他二叔那儿吧。不过你千万别跟别人说是我告诉你这些的，真晦气，要被我男人知道我又碎嘴了，一定得打死我，我们村上不让说这事的。”

“好。”

她终于松开手，又继续跟黑发女人朝前走。那女人走得急吼吼的，恨不得飞奔起来，温敬跟了一阵就放慢了脚步。没过一会儿，她便彻底看不见那女人了，只听见一阵脚步声从后面传来。

脚步声很轻，若有似无地跟着她。

她迟疑了片刻，也飞奔起来，回到家门口，果不其然见那黑发女人还在等她。她松了口气，那女人也跟着害羞地笑了，支支吾吾说：“我……我来拿护肤品。”

“跟我进来吧。”她开了门，又朝外面看了眼。冬天的夜晚，北风呼啸而过，吹响了落叶，可一瞬之后，整片大地又变得寂静无声。

她把自己刚刚拆封的一套护肤品都拿给黑发女人，扶着她的手臂说：“用完一套皮肤就会光滑很多了。”

“真的？”黑发女人惊喜地摸了摸脸，又问，“你什么时候走啊？”

温敬踟蹰不定。

“都知道这些事了你还不走啊？不怕他什么仇家再找上门啊？我是不知道你怎么跟他认识的，不过就那二流子，除了一张脸还有点看头外，其他哪里有值得你喜欢的？”

“二流子？”

“就是街头混混，像他这种常年不着家，仇家下手还这么狠的，肯定是社会青年，估计在外面做了一些见不得光的事，不敢回来见人。唉，只是苦了周老头这一辈子，妻子早逝，儿子还这么不上路子，不孝顺。”

温敬捏了捏嗓子，盯着她：“你知道他在外面做什么？”

“我不知道，但肯定是做这些啊，不然你跟我说，什么工作能几年不回家？能招惹那些会杀人的仇家？”黑发女人嗤笑了两声，见温敬还盯着她，手不自觉地捏紧衣角，声音微抖，“看着我做什么？我说得不对？那你告诉我，他究竟在做什么？难不成还能是什么建国伟业，国家栋梁？”

她说到最后竟也不再害怕，十足的嘲讽嘴脸，看温敬一直站着，嘚瑟道：“说不出话来了吧？唉，我劝你还是早点收心，离开这儿吧。莫说他不会回来，就算回来了，跟着他这辈子也别想享福了，一定有得苦头吃。”她说完拿着护肤品走了，肥胖的身子左右摇摆，姿态很欢快。

温敬撇了撇嘴皮子，最终还是放弃。她把所有门窗都检查了一遍后，钻进被子里睡觉，夜里她又听见一样的声音，咔嚓咔嚓，这回她听得仔细了些，好像是铁器撞击木头产生的。

她把铁钎攥在手里，打开手机看了下时间，凌晨两点四十七分。

声音持续了十几分钟后就消停下去，如果不仔细听，后面那几分钟几乎是微不可闻的。她擦了擦额头的汗，捂着被子辗转反侧。

第二天醒来，她看到之前摆在柜子上的钱包不见了，只留下了一张身份证。随身的书包也被刀划开了口子，里面的衣服少了两件，都是内衣。护照、驾照之类的都还在，只是面膜和按摩仪之类的护肤用具全都没了。

好在她之前把现金都放在羽绒服里，而她又是穿着衣服睡觉的，所以手机和现金都没丢。

她简单洗漱了下，坐在院子的门槛上打电话给萧紫。

“帮我把所有银行卡都挂失，暂时不要注销。”

“怎么，碰上小偷了？你有没有什么事？”

“没事，就是丢了几张卡。”

“那你身上还有钱吗？”

“这个你不用担心，我很好。”她眯着眼睛笑，坐在她这个位置可以看到前面两排的村庄，因为乡下屋宅零散，此处地势又高，所以不仅能看到前两排的庄子，还能清楚地看到他们在做什么。

黑发女人在给鬈发女人说什么，面容很是得意，鬈发的爱搭不理，却禁不住好奇。两个人说了一阵，其间几次动手，不过都是小打小闹，事后好像意识到什么，侧脸朝她看过来。

一分钟不到，两个女人都飞快地跑进了家门。

她意识到萧紫还在那边说话，回应道：“嗯，应该是贪钱的小蟊贼，说不定今天晚上还会来。”

她背了一只书包，还带了一只行李箱，箱子锁着，放在柜子里，所以才没被偷走，但她已经确定，箱子被移动过了。

“啊？那你在那边岂不是很危险？温敬，说真的，人生地不熟，你还非要一个人去那里！这不行，你把地址给我，我马上过来。”

“不用了，你还需要筹备婚礼，虽然还有好几个月，但我哥这么忙，要安排他的时间不容易。”她揉揉脸，起身回屋，经过厨房时忽然停住。

萧紫说：“是啊，你又不是不知道，你哥一直都是工作狂，不过……我以为他这辈子都不会重返高尔夫球坛了，谁知道他竟然答应了明年开春的欧洲友谊赛，那场友谊赛要从二月一直打到五月。”

“你好像不是在抱怨他为了比赛，顾不上你们的婚礼筹备。”她打趣萧紫，“难得我哥竟然还藏着这门心思，算是把蜜月提前过了，还要过三个月。怎么，他跟你说你要全程随同了吗？”

“嗯，所有赛事的安排我都知道。”

“追了这么多年，总算到手了，真是不容易。”

“你别笑我……哎，什么声音？”

温敬一脚踹开了厨房的暗门，这个暗门和墙面一样刷了白色，门闩在外面，从厨房里面是看不到的，所以她一直都以为这是一条墙裂缝，谁知还有个外开的暗门。

她站在暗门后，看见一条长长的甬道，这条道从厨房边缘砌过来，是封闭的。她一步步走过去，声音很低：“没什么，只是突然发现他们家还有条侧开的回廊。”

“哦，回廊里都有什么？鱼塘，花园？”

“有一堆砖头。”

她爬上砖头堆，看到墙的外面也堆了一些砖头，正好够一个人爬过这个院墙。她跳下来，接着往前走。

“有一些木屑、刨具，还有些彩纸、元宝蜡烛之类的。”

墙砌到尽头，便连接上大宅的后院了，因为外砌在厨房边缘，所以她一直不知道。她看着那堆元宝蜡烛，身体微微向前倾。

“这都是什么？听着怪瘆人的，元宝蜡烛不是祭拜用品吗？又不是清明节……”

“嗯。”她没动那些东西，捡了根木柴压在砖头堆底下，走回厨房，从里面关上门，门和墙又融为了一体。

“他家里没有人，准备这些东西做什么？真是奇怪。”萧紫又嘟哝了句。

温敬从厨房出来，站在庭院里左右看看，还是进了右手边她的房间。关上门和插销，她开始拍墙面上的缝。

“你在做什么？”

温敬说：“我看看房间里有没有暗门。”

“暗门？你当演电视剧呢？哪有人在家里搞这种东西啊？”萧紫笑了两声，话音一转，“不过他也有可能啦，毕竟他是那种身份。”

温敬点点头，手机开着扩音，她爬到柜子下面，推那条深缝。她推了两下，暗门从里往下翻出一个窗口大小的滑道。

她朝着滑道爬过去，把头伸出去看了眼，是她刚刚来过的外接的甬道，被一堆木柴给挡住了。

“找到了？”

“嗯，还真有。”她笑笑，“不过好像不是什么秘密了，可能他父亲离世的时候，大伙把他家都翻遍了，所以也知道这里有个暗门。”

“哦，难怪，那你赶紧把那个暗门堵死了，别再让人进来了。”

“好。”她拍拍手，从柜子下退出来，任由那个暗门原封不动地虚合着。

萧紫没听见声音，不确定地问了一遍：“堵了吗？”

“堵好了。”她看一眼手机的电，“快没电了，我不跟你说了，外面好像变天了，我要把被子收回来，就这样，挂了。”

温敬重新回到与厨房接通的甬道，将木柴摞在一起堆成先前的样子。她弄完这一切后回屋，就听见外面许多人在喊叫，她也跟着跑过去，拉着其中一个人，问了之后才知道，原来昨天夜里降温，堤坝又裂了一条大缝。

现在全村都在进行紧急维护，水利站派了好几个车队过来抢险。

温敬也回屋里拿了件雨衣套在身上，急急忙忙跟着大部队一起去堤坝。她到那儿的时候，几乎全村的人都在，男人们被村干部分配了任务，在下游埋沙袋。镇上也派了消防队过来，正在进行抢修。

天色黑沉沉的，暴风雪说来就来。

远处有人拿着喇叭在大喊，说的方言，温敬听不懂，只看到那人说完后，圩埂上的妇女们都开始往外退，抱着孩子的和弱瘦老人都已经往回走，余下的多是年轻人，叽叽喳喳讨论不休。

黑发女人和鬈发女人也在里面，不过隔得远，瞅了她两眼便继续说话。

温敬也看着她们，视线转了圈，捕捉到什么，定定看过去，却又不见了。

有个半大的孩子不肯走，被拉扯着从温敬身边经过，她朝旁边让了两步，那孩子却硬要留下来看热闹，和家长争执起来。圩埂路窄，两边都是水。她看了眼不远处的抢险队，刚要往那边去，却被那孩子一撞，脚下一滑，斜斜地冲到了冰面上。

人群顿时骚乱起来，无数嘈杂的声音在她耳边回响，她看到消防队的人都朝她这边跑了过来。

“趴在那儿别动！”一个消防官兵大声喊道，“快！把绳子拿过来！”

温敬小心翼翼地看了眼已经有裂缝的冰面，咬着唇点点头。她一只手支在冰面上不能动，另外一只手压在肚子上，有一下没一下地揉被撞击的部位。

救援行动只维持了十分钟，她就被直接拉上了岸，送到了临时搭建的帐篷里。有个官兵给她送来了干毛巾和热水，嘱咐她："快点喝了暖暖身子，你先在这里休息一会儿，能走路了就赶紧回去，知道吗？"

她点头："谢谢你们。"

"不客气。"那人咧着嘴笑笑，一下子冲出了帐篷，拿着扩音器对外面喊，"女人孩子都赶紧回去！有什么好看的？"

温敬全身都湿了，头发有几根黏在脸上，还有的在颈窝里，她搓了搓脸，又把头发都抽出来，沥干水，用毛巾裹着擦了几下，然后把热水都喝光了。

暖了好一会儿，她脸上的血色才回来。

帐篷的帘子没有放下，雪花顺着风一直往里面鼓。只是下午四点多，外面就黑漆漆的了。不知道发生了什么，消防官兵们突然都朝河堤岸跑过去，指挥官大喊："怎么搞的？谁让你们下去的？快拉上来！"

她刚站起身，外面就冲进来一个人。

"你怎么还在这儿？快点回去吧，雪越下越大了。"

"发生什么事了？"

"有块地方塌了，现在水堵不住。哎，我不跟你说了，你记得快点回去！"那人拿了东西又马上冲出去，她跟在后头，看到河堤岸围聚了一大群男人。

雪下得很大，夹着黄豆大小的冰雹，一颗颗砸下来。温敬站了一会儿，微微蹙眉，对岸的人一直朝她挥手，大喊着"快走快走"，她捂着头往帐篷的方向退了几步，忽然又停下脚步，盯着对岸。

有个男人从人群中心走了出来，背对着她，佝偻着腰，扶着右腿，走两步停一会儿，走走停停爬上了圩埂。他戴着黑色的帽子，穿着黑色的羽绒服，长到膝盖的位置，里面是一条黑裤。

他爬上圩埂，整个人蜷缩了一阵，又站起来。

天地间仿佛只剩下那抹暗沉沉的黑。

温敬丢了毛巾，拔腿朝圩埂上跑去，身后的消防官兵大喊："喂喂，你慢点！那边很陡！靠，搞什么，刚刚还不肯走，现在跟逃命似的，你慢点啊！掉下去还得救你……"

她摔了一跤，又爬起来。等她从对岸冲上圩埂的时候，那道黑影已经不见了。她迟疑了半分钟，回头看了眼堤坝的位置，手指攥得紧紧的，一直没有松开。

温敬回到家就看见行李箱被人从柜子里拖了出来，密码盒被撬开了，箱子里的东西七零八落散在地上。她检查了下，发现大部分文件和书都还在，就少了两件衣服和一台笔记本。

她嗤笑了声，扶着床头坐下来，手机彻底没电，已经关机了。

这一夜，她睡得很沉，没有听见咔嚓咔嚓的声音。凌晨四点左右她醒来过一次，翻到手机给周褚阳发过去一条短信。

依旧没有回应，她等了五分钟，又拨了电话过去。

黑夜中好像从哪里传过来一串铃音，只短暂维持了两秒，之后就偃旗息鼓。

这一夜大雪过后，整片村庄都陷入了无边无际的寒冷中。

温敬再次去了大堤坝，抢险工作已经收尾，留下了两名消防官兵驻守观察，等大雪过后再回去。见到她又过来，那个之前和她说过话的消防官兵冲她挥手：“你怎么又来了？现在全都是雪，看不清路的，你不要瞎走了。”

她把一壶热水递过去：“谢谢你们昨天救我，这是我煮的生姜汤，喝了御寒。”

“行，我们收下了，你赶快回去吧。”

她没动，看着河堤岸的方向，嗫嚅：“昨天参与抢险的除了你们，都是村上的人吗？”

“应该是，怎么了？”

“没什么，后来是怎么堵住穴口的啊？”

消防官兵愣了下，摸摸后脑勺说：“那会儿抢险太着急，我都没注意，应该是用沙袋强堵上的吧。”

“你忘啦？昨天有个男人跳进水里堵着穴口，我们才能及时把沙袋都堆上去。”另外一名消防官兵喝了口生姜汤，苦着脸吐了吐舌头，继续说，“要不是那男人正好在堤岸，跳下去得及时，估计也不会那么快堵上。”

“你这么说，我倒是想起来了，天太黑，又匆忙，都没看见那人的样子，什么时候走的我都不知道。”

“你小子能知道啥？他挺牛的，右腿不太好都能挡得住水流那么急的穴口。”

“右腿不太好？”温敬问。

“嗯，好像是个瘸子。”

“穿的黑色衣服吗？”

“是，一身黑。”消防官兵说，“当时我就在他旁边，看得很清楚，他上岸的时候我还看到他的脸了，白得吓人。”

温敬不说话了，掉过头爬上圩埂，气喘吁吁地跑回家。进了门她的速度又慢下来，轻轻走到房间，被子、衣服都还是她离开时的样子，没有被人动过。她又走进厨房，停顿了两分钟，推开暗门。

整个甬道里全是积雪，厚厚的一层落满了墙头。

有一串脚印横斜交替在地面上。

甬道的尽头，一堆元宝蜡烛都被装在塑料袋里，还有一个纸盒子，上面封了黄条，写了红字。

纸盒子是手工的，支架留下的木屑和刨具都放在另外一个塑料袋里。

她没有走过去，就这样看了会儿，关上暗门。

这一夜温敬没有睡，一直趴在柜子底下，耳朵贴住深缝。大概凌晨两点半，她听见窸窸窣窣的声音从墙院后头传过来，声音很轻，拉扯了几下塑料袋，踩断了砖头最底下压着的树枝。

她把暗门推出一条缝，藏在柴堆里偷偷朝外看。

一双脚出现在她的视线中，右脚虚点地，没有支撑力。很快那两只脚从她面前经过，一瘸一拐地走向了厨房。

暗门打开后，一个黑影投射到了墙壁上。

厨房灶台后的草垛被人压了几下，发出几声沙沙的响声，慢慢又恢复平静。

十分钟后，她爬到床上，在被子里蜷缩成一团，浑身轻颤，有压抑的哭声从里面传出来。

第二天她去找周风南，问了好几个人，才找到二叔的家。

周风南没有老婆，也没有子女，一直孑然一身，白天上工，晚上回家，逢雨雪天气休息，在家里做农活，打麻将。

温敬去的时候，周风南正坐在廊下抽烟。

那是一天里阳光最明媚的时候。

她在院子里磨蹭了两个小时，最后拿着一张照片，被周风南拿着扫帚赶出来。她叫了辆三轮车去镇上，买了些元宝蜡烛和纸钱，全都用黑色的塑料袋装着拎回家。

她又坐在天井边洗脸，她洗得很慢，搓得脸上泛了红，依稀想起什么，打电话给冯拾音。

电话接通的那刻，她的鼻尖又开始泛红。

“在哪里？”

冯拾音那头全是风声，嬉皮笑脸地逗她："怎么好久不给我打电话？一来就说这么沉重的话题？"

"上回你说在西点有他的踪迹，现在呢？"

冯拾音清清嗓子，咳嗽了声："我找过去的时候，已经没了他们的消息。温敬，我有个坏消息要告诉你。"

"什么？"

"我找了一些关系，知道了裴西的下落，他现在在西部某个秘密监狱里，听说受了很重的伤，但没有死。"

温敬换了只手托住手机："你知道我不关心他的死活，周褚阳呢？"

"他们在西点发生了些事，闹得挺大的，我的关系告诉我，当时和裴西在一起的中国人已经死了。"冯拾音吸了吸鼻子，"我不确定一定是他，所以我还在查，是生是死，我都会给你一个交代。"

过了一会儿，她把脸从膝盖里抬起来，低声说："不用了……"

电话那头的风声一下子就没了。

冯拾音的声音断断续续地传过来："为什么？温敬……你别这样，现在还没有看到尸体。再说了……我相信他，也相信你，才只有两年而已，你不会放弃了吧？喂……你说话，说话呀！你还好吗？温敬，你怎么了？快说话！我靠！"

"你回来吧。"

"什么？"他不确定地大喊，"你放弃了？"

"我会给你一个地址，按照地址找过来，和我见一面吧。"

她没再听冯拾音说话，直接挂断了。她回到房间将手机充电，然后倒头睡觉。凌晨一点四十分，闹钟叫醒她，她穿上衣服，拎起黑色塑料袋出门。她走得很慢，仔细靠手电辨别着脚下的路。

雪消融了许多，但她从未走过这条路。

她来到黑发女人所在的那一排庄上，沿着小路一直往里面走，经过大概二十几户人家后，来到一座小桥上，桥后面就是墓区。

她按照周风南提示的位置，来到东北角区域。

周褚阳的父亲名叫周城，石碑刚修过不久，上面的红字还很鲜艳，并不难找。周风南说，周城的忌日在明天，但他们这边有早忌之说，所以大部分人家都是清晨时分就来祭拜。

她看了眼手机上的时间，凌晨两点二十七分。她把袋子里的元宝纸钱都倒出来，一张张烧掉，十几分钟后，火灭了，余下一地的灰烬。

她没有当即离开，而是找到一块平坦的土坡，站在老树旁边。月色淡出了云层，整个天地里只剩下雪的光泽。

不久后，远处传来脚步声，那声音一轻一重，左右腿有不同分量。

声音在周城的墓碑前停下来，黑色的人影笼罩住碑头，微微弯腰，将纸盒子和蜡烛都放下，动作缓慢地跪下来磕了个头。碰到余温未散的灰，黑影抬头，朝四处张望。

温敬从树的阴影下走出来，站在空旷的夜色中，目不斜视地盯着他。

他也看着她。

半个小时后，温敬和他一起站在小道上。

她不说话，默默走在前面，他跟在后头。回去的路程很快，比来的时候短了五分钟，她爬上床缩进被子里，焐热了手脚后，对他伸手："把手机给我。"

他从口袋里掏出来。

两千多个未接来电，一千五百多条短信，她都以照片的形式截图保存了下来，可到他这里，却干干净净，只有一条信息。

两天前凌晨四点多，她发给他的：我知道你回来了。

当时他就在一道墙外，没有回复。

周褚阳扶着墙动了下腿，停顿半分钟后，在她的注视下坐到床边上。温敬把头发都拢到肩后，低垂着头，抿着唇，两只手时不时地交叠搓捏。

这样的沉默维持了二十分钟左右，她爬下床，从柜子里把另外一床羽绒被抱出来，铺在旁边。

"睡觉吧。"

他没动，睁着眼睛看她，眼皮子抬了好几下，最后归于平静，目不转睛地看着她。

温敬又重新钻回被窝，扭头冲他微笑了下："睡会儿吧，好吗？我困了。"

这回他总算动了，半个身子在床上，往里面挪了挪，然后弯腰脱鞋，一双黑色的球鞋还是春夏款，有漏气网，袜子上都是泥，被他扔到门边。露出来的两只脚都变形了，左脚还好一些，右脚萎缩变成手掌的大小，五个脚指头都不同程度地断了一截。他掀开被子，把右腿往床上搬。

他脸色惨白，鼻尖沁出汗珠。

温敬又跑下床，从行李箱里翻出来一条运动裤，居家宽松款。她从床尾爬过去，伏在他身上，扒着他的裤子往下拉。那条黑色的运动裤很单薄，也很脏。

周褚阳按住她的手，她挥开，他不准，她抬头瞪了他一眼，这回他不阻止了，任由她帮他换下长裤。

“抬一下。”她拍拍他的腰。

他把左边半个身子抬起来，轮到右边时，双手撑在床上，靠支撑抬了一点高度。

“好了，放下吧，不用……”

她说到一半停住了。

他的右腿从膝盖往下都萎缩了。

温敬把运动裤拿过来，从脚背往上套。

“给你穿可能有点紧，将就一下，穿这个睡觉会舒服点，明天去超市再给你买新的。”她扶着他的腰，先套上右边的腿。

给他换好裤子后，温敬出了一头的汗。

她又找出来一件宽松的 T 恤，看着他换了。脱下衣服的时候，他上半身的伤口露出来，大大小小又添了不少。

等一切都忙好，已经接近四点半了。

温敬把羽绒服盖在他的被子上，将电热毯开到最大，翻过身背对着他：“睡吧。”

她又做梦了，猛然惊醒，已经中午了。

周褚阳还睡着，眉头微微皱缩，嘴唇抿成一条线，唇角下弯，双手握拳抵在胸口。温敬把他的手拿下来，使劲掰开，握在掌心里。

她干坐了一会儿，看到手机里冯拾音发来的短信，又过一会儿，她穿上衣服出门。

冯拾音风尘仆仆地站在门口那棵老槐树下，穿着单薄的夹克和牛仔裤，一张脸清瘦干净，瞅着她眉开眼笑。

“十六个多小时，我一分钟没敢停，到这儿才发现真要命的冷。”他搓着手朝她走过来，看了眼门后，“你怎么找到他的？”

温敬抿唇：“他还在睡，我们走走吧。”

“行。”冯拾音把随身的包卸下来，往门口一扔，手抄在口袋里跟在她身后。

几天下来，雪已经消融了许多，但天气依旧不好，广播站里还在提醒村民做好防冻措施，明天可能又要变天。

“两年前的这个时候，我们在做什么？”

冯拾音记性好，想了想说：“差不多把方志山抓进监狱里，当时刚从鹤山出来不久，你和他应该在医院休养。”

“不对，时间早了点。”她揉揉脸，提着眼皮子醒神，“我记得出院前两天，裴西来见过我，和我说了一些话，走的时候他和周褚阳迎面相遇。那次我先回了B市，过了一阵子周褚阳回来，其间我曾经打过电话给他，很长一段时间他没有任何回复，一直到夜里才回过来。”

温敬看着冯拾音：“当时你说他伤口发炎，去医院了，然后跟我说他后天回城，还记得吗？”

“你记性很好。”

“是因为发生了一些事，才想要刻意记起来。那两天你没有跟他在一起？”

“对，我在处理鹤山的后续，他去医院。我以为他伤得很严重，在医院里过了一夜，所以没有联系他。”

她点点头，仿佛有什么东西堵在喉咙里，一切都呼之欲出。

那天她在参加阮蔚举办的慈善晚宴之前给他打过一个电话，他没有接，过了很久才回过来。她说要去接他，他也不吭声。后来她急了，他才答应。

那夜满城都是雨声，他的声音布满泥泞。

温敬看着地上：“应该是那两天。”

冯拾音舔了舔唇，拉着她停下来。

“到底发生了什么？”

“他父亲被谋杀了，在那两天，是裴西下的手。”温敬声音哽咽，递过去一张照片。

照片里是裴西一家人的合照，当时的裴西还是少年的模样，手里拿着西点军校的录取通知书，照片上画了一个红色的叉。冯拾音盯着照片看了许久。

“那年除夕你问他想不想家，他给了我这个地址，跟我说让我多替他回来看看他父亲。我一直以为他父亲还活着……没想到，我真的不知道当时他说那话会是这个意思。”

十年间事，满目疮痍。

十年之后，颠簸周转，负重而归。月还是那年月，故乡还是当日离开的故乡，只是父亲的坟头已长满了草。

而他依旧只能沉默。

他们走到村口的泉水眼，冯拾音顺着台阶下去，捞了把水扑在脸上，他狠狠拍了脸两下，好像嫌不够，又把脸伸进泉口里灌了几口水，随后抓着头发瘫坐在地上。

“他什么都没说过。”冯拾音红着眼大喊，“他妈的！为什么他什么都不说！”

温敬蹲在他对面，用小树棍搅地上的雪。她的动作很轻很轻，轻到仿佛一粒尘埃被绞进了指尖，都能在手掌与粗棍间留下鲜血淋漓的痕迹。

那些沉重的，不为人知的过去，此刻都刻进了她的骨头里。

“最开始在安阳村，他因为 928 工程试探过我的身份，跟踪调查过我，说的话也是颠三倒四，没几句真的。后来陈初出事那晚，他让我走，说是求我了。说真的，我没那么害怕过，怕得第二天一早就逃了。后来杰克打电话给我，指责我懦弱，当时我就在想，是呀，我一个老实本分的生意人，怎么突然身上就背了一条人命呢？我真的很怕，我怕陈初来找我，我怕陈初不来找我，可我更怕他也跟着去了……我每天晚上做梦都在喊他的名字，清醒的时候靠在床上全身都是湿的，一阵阵冷寒。”

她的语速很慢，最后彻底停下来，停了一会儿又说：“我前半生过得顺风顺水，无病无灾，骨子里的确是怕事的，真的想过逃，又明白逃不掉，所以我想那就扛着吧，咬牙扛着，不同任何人说。可是你知道吗？他后来找上门来了……你说吧，这么一个男人找上门了，我能放过他吗？我想，行吧，就这样吧，就他了，有一个人陪我一起扛，这事就不会太难，对吗？

“可是呢，他陪着我扛了这么久，我却没有来看过他父亲一回。”

温敬垂下头，身子佝偻着，仿佛要埋进地底下去。

“冯拾音，咱们都是普通人，对吗？那你说说，他到底为什么要那样？为什么要活成那样？”

他活着的真实世界究竟是怎样的？

温敬真的不知道。

她捂着脸：“他父亲忌日，他回来，却不告诉我。他每天白天很早出门，不知道做些什么，晚上在我睡着之后，又爬墙进来，给他父亲做纸盒子，睡在炉灶后面的草堆里。天气这么冷，也不知道他的腿怎么扛得住的。前几天下大雪，他还去堤坝上帮忙堵了穴口。如果这些我统统都没有发现，或许十天后，我就会离开这里了。”她抬头看着冯拾音，一个字一个字清晰地说。

“如果我没发现，我这辈子也就到头了，对吧？”

冯拾音来拉她，拉了一把见她没动，他站起来跺了跺脚，双手把她抱起来。他拍着她的脸颊，低声说：“温敬，醒醒神，想清楚点，这是你要的结果吗？”

她迷惘地看了他一眼。

“还撑得下去吗？”他问她，“看着我，大声告诉我，还撑得下去吗！”

温敬闭了闭眼，从他怀里退出来，缓慢直起腰。她将乱糟糟的头发都拢到肩后去，摊开双手擦脸，擦了好几回，抬头望着天。

她还很年轻，她这辈子还没有完。

“回去吧，他应该醒了。”

冯拾音一口气憋在胸口，整张脸涨得通红，他拉着温敬不肯松手：“你说吧，有什么话都说出来，别憋着！放弃也好，撑不下去也好，没有人会怪你。”

“说什么呢？”她问自己，也问他，“该说的都已经说了，他能回来就已经很好了。”

她含笑看他，眉目间平和温柔。

冯拾音一瞬觉得积压了数年的大雾都被风吹散了。

天地间一贫如洗，昔日之黑暗，再无法重现。

回去的路上，他们从前两排的庄上经过，远远地就看见一户人家门口站了许多村民。温敬加快了脚步，连忙跑过去，还没到跟前就听见一个女人撕心裂肺的哭声。

“你们说说我冤不冤枉？他好几年不回来，一回来就说我偷了东西，证据呢？害死了自己的老爹，连看都不回来看一眼的人，现在却在质问我，凭什么？他哪来的资格？谁知道是不是你自己拿走的，现在被发现了，怀疑到我头上？大伙帮我评评理啊，我真的冤枉啊，这种二流子真是不要脸啊……”

人群里指指点点，小声嘀咕着难听的话。

被指着鼻子骂的男人说：“其他的都可以不要，把她的电脑还回来，她工作要用到。”

“什么电脑？我不知道！”女人尖叫，“我难道连台电脑都买不起吗？还要去偷别人的？你们大伙说说，我什么时候手脚不干净了？”

“是啊，褚阳，是不是误会？或许是被其他村上的小蟊贼偷走了。你不是不知道，咱们这儿一到年底就招贼，偷啥的都有。”

“就是，前儿个我晒在院子里的萝卜，还被人顺走一筐呢。”

“没有证据不能随便怀疑人家，传出去坏了人名声。”

“对啊对啊！要说她偷的，证据拿出来。你也老大不小了，可千万不能再做混事了。”

那女人一听有人赞同，立马嚣张起来："谁说不是呢？一把年纪了没个作为，弄成这死样子回来，人不人鬼不鬼的，一条腿都废了，怕是躲不过仇家了，才偷偷摸摸回来的吧？到这会儿还没娶上媳妇，以后谁能嫁给这种残废，谁敢嫁给你这种二流子？"

她这话一说，没人吭声了，实在戳人的脊梁骨。

冯拾音冲进人群里，气得大骂："老子还没见过哪个女人嘴巴能这么毒呢，你竟然敢这么说他？你知道什么，你这么说他？靠！忍不了了，老子要撕了你这女人！"

"你要干什么？你是谁啊？啊啊啊！"

周褚阳上前拉住冯拾音，腿上力气不够，被冯拾音撞得往后退。人群立即躲闪，他没了支撑，一连往后踉跄了好几步，就要摔下台阶时，温敬扶着他的腰，将他往前推了一把，自己磕在地上。

她又很快爬起来，拉住周褚阳的手，站在他身前。

"不如这样，你给我们搜查一下，如果东西不在你家，我当众给你磕头道歉；如果在你家，你给他磕头道歉。"她对着黑发女人微笑，"上回我还送了你一套护肤品，这样东西不算在里面。"

黑发女人支支吾吾："凭……凭什么啊？我清清白白的，凭什么要无缘无故给你们搜查？"

"你是不敢了吧？做贼心虚！"冯拾音凶狠地瞪她。

"我……我有什么不敢的？我就是不想给你们搜查，你们如果敢进去，我可以告你们。"黑发女人瞅了温敬一眼，又迅速转移视线，向人求救。

"你们都说说理啊？我怎么可以让一个二流子随便进我家，万一丢了什么东西，我……"

"闭嘴，你这个臭女人！"

冯拾音在怀里摸了两下，掏出一张警官证。

"我是国际刑警，现在怀疑你与一桩盗窃案有关，请配合我调查。"

骚动的人群一下子安静了。

黑发女人震惊地看着他们，往后退了两步："警……警察了不起啊，我……我就是不让你们查。"

"你不想他进去嘛，我进去就行，你可以全程看着。怎么，还不配合？告你妨碍公务哦。"冯拾音一把推开她，大步朝屋子里走，几个村民跟上去，余下的人在门口继续看热闹。

温敬插空和周褚阳说话。

“什么时候醒的？”

“你走了之后。”

她看他又换上了先前的黑色长裤，脸色依旧有点苍白，捏了捏他的掌心。

“你怎么知道是她？”

“有一回看见她从里面翻墙出来。”

“是你回来得太晚了，每次她都偷完了，你才回来。”温敬低声说，“不过我感谢她，如果没有她偷偷摸摸，我不会找到你。”

周褚阳沉默。

她把手伸进他的羽绒服口袋里，摸到几截烟头，随便抽了根出来，用打火机点着，吸了两口，熟练掐灭，又塞回他的口袋里，抬头冲他笑：“还是五块钱的红旗渠？”

他停顿了片刻，点点头，摸了摸她的脸颊。

“温敬……”

“别说了。”她抱住他，轻声重复，“别说了，你想要说什么，都别说了，别说出口。”

没一会儿，冯拾音出来，众人面如菜色，黑发女人全身颤抖，一步一趔趄地跟在后头。走到周褚阳面前，她瞅了瞅温敬，又瞅瞅冯拾音手上的笔记本，腿打着颤，哆哆嗦嗦往下蹲。

她皱缩成一团，哭得都没声了。

“算了吧，这事就这样吧，传出去也不好听。”

“褚阳，你难得回来一趟，听叔的，这事就……唉，改天到叔家里吃顿便饭。”

“道声歉就得了，哪能真跪？不像样！”

“都是一个村的，没必要弄得这么难堪吧？不就是说了几句难听话，本来就是实话，你是很多年没回来，又在外面瞎混，怪不着大伙。”

“……”

温敬攥紧拳头，周褚阳按了下她的肩膀，对众人说：“不用了，就这样吧。”

他们回家，温敬煮了一壶水，给每个人一只杯子，满上，三人围坐在桌边，谁也没说话。冯拾音想到刚刚那个女人的污蔑，想到那些村民的指责，憋得整张脸通红，端着水杯一口喝完，气咻咻地坐在门槛上看着远方。

下午温敬去镇上的超市给周褚阳买衣服，每样都拿了好几件，又给冯拾音带了套小一号的。回来后屋里没人，她转悠了一圈，爬到床上睡觉。

其实她也气，气得胸口闷疼。

朦胧的意识里，有人给她盖上被子。她踢了两次，每次被子都重新回到她身上，之后她就不踢了，手无意识地翻出被子，又被拿回去。

触感不是很好，她却不肯松手，在低沉的意识间硬是拽了很久，又缓慢熟睡，醒来是因为嗅到了一阵香气。

堂屋里一桌子菜，冯拾音在摆筷子，看她站在门口，冲她招招手："你醒了，正好洗手吃饭。"

她点头，走到厨房洗手。

周褚阳在灶台边盛汤，往里面退了两步，让她进去。她打开水龙头，随便搓了两下又走回来，从他手上接过汤碗。

"我来吧，你去坐着。"

他闷沉地应了声，扶着门槛走进堂屋，温敬跟在后面，若有似无地盯着他的右腿。冯拾音注意到，嚷嚷道："这排骨汤真香，我跟你们说，这两年我是一口热汤都没喝上过，可把老子馋死了。"

"那你多喝点。"温敬拿空碗给他，又盛了一小碗给周褚阳，"你也是，喝点吧。"

"呵……你这女人，真是一点也没变，袒护得够直接的。"

"羡慕？"她笑，"你羡慕不来的。"

冯拾音不理她，埋头喝了一碗汤。

一桌菜都是周褚阳做的，谈不上多好吃，但已经是温敬来这里的这么多天，吃过的最好的一顿了。

他们都没喝酒，简单吃了饭，坐在桌边说话。

冯拾音几次想开口都犹豫，但好歹还是问出来了："说说吧，这两年发生了什么？"

周褚阳含住烟："从哪里说起？"

"从最开始说起。"

"最开始？"他眯起眼睛，余光瞥向温敬。

那年，他从西苑公寓离开，经过内部调查，被降职了，上头直接说他这一辈子，升职的可能性都不大了。审讯结束后，他被送到和裴西约定的地方——安阳村。

裴西知道有小叔的存在，他担心裴西会对小叔不利，所以早早通知小叔离开，果然到安阳村时，小卖部已经不成原样了。后来就像猫捉老鼠一样，裴西一直跟他玩各种游戏。

他们数次交锋。

彼此都曾在死亡边缘徘徊。

为了拿回裴西研制多年的病原体，他该给的都给了，该舍的都舍了，包括这条腿。

“他是外籍退伍士兵，这件事牵连太广，将他抓起来后，就交给上头处理了。”

冯拾音感慨：“他还真是难缠，不过也难怪，西点军校出来的，他本身就具备一定的反侦查能力。”他搓搓手，想了会儿又问，“五个月前我去西点，你们都已经离开了，当时是什么情况？”

“我和他都受了伤。”

说这话时，他的手抚摸了下膝盖。

温敬把水杯放下来，推着冯拾音的衣领说：“今天就到这儿，不早了，你走吧。”

冯拾音愣住：“我走？走去哪儿？这不是还有间屋子嘛。”

“没有被子。”

“凑合一晚上不成问题。”

温敬说：“叫三轮车去镇上，有宾馆。”

“我不去。”

“我帮你叫。”她掏出手机打电话，师傅没几分钟就到了。

冯拾音一边指着她，一边朝外走：“行，你行啊！温敬，你让我来我就来，让我走我就走，靠！老子凭啥要听一个女人的？成，要不是我赶了一整天的车，也累了，不然我跟你没完。”

他抓着头发跳上车，捂着包哼唧：“我明天再过来，给我准备饭。”

温敬弯唇笑了：“知道了，快走吧。”

冯拾音走后，她烧水给周褚阳洗澡。她把放在货仓的大木桶拿出来，刷了一遍后，把热水倒在里面，用木盖子盖上。连烧了两壶水后，她把帘子拉起来，站在他面前。

“你自己还是我帮你？”

周褚阳按住她的手臂：“我可以，你出去吧，身上会湿的。”

“好，我就在帘子外面，你有需要叫我。”

正常人脱一条裤子只需要三十秒，他花了三分钟，其间还撞了木桶两回，每回都是半条腿贴着地面。

帘子是透明的，水汽蒙住了上面的暗花，只让外面的人看到一个轮廓。

在他第三次摔坐在地上的时候，温敬掀开帘子，帮他把右腿的裤子拉下来，又扶着他坐进木桶里。

“水烫不烫？”

“还好。”他看着她。

她低头拿毛巾、肥皂和脸盆。

“把眼睛闭上，我给你洗头。”她看了眼肥皂，又说，“明天去买洗发乳，之前忘了，肥皂可以吗？”

“嗯。”他从水里伸出手，摸她的脸，“温敬，看着我。”

她抬头，把肥皂抹在他头上，语速飞快：“闭上眼睛，水很快就会冷的，不要浪费时间。”泡沫的香气是柠檬味的，充斥了全部的空间。

这间小小的卫生间，灯光是暗黄色的，一张帘子遮住里面的水汽，水汽氤氲笼罩了里面的两个人。

泡沫进了眼睛，他用水洗干净。泡沫又进去，他再洗。

温敬察觉到，手停下来：“为什么不闭眼睛？”

“想看看你。”

“还有很多时间可以看。”

周褚阳拉住她的手，唇角微抿：“我可以亲你吗？”

她低下头，准确无误地找到他的唇，手从后面绕过去，托住他的头，她的手穿梭在他坚硬的后颈，一直往下深入。

水汽萦绕，一室芬芳。

他忽然惊醒，拉住她的手，扑通一声钻进水里，动作太大，溅起的水花打湿了一头的泡沫，也淋得她胸口濡湿一片。

她气喘吁吁地盯着他。

“怎么了？”

“没……没事。”他在水下揉着眼睛，缓慢地钻出来，扭动了好几下，指着窗台的位置，“帮我把搓澡巾拿过来。”

温敬顺着他的视线看过去，抹了把脸上的水珠：“你要搓澡巾还是肥皂球？”

“搓澡的。”

“好。”她站在他面前，挡住他的视线。他好像没有反应，依旧指着窗台。

温敬握住他的手，吸了吸鼻子。

“怎么了？”

“没事，可能有点感冒。”她低下头，“我帮你吧，后面够不着。”

“不用，我够得着。”他伸出手，“给我吧。”

温敬往后退了两步，把搓澡巾摆在篮子上，突然说：“我忘记外面还在烧水了，估计都要烧干了，你自己拿一下。”

她掀开帘子，快步往堂屋里跑。

过了一会儿，她又赤脚走回来，从帘子的缝隙往里面看。篮子挂在他头顶不远处的洋钉上，他伸手在空中挥了挥，碰到篮子的底，又往上伸了点，抓住篮子，在里面摸索了一阵，拿到搓澡巾。

他顺着搓澡巾的边角找到突破口，动作缓慢地把手套进去。

温敬一声不吭地朝外走，眼泪一颗颗往下掉。

煤气灶上的水壶嘴冒着白汽，一直咕噜咕噜地叫着。她把火关掉，拿起抹布盖在上面，拎到水池边。

厨房没开灯，光线很暗，她没注意撞上了水池底下的砖头，往前趔趄了一步，一整壶开水坠落在池子里，盖子飞出来，水溅出来洒在地上。

温敬跳着脚冲出去，打了一桶井水上来，全都浇在小腿上，整张脸通红。

好在她穿得多，刚刚又刻意救了自己一把，腿上只是有点红。在井水里泡了会儿，她洗了把脸，到房间换了条裤子，又回到洗手间。

周褚阳看她：“刚刚什么声音？”

“打井水的时候，桶掉地上了。”她盯着他的眼睛。

他瞥向她的下半身：“那烧的水呢？”

“烧干了，我又重新烧了。”她温柔地冲他笑，抚摩他潮湿细软的头发，“周褚阳，跟我说句话吧。”

他又抬头，摸到她的脸：“你想听什么？”

温敬与他的视线对焦，缓慢松了口气，紧紧抱住他。

“你给我点过的歌。”

他沉吟，手指划过她的唇。

“最后一首？”

“嗯，说吧。”

“说什么呢？”他眯起眼睛，又转移视线不看她。

温敬捧住他的脸，深深凝视着他：“你不说我来说，是《永不结束》。周褚阳，你给我点的最后一首歌，是《永不结束》。”

她低声重复：“永不结束。”

这一夜温敬和周褚阳依旧各自拥被入睡，她睡得浅，时不时翻个身，看一眼身边的人，然后再入睡。记不清是第几次醒来，身边的人不在，她一下子从床上爬起来，倒把窗边的人吓了一跳。

周褚阳靠在窗台上抽烟，目光沉沉。

她看着他，他磨蹭了一阵，把烟掐灭了，拍拍身上的烟味，重新躺回床上，从头至尾一声没吭。

温敬看着他睡觉了，才又伏下身，趴在床上。她的手从被子里伸出去，抓住他的被角，压在胳膊下。这样任何一丝动作，她都会立刻察觉。

冯拾音来的时候，温敬正在揉面。他凑过来挑了根榨菜放进嘴里，嘟哝道：“你在弄什么？”

“看不出来？我要做煎饼。”

“你会吗？”冯拾音看到她手机里的教程，大笑，“一顿早饭而已，不用这么麻烦啊！”

“让开，别挡着。”

“做给他吃？”他贼笑，“你能不能行啊？”

“没做过，但要试试。”

“哎，你这样不对，要这么揉。”冯拾音卷起袖管，“我来我来，你让开。”

温敬被挤到一边，看着他大手搓揉，一会儿的工夫面团就成形了。

“怎么样？”

冯拾音揉出一块圆饼，朝她嘚瑟。

“没想到你还会这个，挺不错的。”她又把他挤到边上去，开始烙饼。

“等等，拿这个擦下脸。”他递过来一张面纸，指着她的脸颊部位，低哼，“都是面粉，丑死了。”

见她擦不干净，他直接上手。

温敬躲闪了下："正好，你帮我看着火，我去屋里叫他。"

她刚回头，就看见周褚阳站在厨房门口，唇角微微下抿。她走过去挽住他的手臂："快洗脸吃饭吧。"

冯拾音跟着搓搓手："你去陪他，这边我来弄吧。"

温敬回头："那交给你了，看着点火，别煳了。"

"行了行了，真啰唆。"

她陪着周褚阳回到屋里，帮他换裤子。

"这两年你不在，冯拾音一直在帮我打探你的消息。"她拍拍他的左腿，套上裤脚，又到右腿。

"前不久在西点，我知道裴西受了很重的伤，你也是，对吗？"她将裤管套进手里，撑开来往他腿上拉，从小腿经过的时候，她的手指轻柔抚摸在他已经萎缩的部位。

周褚阳及时按住她的手。

"已经好很多了，只是还有点不太习惯，我可以自己来。"

"那行，你自己穿。"

她松开手，站在一旁看他。

周褚阳弯腰，把裤子拉到大腿，支起半边身子，套上腰，又换另外半边。裤子穿好后，他把右腿搬下去，全靠左腿的力量穿鞋，拔了一次鞋跟不成，又拔了一次，还是没成功。

温敬蹲下来帮他。

她把鞋套箍在手上，抬头看他："你要我帮你吗？"

他面无表情。

"我再问一遍，你要我帮你吗？"她咬着牙，"我知道我不帮你，你再多试几次，七次，八次，十次，总该成功的，对吗？可是如果我帮你，一次就能成了。周褚阳，告诉我！你到底要不要我帮你？"

他继续默不作声。

温敬一拳头捶在他的大腿上："你说话呀，说呀！有什么要说的统统都说了！"见他还紧闭牙关，她红着眼继续捶打他的腿，一下又一下。

"说话呀！把你想做的都说出来！"

眼泪不断往下掉，她一边抽噎一边死死盯着他："你说话呀，要我求你吗？那好，我求你，求你别这样了，别都憋在心里，都说出来。要我走是不是？要跟我分手是不是？打算就这样活着，这一辈子都不再给我交代了是不是？”

她又一下捶打在他胸口，整个人无力地往下滑，一下子坐在冷冰冰的地上。

周褚阳喘了口气，抹了把脸，抬头看她，眼睛里遍布红血丝。

“我现在还没全废，以后有可能就全废了。左脚萎缩不明显，但是两三年都未知，必要时得截肢。还有眼睛，最终弱视还是失明，我不清楚，其他的并发症也还不明显。”

他搓了搓脸，深吸一口气，瞳孔放大。

“我和裴西在西点的时候，受到了病毒辐射，虽然没有直接传染，但是病原体变异了。温敬，未来我会变成什么鬼样子，连我自己都不敢想。”

温敬闭了闭眼，手按在地上，青筋暴起。她忽然收回手，抱在胸口，痛苦地低号了几声。屋子里异样沉默，厨房里还有翻锅铲的声音，又大又突兀。

过了很久，连锅铲的声音都变小了，她还低着头。

周褚阳喊了一声：“温敬，看看我。”

她擦掉鼻涕眼泪，揉揉脸，努力微笑，看进他的眼睛里。她走过一条漫长曲折的羊肠小道，才从他眼里看到了自己。

而此刻的他，此刻他眼中的自己，并不那么美丽。

“还有吗？还有要说的吗？”

他语调慢沉：“我们之间早该结束了。”

“你一定要这样？如果我说不呢？”

“我会离开。”

“……”

“好，好，我答应你，我可以走，求你别再消失了。就这样吧，在这里平静地生活，活到老。”她认命了，垂下头。

温敬收拾完所有的东西，冯拾音叫了辆三轮车，还是昨天的师傅，把她送到镇上。她在公交站台等了很久，看着一辆辆车出现在她面前，再疾驰而过。到了下午四点多，车站的学生多了起来。

一群初高中生连推带挤地把她逼上了车。

没有位置，她站在学生中间，恍惚意识到今天是周五，明天就是周末了，难怪这么多学生都赶着回家。

整个车厢里嘈杂一片，全是年轻的面孔，她混在其中格外醒目。她每看向一个人，那个人都会看向她，然后匆匆转移视线。

她挨个看清楚人世间的面孔，抚过深深的发际线，一场浓雾又吹皱黑发红颜。

旁边的学生惊喜喊道：“快看啊，下雪了！”

车到桥口，方向盘开始打转，急速刹车，所有人趴在窗口，还没看清这场突如其来的暴风雪，一辆大货车已经笔直地朝他们撞过来。

天旋地转的瞬间，她感觉这一生到了尽头。

温敬，move on。

温敬，it's over。

……

周褚阳从梦中惊醒，胸腔闷闷地疼，一声惊吼卡在喉咙口里，他的眼眶瞬间湿了。冯拾音坐在天井抽烟，听见声响冲回屋里。

“怎么了？”

“几点了？”

“快天亮了。”冯拾音看着表，把烟递到嘴边，“哦，五点多了。”

周褚阳点点头，抹完头上的汗开始穿衣服。冯拾音靠在柜子上看他，屋内光线很暗，依稀衬出他半张脸的轮廓，下颌紧绷，极度不爽。

冯拾音看他穿得吃力，甩掉烟走过去。

“以后别脱了。”

周褚阳挡住他的手：“我自己来。”

“你可以吗？”

他抬头笑了声：“脱个裤子都要人帮，我成什么样了？”

冯拾音摊手，又退回原位。

“在西点找到你的时候，你跟我说不要告诉她，我答应了，但是看起来你并没有放下。”他重新掏出一根烟，快速吸了一口，“来这里之前，我也已经打电话告诉你，温敬都知道了，但是你没有走。”

周褚阳把手机抄进口袋里，一瘸一拐朝外走。

“你根本不想走，你想见她！你心里还有她，分明还爱着她！”

“那又怎样？”他走过冯拾音身边，佝偻着腰，回过头冲他笑，整个人都被墙阴笼罩着。

“你想要她，你还想跟她在一起是不是？为什么要折磨她，折磨你自己？你到底想做什么！”

“我能怎样？你说我能怎样？我就是舍不得她，就是想见她，我能控制得了吗？可你看看我……”他捶打自己的腿，一拳又一拳毫不留情，“你看我痛吗？我不痛了！我没感觉的……我还能活几年？你说吧，我还能活几年。”

他喘着粗气，转头朝外走。

冯拾音紧紧捏着的拳头逐渐松开，一股子气发泄在桌椅上，狠狠踹了好几下，又跟着他追出去。

“天还没亮，你去哪儿？

“喂……你去哪儿？

“她已经走了，你去哪里找？

“你放过她吧，也放过你自己，行不行？

“说句话，跟我说句话，你到底要做什么？”

周褚阳猛地停下来。

停顿了一会儿，他又继续朝前走。

空旷的天地间洁白如缟，一夜雪后，枝头干净利落。年关至此，该热闹的都热闹起来了，还没热闹起来的也就这样过去了。

他走遍了整个村庄，最后来到周风南家门口。院子的门虚掩着，他停顿了片刻，推开门。

门顶上积雪簌簌往下掉，黑瓦屋墙沉沉发青，整个黑白天地间映着光。

温敬穿着红色的夹袄，皮肤雪白，挥着扫帚在这微光中转过头。

一条羊肠小道铺陈在她的脚下。

那是通往她心里的路吗？

他走过去：“怎么在这里？”

温敬握着扫把：“本来要上车了，碰巧看到你二叔，说有东西要给我，天黑了，就留我住了一晚。”

“他人呢？”

“不清楚，应该还没起。”她又问，“这么早过来，有事啊？”

周褚阳抿嘴：“嗯，找他有点事。”

“那我帮你喊他。”

“不用了，我等他，你忙你的。”他走进正屋，还没坐下，周风南已经提着一条扁担出来。

“你来干什么？我跟你说过的吧，不准你再跨进周家的门一步！你不把我的话当话是吧？”周风南不由分说，一扁担直接朝他后背打过去，“滚，你给我滚！我们周家没有你这样的混账东西！”

周风南撵着他往外推，步子大又稳，几下推搡就把他推倒在院子里。周风南又大步跑回屋里，把礼品都扔出来。

“还有你，带着东西快点走，跟他一起走！”

温敬顾不上一地的礼品，扔了扫帚，跑过去扶起周褚阳。

拉扯间，周褚阳半条腿露在空气中，像条干巴巴的咸鱼干。

周风南瞳孔收缩了下，嗓门顿时小了几个度：“回来这么多天都没来过我这里，现在来做什么？”

“二叔。”他恭敬地喊了声，“我想把家里的房子卖了。”

周风南咬牙：“混账东西！几年不回来，一回来就要动老宅！你就这么缺钱？你就这么着急要动你爹留下的唯一东西？”

“我是绝对不会同意的！除非我死，否则你休想在我这里拿到宅基证！”他又拿起扁担，“你走不走，再不走我打死你信不信！”

温敬连忙阻拦，周风南一扁担又下来，周褚阳立即翻身将她压在地上，咬着牙闷哼了声。

周风南动作没停，又怒气冲冲地给了他几下。他的肩膀逐渐往下，手臂呈弯曲状，弧度越来越小，最终绷不住彻底压下来。

他的手还护在她身上。

周风南却好像没了力气，将扁担往院子里一扔，背着手走回屋里。

温敬缓了好一会儿，在他之前爬起来，又伸手拉了他一把，手臂僵住，她又拉了把，将他拽了起来。他重心不稳晃了几下，温敬赶紧抱着他的腰，让他全部重心靠在她身上。

“还行吗？”

“让我缓缓。”他笑了声，“就这样别动，缓缓就行。”

过了十分钟，他率先朝前走。

温敬扶着他，脚步没有迟疑，她知道这是要回去了。

从前排庄上走过时，有三三两两早起的村民，见着他们两个在雪地里踽踽而行也不作声，装作没看见，从他们身边疾步而过。

温敬抿了抿唇，问：“你二叔……他为什么会这样对你？”

“我爸去世的时候，他打电话给我，我没接。”

“他怪你？”

“嗯，他没有成家，我爸以前对他很照顾，他们兄弟感情很好。可是后来因为我，他们经常争吵。我爸是个老实人，护犊心重，不能听别人说我一点不好，每回都要跟人吵。我二叔就恨我不成器，更恨我不孝顺。”他声音低沉。

温敬迟疑：“为什么不告诉他们呢？”

“什么？”

“你的工作性质。”

“我签过保密协议的。”

“什么都不可以说吗？”

他停下来，摸了摸她的脸颊：“也不是，你不懂……我能说的始终太少，说了还不如不说，知道了也未必好。”

他们回到家，冯拾音不在。天还没彻底放亮，温敬把窗帘全都拉上，也没开灯，在屋子里静静地看他。

“你还要赶我走吗？”

周褚阳放在膝盖上的手缓慢下滑，攥紧了衣服边角，双腿抵触似的轻轻碰撞，摩擦了几下后终于停滞不动。他整个人低垂着，腰背是一道弯弯的扁担，被压得几乎变形了，却依旧不会断裂。

这是他骨子里最后一口气了。

温敬走过去，在黑暗中摸他的脸、他的眼睛、他的唇、他的下巴。她的手游刃有余，碰触他的每一寸皮肤。

回到最初。

她捧起他的脸，凝视他的眼睛：“看着我，看着我，还记得当初我是怎么找上你的吗？”她轻笑，“怎么总是这个男人坏我的事，过了这么久还是这样。”

他被迫注视着她。

“你听着，如果你不知道该怎么走下去，就记住一句话，我不会错。”她吻住他的唇，温柔碾压，“不要低头，不要回头，记住我的话。我选择你，这一生都不会错。”

周褚阳的眼睛又短暂地陷入黑暗，他伸手在空中抓了两把，什么都没碰过，最后他拦腰抱住温敬，将她的双手按在墙上，用劲掐她的腰。

他的目光似燎原的火，凶猛燃烧。

“温敬，适可而止吧！”

“你这男人，还真是说一套做一套。”她扭着腰，顶住他的身体。

周褚阳在这一刻失去了光明，他的世界无尽黑暗，却有一双柔软的手在抚摸他的全身，在给予他黑暗中最极致的愉悦。她好像变成了一条水蛇，丰满妖娆，缠住他的腰，几乎勒得他喘不过气来。

他下意识顶胯而上，掐住她丰盈的身体。指间触感真实，欲望疯狂燃烧。

她的身体仿佛淬了毒，无药可解。

“你记住，你活一天，我陪你一天；你活一年，我陪你一年；你活十年，我陪你十年。你活到下一秒，我陪你到下一秒。”

周褚阳笑了。

他眯着眼睛，细长的纹路一直延展到灵魂深处。羊肠小道，乍现温柔。

他吐着热气，挥洒汗水，轻声说：“你还真是，没我不行。”

他们最初相遇的时候，他屈从于她的美丽。

他们走向终结的时候，他臣服于她的一切。

温敬被压在湿漉漉的空调被上，手从他的发间穿过，脑子里嗡嗡嗡的，乍现了一片空白。这时，她好像听见不远处的广播里在放一首老歌。

其实我并不像他们说的，那样多刺难以安慰。

爱人的心应该没有罪，为何在夜里却一再流泪。

她不自觉笑出了声，紧紧攀住他的后背。她从未如此用力地拥抱过他，周褚阳感受到一股从脚冲上头顶的快感，双臂一软，贴着她的身体趴下来。

他热泪盈眶，伏在她的耳鬓。

“温敬，老天待我不薄。”他沉沉说。

冯拾音临走前，和他们两人各自都有过一场谈话。

“半年前，我收到了一条短信，是裴西发来的。他问我这世上最让人烦躁的存在是什么。”

不是背井离乡、亲人故去、师友尽负、信仰背离，而是——被一个人如影随形。

这也就罢了。

最可怕的是，这个披着正义旗帜的影子，竟然想要越过法律底线，用自己的方式对他进行裁决。

“虽然最终未遂，但他们每次交手，他都想置裴西于死地，不计任何规则手段。”温敬的手撑住双额，“你明白这句话的意思吗？”

冯拾音想到一个可能性，摇了摇头，又瞪着眼睛看她。

“他母亲早逝，父亲是他前半生唯一的支撑，却被裴西用那样残忍的方式杀害了。他在长达十年的卧底生活中练就了一身沉默隐忍的本事，却无法磨灭那些扎根在心底深处的伤痛。我问过泾川，他说有可能是创伤后遗症，偶尔会有过激反应。”

冯拾音眼睛眨了下，湿润润的：“创伤后遗症？”他抹了把脸，强努嘴笑，“怎么跟做梦一样的。”

“他最终还是走在正道上，我想他应该是意识到自己的不对劲，曾经看过医生，也积极配合过治疗。他能去给他父亲上香，就代表已经接受这个事实了。”

“可是周风南，他二叔对他一直都有误解……”

“他想把老房子卖了，去跟周风南一起住。”温敬坚定地看着前方，“慢慢来吧，都会变好的。他这一辈子都不会说出来的话，总会用行动慢慢做到的。”

“那你呢？”冯拾音眼眶也红了，“会很辛苦。”

“会比他还辛苦吗？”

“……”

“说真的，我不知道他能坚持到什么时候，这条路他还能走多远。但我的初衷不会变，我希望他倒下来的那一刻，是安息的。”

“还有什么话要对我说吗？”

“离开这儿吧。”

“我真羡慕他。”

她依旧还是笑。

冯拾音对周褚阳说：“这十年来，你执行过的任务，记录在秘密档案里的一切，都会伴随着时间的消逝而最终被模糊，周褚阳这个名字不会存在，你的身份职位都不会存在，唯一能证明你曾经存在过的痕迹，是档案纸的颜色和厚度，以及首页上一个发黄的编号，显示最终状态是已经殉职。”

冯拾音的眼眶未曾干爽过，或许他真正敬佩的并不是这个人，而是在经历了十年的激流勇进后，他仍旧如刀锋一般笔直地站立在最初的位置上。

以热血纵横凉薄现实的天地之间。

希冀黑暗来临得晚一些。

"我想没有人能懂你默片一样的人生，但终有一天，她会懂的。"冯拾音说了句感性的话，倒把自己说笑了，"按照她说的，慢慢来吧，你没什么做不到的。"

周褚阳点头："我曾经摇摆过，但现在时间不多了，所以不想再浪费。"

"温敬知道吗？"

"我不说，她也会知道的。"

"以前总想不明白，'生前敞亮，死后清白'这句话的意思，现在好像多了一层领悟。"

"说说看。"

"活着的每一天，都渴望堂堂正正对得起国家，这样死后所有的时间，所亲所爱之人，才能因为我的清白而堂堂正正地活着。"冯拾音双脚并拢，脊背挺直，直视他，"到这一步就够了，真的，就够了。"

他眯着眼睛，含住烟。

"温敬只爱过你。"

"我知道。"

"活得久一点。"

"我尽量。"他扶着门槛站立，眼底黑瞎一瞬，又恢复明亮。他紧紧抠住门框，抬头说，"她一个人也能走完这条路，但我还是会努力多陪她一些时间。"

冯拾音点点头，抹了把脸。

"再见了，我的兄弟。"

温敬从后面走过来，和他一起目送冯拾音离开。察觉到他站立的姿态倾斜，她从腋窝下扶住他，轻声笑："有点冷，手都冻红了，给我捂捂。"

他的身子晃了一下，黑暗再度来袭。

"我们走吧，回屋去？"

"好。"

底下有门槛，他扶着门框跨了一次，撞到脚背。温敬立即回头，看着远处说："阳光真好，我们先不回去了，你陪我晒会儿太阳吧。"

他正好顺着门槛坐下来。

温敬靠在他肩上。

"你还记得那句话吗？"

“记得。”

“嗯？”

你还能活着回来吗？

如果有那一天的话，我们一起晒个太阳，喝口小酒，睡个安生觉，走完这条路吧……

这是他们一生里最好的日子了。

而我们这一生最明媚的时刻，才刚刚开始。

我相信。

所有无法宣之于口的苦，都是在等不善言辞的甜。

终有一天，你会遇见那个人。

以沉默预知所有甘苦。

用信仰支撑未知将来。

从生至死，永不结束。